Julie Leuze · Olaf Nägele

Gsälz auf unserer Haut

Julie Leuze · Olaf Nägele

Gsälz auf unserer Haut

Roman

Silberburg-Verlag

Julie Leuze, geboren 1974, studierte Geschichte und Politikwissenschaft in Konstanz und Tübingen. Die gelernte Fachjournalistin lebt und arbeitet in Stuttgart, wo sie sich auch als »Reigschmeckde« sehr wohl fühlt. Sie ist verheiratet und hat drei Kinder.

Olaf Nägele ist 1963 in Esslingen geboren und hat nach langjährigen Aufenthalten in München, Stuttgart und Hamburg den Weg in seine Heimatstadt zurückgefunden. Seit dem Jahr 2000 lebt und arbeitet er hier als Autor, Texter und Journalist. Neben Veröffentlichungen in Anthologien und als Verfasser von Hörspielen für den SWR hat er sich vor allem durch seine satirisch angehauchten Lesungen beim Publikum einen Namen gemacht.

Julie Leuze und Olaf Nägele erzählen diesen launigen Liebesroman, der in Esslingen und Umgebung spielt, aus zwei Perspektiven und verleihen ihren Hauptfiguren einen jeweils ganz eigenen Ton.

2. Auflage 2010

Umschlaggestaltung:
Christoph Wöhler, Tübingen,
unter Verwendung einer Fotografie
von Yves Noir, Esslingen am Neckar.
Lektorat: Bettina Kimpel, Tübingen.
Druck: Gulde-Druck, Tübingen.
Printed in Germany.

ISBN 978-3-87407-983-9

Von: Sabine Wierokat
An: Susanna Haarig
Betreff: Voodoo, Bachblüten

Hallo Susanna,

nochmals danke für Deinen Tipp mit den Voodoo-Puppen. Hat aber leider nicht geklappt ☹. Maximilian kam gestern kerngesund und ohne jegliches Anzeichen höllischer Schmerzen zu uns, um seine Küchenschürze abzuholen (Geschenk von seiner Mutter). Bei seinem überstürzten Auszug hatte er vergessen, sie einzupacken, und jetzt hat er wohl gemerkt, dass seine rothaarige Traumfrau nicht kochen kann. Tja, muss er halt selbst ran. Hoffentlich verbrüht er sich die Hand oder schneidet sich die Fingerkuppen ab.

Susanna, es macht mich ganz fertig, dass ich so gehässig bin. Das kenne ich gar nicht von mir! Kannst Du mir nicht für unser nächstes Treffen eine schöne Bachblüten-Mischung mixen? Irgendwas für Nächstenliebe, Verzeihen und inneren Frieden.

Das brauche ich nämlich dringend, nicht nur wegen Maximilian, sondern auch wegen dieser Anrufer, die mich im Minutentakt belästigen und eine schnelle Nummer wollen. Wenn ich diesen Robert Tauber erwische, der MEINE Telefonnummer für seinen mysteriösen Dienst angegeben hat (wahrscheinlich was ganz Perverses! Oder was denkst Du über so einen Slogan: »Die schnelle Nummer für jeden Kummer«?!), dann kann er aber was erleben! Ich schau noch heute im Telefonbuch nach, vielleicht steht er ja drin – unter seiner Nummer statt unter meiner!

*Schluss für heute, Lilly brüllt im Flur und unser Au-pair lacht nur dazu. Muss mal sehen, was da los ist. *Seufz**

Bis bald (und denk an die Bachblüten, ja?)
Biene

Kapitel 1

»Schaaaaf!«

»Genießen Sie die belebende Frische und prickelnde vsafhgfwqu.« Ich starrte die ominöse Buchstabenkombination an, die sich in den Text auf meinem Bildschirm geschmuggelt hatte, bevor ich nach der lautstarken Störquelle Ausschau hielt.

»Schaaaaaaaaaf!«

Es war Gesa, ihres Zeichens Senior Art Director, die den ungewöhnlichen Morgengruß erbrachte und mit dieser sinnfreien Lautmalerei die Aufmerksamkeit der gesamten Werbeagentur Köbele und Partner auf sich zog. Auf normal denkende Menschen mag das verstörend wirken, sie würden eine Person, die so offenkundig um Aufmerksamkeit buhlt, als schrullig, durchgeknallt oder völlig gaga bezeichnen. Aber Gesa gehörte zur Gattung der Grafiker, deren Eigenart es ist, in Bildern zu denken. Das muss so sein, das ist ihr Beruf. Wenn ihnen das Wort »Faltencreme« zugerufen wird, dann sehen sie vor ihrem geistigen Auge einen tiefblauen Bergsee, in dessen Oberfläche sich ein Alpenmassiv spiegelt. Bei »Streichkäse« ist es eine Monsterwelle, auf deren Kamm ein Surfer geschmeidig dahingleitet und bei »Klopapier« ein Küken, das auf einem Kissen thront. Wer so stark in einer Welt von Farben, Formen und Strukturen gefangen ist, der muss nicht in ganzen Sätzen sprechen können. Auch die Gesetze der Logik haben in einem Grafikerhirn keinen Platz, und den Anspruch zu hegen, einen Art Director, wie die Gattung geschlechtsübergreifend in Neudeutsch genannt wird, verstehen zu wollen, kann getrost zu den unlösbaren Aufgaben des Universums gezählt werden. Die Erfindung des Perpetuum mobile ist dagegen ein Kinderspiel.

»Schaaaaaaaaaf!«

Ich spähte in den Gang hinaus. Unser Kontakter Bodo saß in seiner Glaszelle und ließ Gesa, die das kurze Stück von dem

Empfangsbereich bis zu unserem Zimmer zu ihrem Laufsteg machte, keinen Moment aus den Augen. Er beobachtete mit debilem Grinsen im Gesicht, wie sie sich theatralisch aus ihrer türkisfarbenen Lederjacke schälte.

»Schaaaaaaaaaaaaaaf!«

Bodo gluckste und kaute an seinem Bleistift. Wahrscheinlich wartete er auf die Auflösung dieses akustischen Angriffs. Gesa war für ihre witzigen Auftritte bekannt, die sich allerdings nur denjenigen erschlossen, die über ein ähnliches Humorverständnis verfügten. Bodo und Gesa waren in diesem Punkt aus einem Holz geschnitzt, während wir übrigen neunundzwanzig Angestellten von Stuttgarts Marken-Manufaktur Nummer 1, wie sich Köbele und Partner gern selbst bezeichneten, ihren Ausbrüchen mit Skepsis begegneten.

Ein Zimmer weiter nahm Marie, unsere Teamassistentin, den Telefonhörer vom Ohr, deckte die Sprechmuschel mit einer Hand ab und blickte die Grafikerin verstört an. Keine zwei Sekunden später flog die Tür des Geschäftsführers auf, Jürgen Köbeles massiver Korpus schob sich in den Rahmen. Sein hochroter Kopf verriet, dass er das Tun seiner Chefkreativen nicht goutierte.

»Was isch ’n des fir a Gschroi da drauße? Sen ihr no ganz gsond?«, brüllte er. Gesa tänzelte an ihm vorbei, hauchte ihm einen Handkuss zu und schwebte in unser Büro, an ihren Schreibtisch, der meinem direkt gegenüberstand. Mit meiner Ruhe war es nun vorbei. Wie oft hatte ich Köbele gebeten, mir eine winzig kleine Kammer einzurichten, in die ich mich für meine Textarbeit zurückziehen konnte! Er blieb jedoch bei seiner Ansicht, dass sich Kreative gegenseitig befruchten müssen. Rein geistig gesprochen, versteht sich. Text und Bild müssen eine Einheit bilden, sich ins Kleinhirn einbrennen, pflegte er zu sagen. Und dieser mentale Funke, der den kreativen Großbrand auslöst, könne nur überspringen, wenn eine gewisse Nähe zwischen den Luntenlegern vorhanden sei. Köbele war bekannt für seine metaphorische Ausdrucksweise, auch wenn er dabei zuweilen über das Ziel hinausschoss.

Vor allem was Gesa und mich betraf, täuschte er sich gewaltig. Mit Gesa war keinerlei gegenseitige »Befruchtung« möglich, nicht psychisch und physisch schon gar nicht. Wir waren so unterschiedlich wie Katz und Maus. Sie, die jedem Trend hinterherhechelnde Partylöwin, von Kopf bis Fuß durchgestylt, die in einer Künstler-WG in Stuttgarts Süden wohnte und zu Kneipen »locations« und zu Veranstaltungen »events« sagte. Ich, Freund der schönen Künste, auch einem guten Rockkonzert oder einem Fußballspiel nicht abgeneigt, dezent, stilvoll, vor allem aber meinem Alter entsprechend gekleidet, Zweizimmerwohnung im Osten der Stadt. Uns verband lediglich, dass wir beide nicht liiert waren und keine Kinder hatten. Unsere Unterschiedlichkeit legte sich wie zäher Löschschaum zwischen uns, erstickte jeden Funken, der das Feuer der Begeisterung hätte entfachen können. Zusammen bildeten wir eine Art stillgelegten Vulkan, der zwar ein wenig vor sich hinrauchte, aber niemals richtig ausbrechen konnte. Fraglich, ob Gesa so viel Pathos überhaupt verdiente und fraglich auch, wie lange so eine zerbrechliche Verbindung aufrechterhalten werden konnte.

»Lauder Gschuggde om me rom«, bruddelte Köbele, verschwand kopfschüttelnd in seinem Zimmer und warf die Tür hinter sich zu. Einmal in Rage geraten, neigte er zur Verallgemeinerung.

Gesa grinste so breit, dass getrost eine Banane quer in ihren Mund gepasst hätte. Sie schaltete ihren Computer an, der mit der Apple-Fanfare den Startmodus einleitete, nahm die Korrekturen der Anzeigen aus ihrem Posteingangskorb, die Bodo vom Kunden mitgebracht hatte, und blätterte sie durch.

»Was sollte das denn eben?«, fragte ich.

Sie sah mich an, als habe sie eben erst meine Anwesenheit bemerkt, und zog die Augenbrauen in die Höhe.

»Was meinst du, Martin-Hase?«

»Na, Schaf. Warum kommst du hier rein und brüllst ›Schaf‹?«

Sie strich mit einer affektierten Geste eine Strähne ihres blauschwarz gefärbten Haares hinter das Ohr, schürzte ihre grellrot geschminkten Lippen zu einem Schmollmund.

»Weil es ein großartiges Wort ist. Wir sollten dazu übergehen, unsere Sprache mit klangvollen Lauten anzureichern.«

»Lass mich raten. Du hast die Nacht mit einem Logopäden verbracht.«

Sie verdrehte die Augen und hämmerte ihr Passwort in die Tastatur. »Von dir hätte ich mehr Verständnis erwartet. Verwendest du nicht auch manchmal Begriffe, die dir gefallen? Einfach wegen ihres Klangs?«

»Sicher. Ich denke und ich schreibe sie. Aber ich brülle sie nicht in einen geschlossenen Raum, in dem Menschen sitzen und versuchen zu arbeiten.«

Mit gespieltem Entsetzen hob sie die Hand vor den Mund.

»Hab ich dich womöglich aus einem Gedanken gerissen?«

»Im Gegensatz zu dir habe ich wenigstens welche. Sie hängen sogar zusammen und ergeben einen Sinn. Verstehst du, was ich meine? Nein, wahrscheinlich nicht. Warte, ich male es dir auf.«

Sie warf einen Bleistift nach mir und brüllte noch einmal »Schaaaaaaaaaaaf«.

Am Nachmittag stellte mir Bodo einen Anruf durch.

»Da ist der Typ von neulich dran. Ein Schulfreund von dir oder so ähnlich. Mit seiner Anzeige ist anscheinend etwas schiefgelaufen. Aber so richtig verstanden habe ich es nicht. Der spricht, als hätte er eine Kartoffel im Mund.« Er kicherte.

»Lieber eine Kartoffel im Mund als eine im Kopf«, kommentierte ich Bodos despektierliche Einschätzung und hörte, wie im Nebenzimmer der Hörer auf die Gabel geknallt wurde. Seine Beschreibung war zwar wenig schmeichelhaft, aber leider zutreffend. Ich wusste sofort, dass er Robert Tauber meinte, der mich vor Wochen kontaktiert hatte, um ein Angebot für Visitenkarten, Briefbögen, einen Internetauftritt und ein Inserat in einer Tageszeitung erstellen zu lassen. Dass er meine Rufnummer gefunden hatte, war Indiz für seine Gründlichkeit, mit der er Themen erörterte. Zwanzig Agenturseiten hatte er im Netz nach dem günstigsten Angebot durchforstet, bis er an meinem Namen hängen geblieben war und den »eingeschlafenen« Kontakt wieder herstellte.

Robert und ich waren zusammen zur Schule gegangen und galten lange Zeit als unzertrennlich. Das lag mitunter daran, dass seine Eltern ein Antiquariat betrieben, das Schätze enthielt, die unseren kindlichen Phantasien zu wahren Höhenflügen verhalfen. Möbel, Bücher, Dokumente, uralte Gerätschaften, Münzen, Bekleidung, Waffen – es gab nichts, was die Taubers nicht sammelten. Dabei kam es ihnen nicht so sehr auf den Wert der Gegenstände an, sondern auf deren Geschichten. Roberts Vater kannte sie alle, erst später wurde uns klar, dass er sie größtenteils selbst erfand. Doch das spielte für uns keine Rolle. Wir lauschten gespannt seinen Erzählungen, die eigentlich immer eine Spur zu skurril waren, um wahr zu sein. Wenn er keine Zeit hatte, dachten wir uns eigene aus. Zum Beispiel zu den erotischen Fotografien, die wir zufällig in der Schublade einer Truhe fanden. Wir begriffen zwar noch nicht so ganz, was wir darauf entdeckten, aber die Abbildungen beflügelten unsere pubertäre Vorstellungskraft und sicherten uns zudem einen erheblichen Vorsprung im Aufklärungsunterricht gegenüber unseren Klassenkameraden.

Wenig später trennten sich unsere Wege. Robert blieb der eigenwillige Kauz, der kaum Kontakt zu anderen hatte. Er sprach nie viel und ging auch nicht gerne aus. Stattdessen arbeitete er im Laden seiner Eltern mit, ließ sich von seinem Vater zeigen, wie man einen »alda Scheiß« von wertvollen Dingen unterschied, wie man in die Jahre gekommene Gegenstände aufpolieren konnte und Gemälde bearbeitete.

Ich hatte mich auf das Treffen mit ihm nach den Jahren der absoluten Funkstille gefreut. Und da es sich ja auch um einen Auftrag für die Agentur handelte, nahm ich mir den Nachmittag frei und fuhr zu ihm nach Esslingen, an dessen Stadtrand er das Gehöft seiner Eltern weiterführte. Die Zeit war gut mit ihm umgegangen, wenn man von ein paar Haaren weniger und ein paar Kilos mehr absah. Er hatte sich die Pausbäckigkeit seiner Jugend erhalten, kein Fältchen traute sich, seinen glatten Teint zu zerteilen, robust und gesund sah er aus. Kein Mensch wäre auf die Idee gekommen, dass dieser stattliche Mann kurz vor seinem vierzigsten Geburtstag stand und immer noch solo war.

»Woisch, a guats Buch isch mir immer no lieber als a grätigs Weib«, antwortete er auf meine Frage nach seinen Familienverhältnissen. In diesem Punkt hatte er sich nicht geändert: Schon als junger Mann war ihm das Umwerben von Frauen zu unbequem und zu aufwändig gewesen. Entweder eine sprang auf ihn an oder eben nicht. Robert war es egal.

Beruflich hatte er sich inzwischen mit einem Kleintransportunternehmen selbstständig gemacht, das er in alleiniger Regie führte. Seine Geschäfte liefen noch nicht so gut, deshalb hatte er über Werbung nachgedacht und mich angerufen.

Das Knacken im Telefonhörer holte mich in die Gegenwart zurück.

»Pfänder«, meldete ich mich. Am anderen Ende der Leitung blieb es still. »Robert? Bist du es?«, hob ich noch einmal an.

Ein Rascheln, dann ein Räuspern.

»Hallo Martin, i will gwieß net störa. Aber i glaub, mit derra Ozeig stemmt ebbes net.« Er klang fast so, als wollte er sich dafür entschuldigen.

»Aha. Was ist denn damit nicht in Ordnung?«, erkundigte ich mich. Wieder ließ er eine gefühlte Ewigkeit verstreichen, bevor er antwortete. »Ja, also, ’s isch so: Am Anfang hab i mi gwondert, dass koi Sau … also dass koiner anruft. Dann hab i denkt, ha ja, des kann ja mol vorkomma. Aber gestern hot mi so a Beißzang … also, so a Frau angrufa, die gsagt hot, mir hättet die Nommer net richtig angeba ond jetzt rufat älleweil bei ihr Leute an, die mi sprecha wollet.«

Ich schluckte trocken. Ein Reflex, weil ich in diesem Moment daran dachte, dass es bei der Auftragserteilung alles andere als trocken zugegangen war. »Bär«, wie er seit seiner Schulzeit aufgrund seiner stattlichen Körpergröße von zwei Metern und drei, ohne Schuhe, genannt wurde, und ich hatten unser Wiedersehen mit reichlich Trollinger begossen. Beiläufig hatte ich mir seine Daten notiert, mir zwischen zwei Flaschen erklären lassen, worin seine Dienstleistung bestand. Einen Slogan hatte er sich auch schon ausgedacht. »Sauguat und bärenstark«, lautete er. Darunter sollte die Zeile stehen: »Die schnelle Nummer für jeden Kummer: 7 11 71 71. TauBär Transporte«. Des Kunden Wunsch sei sein Himmelreich, hatte ich gedacht und mich meinem Glas zugewandt, das sich immer wieder automatisch füllte. Im Taxi vertrieb ich mir die Zeit mit Unsinnsreimen wie: »Schnell wie ein Zau-Bär – Transporte mit Tau-Bär« oder »Schnell und Sau-Bär – so läuft's mit Tau-Bär«. Das alles fand ich am nächsten Tag auf meinem Notizblock, zusammen mit Krakeleien, die ich nicht mehr entziffern konnte. Ich erfasste die relevanten Daten im Computer, gab sie mit einer kurzen Instruktion an Gesa weiter, hörte mir mit pochenden Schläfen ihr Geschrei an, dass sie so einen Mist nicht setzen wolle, bis Köbele aus seinem Büro herüberkam und ein Machtwort sprach.

»Wenn der des so will, dann kriegt der des au so«, lautete sein Fazit. Maulend lieferte mir Gesa die Vorschläge zur Abstimmung mit dem Kunden, aber da Robert ja ein Freund war, der mir in allen Belangen vertraute, gab ich die Unterlagen frei, nachdem ich die Daten mit meinen Aufzeichnungen verglichen hatte.

Ich konnte es nicht ausschließen, dass mir entweder an besagtem Abend der Besprechung oder aufgrund der Nachwirkungen am nächsten Morgen ein Zahlendreher unterlaufen war. Mir wurde heiß und kalt zugleich.

»Mach dir keine Sorgen. Ich lasse das sofort prüfen. Wenn der Fehler auf unsere Kappe geht, schalten wir natürlich eine neue Anzeige auf unsere Kosten.«

Er kicherte krächzend. Jemand, der ihn nicht kannte, hätte es kaum von einem asthmatischen Anfall unterscheiden können.

»Scho recht. Isch ja nix passiert. Nach drei Flasche Wei, da kann mr scho mal was verwechsla, gell?« Seine Heiterkeit endete so abrupt, wie sie gekommen war. »Aber i glaub, mit derra blede ... also mit der Frau, die meine Anruf kriegt hot, da kommt no ebbes auf dich zua. Die war vielleicht glada. I glaub, des mit der schnelle Nummer hen a paar Leut falsch verstanda.«

Ich versprach ihm, mich auch um diesen Fall zu kümmern, und legte auf.

Ich gebe es nicht gerne zu, aber auch mir unterlaufen zuweilen Fehler.

»7 11 71 71 ist doch auch eine blöde Nummer. Da liegt eine Verwechslung doch nahe«, rechtfertigte ich mich vor Köbele, der mich aufgrund dieses Vorfalls zu sich rufen ließ. Ich versuchte ihm zu erklären, dass die Kosten des Neudrucks von Bärs Visitenkarten und Briefbögen sowie die Anzeigenschaltung von der Agentur übernommen werden mussten.

Der Geschäftsführer war, vorsichtig ausgedrückt, wenig begeistert, und ich lernte in dieser Unterredung, dass das Schwäbische eine Vielzahl an kreativen Wortschöpfungen bereithält, um jemandem deutlich vor Augen zu führen, dass er sich dämlich angestellt hat. Als dann noch Gesa hereinplatzte und mit frohlockender Schadenfreude verkündete, es habe sich eine junge Frau bei ihr gemeldet, die von Anrufern für die Transportfirma Tauber belästigt werde und damit drohe, ihren Anwalt einzuschalten, wenn dies nicht sofort unterbunden würde, brachen bei Köbele alle Dämme. Sein gewaltiger Schädel drohte zu platzen, sein Gebrüll hatte das Zeug, von den Seismographen im Heubachtal aufgezeichnet zu werden. Er fügte seinen Kreationen der Unmutsäußerung noch ein paar nie gehörte hinzu und konnte nur von Assistentin Marie wieder beruhigt werden, die mit panischem Blick das Büro enterte und ihm, ohne zu zögern, einen Löffel mit Baldriantropfen verabreichte.

Schwer atmend saß der Agenturchef in seinem Sessel und wartete auf die Wirkung der Medizin. Als sein Puls wieder im messbaren Bereich angelangt war, schilderte er uns die weitere Vorgehensweise.

»Ihr machet jetzt des Zuigs von dem Tauber neu, dann bsorgat ihr Bluma für die Frau. Ond no ganget ihr mit denne boide zom Essa.«

Er sah zu Marie, die den Löffel in die Höhe hielt, um zu erkunden, ob er noch Nachschub von den Beruhigungstropfen brauchte. Köbele winkte ab, ließ sich erschöpft nach hinten sinken und atmete schwer. »Des Essa zahlet natürlich ihr, dass des amol klar isch«, sagte er tonlos. »Ond wenn i no oimol was von Gehaltserhöhung hör oder bezahlte Überstunda, dann erlebat ihr mi mol richtig.«

Gesa atmete scharf ein und wollte wohl etwas zu ihrer Verteidigung erwidern, aber ich schob sie hinaus auf den Gang, noch bevor sie ein Wort sagen konnte. Nicht dass ich Angst um ihr Leben gehabt hätte, aber sie hatte einen würdigeren Tod verdient, als von ihrem Chef verschlungen zu werden.

Die Angelegenheit mit Bär war schnell geklärt. Er schien davon ebenso peinlich berührt zu sein wie ich. Immer wieder beteuerte er, wie unangenehm es ihm sei, dass er solche Umstände bereite. Ich musste es ihm geradezu ausreden, sich an den neu entstehenden Kosten zu beteiligen. Den Vorschlag mit dem gemeinsamen Essen nahm er mit gemäßigter Begeisterung auf, die sich um etliche Nuancen verringerte, als er hörte, dass auch die Anrufgeschädigte daran teilnehmen sollte.

»Mit so ner Giftspritz goht mr besser net zom Essa. Da kriegsch bloß Magakrämpf«, lautete sein Kommentar.

Gesa sprach den ganzen Nachmittag nicht mehr mit mir. Dafür aber mit allen anderen Kollegen, denen sie in allen Einzelheiten schilderte, warum es nicht möglich sei, mit mir zusammenzuarbeiten. Borniertheit, Charakterschwäche und Einfallslosigkeit waren in diesem Zusammenhang die schmeichelhaftesten Begriffe, die sie verwendete. Auch Köbele kam in ihrer Abrechnung nicht besonders gut weg, weil er wieder einmal »das Unvermögen eines gewissen Herrn« in eine Kollektivschuld umgewandelt hatte.

»Okay, es war mein Fehler«, lenkte ich ein, als sie mir wieder gegenübersaß und in geradezu provozierender Art ihre Fingernägel manikürte. Durch ihr eisiges Schweigen war die Zimmertemperatur um etliche Grad gesunken.

Eine gut gelaunte Gesa konnte ich nur schwer ertragen, aber eine, die wütend auf mich war und das nicht einmal zu Unrecht, war nicht auszuhalten.

»Komm schon, sei nicht sauer. Wie oft habe ich schon wegen Umsetzungen, die du vergeigt hast, Überstunden schieben müssen. Mir gefällt das auch nicht, dass wir immer als Team dran glauben müssen. Aber für Köbele sind wir eins.«

Sie würdigte mich keines Blickes, hielt ihre Hand in den Schein der Schreibtischlampe, begutachtete ihr Werk, schüttelte den Kopf und fing wieder an zu feilen. An eine schnelle Versöhnung war hier nicht zu denken. Ich gab auf und ging in die Küche, um mir einen Kaffee zu holen. Als ich zurückkam, hatte Gesa den Telefonhörer am Ohr.

»Es tut uns wirklich leid, dass Sie diese Umstände hatten«, gurrte sie. »Ich verstehe Sie voll und ganz. Natürlich ist das ärgerlich.«

Sie zeigte ihren verständnisvollsten Gesichtsausdruck, der bei ihr immer aufgesetzt wirkte, und nickte, während am anderen Ende der Leitung eine Frauenstimme immer lauter wurde.

»Eindeutige Angebote. Das ist ja ungeheuerlich. Schnelle Nummer, ach so. Ja, diese Zeile ist nicht sehr glücklich gewählt. Auf so etwas kommen eben nur Männer.«

Sie lachte so laut und theatralisch, dass Bodo den Kopf zur Tür hereinstreckte. Wahrscheinlich rechnete er mit einer Sondervorstellung, bei der nur er auf seine Kosten kam. Als er merkte, dass es sich um ein durchaus ernst zu nehmendes Telefonat handelte, verschwand er wieder.

»Wissen Sie was? Das Ganze können wir doch morgen Abend bei einem Essen und einer schönen Flasche Wein besprechen. Was halten Sie davon, wenn wir Sie und Herrn Tauber ins ›Schwarzenhaus‹ einladen würden. Ja, dieses österreichische Hotelrestaurant in der Heilbronner Straße. Wir laden Sie ein, als Entschädigung sozusagen.«

Ihre Pupillen hatten die Form von gekreuzten Säbeln angenommen, als sie mich ansah. Es lag keine Freude darin, sondern die pure Lust an der Rache.

»Selbstverständlich holen wir Sie ab und bringen Sie auch nach Hause. Das ist ja das Mindeste. Mein Kollege fährt gern. Außerdem verträgt er eh keinen Alkohol, das hat er doch mit dieser Geschichte eindrucksvoll bewiesen, finden Sie nicht auch?« Sie begann vergnügt zu kreischen.

Ich gab ihr ein Zeichen, das Gespräch zu beenden, doch Gesa sah ihre Stunde der Vergeltung als gekommen.

»Ach, Sie können morgen nicht? Das Au-pair-Mädchen hat einen freien Abend? Wie wäre es dann mit übermorgen? Das ginge? Gut, dann also bis übermorgen.« Sie legte auf.

»Du Aas!«, fauchte ich sie an.

Ihr unschuldiger Blick und die scheinbar empörte Geste konnten mich nicht täuschen. In ihrem Revanche-Spiel hatte sie den Joker gezogen und traf mich an der Stelle, an der es am meisten schmerzte.

»Was?«

»Ich kann übermorgen nicht. Das weißt du genau! An dem Abend spielt Bryan Adams in der Porsche-Arena und ich habe eine Karte dafür.«

Sie machte eine abwehrende Handbewegung und verzog spöttisch den Mund. Es muss wohl in einer schwachen Stunde gewesen sein, in der ich mich dazu hatte hinreißen lassen, ihr von dem Konzert zu erzählen. Kann sein, dass ich mich dabei so in Euphorie geredet hatte, dass sie meinen Enthusiasmus gespürt hatte. Ihr Triumph hätte nicht größer ausfallen können. Ich kniete vor Gesa und flehte sie an.

»In drei Tagen, am Wochenende. Ich übernehme auch eine Woche lang das Babysitting bei dieser Frau. Aber bitte, bitte, lass mich zu dem Konzert gehen.«

»Ts, ts, ts. Bryan Adams, der ist doch völlig out. Außerdem geht Business vor, mein Lieber. Aber wenn du willst, können wir gern Köbele die Entscheidung überlassen, welcher Termin wichtiger ist.«

Mit schweren Gliedern erhob ich mich. Sie hatte gewonnen. Köbele war, nach der Unterredung am Nachmittag zu urteilen, auf ihrer Seite. Er machte sich so wenig aus Rockmusik, dass er ein Konzert nicht als ausreichenden Grund für eine Terminverlegung der Versöhnung akzeptieren würde. Wütend schaltete ich meinen Bildschirm aus, warf mir meine Jacke über und ging.

»Das wirst du mir büßen«, drohte ich Gesa, bevor ich die Tür hinter mir zuschlug. Ihr Freudengeheul war weit zu vernehmen. Selbst als ich mich sechs Stockwerke tiefer in die Menschenmasse einreihte, die über die Königstraße schlenderte, konnte ich verstehen, was sie rief.

»Schaaaaaaf!«

Kapitel 2

Bachblüten! Wo waren meine Bachblüten?

Hektisch kramte ich in der großen Schublade herum, die mir als Medizinschrank diente. Kirschkernkissen, Heilsteine und Paracetamol flogen wild durcheinander, die ätherischen Öle rutschten in gefährliche Nähe zu meiner sorgfältig sortierten Globuli-Sammlung, doch die Bachblüten fand ich natürlich nicht.

»Verdammter Mist!« Ich kämpfte den Impuls nieder, die Schublade ganz herauszuziehen und ihren Inhalt einfach auf den Badezimmerboden zu kippen. Stattdessen atmete ich dreimal tief durch, wie Susanna, meine Heilpraktikerin, es mir für solche Fälle geraten hatte.

Ein – aus. Ein – aus. Ein – aus.

Okay, sagte ich mir dann, *ganz ruhig. Vielleicht geht es ja auch ohne Bachblüten. Positiv denken, Biene! Was ist denn schon dabei? Ein Abend mit drei Unbekannten – na und? Immerhin geht ihr schön essen, in dieses schicke Restaurant an der Heilbronner Straße. Und die leidige Sache mit deinem Führerschein vergisst du jetzt einfach, bis morgen. Genau wie den Auftrag bei Graf Kirchberg. Den du vermasselst, weil du nicht fahren darfst. Du wirst überhaupt nie mehr einen Auftrag kriegen, wenn du diesen hier vermasselst, du vermasselst deine ganze schöne neue Selbstständigkeit, dein ganzes Leben, und alles nur, weil Maximilian, dieser Hornochse, dich dazu getrieben hat, zu …*

»Mama! Maaaaamaaaaaa!!!«

Der fordernde Schrei meiner Tochter Lilly unterbrach ruckartig die Panikspirale in meinem Kopf. *Fast besser als Bachblüten*, dachte ich flüchtig, und dann kam Lilly auch schon ins Bad gestürmt und warf sich mir zu Füßen. Genauer gesagt, sie klammerte sich an mein Bein, krallte ihre kleinen Fingernägel in meine teure Seidenstrumpfhose und schluchzte: »Du sollst ni-hi-hicht ge-he-hen!«

Gerührt strich ich über ihr langes, goldbraunes Haar. (Das hat sie übrigens von mir. Von Maximilian hat sie wenig, gottlob.) Mein kleiner Engel! Augenblicklich vergaß ich meine Bachblüten, den unerfreulichen Abend, der vor mir lag, und sogar die Sache mit dem Führerschein und Graf Kirchberg. Mein Kind brauchte mich! Das war das Einzige, was zählte.

»Wenn du gehst«, schluchzte Lilly mit Piepsestimmchen, »muss ich wieder so früh ins Bett. Die blöde Evica will immer ihre Ruhe und schickt mich ins Kinderzimmer, und ich will doch noch ...«, das Schluchzen steigerte sich, »Ki-hi-hi-ka gucken!«

Meine Hand auf ihrem Goldhaar erstarrte. Wie bitte? Hier ging es bloß ums Fernsehen?!

Ich schluckte meine Enttäuschung herunter. »Du darfst ›Heidi‹ auf dem Kinderkanal gucken wie immer. Mehr nicht, weniger auch nicht«, sagte ich so neutral wie möglich. Man soll Kindern seine eigenen Emotionen nicht aufbürden, hatte ich gelesen.

»Sagst du das der Evica?« Die Tränen meiner Tochter versiegten schneller, als sie gekommen waren. »Schimpfst du mit ihr?«

»Ja, ich ... nein!« Meiner vierjährigen Tochter zu versprechen, das Au-pair zusammenzustauchen, erschien mir irgendwie nicht richtig. »Ich sage es ihr, und sie wird sich bestimmt daran halten«, versuchte ich es noch einmal. »Sie ist doch nett, Lillymaus! Sie spielt doch immer so schön mit dir, wenn ich arbeiten muss, hm?«

»Sie spielt gar nicht mit mir«, antwortete Lilly verdrossen. »Wenn ich mit ihr spielen will, sagt sie immer: ›Ich Kopfweh!‹«

Na super.

Mein mütterliches Schuldgefühl meldete sich mit Macht zu Wort. Ich ließ die Schultern hängen und schaute stumm auf meine Tochter hinab.

Ich schaffe es nicht alleine, dachte ich mutlos. *Ohne Maximilian ist alles so verdammt schwierig! Lilly und Evica verstehen sich nicht, ich habe kaum mehr Zeit für mein Kind, weil ich immer arbeiten muss, in zehn Minuten kommen diese Fremden und holen mich ab, und ich bin noch nicht einmal …*

O Gott! In zehn Minuten? Ich musste mich doch noch umziehen, weil Lillys Nägelchen mir Laufmaschen in die Strumpfhose gerissen hatten! Leider war es meine einzige gewesen. Und ohne Strumpfhose schied das schicke, sehr kurze Etuikleid definitiv aus, weil ich wieder einmal vergessen hatte, mir die Beine zu rasieren. Geschminkt war ich auch noch nicht. Außerdem hatte ich Lilly versprochen, dass ich ihr noch ihren Schlafanzug anziehen würde, und ihr Brot mit Zwergen-Möhren-Creme musste ich ihr auch noch schmieren …

Es klingelte.

Der männliche Teil der Gesellschaft schien mir bereits ziemlich genervt, als ich endlich durch die Haustür stürzte und mich etwas atemlos vorstellte.

»Ich bin die Sabine«, sagte ich. »Tut mir leid, dass es so lange gedauert hat.«

»Am Styling kann des net glega han«, hörte ich den größeren der beiden Männer murmeln, doch der andere stieß ihm schnell den Ellbogen in die Seite und sagte laut: »Und ich heiße Martin. Hallo, Sabine. Ich würde sagen, wir duzen uns gleich, oder? Soll ja schließlich ein Abend der Versöhnung werden.« Er grinste und taxierte dabei auffällig unauffällig mein Äußeres.

Was er sah, schien ihm zu gefallen – trotz des knöchellangen Hanfkleides, in das ich mich geworfen hatte. Für Makeup hatte die Zeit leider nicht mehr gereicht, dafür aber für die Zwergen-Möhren-Creme, was mein schlechtes Gewissen Lilly gegenüber ein wenig gemildert hatte. Immerhin hatte das Kleid einen hübschen Ausschnitt, ich hatte es zusätzlich durch eine Halskette aufgewertet, und mein goldbraunes gewelltes Haar fiel mir frisch gewaschen über die Schultern.

Maximilian hatte mein Haar immer gefallen. *Inzwischen zieht er ja feuerrote Mähnen vor*, schoss es mir durch den Kopf.

Etwas wehmütig erwiderte ich Martins Lächeln. Meine Vorbehalte gegen Stuttgarts Marken-Manufaktur Nummer 1 fingen behände an zu schrumpfen. Denn erstens tat nach Maximilians Verrat jeder anerkennende männliche Blick gut, und zweitens wurde das Vergnügen noch deutlich erhöht, wenn der Schmachtende so gut aussah wie dieser Texter. Sein dunkles Haar, das er immer wieder lässig aus der Stirn strich, und der verschmitzte Blick in seinen blauen Augen versöhnten mich fast augenblicklich mit der Tatsache, dass mich Martins Schusseligkeit in den letzten Tagen etliche Nerven gekostet hatte. Denn inzwischen wusste ich ja, dass er der Schuldige war, nicht Robert »TauBär«.

»Tolles Kleid. Ethno-Look mag ich«, sagte Martin charmant.

»Ich heiße Gesa. Hi!«, mischte sich die junge Frau neben ihm ein und streckte mir strahlend die Hand entgegen. »Hanf?«, fragte sie.

Ich nickte. »Es war das einzige Kleid, das nicht in der Wäsche war.« Abgesehen natürlich von meinem Etuikleid, aber das mit den unrasierten Beinen musste ich den dreien ja nicht auf die Nase binden. »Das Au-pair-Mädchen kommt noch nicht so gut mit der Waschmaschine klar.«

»Mr könnt sei Zuigs ja au selber wascha«, schlug Robert Tauber vor.

Ich wurde rot. »Ich bin gerade dabei, mein Geschäft aufzubauen«, verteidigte ich mich. »Evica hilft mir halt, im Haushalt und mit meiner Tochter. Mein … äh, Mann hat schließlich auch seine Mitarbeiterinnen.« Das verbitterte »sogar nachts« verkniff ich mir.

»Genau«, pflichtete Gesa mir bei. »Männer delegieren jeden Mist, aber Frauen sollen alles alleine hinkriegen. Warum eigentlich? Nur weil wir – im Gegensatz zu euch – zwei Sachen gleichzeitig machen können, heißt das noch lange nicht, dass wir das auch immer wollen!«

Hey, die gefiel mir! Ich lächelte sie dankbar an, und sie zwinkerte mir zu.

»Steig ein, Sabine«, sagte sie fröhlich. »Mir knurrt der Magen!«

Ich setzte mich neben sie auf den Rücksitz, und wie auf Befehl fing auch mein Magen zu knurren an. Gesa und ich grinsten uns zu.

»Nennt mich doch einfach Biene«, sagte ich. Langsam fing ich an, mich auf den Abend sogar zu freuen.

»Ja, Herrschaftszeita, gibt's bei denne nix Rechts zom essa. Alloi um die Kart zom lesa, brauchsch ja an Übersetzer.« Missmutig ließ Robert die Speisekarte sinken. »Sauerkraut-Ritschert, Fisolen und Apfelkren – wer verstoht denn so ebbes?«

»Ich zum Beispiel«, sagte ich. »Es ist österreichisch, wie das ganze Restaurant hier. Waren Sie noch nie in Österreich, Robert?«

»Kannsch ruhig au du ond Bär zu mir sage«, brummte Robert. Dabei warf er mir einen Blick zu, der eher zu einer Morddrohung gepasst hätte.

»Also gut, ähm, Bär, warst du noch nie in Österreich?«, fragte ich.

»Noi, war i net. Was soll i denn do?«

»Österreich ist doch schön«, sagte Martin. »Zum Beispiel Wien, mit seinen prachtvollen Bauten und diesem lässigen Schmäh …«

»Oder Salzburg«, warf ich eifrig ein. »Ich habe da 2008 den ›Jedermann‹ gesehen, das war herrlich.«

»Echt? Ich war 2008 auch da. Seit Jahren endlich mal wieder«, sagte Martin.

»Was für ein Zufall!« Ich schüttelte lächelnd den Kopf. »Vielleicht sind wir uns ja sogar über den Weg gelaufen.«

Martin schaute mir tief in die Augen. »Das kann nicht sein, daran würde ich mich erinnern. Du wärst mir hundertprozentig aufgefallen.«

Ich wurde ein bisschen rot.

»Mir wird gleich schlecht«, knurrte Gesa.

»Mir au, wenn i die Kart no weiter les«, sagte Bär.

Martin lachte nur und klopfte Bär auf die Schulter. »Halb so schlimm«, munterte er ihn auf. »Sicher gibt's hier auch Spätzle.«

Bär warf mir einen anklagenden Blick zu, als sei ich an seiner ganzen Ernährungsmisere schuld. »Wenn's hier Spätzle gibt, fress i an Besa«, grummelte er.

Ich verbiss mir eine unfreundliche Antwort und bemühte mich um eine innere Haltung voller Nachsicht und Geduld. Schließlich hatte ich ein Kind, also hatte ich darin eigentlich Übung.

»Weißt du denn nun, was du nimmst?«, fragte Martin seinen Freund.

»Wenn i net woiß, was des älles isch, kann i au nix bstella«, sagte Bär mürrisch.

An Martins Stelle hätte ich ihm die Speisekarte um die Ohren gehauen. Doch Martin sagte nur: »Fragen wir doch die freundliche Bedienung.«

Der toppte mich ja noch an Geduld! Er musste sehr viele Kinder haben.

Die junge Dame trat an unseren Tisch. »Nu, wie kann isch Ihn' helfen?«, fragte sie in lupenreinem Sächsisch.

Martin sah unschuldig zu ihr hoch. »Eine Frage: Aus welchem Teil Österreichs stammen Sie?«

Ich kicherte, und selbst Gesa schien sich das Lachen zu verbeißen.

Schnell schob Martin nach: »Mein Freund hier bräuchte nämlich Ihre Hilfe. Könnten Sie ihm wohl die Speisekarte übersetzen?«

Die Bedienung sah etwas verschnupft aus, doch sie meisterte die Herausforderung, vor die sie sich mit uns gestellt sah, mit Bravour. Tatsächlich dauerte es kaum mehr als fünfzehn bis zwanzig Minuten, Bär davon zu überzeugen, der Küche des Hauses eine Chance zu geben. Er entschied sich schließlich für ein Wiener Schnitzel.

»Wie mutig von dir«, kommentierte Gesa an Bär gewandt, als die arme Sächsin endlich mit unserer Bestellung abzog.

Bär dachte noch bedächtig über eine Erwiderung nach, als Martin vorschlug: »Jetzt stoßen wir doch erst einmal an. Darauf, dass diese unglückselige Nummer mit der Nummer«, er lachte, »endlich ausgestanden ist.«

»Ausgestanden ist nicht ganz richtig«, sagte ich. »Es rufen immer noch täglich irgendwelche Leute an, die ›TauBärs‹ Dienste in Anspruch nehmen wollen.«

Martin sagte: »Immerhin haben wir so die Gelegenheit bekommen, uns kennenzulernen!« Er strahlte mich an, und ich spürte, wie Gesa neben mir sich versteifte.

Mit giftigem Lächeln sagte sie: »Martin hat extra ein Konzert für diesen schönen Abend ausfallen lassen. Ist das nicht süß von ihm? Bryan Adams.«

»Bryan Adams? Das ist mein Lieblingssänger!«, rief ich begeistert.

»Vielleicht sollten wir beide hier abhauen und lieber den Rest des Konzerts genießen«, grinste Martin. »Ich glaube, wir würden uns auch ohne diese zwei Spaßkanonen amüsieren.«

Gesa setzte mit empörtem Gesichtsausdruck zu einer Antwort an, und ich hob, um Frieden bemüht, eilig mein Glas. »Wir wollten doch anstoßen. Also dann, auf … äh, Österreich.«

Bär wartete das umständliche Zeremoniell lieber nicht ab, er trank schon. Als der Fellbacher Riesling seine Kehle hinunterrann, sah er zum ersten Mal an diesem Abend zufrieden aus.

»Ist der Wein gut?«, fragte ich freundlich.

»Ha ja«, sagte Bär. »Der kommt ja au von hier.«

Zwei Stunden und zwei weitere Rieslingflaschen später fühlte ich mich in einer so angenehm satten, schwebenden, unbesorgten Stimmung, dass ich Gesa, Martin und sogar Bär schon fast als Freunde empfand. Gesa ging es ähnlich, das merkte ich an ihren weinseligen Beteuerungen, dass sie schon Jahre, ach was, Jahrzehnte lang keine so nette Frau wie mich kennengelernt hätte. (Wie alt war die denn?!) Bär wurde mit jedem Glas Wein stiller, und nur Martin, der ja fahren musste, war noch einigermaßen nüchtern.

Ich schob mir den letzten Löffel meines Nougat-Topfenknödels in den Mund und seufzte: »Wenn die Sache mit meinem Führerschein nicht wäre, dann ginge es mir jetzt richtig gut.«

»Was 'n für 'ne Sache?«, fragte Gesa undeutlich.

»Na ja, mir wurde für einen Monat der Führerschein entzogen. Dabei brauche ich ihn ganz dringend. Für den Empfang beim Grafen.«

»An Graf? Was für an Graf? An Telegraf oder was?« Das war Bär, dem die Wirkung des Weines deutlich anzumerken war.

»Ich habe mich gerade mit einem Bio-Catering-Service selbstständig gemacht«, erwiderte ich, »und nächste Woche hätte ich meinen ersten Großauftrag.«

»Wie aufregend«, sagte Martin. »Ich mag Frauen mit Energie.«

»Deine Schleimspur reicht schon bis zur Küche«, knurrte Gesa ihn an.

Doch der Blick, den Martin mir zuwarf, sah überhaupt nicht nach Schleimspur aus, sondern sehr nett und ... ja, da war noch etwas. Etwas, das ich nicht einordnen konnte.

Um von meiner Verwirrung abzulenken, fuhr ich rasch fort: »Jedenfalls soll ich dem Grafen ein stilvolles Picknick ausrichten. Oberhalb der Uhlbacher Weinberge. Weil sein Sohn Geburtstag hat. Er wird achtzehn. Aber wenn ich nicht fahren darf, ist das ziemlich schwierig.«

Ich dachte an die Lösungen, die ich mir überlegt hatte: ein Großraumtaxi mieten – so dass mir vom Gewinn des Auftrags so gut wie nichts übrig bleiben würde. Meine Freundin Susanna fragen – bis mir einfiel, dass sie Autos für Teufelszeug hielt. Alles zu Fuß hochtragen – bis ich mir ausgerechnet hatte, dass ich dann ungefähr 72 Stunden brauchen würde, bis sämtliche Speisen und Getränke an ihrem Platz im gräflichen Garten sein würden.

Plötzlich wurde mir die ganze Tragweite meines Unglücks bewusst, und mir schossen die Tränen in die Augen.

»Oh je. Jetzt flennt se au no. I glaub, die isch bsoffa«, mutmaßte Bär.

Schniefend sagte ich: »Dir ginge es auch nicht gut, wenn deine Karriere den Bach runterginge!«

»Karriere, so siehsch du aus.« Bär schüttelte den Kopf. »Mit deim tolla Haus. Du hosch bestimmt an reicha Mann.«

Zum zweiten Mal an diesem Abend traf ihn der Ellbogen seines Freundes, und er fluchte unterdrückt.

»Hey«, sagte Martin dann leise an mich gewandt. »Das kriegen wir schon hin. Nicht weinen, hm?« Er hob die Hand, als wolle er mir eine Träne von den Wangen wischen, doch dann ließ er sie wieder sinken.

Gesa nuschelte: »Durftest du dir denn nicht aussuchen, wann du den Führerschein abgeben willst?«

Ich rieb mir mit der Serviette das feuchte Gesicht trocken. Flüchtig erhaschte ich ob dieses unfeinen Verhaltens einen befremdeten Blick der sächsischen Kellnerin.

»Doch, schon«, schniefte ich. »Aber der Graf ist sehr spontan. Die Idee mit diesem Picknick hatte er erst vor drei Tagen. Das sei so schön unkonventionell, hat er gesagt. Aber da war mein Führerschein schon weg.«

»Mensch, du Arme!« Gesa hob betrübt ihr Glas und nahm einen großen, mitfühlenden Schluck.

Ihr Mitleid tat mir gut. Vielleicht ließ ich mich deshalb, und nicht nur wegen des Rieslings, dazu hinreißen, zu sagen: »Und außerdem ist Maximilian an allem schuld. Weil er mich nicht davon abgehalten hat, nach vier Gläsern Wein noch Auto zu fahren.«

War es Gesas Mitleid, war es der Alkohol, war es die Erinnerung an jenen schrecklichen Abend? Jedenfalls redete ich mich jetzt richtig in Rage: »Maximilian war sogar schuld daran, dass ich überhaupt getrunken hatte! Schließlich hatte er mir an dem Abend eröffnet, dass er was mit dieser Rothaarigen aus seiner Abteilung hat und mich verlässt. Ich musste einfach noch zu meiner Heilpraktikerin fahren, ich musste mit ihr reden, ich brauchte sie!«

»Schafft die au nachts?«, fragte Bär kritisch.

Ich überging seinen kleinlichen Einwand und sprudelte weiter: »Jedenfalls bin ich erst mal durch die Gegend gefahren, einfach kreuz und quer, um mich ein bisschen zu beruhigen. Dann wollte ich zu Susanna. Stattdessen bin ich in diese blöde Kontrolle geraten.«

Unglücklich trank ich einen Schluck Wein.

»Und jetzt ist Maximilian ausgezogen und hat mich mit Lilly alleingelassen! Ich meine, ganz überraschend kam das ja nicht, ich hatte geahnt, dass er mich betrügt, hat er in München ja auch schon gemacht, aber dass er so Knall auf Fall ausziehen würde ... Wer weiß, wie lange er noch freiwillig Unterhalt zahlt, und wann ich aus dem Haus raus muss und Lilly den Kindergarten wechseln und ihre Freundinnen verlassen und ... und ...«

Ich schluchzte und wischte mir die Nase mit dem Handrücken ab, Kellnerin hin oder her. Dies war definitiv nicht der Moment für feine Sitten.

Martin sagte leise: »Was ist das für ein Mann, der eine Frau wie dich betrügt?«

»Einer wie du wahrscheinlich«, schnappte Gesa, dann wandte sie sich an mich und legte mir den Arm um die Schultern. »Wenn wir dich irgendwie unterstützen können, Biene, dann sag es.« Solidarische Tränen traten in ihre Augen. Was für ein nasser Abend!

Ich lächelte schief. »Lieb von euch beiden«, sagte ich. »Aber meinen Führerschein könnt ihr mir auch nicht wieder herzaubern.«

Einen Moment lang schwieg ich trübe.

Doch dann straffte ich meine Schultern und hob das Kinn. »Ach, egal. Eins nach dem anderen. Jetzt miete ich mir erst einmal ein Taxi fürs Einkaufen, und dann noch eins, um alles in den Garten hochzubringen. Und wenn nichts vom Geld übrig bleibt, habe ich doch zumindest einen guten Kunden gewonnen und vielleicht …«

Bär unterbrach mich mit den Worten: »Awa! Was du brauchsch, isch an Transporter. Und i hab oin.«

Wir starrten ihn alle drei an.

»Heißt das …«, begann ich zögernd.

»Genau des hoißt's«, nickte er. »Ich komm mit meim Transporter und schaff dir des Bio-Zuigs zum Picknickplatz. Aber bloß des oine Mol. Wega denne Anruf von meine Kunda.«

Ich nickte stumm. Keines meiner Dankesworte, die mir auf der Zunge lagen, schien bei Bär so richtig zu passen.

Er stand schwankend auf.

»Du gehst?«, fragte Martin. »Soll ich dich denn nicht heimfahren?«

Doch Bär winkte fahrig ab.

»Noi, i brauch jetzt mei Rua ond fahr mit dr S-Boh hoim. Hoffentlich sen do koine plärrende Weiber dren.« Mit einem letzten kurzen Gruß drehte er sich um und ging.

»Wir telefonieren dann, wegen des Picknicks«, rief ich ihm noch nach.

Doch seine genuschelte Antwort war zu leise, als dass ich sie richtig verstehen konnte. Es klang wie: »'s wird sich net vermeida lassa.«

Und dann war er weg.

Kapitel 3

»Schaaa ... rf! Wie siehst du denn aus? Also, entweder gehst du zum Tanztee im Ratskeller oder in den Messehallen findet ein Kellnerkongress statt.« Gesa zog eine Grimasse. Dann kreuzte sie zwei Bleistifte und hielt sie abwehrend vor sich. »Oh nein, ich weiß. Wolfgang Joop hat dich gebissen. Nun stehst du unter seinem Fluch und musst dich ein Leben lang kleiden wie ein Untoter.«

Ihr Spott ließ mich kalt. Ich hatte meinen besten Anzug an, ein Produkt aus Metzingen, der meinen durchaus ansehnlichen Körper umspielte, als sei er nur für mich gemacht. Zudem hatte mir mein Spiegelbild am Morgen zum wiederholten Male bestätigt, dass ich darin umwerfend aussah.

»Sei nicht traurig, Rapunzel. Lass dir einfach ein paar Haare wachsen, zur Not unter den Armen, dann wird auch dein Prinz kommen, um dich aus deinem Turm der Einsamkeit zu befreien.« Ich drehte mich zwei Mal um die eigene Achse, lief gekünstelt von der Tür zu meinem Schreibtisch, rückte geziert den Stuhl unter mir zurecht und setzte mich hin. Gesas Miene gefror.

»So früh am Morgen und so guter Laune. Du hast den besten Anzug an, den Papi im Schrank hatte. Frisch rasiert. Du hast doch etwas vor?«, zischte sie.

Unschuldig blickte ich sie an. »Nein, gar nichts. Ich werde Robert ein wenig zur Hand gehen und ihm bei der Vorbereitung des Geburtstagsfests beim Grafen helfen. Sonst nichts.«

Sie wieherte so unnatürlich ihren Unglauben in die Agentur, dass Bodo zur Tür hereinsah. War sein Leben wirklich so langweilig, dass er jeden Anlass dazu nutzte, um von seinem Arbeitsplatz wegzukommen, oder hatte er einfach nur nichts zu tun?

»Wow, Martin«, entfuhr es ihm, als er mich sah. Mehr sagte er nicht.

»Bodolein. Das war für deine Verhältnisse schon ganz gut. Jetzt gehst du brav in dein Büro und übst folgenden Satz: ›Wow, Martin, du siehst ja toll aus in deinem Boss-Anzug‹. Und wenn du das sagen kannst, darfst du wiederkommen.«

Zornesröte stieg in sein Gesicht.

»Du bist, du bist, du bist ... so ein Idiot«, stammelte er, dann war er raus aus der Tür.

Gesa musterte mich immer noch, ich konnte sehen, dass sich hinter der gerunzelten Stirn ein bedrohliches Gewitter zusammenbraute. Sie tippte mit dem Zeigefinger gegen die Unterlippe, hielt inne und richtete ihn wie eine Waffe gegen mich.

»Du willst dich an Biene ranmachen, stimmt's?«

Sie erhob sich von ihrem Stuhl und ging im Zimmer auf und ab. Ein bisschen erinnerte sie dabei an Meisterdetektiv Sherlock Holmes, der vor sich hinkombinierte.

»Na klar, sie passt voll in dein Beuteschema. Sie ist hübsch, hat Geld, Stil, ist in einer schwierigen Lage. Da kann der Herr ja ein bisschen den Galan spielen, die starke Schulter zum Anlehnen anbieten.«

Unwohlsein beschlich mich. Und Ärger. Weil ich offensichtlich so leicht zu durchschauen war. Ja, ich wollte diese Frau wiedersehen, und der Vorwand, Robert zu begleiten, war unkompliziert und unverfänglich. Biene gefiel mir und das hatte mit Beuteschema überhaupt nichts zu tun. Sie war so natürlich und lebendig, ging trotz ihrer Tränen mit so viel positiver Energie an ihr neues Leben heran. Sie hatte den gleichen Musikgeschmack, reiste offensichtlich gern, war kulturell interessiert. Und sah zudem so hinreißend aus: Diese sinnlich geschwungenen Lippen, die langen Locken, die verführerisch auf ihre Schultern fielen, diese tiefgrünen Augen und diese atemberaubende Figur, die selbst ein Hanfkleid nicht verbergen konnte. Unschuld und Verführung in Personalunion. Außerdem hatte ich am Abend im Restaurant den Eindruck gewonnen, dass Biene einem Flirt nicht abgeneigt gewesen war.

Gesa unterbrach ihre Wanderung und blieb stehen.

»Typen wie dich kenne ich. Ich weiß, was du vorhast. Ein paar tröstende Worte, dann ein paar Schmeicheleien, Zärtlichkeiten und ab in die Kiste. Mir wird schlecht, wenn ich daran denke.«

Offensichtlich plauderte sie hier aus ihrem eigenen Erfahrungsschatz und erhob ihn zur Allgemeingültigkeit. So weit hatte ich noch gar nicht gedacht.

»Kann sein, dass dies dem schiefen Bild von Männern entspricht, das dir von deinen Frauenmagazinen vorgegaukelt wird. Aber ich bin da etwas anders konfiguriert. Außerdem helfe ich einem Freund«, erklärte ich.

Ich hörte mich nicht sehr glaubwürdig an. Sie schoss auf mich zu, packte die Lehnen meines Schreibtischstuhls und drehte mich zu ihr hin. Dann beugte sie sich zu mir hinunter, so dass ich ihr in die Augen blicken musste.

»Und dazu wirfst du dich in deinen besten Anzug? Nein, Freundchen, mich täuschst du nicht. Allein, wie du sie neulich angegiert hast. Du bist ja fast in ihren Ausschnitt hineingekrochen.«

Langsam wurde ich wirklich wütend. Natürlich sehe ich einer Frau nicht nur in die Augen, vor allem dann nicht, wenn auch andere Körperpartien so zur Schau gestellt werden, dass der Schrei nach Beachtung geradezu in den Ohren gellt. Aber ausgerechnet von Gesa diesen Vorwurf zu hören, die nahezu jeden Menschen nur nach Äußerlichkeiten kategorisierte – sie hatte sogar eine Bewertungsliste für Männer entworfen, die Kriterien wie Haare, Gesicht, Bauch, Beine, Po und Nasenlänge enthielt – war des Guten zu viel.

»Wenn eine Dekorateurin sich so viel Mühe mit ihrer Auslage gibt, wäre es doch ein Frevel, nicht hinzusehen. Außerdem: Was geht dich das alles an? Bist du in einer Keuschheitsmission unterwegs? Als Mutter Teresa von Heslach?«

Sie atmete flach und schnell. Ihre Augen verengten sich zu Schlitzen, ihre Mundwinkel zuckten. Eine Strähne hatte sich aus ihrer Haarklammer in Form eines Delphins gelöst und fiel ihr in die Stirn.

»Ich mag Biene und sie tut mir leid. Ich will nicht, dass ihr noch mehr wehgetan wird.« Ihre Stimme zitterte ein wenig und ihr Blick wurde wässrig.

Meine Wut verflog, ihr Kümmern rührte mich. Offensichtlich war sie doch nicht so oberflächlich, wie ich sie eingeschätzt hatte.

»Ich mag Biene auch. Und Bär ist ein Freund. Also, warum soll ich den beiden nicht helfen?«

Ich klang wie ein schuldbeladener Sohn, der seiner Mutter erklärte, warum er die Schreinerlehre abgebrochen hatte, erzielte jedoch damit genau das Gegenteil von dem, was ich erwartet hatte. Anstatt einzulenken, entließ Gesa einen missmutigen Pfeiflaut, stieß die Armlehnen des Stuhls von sich, so dass ich wegrollte und rücklings gegen die Wand krachte.

»Musst du alle ins Bett zerren, die bei drei nicht auf den Bäumen sind?«, schrie sie mich an. Die Wut war echt, purpurn kroch sie über ihre Wangen bis hinunter zum Hals, wo sie sich in kleinen Flecken verlor. Einen Moment starrte ich sie fassungslos an. Verwechselte sie mich da mit jemandem? Wie kam dieses aufgeblasene, exaltierte Modepüppchen dazu, mein Intimleben zu interpretieren?

»Keine Bange«, erwiderte ich spitz. »Bei dir mache ich eine Ausnahme. Das weißt du doch.« Ich biss mir auf die Lippe, Gesa erbleichte.

»Sorry, das ist mir so rausgerutscht.« Die lückenhafte Erinnerung an den Abend, der mit einer wilden Agenturparty begonnen und in Gesas Schlafzimmer geendet hatte, lag bedrohlich in der Luft. Die Macht des Alkohols hatte uns in eine missliche Lage getrieben, war jedoch offensichtlich nicht stark genug gewesen, um das Geschehene in das Reich des Vergessens zu verbannen. Normalerweise hätte eine Bemerkung wie diese das Gespräch beendet, aber Gesa löste sich schnell aus der Erstarrung und gab sich kämpferisch. Sie baute sich breitbeinig vor mir auf, zog mich an der Krawatte zu sich, bohrte mir den Zeigefinger in die Stirn und raunte: »Wenn du Biene wehtust, dann wirst du erleben, was Schmerzen sind.«

Am kalten Schauer, der an meinem Rückgrat entlang nach unten floss, spürte ich, wie ernst sie es meinte.

Sie ließ mich los und sah auf die überdimensionale Gucci-Uhr an ihrem Handgelenk.

»Wann trefft ihr euch?« Es war keine Frage, sondern eine Aufforderung zur Antwort.

»Um drei viertel vier hole ich Robert ab«, entgegnete ich kleinlaut.

»Viertel vor vier also. Hm. Na gut, das schaffe ich.«

»Du schaffst was?«

»Ich mache das Layout für den Katalog von Authenrieth Electronics fertig. Und dann komm ich mit.«

Es gibt viele Dinge in meinem Leben, auf die ich nicht stolz bin. Mein beruflicher Weg zum Beispiel glich zunächst einer Odyssee, die mich mehr in die Fänge der Verlockungen trieb, als dass sie mich zu einem Ziel hätte führen können. Ich machte grundsätzlich nur das, was mir Spaß versprach, und kümmerte mich weder um die Ermahnungen meiner Eltern noch um Ratschläge von Freunden. Ich wollte nichts »Gscheids« lernen, wie mein Vater es auszudrücken pflegte, nur damit die Nachbarn keinen Grund zum Tuscheln hatten. Auch stand mir nicht der Sinn nach der Belegung von Studiengängen, die nach zwei Semestern abgebrochen werden, so, wie es einige Freunde von mir vorlebten. Ich wollte das Leben genießen und zwar in vollen Zügen.

Mit zunehmendem Alter und der verspätet einsetzenden Reife änderte sich meine Einstellung ein wenig, aber eine Eigenschaft ist mir aus dieser Zeit bis heute geblieben: Wenn ich etwas wirklich will oder jemand den tief in mir schlummernden Ehrgeiz weckt, dann bin ich nicht mehr aufzuhalten. So war es, als meine erste große Liebe, eine Amerikanerin namens Rachel, behauptete, ich würde nie ein Studium zu Ende bringen. Um ihr zu zeigen, dass sie sich täuschte, beendete ich es in Rekordzeit. Als sie behauptete, ich hätte zu wenig Biss, um einen Job zu finden, bewies ich ihr das Gegenteil. Ich schlug mit Leichtigkeit vierzig

Mitbewerber aus dem Rennen und sicherte mir eine Stelle als Juniortexter in einer angesagten Werbeagentur. Noch schneller beendete ich allerdings unsere Beziehung, als sie den Wunsch äußerte, eine Familie zu gründen. Noch bevor sie »Umstandskleid« sagen konnte, war ich weg. Familie bedeutete für mich Ausstieg aus der Achterbahn des Lebens. Nur noch daneben stehen und winken, während andere den Nervenkitzel der rasanten Berg- und Talfahrt genießen und ihr Vergnügen in die Nacht hinausbrüllen, das war nicht die Rolle, in der ich mich wohl fühlte.

Gesas Ankündigung, mitkommen zu wollen, weckte genau diesen Kampfgeist. Nichts und niemand konnte mich davon abhalten, Biene näherzukommen. Und wie das Leben so spielt, hatte ich Genosse Zufall auf meiner Seite.

Gesa war nicht im Zimmer, als ihr Telefon klingelte. Ich nahm ab. Helmut Bertele, Juniorchef der Druckerei Bertele und Bertele, wollte mit ihr einen Termin zur Druckabnahme für den Imageprospekt des Automobilzulieferers Ungerer absprechen. Das war meine Chance.

»Am besten noch heute Nachmittag«, erklärte ich ihm. »Der Kunde ist schon ein bisschen nervös, weil nächste Woche eine Messe beginnt, an der er teilnimmt. Dort benötigt er das Material dringend.«

Ich hatte Glück. Bertele ahnte nicht, dass meine Geschichte frei erfunden war und nahm mir den kleinen Schwindel ab.

»Des isch jetzt zwar a bissle plötzlich, aber wenn's so pressiert, dann mache mir des passend, gell?« Er lachte. »Also sage mir so um viere?«

Ich stimmte zu und kündigte Gesas Erscheinen an. Nur um sicherzugehen, dass die Sache nicht an Brisanz verlor, rief ich Bodo an.

»Was gibt's?«, knurrte er beleidigt in die Muschel.

»Ich habe eine gute und eine schlechte Nachricht, Bodolein«, säuselte ich honigsüß. »Die gute ist, dass der Imageprospekt von Ungerer trotz unzähliger Korrekturen nun doch noch fertig wird. Ich weiß, du hättest gern eine Lebensaufgabe daraus gemacht, aber so ist es nun mal.«

Er atmete scharf ein, doch ich ließ ihn nicht zu Wort kommen.

»Die schlechte ist, dass die Druckabnahme auf heute Nachmittag vorverlegt wird. Auf vier Uhr. Das ist die Zahl, die so lustig aussieht. Wie ein Stuhl, du erinnerst dich. Das heißt, du musst deinen Büroschlaf unterbrechen, deinen Hintern ins Auto setzen und zu Bertele und Bertele fahren. Und Bodo ...«, dramatische Pause, »... nimm bitte Gesa mit. Zwei Farbenblinde sehen mehr als nur einer.«

Meine Rechnung ging auf. Wenn ein Kontakter etwas nicht ausstehen kann, ist es, wenn etwas ohne sein Wissen und Zutun ausgemacht wird. Bodo rief bei Bertele und Bertele an, dort wurde ihm der Termin bestätigt und mitgeteilt, dass ein Mitarbeiter bereits dabei sei, die Maschine einzurichten. Eine Verlegung war ausgeschlossen. Der Hörer befand sich noch im Fall auf die Gabel, da rannte er schon aufgeregt den Gang rauf und runter, brüllte Gesas Namen, was wiederum einen Zornesausbruch Köbeles auslöste, der Bodo bezichtigte, »einen Furz gefrühstückt zu haben«. Nun konnte ich mich in aller Ruhe um die Gunst von Biene Wierokat bemühen und hatte nicht zu befürchten, dass Anstandsdame Gesa ihren Beschützerinstinkt auslebte. Fröhlich pfiff ich ein Lied. Ich glaube, es war »Du musst ein Schwein sein« von den Prinzen.

Gesa erkannte die Melodie sofort.

»Du bist so ein Scha ... wein«, keifte sie, als sie ins Zimmer stürzte. Hektisch packte sie ihre Sachen zusammen, zog geräuschvoll Schubladen auf, riss Jobmappen heraus und knallte sie auf den Tisch. Plötzlich hielt sie inne und bewegte sich bedrohlich langsam auf mich zu.

»Keine Ahnung, wie du das hingekriegt hast, Martin Pfänder«, raunte sie. »Aber glaube nur nicht, dass du mich damit für alle Zeiten los bist.«

»Keine Angst«, antwortete ich. »So schlecht fährt Bodo gar nicht. Drei Tage Magenkrämpfe und schon bist du wieder auf dem Damm. Soll ich Biene von dir grüßen?«

Mit einem kehligen Urlaut riss sie ihre Tasche vom Tisch, warf sie sich über ihre Schulter und verließ polternd das Büro.

Meine gute Laune verflog ein wenig, als ich Bär abholen wollte. Auf mein Klingeln an der Haustür folgte keine Reaktion, also irrte ich über den Hof, rief seinen Namen. Nichts regte sich. Es hatte sich einiges geändert auf dem Gehöft. Die Farbe am Haus wies dunkle Streifen auf, die Tauber senior niemals geduldet hätte, an einigen Stellen bröckelte sogar der Putz. Ein Teil der Regenrinne am Dach hing herunter und die Fensterläden rotteten still vor sich hin. Fünfundzwanzig Jahre hatten ihren Schleier aus Schmutz und Staub über das Anwesen gelegt und offenbar hatte niemand den Besen geschwungen, um ihn zu vertreiben.

Ich stolperte an Stapeln von Brennholz vorbei, die eine mittlere Kleinstadt durch den Winter hätten bringen können. Skulpturen aus verrostetem Eisen säumten den Weg, vorbei an ehemaligen Kaninchenställen hin zum Geräteschuppen, aus dem Geräusche drangen. Als ich näher kam, konnte ich Bärs Stimme hören: »Kreizkrabbesack« war deutlich zu vernehmen und »Allmachdsglomb, elendigs«, der Rest ging in Gerumpel und Geraschel unter.

»Bär«, rief ich laut. Ohrenbetäubender Lärm, dann ein Fluch der Kategorie »tiefste Schamesröte« folgten.

»I komm glei«, ließ er aus den Tiefen des Schuppens verlauten. »Die will bloß no net so wie i. Die hängt fest.« Er lachte sein krächzendes Lachen. Noch bevor ich mir über das Gesagte Gedanken machen konnte, ertönte ein erleichtertes »Jetzadle« und mein Schulfreund erschien im Rahmen der Schuppentür.

In den Händen hielt er eine Holzfigur, die er wie einen Pokal über seinem Kopf schwenkte. Es war eine Darstellung einer sich lasziv räkelnden Dame, deren Körper von einem Tuch umschlungen war, das mehr freigab als verhüllte.

Er deutete auf die hölzerne Schönheit: »Die han i em Schuppa gfonda.« Er wies mit dem Kopf in Richtung des marode wirkenden Holzhäuschens. Im Halbschatten der Öffnung waren Möbel, Bilder, Lampen und andere sperrige Güter zu erkennen. Bär war offensichtlich ein ebenso großer Jäger und Sammler, wie es seine Eltern gewesen waren.

»Die fahrt bei mir bloß rom. No han i dengt, des isch doch a guats Gschenk für an Achtzehnjähriga.«

Ich nickte und deutete auf die Uhr. »Vielleicht solltest du dich jetzt umziehen. Wir sind eh schon spät dran.«

Er sah an sich hinunter, schüttelte den Kopf und drückte die Figur an sich. Ihn schien es nicht zu stören, dass er einen ausgewaschenen blauen Overall trug, dessen Hosenbeine in Schnürstiefeln Größe 52 endeten. Der schief auf dem Kopf sitzende Pepitahut verlieh seinem Outfit einen Hauch von Exzentrik.

»Ha wieso? So seh i emmer aus, wenn i zom Schaffa gang. Was gibt's denn daran auszomsetza?«

»Na ja, ich meine, wir gehen zu einem Fest bei einem Grafen. Ein wenig mehr Etikette wäre da vielleicht angebracht«, formulierte ich meine Kritik so höflich wie möglich.

Robert sah noch einmal an sich hinunter, brummte etwas, was ich nicht recht verstand, was sich aber nach »kennet mi kreuzweis mit ihre Etiketta« anhörte.

Freundschaftlich legte ich ihm einen Arm um die Schulter. »Kein Problem. Zieh dir noch ein Sakko an, dann passt das schon«, ermunterte ich ihn.

Er drückte mir die Figur in den Arm, lief grummelnd ins Haus und kehrte nach fünf Minuten zurück. Er hatte sich in eine rotblau karierte Jacke gezwängt, die höchstwahrscheinlich aus dem Kostümfundus eines Wanderzirkus stammte. Die Arme waren zu kurz, in der Knopfleiste fehlte ein Exemplar, aber sonst war nicht viel daran auszusetzen. Wenn jemand den dummen August auf einer Volksbühne geben wollte, war er mit dieser Jacke gut bedient. Doch die Zeit drängte und im Grunde hatten wir außer der Anlieferung von Bienes Spezialitäten keine Funktion. Ich seufzte tief und gab das Zeichen zum Aufbruch. »Also gut, fahren wir.«

Die Fahrt verlief schweigsam. Ich starrte zum Fenster hinaus, ließ die strengen Linien der Weinberge an mir vorbeiziehen. Wie geflochtene Fäden überzogen sie die Kuppen, verbanden sich zu einem grünen Schal, der sich um die Städte entlang des Neckars legte. Aus dem Nichts schwebte ein Hauch von Melancholie heran und packte mich am Kragen. Keine Ahnung, was es genau war: Vielleicht die unerfüllte Sehnsucht danach, einen schönen Augenblick zu teilen. Mit einer Person, die so vertraut ist, dass keine Worte nötig sind, sondern stumme Blicke und ein zärtlicher Händedruck genügen, um das Unausgesprochene zu übermitteln. Mit den meisten weiblichen Bekanntschaften, die einen kurzen Abschnitt meines Lebens mit mir gemeinsam gehen durften, war dies nicht möglich gewesen. Äußerlichkeiten hatten eine größere Rolle gespielt als innere Werte. Ich musste mich nicht mitteilen und ich wollte auch nichts hören. Wenn der Spaß aus der Beziehung wich oder gar der Alltag sein graues Antlitz zeigte, dann wurde die Liaison beendet. Als ich zwanzig Jahre alt gewesen war, hatte sich das noch richtig angefühlt, doch in den letzten Jahren hatte jedes »Lebe wohl« ein weiteres Stück Leere in mir hinterlassen. Angefüllt wurde sie mit eben dieser süßen Schwere und der Hoffnung, kein »Lebe wohl« mehr aussprechen zu müssen. Wurde ich etwa doch noch erwachsen? Ich wusste darauf keine Antwort.

»Hosch de wega derra Goiß ... also dem Mädle ... also wega der Biene so in Schale gschmissa?«, unterbrach Bär die stillen Gedanken. Er musterte mich aus den Augenwinkeln, hielt aber gleichzeitig den Verkehr im Blick.

»Na ja, nicht nur. Aber auch. Die ist doch nett, oder?«

»Wie mr's nemmt«, murmelte er. Er setzte den Blinker, um von der Augsburger Straße in die Asangstraße einzubiegen.

»Sie isch halt koi Schwobamädle. Des merkt mr glei.«

»Ach. Woran denn?«

»Wenn a Schwäbin oin lupft, wird se luschdig ond fangt net 's Plärra an.«

»Sie ist halt durcheinander. Plötzlich alleine dazustehen, weil der Ehemann eine andere hat, das ist ja nicht so leicht.«

Ich hörte mich an wie Gesa. Biene war offensichtlich nicht die Einzige, die durcheinander war.

»Für mi hat di an Sparra locker. Aber des isch mir au wurschd. Mir machet den Job ond dann hot sich's ausgebienet«, lautete Bärs Fazit.

Für dich vielleicht, Robert Tauber, dachte ich. Für mich fängt die Biene-Zeit erst an.

Kapitel 4

Wenn Fleisch nicht so verdammt gut schmecken würde, wäre ich bestimmt Vegetarierin.

Sinnend betrachtete ich das Lammhack, das sich mit Chilipulver, Koriander und frisch geriebener Muskatnuss in der Schüssel vor mir türmte. *Dieser rote Klumpen ist einmal ein Lämmlein gewesen*, fuhr es mir durch den Kopf.

Sofort tat es mir leid, dass ich »Lammköfte mit Paprikagemüse« fürs gräfliche Buffet geplant hatte. *Immerhin*, tröstete ich mich rasch, *ist es ein Bio-Lamm gewesen, das ein schönes Leben hatte, bevor es geschlachtet wurde.*

Leben?, spöttelte mein Gewissen. *Die paar Wochen auf dieser Erde nennst du Leben?*

Aber der Graf hat ausdrücklich nach Fleischgerichten verlangt!, verteidigte ich mich gegen mich selbst. *Was soll ich denn machen?*

Zu deinen Grundsätzen stehen!, versetzte mein Gewissen streng. *Rein vegetarische Buffets anbieten!*

Ich bin doch gar keine Vegetarierin …

Oh. Richtig. (Pause) *Dann solltest du aber ganz schnell eine werden!*

Verstimmt griff ich nach dem Wiegemesser und verstümmelte die Petersilie, bis aus den stolzen Stängeln traurige, winzige Fitzelchen geworden waren. »Wut rauslassen«, sagt Susanna immer, »aber bitte sozialverträglich.« Petersilie zu hacken schien mir da eine gute Lösung zu sein.

Danach ging es mir besser. Ich streute die Petersilie auf das Hackfleisch, fügte noch Zwiebelwürfel und reichlich Knoblauch hinzu und tauchte meine Hände tief in die Schüssel, um alles zu verkneten.

Vielleicht mache ich mir zu viele Gedanken, dachte ich, während mir das Lammhack zwischen den Fingern hindurchquoll.

Vielleicht muss ich jetzt erst mal nur an mich denken, an meine berufliche Existenz, und ethische Überlegungen beiseitelassen.

Dann könntest du ja gleich mit Drogen handeln!, schnappte mein Gewissen. Es war heute sehr hartnäckig.

Richtig lästig! Woran das wohl lag?

An der Aufregung vermutlich. Wenn ich aufgeregt war, flatterten mir immer die Nerven. Und heute erwartete mich schließlich eine Premiere: Mein erstes großes Buffet, noch dazu malerisch-romantisch im Freien. Wenn ich diesen Auftrag gut erledigen würde, dann würde der Graf mich weiterempfehlen. Und seine Gäste würden mich ebenfalls buchen. Und ich wäre erfolgreich. Und Maximilian konnte mich mal.

Ich lächelte in meine Schüssel und formte kleine Bällchen. Das Olivenöl zischte, als ich die Köfte vorsichtig hineingleiten ließ. Ein wunderbarer Duft erfüllte die Küche, und ich merkte, wie die Anspannung langsam nachließ. Hey, wenn ich etwas konnte, dann war es kochen! Mein Blick flog zu den silbernen Platten und Schüsseln, die ich bereits vorbereitet hatte. Appetitlich gefüllt mit tausend Köstlichkeiten warteten sie auf ihren Auftritt in der Welt des Adels. Ich hatte mir wirklich Mühe gegeben: Lachs-Tortilla mit Meerrettichschaum … hauchdünn geschnittenes, kaltes Fleisch mit Minze und Koriander … Chili-Huhn-Spießchen mit Erdnusssauce … Reissalat mit Papaya … und schließlich, nostalgisch in Steinguttöpfen, meine berühmte Entenrillette. Na ja, berühmt war vielleicht übertrieben, aber wenn Maximilian und ich Gäste gehabt hatten, war dieses Gericht immer besonders gut angekommen.

Maximilian. Immer wieder Maximilian. *Hau endlich aus meinen Gedanken ab!*

Ich schüttelte den Kopf und schob energisch das Kinn vor. Mein untreuer Ex sollte mir diesen Tag nicht verderben! Mit dem war ich fertig, wenn mein Stolz auch noch ziemlich verletzt war. Aber Trauer? Nein, die fühlte ich nicht mehr. Schließlich hatte Maximilian mir schon lange vor seinem Auszug Gelegenheit gegeben, mich gründlich zu entlieben. Heimliche

Telefonate auf dem Handy am Wochenende, überraschende Nachtschichten im Büro und ein immer mürrischeres Verhalten zu Hause – all das war überdeutlich gewesen und hatte irgendwann auch in mir den Wunsch nach einer Trennung wachgerufen. Nur Lilly zuliebe hatte ich die Zähne zusammengebissen und weitergemacht.

Schön blöd.

Aber daran wollte ich jetzt nicht denken. Sollte Maximilian doch mit seiner Tusnelda im Bett herumturnen, mich kümmerte das nicht. Nicht jetzt. Jetzt kochte ich, und nachher machte ich Karriere, und Bär half mir, und alles war gut. Genau.

In diesem Moment stürmte meine Tochter in die Küche.

»Lilly«, sagte ich überrascht. »Wir hatten doch ausgemacht, dass du mit Evica spielst, während ich koche.«

Da tauchte Evica auch schon hinter Lilly auf und lehnte sich in den Türrahmen. »Kommt nix in Färnsehen«, sagte sie bedauernd.

Ich starrte sie an. »Spielen heißt doch nicht, dass ihr fernseht! Spielen heißt, dass ihr in Lillys Kinderzimmer geht und … und … Playmobil aufbaut! Das Puppenhaus herrichtet! Bilderbücher anschaut!«

»Ich erwachsen«, sagte Evica würdevoll. »Ich nicht spiele Puppenhaus.«

Gerade wollte ich zu einer Antwort ansetzen, als Lilly mit zitternder Stimme fragte: »Was für ein Tier ist das?« Ihr Zeigefingerchen deutete auf die Köfte, die heimelig vor sich hinbrutzelten.

»Lamm«, sagte ich. »Warum?«

»Gestern im Kindergarten haben wir einen Spaziergang gemacht«, sagte Lilly.

»Ja – und?«

»Wir haben Schafe gesehen. Und Lämmlein!« Anklagend zeigte sie auf die Pfanne.

»Lilly«, sagte ich unbehaglich, »Schafe sind nun mal Nutztiere. Sie werden gezüchtet, damit man sie isst, und …«

»Das will ich aber nicht!«, schrie Lilly und stampfte mit dem Fuß auf.

»Serr sensibel«, schnarrte Evica von der Tür her. Sie schüttelte missbilligend den Kopf. »Warum ist Kind so sensibel?«

»Sie ist einfühlsam und tierlieb«, verteidigte ich Lilly.

»Ist verrwöhnt«, sagte Evica. »Und spielt nicht alleine.«

Woher nahm dieses Au-pair sich eigentlich das Recht, meine Tochter zu beleidigen? Und mich gleich mit? Schließlich ging es hier um meine Erziehung!

Aufgebracht rief ich: »Ist das bei dir zu Hause so Brauch? Das Kind vor dem Fernseher zu parken und die restliche Zeit sich selbst zu überlassen?«

»Nix Brauch bei uns!«, sagte Evica mit verletztem Gesichtsausdruck. »Warum sagen so was? Färnsehen nix Brauch bei uns!«

Prompt meldete sich mein Gewissen aus dem Mittagsschlaf zurück. Na toll, jetzt brachte ich schon fremdenfeindliche Sprüche. Ich, die ich an sämtlichen Lichterketten Deutschlands teilgenommen hatte! Nicht genug, dass ich eine Tiermörderin war, ich war auch noch …

»Hier stinkt's, Mama«, sagte Lilly.

»Essen brrännt«, sagte Evica hämisch.

Ich fuhr herum. Meine Köfte! Mit fliegenden Fingern griff ich nach einem Pfannenwender und hob die Köfte aus dem rauchenden Öl. Tatsächlich waren sie an der Unterseite ziemlich schwarz. Mist.

Ich atmete tief ein und aus, ein und aus, ein und aus.

Es half. (Danke, Susanna!)

Rasch legte ich die Fleischbällchen zum Abtropfen auf Küchenpapier, mit der linken Hand griff ich nach der Pfeffermühle. Ich würde jetzt schön viel frisch gemahlenen Pfeffer draufhauen, dann würde niemand mehr das Verbrannte schmecken. Das waren jetzt eben – äh, pikante Lammköfte.

»Jetzt ist das arme Lamm auch noch schwarz«, sagte Lilly betrübt.

»Kann man wegwerfen«, warf Evica hilfreich ein.

Ich erdolchte sie mit einem gezielten Blick und sagte dann zu meiner Tochter: »Das soll so sein, Schätzchen. Das gibt erst den richtigen … Bratgeschmack. Wie vom Grill, weißt du?«

»Papa hat auch immer mit uns gegrillt«, sagte Lilly leise.

Die Erinnerung an ihren Vater, gepaart mit dem Mitleid für das schwarze Lamm, war wohl zu viel für sie. Plötzlich standen Tränen in ihren Augen.

Ich stellte die Pfeffermühle beiseite, hockte mich zu ihr und nahm sie in den Arm. Nostalgische Bilder voll verlorenen Familienglücks stiegen in mir auf.

Maximilian, Lilly und ich beim Grillen. Gott, war das erst im letzten Sommer gewesen? Wir drei, lachend und plappernd im Garten. Lilly hatte Kartoffelsalat gefuttert wie ein Weltmeister, und Maximilian hatte am Grill gestanden. Er hatte seine Schürze mit dem Aufdruck »Hier kocht der Chef« angehabt. Unwillkürlich runzelte ich die Stirn. Diese Schürze war so was von albern gewesen! Na ja, er hatte sie ja auch von seiner Mutter bekommen. Gut, dass er die Schürze endlich abgeholt hatte, und gut, dass ich sowohl Schürze als auch Schwiegermutter nun nicht mehr ertragen musste …

Die Klingel riss mich aus meinen gehässigen Gedanken. Beschämt drückte ich Lilly noch einmal an mich, stand auf und schob mich an Evica vorbei durch die Tür.

Unten blieb ich kurz stehen und atmete tief durch. Ich würde Robert – nein, Bär sollte ich ihn ja nennen – nicht zeigen, dass ich hier im Chaos versank. Ich war Sabine Wierokat, die coole Geschäftsfrau, und ich hatte alles, aber auch alles im Griff.

Schwungvoll riss ich die Tür auf und schmetterte: »Hallooo!«

Vielmehr, ich wollte es schmettern. Leider blieb mir das harmlose Wort im Halse stecken.

Denn neben Bär stand Martin.

»Hi, Biene«, sagte er und lächelte, und er hatte wieder diesen verwirrenden Ausdruck in den Augen, den ich nicht verstand und der mir dennoch durch und durch ging.

»Isch was?«, brummte Bär. »Oder dürfat mir vielleicht reikomma?«

»Ich … nein, natürlich nicht. Es ist gar nichts«, stotterte ich. »Und ja, kommt doch rein.« Verdammt, warum hatte ich noch die blöde Schürze an? Gut, es war nicht Maximilians »Hier kocht der Chef«-Schürze, aber Schürze blieb Schürze. Wenn ich gewusst hätte, dass Martin kommen würde, dann hätte ich …

»Die hot doch was gnomma!«, sagte Bär, nun etwas ungehalten. »Du musch uns scho vorbeilasse, wenn mir reikomma sollat!«

Heiß schoss mir die Röte ins Gesicht. Ich trat zur Seite und wagte es nun nicht mehr, Martin anzuschauen. Sicher war ihm überhaupt nicht bewusst, wie sexy er in diesem Anzug aussah, sicher hatte er sich nicht einmal Gedanken über sein Aussehen gemacht! So jedenfalls war es immer bei Maximilian gewesen.

Bär trampelte kopfschüttelnd an mir vorbei, Martin folgte ihm langsam. Irrte ich mich, oder streifte seine Schulter absichtlich die meine?

»Ich dachte, ich könnte vielleicht helfen«, sagte er leichthin. »Schüsseln schleppen und so.«

»Lieb von dir«, hauchte ich.

»Wo müssen wir denn hin?«, fragte er. »Da hoch?«

»Immer der Nos nach.« Bär war schon auf der Treppe.

Martin schenkte mir ein Lächeln, das jeder Zahnpastawerbung Ehre gemacht hätte, dann sprang er dynamisch die Stufen hoch. Ich nutzte die Gelegenheit und zog mir rasch die Schürze aus.

Als wir die Küche erreichten, lehnte Evica immer noch im Türrahmen. »Guten Tack«, sagte sie und musterte Bär gleichgültig. Erst bei Martins Anblick huschte so etwas wie Interesse über ihr Gesicht. Widerwillig stellte ich Evica den beiden

Männern vor. Meine Tochter hingegen konnte ich nirgends entdecken.

»Ist dir was angebrannt?«, erkundigte sich Martin schnuppernd.

»Mir? Nein, also das heißt, nur ganz wenig. Aber schaut doch mal, was ich alles vorbereitet habe!« Stolz wies ich auf die gefüllten Schüsseln und Platten. »Meint ihr, es wird dem Grafen gefallen?«

Statt einer Antwort knurrte Bär: »Hättsch koine Tupperschüssla nemma könna?« Finster schüttelte er den Kopf. »Wie solla mr denn des alles zom Audo brenga?« Sein Blick wurde noch eine Spur grimmiger. »Aber macht ja nix. No laufed mr halt hundertmol, bis älles verstaut isch.«

»Ein bisschen Bewegung kann dir nicht schaden«, sagte Martin und tätschelte Bärs Bauch. »Wenn wir alle mit anpacken, dann kriegen wir das schon hin. Du hast ja wirklich gezaubert, Biene!« Anerkennend betrachtete er mein Werk. Sein Blick blieb an den verkohlten Köfte hängen, die immer noch das Küchenpapier durchweichten. Stimmt, die musste ich noch pfeffern.

»Sollen die auch mit?«, fragte er.

»Klar!«, sagte ich überzeugt. »Das ist …«

»… totes Schafbaby!«, krähte Lilly und lugte unter der Küchenbank hervor. Da war sie also!

»Lilly, Schätzchen, komm doch raus und sag guten Tag«, bat ich sie sanft.

»Das ist wohl deine Tochter? Wie nett.« Martins Lächeln wirkte nicht ganz echt. Zögernd hob er eine Hand. »Tja dann, ähm … give me five!«

Lilly warf ihm einen vernichtenden Blick zu. Martins Hand blieb unabgeklatscht in der Luft hängen.

»Ich darf nicht mit fremden Männern sprechen«, sagte meine Tochter streng und kroch wieder unter die Bank, wo sie demonstrativ anfing zu singen.

»Mit Männern, die ich dir vorstelle, schon«, sagte ich und warf Martin einen nervösen Seitenblick zu. »Lilly ist sonst nicht so«, raunte ich. »Sie ist ein bisschen durcheinander zur Zeit. Wegen der Trennung, und wegen des neuen Au-pair-Mädchens, und … wegen allem. Es ist schwer für sie.«

»Steht aaaauf, wenn ihr Party wollt, steht aaaauf, wenn ihr feiern wollt«, sang Lilly.

Martin schaute befremdet auf sie hinunter, doch Bär fing an, heiser zu kichern. »Die isch ja luschdig. Ganz die Mutter. So, und jetzt wird was gschafft!« Unvermittelt nahm er zwei der schweren Silberschüsseln an sich, in jeden Arm eine.

Lilly hörte auf zu singen. Ihre Augen wurden kugelrund. »Du bist aber stark«, sagte sie bewundernd.

»Ich hoiß ja au Bär«, brummte er und stiefelte mit den Schüsseln aus der Küche.

Martin zwinkerte mir zu. »Ich schätze, wir sollten ihm tragen helfen. Sonst werden wir am Ende nicht fertig, und dann sitzen die illustren Gäste des Grafen im Weinberg und haben nichts, was sie sich zwischen die dritten Zähne schieben können.«

Ich musste lachen. »Der Sohn des Grafen wird achtzehn, nicht achtzig! Da werden wohl hauptsächlich junge Leute kommen.«

»Bei Festlichkeiten des Adels kommt immer die gesamte Verwandtschaft«, behauptete Martin.

»Ach, und woher weißt du das?«

»Gesa liest die Bunte«, grinste Martin. »Aber nicht weitersagen. Es würde ihr Image als hippe Trendsetterin zerstören, und das würde sie mir nie verzeihen.«

Beim Stichwort Gesa fiel mir etwas ein. »Sie hat mir übrigens auf den Anrufbeantworter gesprochen, dass sie sich mit mir treffen will«, sagte ich. »Hat mir wohl was Wichtiges zu erzählen. Du weißt nicht zufällig, worum es dabei geht?«

Martins Gesichtsausdruck veränderte sich. Seine blauen Augen wurden dunkel und unergründlich.

»Keine Ahnung«, sagte er. »Aber erwarte nicht zu viel. Was Gesa zu erzählen hat, ist selten interessant. Und wichtig schon gar nicht.«

»Das war jetzt aber nicht nett von dir«, rutschte es mir heraus.

»Es war angemessen«, sagte Martin knapp.

Ich dachte an Gesas Offenheit, an ihre schwesterliche Solidarität im Restaurant und an ihren netten Anruf und fand Martin ein bisschen gemein. Abrupt wandte ich mich meinen Fleischbällchen zu und schaufelte sie auf die letzte freie Platte. »Evica«, sagte ich, um Ablenkung bemüht, »spiel doch bitte ein bisschen mit Lilly. Ihr könnt auch hier in der Küche bleiben.«

Widerwillig setzte Evica sich in Bewegung. Sie schlenderte zur Küchenbank und hockte sich neben Lilly auf den Boden.

»Wir spielen Bauernhof«, schnarrte sie hinterhältig. »Hühner, Schweine, Lämmlein.«

Ich zuckte zusammen. Musste sie die Lämmlein wieder aufs Tapet bringen? Zum hundertsten Mal nahm ich mir vor, sehr bald ein neues Au-pair-Mädchen zu suchen.

Während ich das schwarze Schaf großzügig mit Pfeffer bestreute, warf ich Martin einen unauffälligen Seitenblick zu. Er schien verstimmt zu sein und lungerte stumm vor dem Tisch herum. Offenbar hatte ihm die Mitteilung, dass seine Kollegin mich anrufen wollte, gründlich die Laune verdorben.

»Frau Meier, Frau Meier, hol die Hühner rein!«, kreischte Lilly.

Martin griff nach einem Steinguttöpfchen mit Rillette und verließ fluchtartig die Küche.

»Der kann bloß ein kleines Töpfchen tragen. Gar nicht zwei große Schüsseln wie der Bär. Der Bär ist viel, viel toller«, warf Lilly ihm abfällig hinterher.

»Psssst!«, zischte ich und hob hastig den Zeigefinger an die Lippen. Dabei stieß ich die Cocktailsoße um, die kleine rosa Sprenkel auf mein Top malte. *So viel zum Schürzetragen*, schoss es mir durch den Kopf.

»Süßes kleines Schafbaby macht mäh, mäh«, säuselte Evica.

Ich schloss die Augen. Ein, aus. Ein, aus. Ein, aus.

Doch diesmal half Susannas Trick nicht.

Um ehrlich zu sein: Ich war vollkommen verwirrt. Eben hatte ich noch meinem verlorenen Familienglück nachgeheult (wenn auch nicht meinem Mann), jetzt saß ich zwischen Martin und Bär im Transporter und wünschte mir nichts sehnlicher, als dass Martin wieder mit mir flirtete. Aber warum wollte ich das eigentlich? War ich überhaupt bereit für eine neue Beziehung? Nach den Erfahrungen mit Maximilian konnten mir die Männer eigentlich gestohlen bleiben. Andererseits: Ich war jung, und ich verspürte nicht den Drang, Nonne zu werden. Schon gar nicht, wenn Martin neben mir saß … denn obwohl er mich nicht berührte, spürte ich seine Nähe wie ein Kribbeln auf meiner Haut, warm und elektrisierend. Ob es ihm ebenso erging?

Wohl eher nicht, denn er starrte aus dem Fenster und grübelte.

Okay, sagte ich mir schließlich trotzig. *Rede ich halt mit Bär. Der ist ja auch nett. Oder zumindest … anständig.*

Da gab es nur ein winzig kleines Problem. Was sollte ich mit einem wortkargen Gesellen wie Bär bloß reden?!

Ich überlegte eine Weile. Dann sagte ich: »Ich habe mich noch gar nicht für deine Hilfe bedankt.«

»Hm«, brummte er.

»Das möchte ich hiermit tun«, sagte ich feierlich. »Danke, Bär.«

Stille. Nur die Schüsseln hinten im Transporter klirrten leise.

Ich seufzte. Wie es aussah, würde ich mich wohl damit abfinden müssen, dass der Rest der Fahrt in tiefem Schweigen stattfand. Gerade überlegte ich, ob ich die Zeit für eine Blitzmeditation nutzen sollte, als Bär mich mit den Worten überraschte: »I hab was für dich. Do henta im Laderaum. A Gschenkle.«

»Ein Geschenk? Für mich? Von … dir?«

»Noi, vom heiliga Geischd«, knurrte er. »Klar von mir! Aber net für di.«

»Oh.«

»Also net direkt. Es isch für das Geburtstagskind. Den Julius. I han dengt, so wie du grad drauf bisch, hosch du bestimmt koi Gschenk für den Kerle. Also han i oins bsorgt.«

Verblüfft sagte ich: »Das ist nett von dir, Bär. Sehr nett. Wirklich sehr, sehr …«

»Scho recht«, unterbrach er mich. »'s langt, wenn de des oimol sagsch.«

Doch diesmal verletzte mich seine Grobheit nicht. Denn ich fing an, ihn zu durchschauen. Bärs Grummeln, seine rauen Worte – alles nur eine Maske, um den fürsorglichen Mann zu verstecken, der er eigentlich war. Ich betrachtete sein Profil, den sensiblen Mund, die rührend zotteligen Haare und den Pepitahut, und eine Welle der Zuneigung erfasste mich.

In diesem Augenblick kehrte auch Martin aus dem Reich der Taubstummen zurück. »Meine Güte. Heute hat dein Charme wohl Ausgang. Willst du nicht etwas höflicher zu Biene sein?«, rügte er seinen Freund.

»Bär ist höflich zu mir«, sagte ich und setzte in Gedanken hinzu: *Jedenfalls höflicher als gewisse andere Männer, die seit zehn Minuten kein Wort mehr mit mir gewechselt haben.*

»Die Biene und ich, mir verstandat ons scho. Do brauchsch du koi Sorg han«, sagte Bär. Ich dachte an sein Geschenk und lächelte ihn an, und meine innere Stimme sagte mir, dass Bär mein Freund werden würde. (»Freundschaft«, sagt Susanna gerne, »ist die Goldhirse des irdischen Daseins.« Oder so ähnlich.)

Martin hatte mich beobachtet. »Dann ist ja alles in Ordnung«, sagte er gedehnt.

Doch so richtig zufrieden klang er nicht.

Ich beschattete meine Augen mit der Hand, während ich den Blick hinunter auf Uhlbach genoss, der sich uns vom Picknickplatz aus bot. Der Graf hatte gut gewählt: Ein riesiger Garten oberhalb der Weinberge – mit knorrigen Apfelbäumen, Bauernblumen und Aussicht über das ganze Tal – sollte seine Gäste beherbergen. Unten glänzten die glasierten Ziegel der Andreaskirche in der Sommersonne, alte Wengerterhäuser, blühende Gärten und enge Gassen boten ein Bild des Friedens. Wenn ich Uhlbach von oben betrachtete, stieg immer ein Gefühl von Urlaub in mir auf. Heute wohl auch deshalb, weil mein Alltag – Evica, die Erinnerung an Maximilian und die Angst vor der Zukunft – hier oben unendlich weit weg schien.

Unterdessen breiteten junge Frauen mit adretten Schürzchen riesige Leintücher auf dem Gras aus. Gleich als wir gekommen waren, hatten sie uns die Schüsseln aus den Armen gerissen und sie auf einer langen, weiß gedeckten Tafel ästhetisch arrangiert, neben Champagner in eisgefüllten Kübeln, erlesenen Weinen und italienischem Mineralwasser. Es sah aus wie in einer Country-Zeitschrift.

Neben mir kratzte Bär sich am Hinterkopf. »Tupperschüssla wäret hier net so guat ankomma.«

»Kaum. Gefällt es dir denn?«

»Ha«, machte er kryptisch.

»Musst du die Schüsseln und Platten nach dem Fest wieder abholen?«, mischte sich Martin ein. »Da könnte ich dir helfen.« Offensichtlich war er entschlossen, mich sein unfreundliches Verhalten von vorhin vergessen zu lassen.

»Ich muss sie abholen, ja«, sagte ich zurückhaltend. »Aber Bär hat mir netterweise schon angeboten, mir nachher …«

»Das schafft er doch niemals allein«, unterbrach mich Martin entschlossen und warf Bär einen seltsamen Blick zu. »Wann ist das Picknick denn zu Ende?«

»Bei Einbruch der Dunkelheit«, sagte ich. »So um zehn.«

»No gange mir jetzt hoim und schaffet no ebbes«, sagte Bär. Kurz entschlossen drehte er sich um und ging zu seinem Transporter. Ich schaute ihm lächelnd nach. Noch nie hatte ich einen Menschen kennengelernt wie Bär, der so völlig selbstverständlich half, wo er nur konnte, und überall mit anpackte.

Martin trat näher an mich heran. »Biene«, sagte er leise. »Lass uns ausgehen, nur wir beide.«

Ach, so plötzlich?

Ich zuckte mit den Schultern. »Na gut«, sagte ich betont gleichgültig. »Woran hattest du denn gedacht?«

»Wir könnten auf ein Konzert gehen. Rock, Jazz – was magst du am liebsten?«

»Klassische Musik auf Originalinstrumenten«, antwortete ich.

»Schöne Idee«, sagte Martin. »Vielleicht das Freiburger Barockorchester? Ich glaube, die spielen demnächst in der Liederhalle. Wenn ich Karten habe, rufe ich dich an, okay?«

Ich nickte und fühlte mich halbwegs versöhnt. Martin war der erste Mann, der sich von meiner ungewöhnlichen Musikvorliebe nicht eingeschüchtert fühlte. Vielleicht wurde dieser Tag ja doch noch ganz gut.

»Eins noch«, sagte Martin. Etwas an seinem Ton ließ mich aufhorchen. »Sag Gesa nichts von unserer Verabredung, wenn ihr telefoniert. Ich trenne Berufliches gerne von Privatem.«

Schon wieder Gesa! Da war doch was im Busch! Doch bevor ich Martin über dieses heikle Thema ausfragen konnte, tauchte Bär wieder bei uns auf.

»Du hosch was vergessa. Do, nemm's. Des Geburtstagskend kommt bestimmt glei.« Mit diesen Worten überreichte er mir eine obszöne Frauenfigur aus Holz.

Entsetzt starrte ich das Kunstwerk an. Das sollte ich dem gräflichen Nachwuchs überreichen?!

»I wart em Auto. Des hier isch mir zu vornehm«, sagte Bär und ließ mich mit der peinlichen Figur im Arm stehen.

»Julius wird sich freuen«, grinste Martin. Er warf einen anzüglichen Blick auf die hölzernen Rundungen.

»Worüber werde ich mich freuen?«, fragte eine unangenehme, hochmütig näselnde Stimme hinter uns.

Ich drehte mich um und machte vor Schreck fast einen Satz zurück. Vor mir stand ein riesiger, spindeldürrer Jüngling mit unzähligen rot entzündeten Pickeln und verschlagen-lauerndem Blick.

Ich riss mich zusammen und wagte ein Lächeln. »Hierüber«, sagte ich. »Sie sind wohl Julius von Kirchberg?«

Er nickte, und ich drückte ihm die hölzerne Dame in den Arm. »Herzlichen Glückwunsch, lieber Julius. Ich freue mich sehr, dass ich das Buffet für Ihren achtzehnten Geburtstag bestücken darf. Und ich hoffe, Ihnen mit meinem Geschenk eine kleine Freude zu machen.«

Julius starrte auf den riesigen Busen der Figur, auf ihre einladende Beinstellung und den leicht geöffneten Mund. Ich folgte seinem Blick und schämte mich plötzlich ganz fürchterlich. Julius würde sich bei seinem Vater beschweren, oder er würde mir mein dreistes Geschenk gleich über die Rübe hauen.

»Julius«, fing ich mit einer Stimme an, die einige Tonlagen höher lag als sonst, »das Geschenk mag Ihnen ein wenig unpassend erscheinen, aber ich … ich …«

»Nein«, näselte Julius und riss seinen Blick von dem Kunstwerk los. »Es ist ein sehr … aufregendes Geschenk. Ich hoffe, ich kann mich irgendwann einmal revanchieren.« Er betrachtete nun mich, und seine Augen begannen zu leuchten. Leider wurden sie auch leuchtend kein bisschen hübscher.

»Nicht nötig«, sagte ich hastig. Ich fühlte mich entschieden unbehaglich.

»Doch doch, es ist nötig«, drohte Julius und entblößte seine Zähne. Mich durchzuckte ein neuerlicher Schreck, bis mir klar wurde, dass er bloß lächelte.

»Und jetzt wünschen wir Ihnen viel Spaß auf Ihrem Fest. Lassen Sie es ordentlich krachen«, sagte Martin bestimmt. Auch er schien Julius' Gesellschaft nicht zu genießen. »Gehen wir, Biene?«

Ich ergriff die Gelegenheit beim Schopfe und floh. Doch auf dem ganzen Rückweg zu Bärs Transporter spürte ich Julius' lüsterne Blicke wie Messer in meinem Rücken. Und eine leise Stimme flüsterte mir zu, dass dieses Geschenk noch ein Nachspiel haben würde.

Kapitel 5

Der Tag schien so beginnen zu wollen, wie der letzte zu Ende gegangen war. Ich erwachte von einem Presslufthammerballett im Kopf und hatte einen Geschmack im Mund, als hätte ich aus einem Güllefass getrunken. Durch die Schlitze meiner angeschwollenen Augen konnte ich erkennen, dass ich vergessen hatte, den Wecker zu stellen. Es war kurz vor neun und ich ziemlich spät dran. Es dauerte zwei, drei Sekunden, bis ich dies begriff, dann ging alles ziemlich schnell. In Windeseile erledigte ich die Morgentoilette, zerrte blind ein Hemd und eine Hose aus dem Schrank und hetzte zur Bushaltestelle. Dem ersten Bus konnte ich nur noch hinterherwinken, dafür hatte ich das Vergnügen, den nächsten mit einer zwanzigköpfigen Schulklasse zu teilen, die ihre Freude über den anstehenden Besuch des Lindenmuseums lautstark kundtat. In meinem Kopf hallte jedes Wort wie in einer Kathedrale, in meinen Ohren rauschte es und wenn mich das Sonnenlicht nicht so geblendet hätte, dann hätte ich einem dieser Rabauken klargemacht, wohin er sich die afrikanischen Masken, die er gleich sehen sollte, stecken konnte.

Als ich im Büro ankam, fühlte ich mich wie einer, der eine Marathonstrecke hinter sich gebracht hatte. Leer, ausgebrannt, erschöpft. Zu allem Überfluss fand ich eine Notiz auf meinem Schreibtisch vor, dass für 10 Uhr ein Krisenmeeting anberaumt war. Mit einem Stressächzen ließ ich mich in meinen Bürostuhl fallen. Und sah direkt in die verschmitzt grinsenden Gesichter von Gesa und Bodo.

»Ach herrje. Der arme Martin. So früh schon so erschöpft. Ich glaube, er wird alt.«

Es war klar, dass ich mir noch einen Spruch von Gesa einfangen musste. Es hätte mir sonst an diesem Morgen etwas gefehlt.

Bodo nickte und gluckste. »Ist wohl spät geworden gestern?«

Die Neugier stand den beiden so deutlich in den Gesichtern, als liefen sie dafür Reklame. Ich blieb stumm.

Ja, es war spät geworden, aber aus Gründen, von denen meine Kollegen nicht die leiseste Ahnung haben konnten. Und die auch mit meinen Erwartungen von einem gelungenen Abend nicht das Geringste gemeinsam hatten. Nach meinen Vorstellungen hätte dieser so ausgesehen: Bär und ich holen Biene ab, wir fahren zusammen zum Picknickplatz, laden die leeren Platten ein, fahren zu Biene, laden aus, Biene bietet uns einen Drink an, Bär lehnt ab, weil er zu müde ist, ich nehme an und dann geschieht das, was zwischen einer Frau und einem Mann geschieht, wenn sie sich zueinander hingezogen fühlen und die Gelegenheit günstig ist. Wir hätten geredet, gelacht und wären uns bei leiser, romantischer Musik nähergekommen.

Die Wahrheit hätte nicht weiter abweichen können. Schon das Abholen nahm dramatische Züge an. Töchterlein Lilly, die zwar bereits ihren Schlafanzug anhatte, aber wider Erwarten noch nicht im Bett lag, war nämlich gar nicht gewillt, ihre Mutter gehen zu lassen.

»So geht das schon seit Stunden«, erklärte uns Biene. »Sie will einfach nicht schlafen.«

Wie auf Kommando warf sich Lilly zu Boden und schlug wild mit Händen und Füßen um sich.

»Pass auf. Du gehst jetzt ins Bett und Evica erzählt dir eine Geschichte. Die Mami muss heute arbeiten. Aber morgen bin ich wieder da, okay?« Biene kniete neben dem tobenden Wildfang nieder und strich ihm über den Kopf.

»E-he-vi-cahas Geschi-hihi-chten ma-ha-ch-en mi-hi-r Angst«, schluchzte die Kleine und hörte für einen Moment mit ihrer Zappelei auf. »Da gibt es gahanz viele böhöse Männer. Und Mohonster.«

Der Rest der Inhaltsangabe ging in ihrem Geheul unter. Biene fuhr zu dem Au-pair-Mädchen herum, das einen relativ unbeteiligten Eindruck machte. Evica saß am Küchentisch, blätterte in einem Boulevard-Magazin und drehte eine Locke ihres Haares um den Zeigefinger. »Sind Märrrchen aus meine Cheimat«, sagte sie, ohne aufzusehen.

Biene rang sichtlich um Haltung. »Also gut«, sagte sie und klang dabei so, als zöge sie den letzten Trumpf ihres Lilly-Beruhigungsprogrammes aus dem Ärmel. »Wenn du jetzt lieb bist, dann machen wir etwas ganz Tolles. Dann gehen wir nach Ludwigsburg in den Märchenpark.«

Das hätte sie besser nicht gesagt, denn bei dem Begriff »Märchenpark« steigerte sich das Geplärr sirenenartig. Offenbar hatte das Au-pair ganze Arbeit geleistet und den Grundstein für eine handfeste Psychose bei der Vierjährigen gelegt. Betreten standen Bär und ich um die unglückliche Lilly herum und sahen zu, wie sie sich in ihrem Leid suhlte. Biene versuchte, sie zu beruhigen. Die Zeremonie aus Streicheleinheiten und zyklisch wiederholten Versprechungen schien letztendlich Wirkung zu zeigen. Lilly wurde still, setzte sich plötzlich auf, verschränkte die kleinen Ärmchen vor der Brust, schob die Unterlippe vor und sagte: »Ich will mit!«

Dies war ihr Kompromiss, den sie anbot und den sie mit Vehemenz verteidigte. Zehn Minuten verfolgten wir das Kräftemessen zwischen Mutter und Kind, bis Bär ein Machtwort sprach.

»Bevor mr jetzt no die halbe Nacht rommache, nemma mir die Kloi halt mit. Mr sen ja glei wieder zrück.«

Lillys Stimmungslage drehte sich sofort um 180 Grad. Sie sprang auf und tanzte durch die Küche, hinaus auf den Gang, die Treppe hoch, die Treppe hinunter, kehrte mit einer Hose, einem Jäckchen und ihren Schuhen zurück und hielt Bär die Klamotten hin.

»I sag's ja, die isch luschdig«, sagte er und lachte. Er ließ sich auf den Boden hinunter, was trotz seiner Größe und Masse sehr elegant wirkte, und half dem Mädchen beim Anziehen. Eine wunderbare Freundschaft schien sich zwischen diesen beiden anzubahnen, die mich ein wenig eifersüchtig machte.

Die Wende im »Fall Lilly« holte auch Evica zurück aus ihrer Lethargie. Energisch stand sie auf und verkündete: »Ich auch komme mit. Allein in diese große Haus ist mich ungeheimlich.«

Ich kann mich irren, aber ich hatte den Eindruck, dass sie mir dabei zuzwinkerte.

Die Sitzanordnung im Auto ließ keinerlei Nähe zwischen Biene und mir zu. Lilly bestand darauf, neben Bär sitzen zu dürfen, rechts von ihr saß ihre verzweifelt dreinblickende Mutter, dann kam Evica, die vor allem in den Kurven immer weiter in meine Richtung rutschte und mich gegen die Beifahrertür drängte.

»Ist sähr kurrvig hier«, flötete sie und drehte dabei ihren Oberkörper so, dass sie mit ihrer rechten Brust meinen Arm streifte. Zufall oder Absicht? Ich gab vor, es nicht zu bemerken, und versuchte stattdessen einen Blick von Biene zu erhaschen. Sie saß stocksteif in der Mitte des Transporters und starrte nach vorn. Lilly unterhielt währenddessen die schweigende Gesellschaft mit einem Quiz: »Wo fahren wir hin? Was ist ein Graf? Wenn ein Graf so etwas wie ein König ist, hat er dann auch ein Schloss? Gibt es in diesem Schloss auch eine Prinzessin?« Und so weiter.

Geduldig stand Biene Rede und Antwort, während mir von der Fragerei, vielleicht aber auch vom Duft, den Evicas penetrantes Parfüm verströmte, der Kopf rauchte.

Auch am Picknickplatz hatte ich nicht die geringste Chance, bei Biene zu punkten. Ich bemühte mich zwar, durch Fleiß ihre Aufmerksamkeit zu gewinnen, lief doppelt so schnell und bestimmt auch doppelt so oft hin und her, doch kaum hatte der Graf sie entdeckt, hatte sie auch schon eine Unterredung mit ihm. Er lobte das Buffet überschwänglich, überschüttete Biene mit galanten Komplimenten. Vor allem die pikante Zubereitung der Lammköfte schien seinen Geschmack getroffen zu haben.

»So etwas Köstliches habe ich noch nie gegessen«, näselte er in gestelztem Tonfall. »Diese Boulettes de viande waren so, so ... fest im Biss und so, so ... scharf. Sie müssen uns das Rezept verraten.«

Biene sah mich unsicher an und ich trat näher, um ihr zu signalisieren, dass ich nicht nur körperlich hinter ihr stand.

»Betriebsgeheimnis«, antwortete ich an ihrer Stelle. »Bei dieser Rezeptur handelt es sich um eine Spezialität mit langer Familientradition. Nicht wahr, Biene?«

Sie schenkte mir ein erleichtertes Lächeln. »Ja, genau. Ich habe das Rezept von meiner Großmutter. Und sie hatte es wiederum von ihrer Großmutter. Diese Art der Zubereitung war sozusagen ihr Markenzeichen.«

Ich biss mir auf die Lippen, um nicht laut zu lachen. Verbranntes Fleisch als Markenzeichen, das musste ich mir merken.

»Ich fand die Köfte auch super.«

Wir drehten uns um. Des Grafen widerlicher Spross hatte sich herangeschlichen und taxierte Biene von oben bis unten. Seine Mimik verriet, dass er ihre Erscheinung in seine postpubertäre, garantiert nicht jugendfreie Phantasie einbaute. »Und auch Ihr Geschenk ist spitze. Meine Patentante Ariane hat mir verraten, wen die Figur darstellt. Es ist die griechische Göttin Peitho, die bei den Römern Suada hieß. Sie überredete junge Mädchen, sich nicht länger zurückzuhalten, sondern sich der Liebe hinzugeben. Die habe ich ab jetzt immer bei mir.« Er grinste breit.

Ein Zahnarztbesuch wäre das bessere Geschenk gewesen.

»Schön, dass Ihnen die Statue gefällt«, antwortete Biene höflich.

»Ja, sie bekommt einen Ehrenplatz. Vielleicht neben dem Luftgewehr, das mir mein Vater geschenkt hat. Zum Vögeljagen.« Der junge Graf kicherte irr. »Das wird ein gutes Jahr, ein verdammt gutes Jahr.« Mit diesen Worten drehte er ab und ging.

»Da wird sich die gute, alte Peitho aber den Mund fransig reden müssen, damit sich irgendeine seiner Liebe hingibt«, flüsterte ich Biene ins Ohr. An den zuckenden Mundwinkeln sah ich, dass es ihr schwerfiel, das Lachen zu unterdrücken.

»Ich glaube, wir haben alles«, sagte sie hastig und zog mich am Ärmel meines Sakkos. »Dann wollen wir mal ...«

Sie eilte den Berg hinunter zum Parkplatz, so dass ich Mühe hatte, Schritt zu halten. Als wir am Auto ankamen, drängte sie Evica zur Seite, die sich am Beifahrerspiegel die Lippen nachzog, öffnete die Tür, schwang sich auf den Sitz und brach in schallendes Gelächter aus. »Spezialrezept ... Familientradition ... Verbrannte Köfte nach Art des Hauses«, stammelte sie und wischte sich Tränen aus den Augenwinkeln.

Nun brachen auch bei mir alle Dämme. »Boulettes de viande leidör verbrande«, äffte ich den Grafen nach und schickte Biene damit in den nächsten Lachanfall. »Hast du das dämliche Gesicht von diesem bornierten Dämlack gesehen?«

»Und das von Julius erst. Pikantes Fleisch und ein scharfes Geschenk. Den Geburtstag wird er bestimmt nicht vergessen.«

Wir japsten, um Luft zu bekommen, während uns die anderen verständnislos ansahen.

»Gut«, sagte Biene, als sie sich wieder beruhigt hatte. »Machen wir, dass wir hier wegkommen.«

»Okay, Mami«, rief Lilly, die auf Bärs Schoß saß und am Lenkrad drehte. Im nächsten Moment gab die Kleine Geräusche von sich, die einem Formel-1-Wagen alle Ehre gemacht hätten.

»So, jetzt läsch mi wieder fahra«, meldete sich Bär zu Wort. »Sonsch komma mir gar nemme hoim.« Er hob Lilly an und setzte sie neben ihre Mutter. Die Geräusche, die das Mädchen daraufhin anstimmte, lagen im Dezibelbereich eines startenden Düsenjets.

Zu dem Drink in trauter Zweisamkeit kam es leider nicht. Lilly beruhigte sich zwar während der Fahrt, konnte jedoch aufgrund ihrer bleiernen Müdigkeit nicht mehr dazu bewegt werden, den Weg ins Haus auf eigenen Beinen zurückzulegen. Während Biene ihr Töchterchen ins Bett brachte, luden Bär und ich die Platten aus. Von Evica fehlte jede Spur. Sie sah ich erst wieder, als wir in der Küche standen und auf die Hausherrin warteten, um uns zu verabschieden. In einem hauchdünnen Satinnachthemd tänzelte sie an uns vorbei, um sich etwas aus dem Kühlschrank zu holen.

»In Nacht ich immärr hungrig«, schnurrte sie und es klang so eindeutig zweideutig, dass Bär seinen Pepitahut absetzte und sich den Schweiß abwischte. Die Reaktion Bienes, die nach der Gute-Nacht-Zeremonie erschöpft in der Tür erschien, fiel wesentlich kühler aus.

»Evica, könntest du bitte den Bademantel anziehen, den ich dir geliehen habe? Wir wollen doch nicht, dass du dich erkältest.«

Das Au-pair zog die Augenbrauen nach oben. »Bademantel krratzt und rriecht nicht gut.« Sie genoss noch kurz das Rampenlicht, dann huschte sie an uns vorbei und raunte: »Gute Nacht. Und träumen Sie was Schönes. Vielleicht von mirr?« Sie lachte keck, drehte sich einmal um die eigene Achse und verschwand zur Tür hinaus.

»Endlich Feierabend«, seufzte Biene und rieb sich mit einer Hand die Stirn. »Graf zufrieden, Kind schläft. Was will man mehr?« Lächelnd sank sie auf einen Stuhl und schloss für einen Moment die Augen. Sie sah ziemlich müde aus. Wären wir alleine gewesen, hätte ich ihr die Schultern massiert oder ihr über das Haar gestreichelt. Bärs Anwesenheit verhinderte diese Vertrautheit und er machte keine Anstalten, das Haus ohne mich verlassen zu wollen.

»Komm, Martin«, sagte er endlich. »I glaub, ’s isch besser, wenn mir ganget. Biene braucht jetzt ihr Ruah.«

Sie schlug die Augen auf und warf mir einen unergründlichen Blick zu. »Ja, ein bisschen müde bin ich schon. Ihr sicher auch, oder?«

»Es geht.« Ich versuchte, cool zu klingen, und brachte mein gesamtes schauspielerisches Können auf, um mir meine Aufregung nicht anmerken zu lassen. »Einen Absacker könnte ich schon noch vertragen.«

Doch ehe Biene darauf eingehen konnte, stand Bär auf und winkte mir, es ihm gleichzutun. Biene sprang auf und folgte ihm zur Tür. »Vielen Dank für deine Hilfe. Ich weiß nicht, was ich ohne dich gemacht hätte.«

»Scho recht«, grummelte Bär und verschwand in der Nacht, ohne sich umzusehen.

»Ich komme gleich nach«, rief ich ihm hinterher. Ich wollte Biene die Gelegenheit geben, mich doch noch auf einen Drink einzuladen. Wir standen uns gegenüber wie zwei Teenager in Erwartung des ersten Kusses. Ich strich ihr zärtlich durch das Haar. Sie sah mich an, und in diesem Blick lagen Verlangen und die Aufforderung, doch endlich die Initiative zu ergreifen. Ich spürte mein Herz schlagen, es klopfte im Rhythmus ihres Namens. Bie-ne, Bie-ne, Bie-ne.

Die Szene war filmreif. Wie in Zeitlupe bewegten wir uns aufeinander zu, der Abstand zwischen unseren Lippen schmolz von Sekunde zu Sekunde, Biene schloss die Augen, ich traute mich kaum zu atmen ...

»MAAAAMMMMIII! Ein Gespenst!«

Die Situation gefror. Ein Drehbuchautor hätte für diese Sequenz die Goldene Himbeere verdient. Biene öffnete die Augen und atmete hörbar ein. Ich versuchte, mich ihr zu nähern, um das zu vollenden, was beinahe geglückt wäre, doch sie legte mir einen Finger auf die Lippen und schüttelte den Kopf. Frustriert zog ich mich zurück.

»Deine Tochter hat ein tolles Gespür für Timing.« Ich versuchte zu lächeln, obwohl mir ganz und gar nicht danach zumute war. Das war es, was den Umgang mit allein erziehenden Müttern so schwierig machte. Ihre kleinen Lieblinge verstanden es meisterlich, sich immer dann ins Spiel zurückzubringen, wenn sie gerade mal nicht im Mittelpunkt standen. Lilly bildete in diesem Punkt keine Ausnahme.

»Maaamiiii!!! Komm!!!«

»Sie hatte sicher einen Albtraum. Ich muss hoch«, seufzte Biene.

»Vielleicht hat deine Tochter von Evica in ihrem Nimm-mich-und-zwar-sofort-Outfit geträumt«, antwortete ich. »Da habe ja selbst ich Angst bekommen.«

Sie lächelte schief. »Welcher Alptraum auch immer – er kann erfahrungsgemäß nur in meinem Bett gebannt werden. Eng an mich gekuschelt.« Nach einer kleinen Pause setzte sie hinzu: »Tut mir leid, Martin.«

»Mach dir keine Sorgen. Dein Kind geht vor.« Keine Ahnung, woher ich meine ritterliche Haltung nahm. Ich war genervt und aufgewühlt zugleich, wollte nicht gehen, ohne Biene gespürt zu haben, und dennoch wusste ich, dass ich ihr in dieser Nacht nicht näherkommen würde. Ich streichelte ihr über die Wange.

»Vielen Dank für alles«, sagte sie leise.

Sie wollte gehen, doch ich hielt sie fest.

»Ich habe Konzertkarten für Samstag besorgt. Das Freiburger Barockorchester spielt Händel in der Liederhalle.«

Sie nickte und ihre Augen funkelten. »Schön. Ich freue mich«, flüsterte sie.

»Dann hole ich dich am Samstag ab, ja? Sagen wir 19 Uhr?«

»MAAAAAAMMMMIIIIII!«

Biene nickte, dann schloss sie hastig die Tür. Kein Drink und auch sonst nichts, was zwischen einer Frau und einem Mann passieren konnte. Den Drink nahm ich zu Hause ein, und um ehrlich zu sein, es blieb nicht bei dem einen.

»Ich glaube, er verschweigt uns was.«

Bodos Gießkannenstimme holte mich aus der Erinnerung zurück. Gesa lächelte und hob einen Zeigefinger in die Luft, um ihren Worten mehr Bedeutung zu verleihen.

»Kann sein. Aber so, wie er aussieht, glaube ich eher, dass es nicht viel zu verschweigen gibt. Und so, wie er riecht, endete der Abend in einer Bahnhofspinte.«

Sie hob die Nase in die Höhe und schnüffelte. Bodo tat es ihr gleich. Beide verzogen die Gesichter.

»Iiihhh. Frustsaufen. Wie eklig.«

»Wenn Miss Marple und ihr treudoofer Gefährte ihre Mutmaßungen so weit abgeschlossen haben, würde ich gern erfahren, was es mit diesem Krisenmeeting auf sich hat. Gibt es ein Problem?«

Mein Ablenkungsmanöver wirkte. Bodo wich sämtliche Farbe aus der Maske und selbst Gesa gab ihre arrogante Haltung auf. Sie warfen sich verschwörerische Blicke zu und beide schienen zu hoffen, dass der jeweils andere zu reden begann.

»Tja ... also ... es ist so«, fing Bodo an. »Ohne Herrn Köbele vorgreifen zu wollen, aber es sieht so aus, als ob wir die Kampagne für die WiWaSo BaWü AG verlieren.«

Ich lachte. Dabei konnte es sich nur um einen Scherz handeln. Die WindWasserSonne Baden-Württemberg AG, der größte Anbieter regenerativer Energie im Musterländle, war seit Jahren der wichtigste Kunde von Köbele und Partner. Jeder Vorgang wurde zur Chefsache erklärt. Ohne seine Zustimmung ging keine Anzeige an die Zeitung, kein Plakat in den Druck und kein Mailing zur Post. Ideen für neue Wege der Kundengewinnung oder gar neue Kampagnenmotive wurden immer von Köbele höchstpersönlich vorgestellt. Am Wochenende, im Urlaub, selbst im Krankheitsfall blieb er für die WiWaSos ansprechbar. Spötter behaupteten, er hätte in einem sanitären Bereich des Unternehmens einen eigenen Schreibtisch, damit er dem Auftraggeber jederzeit in den A..., na ja, wie gesagt, Spötter redeten so. Köbele war ein Teil des Energielieferanten geworden, seine Lebenskraft zog er aus Wind, Wasser und Sonne. Und mit dieser Energie hätte er jeden Nebenbuhler aus dem Rennen geschlagen.

Ich verstummte, als sich die ernsten Mienen meiner Gegenüber nicht änderten. Es war also kein Spaß.

»Das kann doch nicht sein. Köbele hat doch die besten Beziehungen zur Marketingleitung.«

Gesa nickte.

»Hat er ja auch. Genau das ist das Problem. Ihr Mann ist dahintergekommen. Und der sitzt in der Konzernführung.«

Die Luft im Büro unseres Chefs war zum Schneiden dick. Kaffeeduft, Zigarettenqualm und Schweißgeruch hatten sich zu einer dichten Dunstwolke zusammengeschoben, die bedrohlich und atemraubend im Raum hing. Gesa, Bodo und ich saßen am Besprechungstisch, den Köbele in einer Art Dauerlauf umrundete, während er uns auf die neue Situation einstimmte.

»Des isch ein Desaster, a Katastrophe, a unglaubliche Sauerei«, begann er. »Jahrelang hem mir ons bucklig gschafft ..., awa, i darf gar net dro denka. Ond jetzt kommt des Kaspergsicht von der Chefetage doher ond sagt, mir müsste die Ziele neu definiera ond an Blick von außa neibrenga. Ond no frogt der Siach ausgerechnet dr Schloz ...«

»Schloz von Schloz and Friends«, ergänzte Bodo.

»Ha, welcher Schloz denn sonschd, du Bachel«, fauchte ihn der Vorgesetzte an. Bodo duckte sich. Mit Recht. Köbele in Rage – da war alles möglich, auch körperliche Züchtigung bei unklugen Einwänden. Auf den Konkurrenten aus Degerloch war der Agenturchef nicht gut zu sprechen. Seit Jahren fischte Schloz in den Kundengewässern von Köbele, und auch unser Chef ließ keine Chance ungenutzt, seinem Widersacher zu schaden. Es war ein Geben und Nehmen, mal gewann der eine, mal der andere.

Wenn es nicht um Aufträge ging, spannten sie sich gegenseitig das Personal aus. In manchen Fällen blieb nicht nur fachlich eine große Lücke zurück. Als hätte er meine Gedanken erraten, kam Köbele auf mich zu und senkte seinen Kopf nah an mein Ohr. »Wie hieß denn die Kloine, die bei ons in der Grafik geschafft hot ond zom Schloz ganga isch«, flüsterte er.

»Naomi«, sprudelte es aus mir heraus. Etwas zu schnell und leider auch so laut, dass es Gesa und Bodo mitbekamen.

»Und hosch du noch Kontakt zu der? Könnsch do net amol a bissle nachbohra?« Er lachte asthmatisch.

Mir war bewusst, dass es beim Kampf um den größten Kunden nicht nur um den Etat, sondern auch um die Ehre ging. Und da war offensichtlich jedes Mittel recht. Mit Naomi hatte ich eine kurze, aber in allen Belangen sehr heftige Liaison gehabt, bis ich gemerkt hatte, dass ihre intellektuellen Fähigkeiten ihrem blendenden Aussehen und gewissen anderen Talenten gehörig hinterherhinkten. Eine Zeit lang ging das gut, aber es gibt Situationen, in denen wollen sogar Männer reden.

Für Naomi brach eine Welt zusammen, als ich die Beziehung für beendet erklärte. Einen Monat später kündigte sie. Ungefähr ein Jahr war das nun her. Hatte ich erwähnt, dass es in meinem Leben Episoden gab, auf die ich nicht stolz bin?

»Das kann ich nicht machen«, sagte ich zu Köbele.

Es gab Grenzen im Wettstreit am Markt. Ich war nicht bereit, diese zu übertreten. Nicht nur, um Naomis Gefühle nicht zu verletzen, ich dachte dabei auch an Biene. Gesa knetete ihre Unterlippe und ließ mich nicht aus den Augen. Ich begegnete ihrem Blick und hielt ihm stand, bis sie wegsah. Köbele schnaubte verächtlich.

»No halt net. Dann müssa mir auf Plan B ausweicha. Des hoißt, dass mir jetzt obedengt an Börner brauchet.«

»Wir brauchen was?«, entfuhr es uns gleichzeitig.

Unser Boss sah uns an, als hätte er es mit Gymnasiasten zu tun, die ihr Schulpraktikum absolvieren.

»An Knaller, an Kracher, a sauguade Idee. Ebbes, was es no net gebba hot. Ond diesen Börner brauchet mir möglichst bald. Bis nächste Woch, um genau zu sei ...«

Wir sogen synchron Luft ein, beziehungsweise das, was noch davon übrig war. Bodo japste.

»Das schaffen wir doch nie«, rief ich empört.

Köbele schüttelte den massiven Schädel und warf die Arme in die Luft. »Ihr müssat des schaffa. Ihr seid ab sofort freigstellt ond kümmrat euch nur noch um WiWaSo.«

»Also, ich weiß nicht, ob meine Kunden das gut finden, wenn ich so lange nicht für sie da bin«, sagte Bodo und konnte gerade noch dem Locher ausweichen, der auf ihn zugeflogen kam. Mit einem heftigen Knall krachte das Utensil gegen die Wand und rief Marie auf den Plan.

»Haben Sie mich gerufen, Chef?«

Köbele gab ihr ein Zeichen, näher zu kommen.

»Wenn du scho mol da bisch: Brengsch mir gschwend die Reiseunterlaga für die Herrschafta.«

»Reiseunterlagen?«, tönte es dreistimmig. Mit ein bisschen mehr Übung hätten wir als Synchronsprechtrio auftreten können. Marie rauschte hinaus, kehrte in Windeseile zurück und überreichte Jürgen Köbele drei Umschläge.

»Damit ihr ungstört seid, fahret ihr nach Neuharlingersiel. An d' Nordsee. I hab do a Ferienwohnung. Do lenkt nix ab, do hen ihr a gsonde Luft und ihr kennat konzentriert schaffa.«

Gesa verdrehte die Augen und Bodo schien dem Nervenzusammenbruch nahe. Er bewegte tonlos die Lippen und unter seinem rechten Auge zuckte ein Muskel. Köbele verteilte die Umschläge und setzte sich.

»Schön«, sagte ich. Jetzt half nur noch grenzenloser Optimismus und die Flucht nach vorn. »Machen wir einen Kurztrip auf Agenturkosten. Wann soll es denn losgehen?«

»Morgen früh. 7 Uhr 51, Gleis 9 am Hauptbahnhof«, antwortete Marie. »Um 16 Uhr 30 seid ihr da. Details zur Reise findet ihr in den Unterlagen.«

Ich öffnete den Umschlag und zog das Blatt mit den Reiseverbindungen heraus. Achteinhalb Stunden Fahrt warteten auf uns, vier Mal waren wir gezwungen umzusteigen. Ich stutzte.

»Aber die Rückfahrt ist erst in einer Woche. Das geht nicht, ich habe am Wochenende etwas vor.«

Gesa zog die Stirn kraus, riss mir das Papier aus der Hand und überprüfte meine Aussage. Wütend blickte sie unseren Agenturchef an. »Ich kann auch nicht. Eine Freundin eröffnet eine Ausstellung und ich habe versprochen, die Moderation zu übernehmen.«

»Und ich treff mich mit meinen Leuten zum Rafting«, fügte Bodo hinzu.

Köbele lief dunkelrot an und Marie spurtete an uns vorbei. Sie kam gerade noch rechtzeitig mit den Beruhigungstropfen zurück, um ihn davon abzuhalten, das Mobiliar des Besprechungsraumes zu zerlegen. Als er wieder sprechen konnte, entließ er uns mit den Worten: »Wenn ihr net mit ner gscheita Idee zrickkommat, dann könnet ihr do oba bleibe und Krabba schäla.«

Pulen, es heißt Krabben pulen, lag mir auf der Zunge, doch ich verkniff mir diese Bemerkung.

Die nächsten Stunden verbrachte ich damit, Unterlagen für unsere Brainstorming-Fahrt zusammenzusuchen. Marie hatte mir mehrere Ordner mit Analysen, Kundenbefragungen und Auswertungen hingelegt, die ich durchblätterte, um das Wichtigste zu kopieren. Berge von Papier häuften sich auf meinem Schreibtisch, die ich mal von links nach rechts, dann von rechts nach links schob. Bei einer Verrückungsaktion fielen mir die Online-Tickets für das Konzert am Wochenende in die Hände. *Biene*, schoss es mir durch den Kopf und in meinem Gefühlsranking übernahm kurz die Schwermut die Tabellenführung, bevor sie von der Wut überholt wurde. Ich verfluchte meinen Zeit fressenden Job, Köbele und zu guter Letzt auch mich selbst, weil ich mir das alles gefallen ließ.

»Was hast du denn da?« Gesa stand hinter mir und schielte auf die Eintrittskarten. »Oh wow, das Freiburger Barockorchester. Ich wusste gar nicht, dass du auf so etwas stehst.«

»Hard Rock, Punk Rock oder Ba-Rock. Ist doch egal. Hauptsache Rock«, witzelte ich, um mir die Erklärungen zu ersparen. Doch Gesa war in solchen Dingen hellwach.

»Wie romantisch. Da wird Biene aber ziemlich enttäuscht sein, wenn sie hört, dass du lieber mit mir nach Neuharlingersiel fährst.«

»Ja, genau wie ich«, sagte ich wütend. Ich setzte an, die Tickets zu zerreißen. Sollten die Ba-Rocker doch ohne uns spielen. Gesa schnappte sich die Ausdrucke und floh aus dem Zimmer. Meine Verfolgung wurde von Marie gestoppt, die mit einem weiteren Aktenberg zu uns unterwegs war. Während Gesa sich geschickt an ihr vorbeidrückte, lief ich frontal in sie hinein. Ich zögerte einige Sekunden, dann entschied ich mich dafür, ihr zu helfen, während sie fluchend die Ordner einsammelte.

Ich saß schon längst wieder bei der Arbeit, als Gesa endlich wiederkam.

»Was hast du mit meinen Tickets gemacht?«, fragte ich sie.

»Ich habe sie Marie gegeben und ihr gesagt, sie soll sie an Biene schicken. Hat sie auch gleich erledigt«, antwortete sie lapidar. »Nur weil du keine Zeit hast, musst du doch ihr nicht die Freude verderben. Vielleicht kann sie ja jemanden mitnehmen. Eine Freundin. Oder einen Freund.«

Sie grinste dabei so unverschämt, dass ich einen Moment darüber nachdachte, ihr das Augenbrauenpiercing zu entfernen. Natürlich ohne den Verschluss zu öffnen.

Kapitel 6

»Sonnenzentrum Susanna, hallo?«

»Biene hier. Grüß dich, Susanna. Ich wollte mal hören, wie ...«

»Mööönsch, Biene! Du hast dich ja so was von lange nicht gemeldet! Wie geht es dir, Goldkind? Mööönsch, dass du mich anrufst!«

Ich lächelte in den Telefonhörer. »Ich hatte viel zu tun. Irgendwie geht bei mir gerade alles drunter und drüber.«

»Dann wird es höchste Zeit, dass du mal wieder zu einer Sitzung kommst«, sagte Susanna bestimmt.

Ihre feste Stimme tat mir gut. Ich sagte: »Wie wär's mit heute Nachmittag? Ich bringe Kuchen mit. Vollkorn«, setzte ich vorsichtshalber hinzu.

»Demeter-Vollkorn?«, fragte Susanna.

Wenn ich das wüsste ...

»Klar«, sagte ich.

»Gut, dann habe ich Zeit. Um vier?«

»Ich freu mich.«

Als ich auflegte, fühlte ich mich bereits ein wenig getröstet. Und den Brief mit den Konzertkarten und der erhellenden Nachricht steckte ich in meine Handtasche, ohne ihn noch eines Blickes zu würdigen.

Seggl, Susannas Kater, huschte an ihr vorbei durch die Tür nach draußen. Susannas Haus in der Trollingerstraße hätte jedem Kräuterweiblein Ehre gemacht: Es war winzig und verwinkelt und wurde von den deutlich stabiler aussehenden Häusern rechts und links fast erdrückt. Nach hinten sorgten eine mit gewelltem Plastik überdachte Terrasse im ersten Stock sowie ein handtuchgroßer Garten darunter für die nötige Verbindung Susannas mit den Elementen der Natur. Auf der Terrasse konnte man zwar nicht sitzen, weil jeder Zentimeter von Kräutertöpfchen besetzt war, aber der Garten war nicht nur mit kniehohem Gras, sondern sogar mit einem wackligen Tisch und zwei Ikea-Klappstühlen ausgestattet.

Heute jedoch lotste Susanna mich trotz der frühsommerlichen Wärme draußen zielstrebig ins Wohnzimmer.

»Goldkind, wie habe ich dich vermisst! Komm rein, komm rein … aber schließ die Tür hinter dir. Ich habe gerade ein Energiefeld aufgebaut, extra für uns beide, das sich sonst verflüchtigt.«

»Oh«, sagte ich gerührt. »Danke, Susanna.«

Ich trat ein und schloss die Tür hinter mir. Ein stechender Geruch stieg mir in die Nase. Ob der mit dem Energiefeld zusammenhing? Nein, das war eher …

»Susanna«, sagte ich, während ich hinter ihr ins Wohnzimmer ging, das gleichzeitig als Therapiezimmer fungierte, »ich glaube, Seggl hat hier reingepinkelt. Es riecht so ek… komisch.«

Erstaunt drehte Susanna sich um. »Seggl? Quatsch. Das ist die Duftlampe. ›Momente der Stille‹, eine ganz neue Mischung, alles hundert Prozent naturreine ätherische Öle.«

Puh, kein Wunder, dass Seggl das Weite gesucht hatte. Ich schluckte und schielte zum Fenster, das fest geschlossen war. Wahrscheinlich wegen des Energiefeldes. Na ja, ich würde es überleben.

Wir setzten uns und ich stellte meinen Kuchen auf den Tisch. Kokos-Banane, genau Susannas Geschmack und die einzige Sünde, die sie sich gönnte.

Während sie uns Tee einschenkte und großzügige Kuchenstücke auf die Teller schaufelte, schwiegen wir – unsere Treffen begannen immer mit einigen Minuten des Schweigens, um zur Ruhe zu kommen – und ich beobachtete sie lächelnd. Susanna war in jeder Hinsicht ein Original und dafür liebte ich sie. Sie trug eine praktische Kurzhaarfrisur, die alle paar Wochen in einer anderen Farbe erstrahlte, diesmal war es Orange. Eine mehrreihige Bambuskette mit Glasperlen baumelte bis zu ihrem Bauch herunter, einem Bauch, der allerdings kaum als solcher zu bezeichnen war, da Susanna sich hauptsächlich von Wurzelgemüse ernährte. Und natürlich von Goldhirse. Das entschlacke, sagte sie, und mache dauerhaft schlank. Na ja, eigentlich eher mager.

»So, Goldkind«, seufzte Susanna und lehnte sich zurück, »dann schieß mal los. Ich spüre doch, dass du was auf dem Herzen hast.«

Ich wusste gar nicht, wo ich anfangen sollte. »Wollen wir nicht erst, ähm, eine Meditation machen?«, schlug ich vor, um Zeit zu gewinnen. »So zum … Sammeln.«

»Beim Kuchenessen?« Susanna runzelte die Stirn. »Nee, wirklich nicht. Nachher zeige ich dir die Gehmeditation, wenn du willst. Ich war gerade auf einem Workshop, wo wir das gelernt haben. Da kriegst du den Kopf frei, sage ich dir. Aber jetzt erzähl erst mal.«

Ich sog die »Momente der Stille«-geschwängerte Luft tief ein.

Gut. Dann los.

»Ich habe einen Mann kennengelernt«, begann ich zögernd, »und er gefällt mir gut. Sogar sehr gut. Aber er … ich weiß nicht, ob er es ernst meint. Weißt du, Martin ist der Typ, dem die Frauen nur so zufliegen. Sieht gut aus, ist witzig, charmant … wahrscheinlich nicht der Treueste.«

»Dann lass die Finger von ihm!«, sagte Susanna sofort.

»Nein!«, entfuhr es mir. »Ich weiß doch gar nicht, ob er wirklich untreu ist. Oder ob ich einfach alle Männer unter Generalverdacht stelle, seit Maximilian …«

»Damit hättest du nicht unrecht«, unterbrach sie mich. »Männer haben es verdient, unter Generalverdacht gestellt zu werden.«

»Neinneinnein, Martin ist nicht so, bestimmt nicht! Ich meine, ich fürchte, dass er so ist, aber wahrscheinlich projiziere ich nur meinen Exmann auf ihn und er ist ganz und gar unschuldig, mag mich wirklich und … na ja, dass er mich mag, hat er zwar nicht gesagt, aber … aber er schaut immer so. Irgendwie.« Unsicher brach ich ab.

»Wie, irgendwie?«, fragte Susanna streng.

»So tief«, sagte ich leise. »So … sehnsüchtig.«

Susanna lachte schrill auf. »Du romantisches Ding! Wenn's bei dir um Gefühl oder Verstand geht, gewinnt immer das Gefühl, hm?« Sie schüttelte mitleidig den Kopf und aß noch ein Stück Kuchen. Dann fragte sie: »Wart ihr denn schon in der Kiste?«

»Was? Nein.« Ich wurde rot.

»Aber geküsst habt ihr euch?«

»Äh – nein. Nicht so richtig. Nein.«

Fassungslos starrte Susanna mich an. Ihre Kuchengabel blieb zitternd in der Luft stehen. »Und dann machst du dir schon solche Gedanken? Goldkind, lass das Ganze doch auf dich zukommen! Vertrau dem Schicksal! Lass die kosmische Energie walten! Vielleicht zieht sie deinen Martin schneller von dir weg, als du gucken kannst, weil er einfach nicht für dich bestimmt ist. Dann hättest du dir völlig umsonst den Kopf zerbrochen.«

Ihre Worte trafen mich wie Messerstiche. Ich trank schnell einen Schluck Tee. Puh, schmeckte der muffig. Vielleicht hatte Susanna ihn mit den neuen ätherischen Ölen aromatisiert.

»Warte nur ab, Goldkind. No net hudle, wie der Schwabe sagt«, plapperte Susanna weiter. »Die kosmische Weisheit regelt vieles für dich, ohne dass du auch nur einen Finger krümmen musst.«

»Vielleicht hat sie das ja schon getan«, sagte ich leise, bückte mich und zog den Brief aus meiner Handtasche. »Hier. Konzertkarten von Martin. Er wollte mich einladen, aber jetzt ist ihm sein Job natürlich wichtiger.« Ich schluckte. »Muss irgendwo in den Norden, wünscht mir viel Spaß beim Konzert und empfiehlt mir, doch mit jemand anders hinzugehen. Heißt das nicht, dass ich ihm total egal bin? Und das Ganze hat er mir nicht mal selbst geschrieben, sondern nur durch eine Sekretärin der Agentur ausrichten lassen. Als wäre ich eine lästige Kundin, die er abwimmeln müsste!«

Die Demütigung, die ich beim erstmaligen Lesen des Briefes empfunden hatte, stieg erneut bitter wie Galle in mir hoch. Meine anfängliche Enttäuschung hatte nichts von ihrer Kraft verloren, im Gegenteil: Das Herumlungern in der Nähe des Telefons, mit dem ich in den letzten Tagen etliche Stunden verbracht hatte, und das Ausbleiben jeglichen Erfolgs dieser Maßnahme (denn natürlich hatte Martin nicht angerufen) hatten mich ziemlich zermürbt.

Kopfschüttelnd aß Susanna ihren Kuchen auf und beschied mir kauend: »Dann ist der Fall ja klar. Die kosmische Weisheit hat bereits entschieden. Ab in die Tonne mit dem Kerl! Jetzt geht es nur noch darum, dass du dich von Martin freimachst.« Sie warf mir einen strengen Blick zu. »Und überhaupt von den Männern. Habe ich dir schon mal gesagt, dass du diesen traurigen Geschöpfen viel zu viel Wert beimisst?«

»Ungefähr tausendmal«, sagte ich missmutig.

»Dann bist du wohl therapieresistent.« Susanna schaute noch strenger. »Besinne dich auf deine weibliche Kraft, Goldkind! Alles, was du brauchst, ist in dir selbst, im inneren Raum der Stille. Du brauchst keinen Mann, sondern den Frieden deiner Seele.«

Bevor ich etwas antworten konnte, stellte sie entschieden ihren Teller ab, kam um den Tisch zu mir herüber und reichte mir die Hände. »Steh auf«, befahl sie. »Du wirst jetzt deine Hände auf den Bauch legen, den rechten Fuß heben, ihn ein paar Zentimeter vor den linken setzen, und dann: eiiiiiinatmen! Was du jetzt nötig hast«, sie zog mich mit einem Ruck vom Stuhl hoch, »ist eine Runde Gehmeditation.«

Ich verließ Susanna als anderer Mensch. Ich fühlte mich gereinigt und gestärkt und nutzte den Heimweg, um in Gedanken noch einmal durchzugehen, was ich gelernt hatte.

Martin vergessen. Seelenfrieden. Weibliche Kraft. Frauenfreundschaften stärken. Regelmäßig meditieren. Konzertkarten nicht aus Wut wegwerfen, sondern gelassen über der Demütigung stehen. Und schließlich setzte ich noch hinzu, was mir bei der siebzehnten meditativen Runde um Susannas Tisch durch den Kopf geschossen war: *Martin eins auswischen. Bär zum Konzert einladen. Dafür sorgen, dass Martin davon erfährt.*

Unwillkürlich blickte ich hinter mich, als ob Susanna hinter mir herschleichen und meine Gedanken lesen könnte. Aber der Uhlbacher Platz, das Alte Rathaus und das Weinbaumuseum lagen menschenleer und friedlich im Abendsonnenschein. Rache, das war mir schon klar, passte nicht ganz zu einer geistigen Haltung im Einklang mit der kosmischen Weisheit. Rache gehörte zu einer der niedrigsten Bewusstseinsstufen. Rache war niederträchtig.

Rache war jetzt genau das Richtige.

Am Samstagabend stand ich in meinem verführerischsten Outfit vor der Liederhalle und trat ungeduldig von einem Fuß auf den anderen. Wo blieb Bär bloß? Er würde mich doch nicht auch noch versetzen? Aber nein, so begeistert, wie er am Telefon geklungen hatte, konnte ich mir das nicht vorstellen. »Alte Instrumente, des isch subbr«, hatte er gesagt, »da komm i mit.« Und dann hatte er etwas hinzugefügt, das mich ziemlich neugierig gemacht hatte. »Ond no könnat mir zwoi au mol a bissle schwätza. I hab da so a Idee, was ons zwoi betrifft.«

Nervös zupfte ich an meinem Röckchen herum. War das Ding nicht doch zu kurz? Schließlich wollte ich Bär nicht ins Bett zerren, sondern ihm nur die Augen für meine Vorzüge öffnen, damit er Martin ein bisschen von mir vorschwärmte. Aber vielleicht war ich ja auch gar nicht sein Typ. Bei Evica neulich, ja – da war er ziemlich ins Schwitzen gekommen.

Der Gedanke an das halbnackte Au-pair in meiner Küche dämpfte meine Stimmung etwas. In letzter Zeit zeigte Evica sich von einer Seite, die mir nicht gefiel. Gut, an Evica hatte mir von

Anfang an sehr wenig gefallen, eigentlich gar nichts, bis auf den Umstand, dass sie sofort als Au-pair verfügbar gewesen war. Da Maximilian mich Knall auf Fall verlassen hatte und ich somit ziemlich unsanft in mein neues Leben als Freiberuflerin geworfen worden war, war eine rasche Betreuung meiner Lilly das Gebot der Stunde gewesen. Aber so, wie diese Tussi sich entwickelte …

Ich biss mir auf die Zunge. Hatte ich das wirklich gerade gedacht? Tussi?? Nur weil sie Martin und Bär schöne Augen gemacht hatte? War ich so eifersüchtig, so vereinnahmend Männern gegenüber, die ich doch eigentlich kaum kannte? Wie ätzend. Kein Wunder, dass Maximilian sich eine andere gesucht hatte.

Eine knarzende Stimme riss mich aus meinen trüben Gedanken. »Ah, heut mol net in Hanf? Sieht net schlecht aus«, witzelte Bär hinter mir. Doch sein Blick, als ich mich umdrehte, war ernst und voller Bewunderung, und meine Laune hob sich augenblicklich.

Na also.

Ich begrüßte ihn und stöckelte an seiner Seite ins Konzerthaus. Immer wieder spürte ich bewundernde Blicke auf mir, und als wir den Saal erreichten, in dem uns Händels Kastraten-Arien erwarteten, fühlte ich mich bereits ganz großartig.

Was sicher auch daran lag, dass Bär ein recht präsentabler Begleiter war: Er trug zwar keinen Anzug, aber ein Jackett, das seine Figur nicht mehr wuchtig, sondern nur sehr männlich erscheinen ließ. Sein Haar schien ausnahmsweise gebürstet zu sein, und die Jeans war immerhin sauber und wohl nicht seine älteste. Als er sich vor mir durch die Reihe zu unseren Sitzplätzen drängte, dachte ich wieder an seine Andeutung am Telefon. Eine Idee, die ihn und mich betraf ... Hoffentlich wartete er mit der Erläuterung dieser Idee nicht bis ganz zum Schluss.

Er und ich.

O Gott, das konnte doch wohl nicht bedeuten …

Er hat sich überraschend in mich verliebt, schoss es mir durch den Kopf, *und fühlt sich durch meine Einladung ermutigt.*

Ich werde ihn abweisen müssen. Und er wird es Martin erzählen. Und der wird wissen, dass ich nur ihn will, obwohl er mich so schlecht behandelt hat. Eingebildeter Kerl, vielleicht will ich einfach gar keinen Mann? Susanna hat recht, warum sollte eine Frau eigentlich immer einen Mann wollen? Was für eine patriarchalisch-vermessene Vorstellung, so was von …

»I dät sage, jetzt hältsch amol dei Göschle und hörsch auf romzubrabbla.« Bärs Ellenbogen stieß unsanft gegen meine Rippen. »Falls du's no net gmerkt hosch, die hen scho angfanga mit dem Händel.«

Mist, da hatte ich wohl laut gedacht. Zu laut? Hatte Bär etwa verstanden, was ich gedacht, nein, offensichtlich sogar gesagt hatte? Fühlte er sich jetzt abgewiesen? Hielt er mich für eine Männerhasserin?

Alarmiert suchte ich in seinem Gesicht nach den resignierten Spuren enttäuschter Liebe, doch Bär beachtete mich schon nicht mehr. Die Musik des Barockorchesters schien ihn vollkommen in seinen Bann zu ziehen. Er wiegte seinen Kopf leicht hin und her, und seine Augen leuchteten.

Halbwegs beruhigt beschloss ich, es ihm nachzutun, und blickte nach vorne. Händels Kompositionen und das hervorragende Orchester brauchten keine dreißig Sekunden, um in meinem Herzen anzukommen, und mit einem Aufatmen überließ ich mich endlich der Musik.

Bär war immer noch wie verwandelt, als wir nach dem Konzert gemeinsam zur Stadtbahn schlenderten. Er wurde richtig redselig.

»Die Kastraten-Arien waret toll. Wobei mir die Instrumentalstücke besser gfalla hen. Hasch du ghört, wie weich die alte Streichinstrumente klingat?«, fragte er mich. »Die überdeckat net älles wie die heutige Geiga. Des klingt, als ob sie net spielat, sondern singat. Wie Menscha.«

Erstaunt sagte ich: »Du hast recht. Obwohl ich es nicht so hätte ausdrücken können.«

Er lachte. »Du beschäftigsch di au net Tag für Tag mit altem Gruschd. I scho. Da bekommt mr a Gefühl dafür.«

»Für was?«

Sein Blick wurde weich. »Für die Seele der Dinge«, sagte er. »Und für die Menscha, die ihnen diese Seele eighaucht hen. Unsere Vorfahre, die uns mit ihre Gegenständ au ihre Gschichta hinterlassa hen.«

Wow, da schlummerte ja ein Poet unter der schwäbisch-rauen Schale! Unsere Blicke trafen sich, und als er lächelte, wusste ich, dass er sich von mir verstanden fühlte.

Wir schwiegen einträchtig, während wir langsam das Bosch-Areal durchquerten und in Gedanken der Musik nachhingen. Die Abendluft war mild und süß, jedenfalls für Stuttgarter Innenstadtverhältnisse, und um uns herum wimmelte es nur so von Paaren. Trotz des Verkehrslärms war alles sehr romantisch. Ein Sommerabend, wie geschaffen für die Liebe.

Und Martin trieb sich in Neuharlingersiel herum.

»Was i no mit dir besprecha wollt, Biene«, brach Bär das Schweigen. »Du und i. Wie soll i des jetzt saga. Schwierig. Also, mir boide, i moin, mir könntat doch …«

Mir brach der Schweiß aus. Plötzlich wurde mir klar, dass ich ihn nicht als Freund verlieren wollte. Aber Bär als Liebhaber? Das konnte ich mir beim besten Willen nicht vorstellen.

»Bär«, unterbrach ich ihn, bevor er sich und mich unglücklich machen konnte. »Es war ein wunderschöner Abend mit dir, und ich mag dich wirklich sehr. Aber das heißt nicht … gut, ich habe mich ziemlich aufgebrezelt, und wenn du das falsch verstanden hast, tut es mir leid, ehrlich. Es war gemein, ich weiß schon, man sollte niemanden benutzen, nur damit er seinem Freund nachher erzählt, wie attraktiv …«

»Hä?« Bär starrte mich an. »Wer isch attraktiv?«

»Äh …«

»Mir solltet ons zsammadoe«, sagte er. »Dein Catering-Service und mei Transportunternehma. ›Die schnelle Nummer für Hungerkummer‹ oder so. Du kochsch, i fahr, schleppa müssa mir boide. Mir könntet mei selbstgmachtes Gsälz abieta, und mei selbstgebackenes Brot. Des isch doch mal echt bio, oder? Älles aus einer Hand und älles ökologisch korrekt. Was moinsch?«

Die Kinnlade fiel mir herunter und ich blieb abrupt stehen, so überrascht war ich. Und so beschämt.

»Gute … gute Idee«, stammelte ich. »Das läuft sicher prima.«

»Da kannsch oin drauf lassa«, sagte Bär zufrieden und klopfte mir feierlich auf die Schulter. »Mir zwoi, mir machet des Erfolgsgschäft des Jahrhunderts auf. Du muasch mi mol drhoim bsucha, des wird nämlich onser Zentrale. Mir werdat richtig groß. Mit Stuargard ond Esslinga fanga mir an, und wer weiß? Vielleicht liefrat mir bald scho bis Tibinga? Oder bis Kirchheim unter Teck? Bietigheim-Bissinga?«

»Richtig groß. Klar«, hauchte ich schwach.

»Wenn dr des mit dem Hungerkummer net gfallt«, er schlug mir so herzhaft auf die Schulter, dass ich fast in die Knie ging, »no schwätza mr nomol drüber. Gell, Mädle! Hauptsach, mir sind ons einig.«

Und als wir die Haltestelle erreicht hatten, die U 4 kam und ich leicht benommen hinter Bär einstieg, war unsere neue berufliche Partnerschaft bereits beschlossene Sache.

Verwirrt, aufgekratzt und gleichzeitig voller Selbstzweifel schloss ich eine halbe Stunde später meine Haustür auf. Hatte ich das wirklich getan – mich darauf eingelassen, mit Robert Tauber ein gemeinsames Geschäft aufzuziehen? Wenn es nun nicht klappte? Ich meine, wie lange kannten wir uns denn? Das konnte doch nur schiefgehen!

Mann, das ist mal wieder typisch für dich, Biene, dachte ich mit einem Anflug von Panik. *Hals über Kopf in ein Abenteuer, das du dir nicht ausgesucht hast und von dem du nicht weißt, wie es enden wird …*

»Endlich zu Chause«, schnarrte Evica missbilligend. Ich schrak aus meinen Gedanken und sah das Au-pair mit in die

Hüften gestemmten Händen auf der obersten Treppenstufe stehen. Evica trug ein weißes Babydoll-Nachthemd, Puschen mit Pompons und den Kopf voller Lockenwickler, was ihrem grimmigen Gesichtsausdruck etwas Absurdes verlieh. Ich musste mich zusammenreißen, um in meiner hysterischen Stimmung nicht laut über ihren Anblick zu lachen.

»Guten Abend. Ging alles gut mit Lilly?«, brachte ich mühsam hervor.

»Nix gut. Gar nix gut«, sagte Evica drohend und kam langsam die Treppe herunter, den rechten Zeigefinger anklagend auf mich gerichtet. »Ich bin nur Au-pair, du Mutter! Aber du immer weg, und kleines Biest schreit und schreit und macht meinen Kopf ganz verruckt.«

»Kleines Biest? Redest du etwa von Lilly?« Augenblicklich war ich ernüchtert.

»Lilly! Ja! Lilly! Schreit und schreit und macht meinen Kopf …«

»Ja, ja«, unterbrach ich sie ungeduldig, »Aber warum hat sie denn geschrien? Hat sie sich wehgetan? Hast du sie getröstet?«

Evica stand nun direkt vor mir. »Habe versucht, aber wollte nicht. Hat immer geschrien: ›Geh weg, will nichts von bösen Männern hören!‹ Dabei ich nur Märrchen erzählt, damit sie einschläft. Ich liebe Märrchen! In meine Cheimat …«

»Evica!«, unterbrach ich sie. »Ich hatte dich doch gebeten, Lilly diese schrecklichen Märchen nicht mehr zu erzählen.«

»Alles verboten in diese Ländle! Nix Märrchen, nix Färnsehen – was soll ich denn machen mit kleine Biest?« Frustriert warf Evica die Arme in die Luft. »Wenn so ist, ich gehe! Suche andere Familie! Gehe Berlin oder Paris! Sofort!«

Mist. Ich trug mich zwar selbst mit dem Gedanken, ein anderes Au-pair zu suchen, aber doch nicht jetzt gleich! So schnell ging das nicht. Zumindest für die nächsten Wochen würde ich Evica noch brauchen. Wo Bär und ich doch gerade beschlossen hatten, zusammenzuarbeiten …

Zähneknirschend gestand ich mir ein, dass ich auf dieses wütende Wesen im Babydoll-Nachthemd angewiesen war.

Ich holte tief Luft.

»Evica«, sagte ich mit dem sanftmütigsten Lächeln, dessen ich mich fähig fühlte, »Evica, das ist doch jetzt eine Trotzreaktion. Bleib hier, so war das alles nicht gemeint. Die Märchen aus deiner Heimat sind sicher sehr wertvoll. Aber für kleine Kinder hier bei uns, die das nicht so gewöhnt sind, sind sie vielleicht zu ... grausam?«

Sie musterte mich misstrauisch und verschränkte schweigend die Arme vor der Brust.

»Machen wir es doch folgendermaßen«, schlug ich versöhnlich vor. »Wenn du Märchen so liebst, kaufe ich morgen im Buchladen die Märchen der Gebrüder Grimm. Das wollte ich sowieso schon lange tun. Dann liest du einfach daraus vor, hm? Die Sterntaler, der süße Brei ...«

Evica schwieg eisern.

Okay, vielleicht brauchte sie einen Moment, um sich zu sammeln. Also verlegte ich mich darauf, sie stumm zu beschwören, sich einen Ruck zu geben. Ich dachte an Susanna und schickte positive Energie zu Evica hinüber, hüllte sie von Kopf bis Fuß damit ein, vergaß auch die Lockenwickler nicht und die Pompon-Puschen ... und schließlich nickte sie.

»Gutt. Ich bleiben.«

Uff.

Evica drehte sich um und ging die Treppe wieder hoch, wohl um schlafen zu gehen und sich von dem »kleinen Biest« zu erholen. Oben angekommen hielt sie kurz inne und sagte: »Habe vergessen: Marrtin Pfänder hat angerufen. Vor eine Stunde.«

Elektrisiert und deutlich zu schnell fragte ich: »Und? Was wollte er?«

Evica grinste hinterlistig. »Wissen, ob Konzärt schön war. Ich ihm gesagt, dass du mit anderre Mann warst. Dann wir noch geplaudert, lange, aaaah, lange ...«

Sie räkelte sich lächelnd, als ob sie von diesem langen, langen Gespräch wohlig ermüdet sei, und streckte aufreizend ihren Busen vor. Dabei warf sie mir einen Blick zu wie eine träge, zufriedene Katze.

»Marrtin sehrr süß«, sagte sie.

Ich starrte zu ihr hoch. Martin und Evica? Diese zwei hatten lange zusammen geplaudert? Das konnte doch nur ein Witz sein! Obwohl … Zum ersten Mal fiel mir auf, dass Evica sehr hübsche Beine und eine äußerst schmale Taille hatte. Dafür war ihr Busen wirklich enorm groß.

Warum hatte ich das eigentlich noch nie bemerkt?

Warum hatte ich die eigentlich in mein Haus gelassen, in dem sie jetzt mit meinen potentiellen Liebhabern telefonierte???

»Schlafen gut«, gurrte Evica und stakste auf ihren hübschen Beinen in ihr Zimmer. Ich zuckte zusammen, als sie die Tür mit einem Knall zuwarf, der selbst Tote hätte aufwecken können.

Einen Moment noch blieb ich mit hängenden Schultern im dunklen Flur stehen und wartete darauf, dass Lilly nach mir rief, aber alles blieb ruhig. Ich stierte auf die geschlossenen Zimmertüren im ersten Stock. Links meine traumatisierte Tochter, rechts mein männergeiles Au-pair.

Na klasse.

Jetzt brauchte ich eindeutig was Hartes zu trinken.

Ich schlich ins Wohnzimmer, knipste das Licht an und öffnete den Schrank, wo ich meine kleinen Sünden aufbewahrte. Baileys, Martini und für ganz verzweifelte Fälle Kirschwasser. Aufs Geratewohl zog ich eine Flasche heraus. Martini, okay.

Mit dem bis zum Rand gefüllten Glas trat ich ans Fenster und schaute auf den dunklen Garten. Ich kippte die Hälfte des Martinis und dachte dabei, dass die Natur mich schon immer zur Ruhe gebracht hatte. Selbst wenn ich sie nur schattenhaft sah und zur Unterstützung ein bisschen was trank. Seufzend ließ ich das Glas sinken und versenkte mich in den Frieden der nächtlichen Schöpfung.

Doch die Gestalt, die im Garten stand und bei meinem Anblick davonhuschte wie ein Geist, war nicht dazu angetan, mir zu meiner Seelenruhe zu verhelfen. Sie schwang sich über den Zaun und verschwand in den Weinbergen, und ich stand am Fenster und dachte geschockt: *Ein Mann. Da war ein großer Mann. In meinem Garten. Nachts.*

Evicas Märchen fielen mir ein, und meine Hände begannen zu zittern. Rasch trank ich einen Schluck, und dann noch einen. Wer belauerte mich, während ganz Uhlbach schon die Bürgersteige hochgeklappt hatte? Oder hatte ich mir das Ganze nur eingebildet? War da gar kein Mann gewesen?

Zweifelnd blickte ich auf das große Glas mit Martini in meiner Hand, das bereits fast leer war. Vielleicht hatte ich wirklich Gespenster gesehen. Martini-Gespenster. In Uhlbach wurde man nicht von fremden Männern belauert, hier passierte so was einfach nicht! Das Aufregendste, was hier jemals geschehen war, war ein Überfall auf ein junges Mädchen gewesen, bei dem der Räuber zehn Mark erbeutet hatte. Das war im Jahre 1965. Ich wusste das von einem betagten Mitglied des Kirchenchors. Die Geschichte war mir erzählt worden, um mich vor einsamen Heimwegen im Dunklen zu warnen.

Ich beschloss, dass der Martini an allem schuld war, und ließ den Rest meines Schlummertrunkes lieber stehen. Ich würde jetzt schlafen gehen, davor die Tür zweimal absperren (sicher war sicher), und morgen würde ich weitersehen.

Für heute hatte ich endgültig genug.

Kapitel 7

»Schau dir dieses warme Licht an. Sagenhaft. Ich gehe raus und fotografiere ein bisschen.« Gesa streifte sich den hellblauen Regenmantel mit dem schwarzen Blütenmuster über, zog sich die Ballonmütze in die Stirn, schlüpfte in ihre orangefarbenen Gummistiefel und eilte zur Tür hinaus. Durch das Küchenfenster sah ich ihr nach, wie sie, einem kleinen Mädchen gleich, die Straße entlanghüpfte und keine Pfütze ausließ. Es gab wenige Momente, in denen ich Gesa um ihre Art beneidete, aber dieser war so einer. Sie gewann unserem Exil an der Nordsee die wenigen positiven Seiten ab, die es zu bieten hatte. »Warmes Licht« zum Beispiel war so eine sehr freundlich formulierte Auslegung der eigentlichen Sachlage. Im Fotografendeutsch bedeutete dies: Es regnete. Seit unserer Ankunft wurden wir vom warmen Licht geradezu überschüttet und es lag die Vermutung nahe, dass Neuharlingersiel gar kein anderes Licht kannte. Unerklärlich, warum sich Köbele ausgerechnet an diesem Ort ein Urlaubsrefugium zugelegt hatte. Hatte er eine Sonnenallergie? Konnte er den Anblick der braungebrannten Schönheiten an einem Karibikstrand nicht ertragen oder hatte er die Friesenkate einfach nur spottbillig bekommen? Bei seinem ausgeprägten Geiz war dies die wahrscheinlichste Möglichkeit.

Gesa schien die ungastliche Witterung nichts anhaben zu können. Täglich brach sie auf, um sich am Strand den eisigen Wind um die Nase wehen zu lassen und allerhand Fundstücke einzusammeln. Bernsteine in Miniaturgröße, die genauso gut Splitter von Bierflaschen hätten sein können, Muschelschalen mit einzigartiger Zeichnung und einem ebenso einzigartigen Gestank und bizarr geformte Steine schleppte sie an. Jeder Gegenstand wurde zum Kronjuwel erklärt und erhielt natürlich einen ganz besonderen Platz in dem Gemeinschaftsraum, in dem gegessen, gearbeitet und gewohnt wurde. Seit einigen Tagen schlief ich auch in diesem Zimmer, und zwar seitdem Bodos ohnehin nicht sehr ausgeprägten Abwehrkräfte ihren Dienst gegen das Neuharlingersieler Klima quittiert hatten. Mit einer fiebrigen Erkältung war er daniedergesunken und ich weigerte mich fortan, mit ihm weiter ein Doppelbett zu teilen. Dabei hatten wir ihn gewarnt. Mehr als einhundertmal hatten wir darauf hingewiesen, dass es keine gute Idee sein konnte, nur mit Totenkopf-Kapuzenpulli und Jeans bekleidet das Haus zu verlassen. Doch unser Kontakter war nicht zu bremsen. Schon früh am Morgen trieb es ihn zum Hafen, um den Fischern, die ihren Fang ausluden, den Nerv zu rauben oder auf den historischen Schiffen herumzuturnen.

»Das verstehst du nicht. Es ist der Geist Klaus Störtebekers, der mich beseelt. Ich fühle mich hier so unendlich frei«, ließ er mich wissen, als ich mich nach den Beweggründen für sein absonderliches Verhalten erkundigt hatte. »Der Wind in meinen Haaren, das Salz auf meinen Lippen, die Planken unter meinen Füßen und die endlose Weite des Meeres. Es ist, als würde ich durch eine Tür treten, um dem Alltag zu entfliehen.« Den Spruch »Durch die Tür treten, um dem Alltag zu entfliehen« hatte er aus einer Informationsbroschüre geklaut, aber er hatte recht. Ich verstand ihn nicht. Und seine Schwester im Geiste Gesa verstand ich ebenso wenig. Die beiden verhielten sich, als hätte sie Köbele auf eine Vergnügungsreise geschickt und nicht auf eine Strafexpedition, von der wir nicht ohne Ergebnis zurückkommen konnten. Bislang hatten wir noch nichts vorzuweisen, unsere Brainstorming-Sitzungen waren nahezu ergebnislos verlaufen. Durch Bodos krankheitsbedingte Abwesenheit gewannen die Überlegungen zwar einen Deut an Qualität, aber von einem Knaller waren wir noch weit entfernt. Die mageren Ergebnisse wie »Bei uns scheint die Sonne aus der Steckdose« (abgedroschen), »Unsere Reaktoren stehen niemals still« (zu provokativ für den Kunden) und »Was Wasser schafft dank Wasserkraft« (Wortspielalarm) hatten uns gedanklich in Sackgassen geschickt, aus denen wir nur schwer herausfanden. Gesa hatte vorgeschlagen, einen Prominenten als Werbebotschafter einzusetzen. »Wie wäre es mit Klinsi? Oder Jogi Löw? Das sind zwei sonnige Typen, die für frischen Wind sorgen, mit der Power eines Wasserkraftwerks. Die passen doch super zur WiWaSo.« Ich hatte nur laut gestöhnt.

»Mit Prominenten zu arbeiten ist das Eingeständnis, dass wir mit unserem kreativen Latein am Ende sind«, lautete mein Kommentar.

Meine Mitstreiterin quittierte die Bemerkung mit eisigem Schweigen, verließ das Haus, um spazieren zu gehen, und kehrte nach Stunden mit einem Stück Treibholz, das ihrer Ansicht nach an ein Haigebiss erinnerte, zurück. Ich wurde das Gefühl nicht los, dass Gesa den Ernst der Lage nicht richtig einschätzte.

Doch ich kann es nicht leugnen: Auch ich konnte meine Gedanken nur schwer auf regenerative Energien fokussieren. Meine Stimmung war so trüb wie der Himmel über Neuharlingersiel, an eine Aufheiterung war nicht zu denken. Wir saßen hier am Wurmfortsatz der Republik fest und 800 Kilometer südlich amüsierte sich Biene mit anderen Typen. Das hatte ich von Evica erfahren, als es mir nach etlichen Versuchen endlich gelungen war, eine telefonische Verbindung herzustellen. Im Haus war daran nicht zu denken. Köbele hatte sich einen Freizeitbunker aus rotem Klinker gekauft, der ihn von der Außenwelt abschnitt. Kein Telefon, kein Internetzugang und kein mobiles Netz. Um telefonieren zu können, musste man die Kate verlassen und sich Wind und Regen aussetzen, was der Unterhaltung nicht förderlich war. Einige Male hatte ich den Eindruck, dass am anderen Ende der Hörer abgenommen wurde, doch sobald ich einen ersten Gruß gegen den Wind anbrüllte, wurde auch schon wieder aufgelegt. Bis auf das Gespräch mit dem Au-pair-Mädchen blieben alle meine Bemühungen, Biene zu erreichen und ihr meine Situation zu erklären, erfolglos. Offenbar legte sie darauf auch gar keinen Wert. Sie war mit einem anderen Mann zu dem Konzert gegangen, für das ich die Karten gekauft hatte. War das ihre Art, mit dem anderen Geschlecht umzugehen? Holte sie sich durch neue Männerbekanntschaften eine Art Egomassage? Schuf sie sich einen

Vorrat, bis der Richtige um die Ecke bog? Nein, so durchtrieben war sie nicht. Oder doch? Es fiel mir schwer, das zu glauben, und ich hoffte, dass sich die Begebenheit als ganz harmlos herausstellte. Wahrscheinlich war ihr Begleiter ein platonischer Freund gewesen oder ein Cousin. Und was, wenn nicht?

Ich warf den Bleistift auf das leere Blatt Papier und nahm einen Schluck Pfefferminztee, der in einer Tasse vor sich hindampfte. »Carpe Diem« war darauf zu lesen, nütze den Tag. Genau das wollte ich tun. Wenn ich für Sabine Wierokat nicht mehr war als ein kurzer Flirt, dann sollte sie mir das sagen. Ich wollte mich nicht länger mit Vermutungen aufhalten, ich wollte wissen, woran ich war. In diesem Moment. Ich griff mein Mobiltelefon, zog meine Jacke an, ging nach draußen und tippte ihre Nummer ein. Nach dreimaligem Läuten meldete sich eine Stimme. Evicas Stimme. Schon wieder.

»Frau Wierokat ist nicht zu Chause«, sagte sie in ärgerlichem Tonfall. »Ist nie zu Chause. Und ich immer allein wie Seele einer Mutter mit diese schrreckliche Kind. So klein und so grosse Stimme.«

»Wann kommt sie denn wieder?«, brüllte ich gegen den Wind an.

Es knackte in der Leitung und ich befürchtete schon, dass sie aufgelegt hatte. Die steife Meeresbrise, »erfrischend für den Geist und belebend für den Körper«, wie es im Imageprospekt des Fischerdörfchens hieß, ließ mich frösteln.

»Weiß nicht. Ist weggefahren zu eine Mann. Muss arbeiten, hat sie gesagt. Immer ist sie weg und ich ganz allein. Wann kommst du wieder, Marrtin?« Die letzten Worte hörten sich an wie das Flehen einer sich vor Sehnsucht Verzehrenden, die ihren Liebhaber beschwört, den Aufenthalt auf der Bohrinsel abzubrechen und zurückzukehren.

»Bald«, knirschte ich und schlug mit der Faust gegen den Türrahmen. Biene schien sich ja köstlich zu amüsieren. Ließ keine Gelegenheit aus, diese Möchtegerngeschäftsfrau. Zu einem Mann gefahren, um zu arbeiten. Das konnte sie wirklich nur ihrem naiven Kindermädchen erzählen. Ich nahm ihr das nicht ab.

»Wenn du kommst zurück, dann wir machen was zusammen, ja?«

Ich hörte Evicas Worte wie durch einen Filter, so als seien sie nicht an mich gerichtet, nahm nicht wahr, was sie sagte. Bilder von Biene beherrschten meine Gedanken, vor meinem inneren Auge lief ein Film ab, der mir gar nicht gefiel. Biene bei einem romantischen Dinner. Biene, die sich in den Armen eines anderen zu den leisen Tönen eines Liebesliedes wiegt. Biene, die sich wohlig in den Laken räkelt. Genug!

»Vielleicht wir gähen in Kino. Da ist schön dunkel.« Wie passend. Kino. Dunkel. Das heisere Lachen von Evica. Langsam nahm mein Gehirn die Arbeit wieder auf. Selbstverständlich dachte ich nicht im Traum daran, mit einer Frau, die vom Alter her ohne weiteres als meine, sagen wir, sehr junge Nichte durchgegangen wäre, etwas zu unternehmen. Ich näherte mich zwar der Midlife-Crisis mit behänden Schritten, aber noch hatte ich kein junges Gemüse als Garnierung nötig, um meine Frische zu beweisen.

»Mal sehen«, antwortete ich vage, um nicht unhöflich zu sein.

Evica jauchzte am anderen Ende der Leitung. »Herrlich. Ich suche einen Film für uns. Mit viel Liebe und Romantik.«

Bevor ich etwas erwidern konnte, hatte sie aufgelegt. Na bravo. Für dieses Meisterstück angewandter Kommunikation hätte ich eigentlich einen Orden verdient. Statt einer klaren Aussage von Biene, ob mein Bemühen in Herzensdingen auf ein Echo stößt, hatte ich nun eine Quasi-Verabredung mit einer 19-Jährigen, die mit mir einen Softporno oder etwas Ähnliches ansehen wollte. Ich hatte keine Ahnung, wie ich aus dieser Nummer wieder herauskommen sollte.

Die Arbeit lenkte mich ab. Den Nachmittag verbrachte ich mit der Sichtung von Analysen. Wer nutzte überhaupt regenerative Energien? Welche Argumente sprachen dafür und welche

Gründe führten Nichtnutzer an? Wie stand es um die Verfügbarkeit der Produkte, wie sah das Preisgefüge des Angebots aus? Welche Konkurrenten gab es am Markt und wie warben sie? Welche Alleinstellungsmerkmale gab es für die WiWaSo? Daten, Fakten und Gesetze verbanden sich zu einer endlosen Kette an Informationen, aus denen sich jedoch keine Idee formieren wollte. Ich malte Mind Maps auf, assoziierte und kombinierte, schrieb und verwarf und kämpfte gegen die aufsteigende Panik an. Es blieben uns nur noch zwei Tage bis zu unserer Rückkehr und wir hatten noch nicht einmal den Ansatz einer vernünftigen Kampagne. Ich beobachtete Gesa, die mir gegenübersaß und mit verklärtem Gesichtsausdruck ihre Fotos auf dem Display ihres Laptops betrachtete. Nebenan zeugte ein bellendes Husten davon, dass Bodo noch lebte. Ich seufzte.

»Ihr zwei seid ja eine große Hilfe. Kannst du mir sagen, warum ich hier die ganze Arbeit alleine machen muss, während ihr keinen Gedanken daran verschwendet, was wir Köbele vorstellen werden?«

Gesa blickte kurz auf und verzog den Mund zu einem süßsauren Grinsen. »Unsere Vorschläge sind dir ja nicht gut genug. Außerdem bist du für die Konzeption zuständig. Ich kümmere mich um die graphische Umsetzung.« Sie widmete sich wieder ihren Bildern und der verzückte Glanz, der sich kurz aus ihren Augen gestohlen hatte, kehrte zurück. Sie war in ihrer Welt und schaltete alle real existierenden Störquellen, wie zum Beispiel mich, ab. Es war aussichtslos, ich blieb in diesem Fall auf mich gestellt. In mir wuchs die Überzeugung, dass es besser gewesen wäre, wenn ich Köbeles Plan A zugestimmt hätte. Ein Abend mit Naomi wäre sicher angenehmer gewesen als dieser Zwangsaufenthalt in der Einöde. Stattdessen hatte ich die Chance auf ein prickelndes Rendezvous ungenützt verstreichen lassen. Aus Rücksicht. Um nicht auf den Gefühlen anderer herumzutrampeln, wie es früher meine Art gewesen war. Um mir morgens ohne schlechtes Gewissen ins Gesicht blicken zu können. Und wie wurde mir das gedankt? Überhaupt nicht. Mit einem wütenden Grollen stand ich auf, stieß dabei meinen Stuhl um, der mit einem Poltern zu Boden ging. Gesa schüttelte den Kopf.

»Ts, ts. Du bist völlig unentspannt. So kann das nicht funktionieren. Mach einen Spaziergang am Strand«, schlug sie vor. »Das vertreibt schlechte Gedanken und schafft Platz für neue Ideen.«

»Ja, sicher. Und während ich im Tand wate, den das Meer an Land gespuckt hat und der normalerweise von dir aufgesammelt wird, wird mich die Muse küssen und sie wird sich als Expertin für regenerative Energien erweisen.«

»Lass dich küssen, von wem du willst. Hauptsache, deine Laune bessert sich«, erwiderte Gesa spitz.

Missmutig riss ich meine Jacke und meine Mütze vom Garderobenhaken und verließ die Wohnung.

Der Himmel über dem Fähranleger von Neuharlingersiel sah aus wie ein in schwarzer Tinte getränkter Wattebausch. Bedrohlich langsam breitete er sich über der gekräuselten Oberfläche des Meeres aus, als wolle er sich mit den Wellen verbünden, um alles zu verschlingen. Ein dickbauchiges Schiff durchschnitt in zäher Widerborstigkeit die aufgewühlte Masse des Wassers und kämpfte sich auf den Hafen zu. Es kam nur langsam voran, es schien so, als befände es sich am äußersten Rand eines gigantischen Strudels, von der Gefahr bedroht, in das Zentrum gerissen zu werden und für immer unterzugehen. Ich stippte meine Bratwurst in den Senf auf dem Pappteller vor mir, biss ab und kaute lustlos. Eigentlich war ich nur in den Schnellimbiss eingekehrt, weil ich nicht wusste, was ich sonst hätte tun können. Der Anblick des menschenleeren Strandes, die verlassenen Kutter im Hafen, die an gestrandete Geisterschiffe erinnerten, die grauen Gesichter der Spaziergänger hatten mich in ein Stimmungstief geschickt, das eine unheilvolle Verbindung mit Selbstmitleid einging. Ich fühlte mich allein, nutzlos und unbedeutend. Mein ganzes Leben schien verschwendet: an die falschen Frauen, an die falschen Freunde, an die falschen Werte.

Meine noch vor einigen Jahren geltende Lebensmaxime »Maximaler Spaß bei minimaler Verantwortung« kam mir unendlich kindisch vor. War ich am Ende auf dem Weg, vernünftig zu werden? Eine furchtbare Vorstellung.

Ich bestellte bei der »dicken Berta«, der Betreiberin des Kiosks, noch einen Grog und beobachtete, wie das Schiff anlegte und seine Menschenladung paarweise an Land spie. Händchen haltende Teenager, eng umschlungene Paare, verwobene Einheiten des Glücks. Der Himmel über ihnen riss auf und die Sonne beleuchtete den Pfad, der sie in eine rosige Zukunft führte. Unter ihnen erkannte ich auch Biene und mich. Lachend liefen wir zum Ende des Regenbogens, um das dort wartende Goldtöpfchen zu heben. Wir ließen die Münzen auf uns herniederregnen, umarmten und küssten uns und schenkten der Welt ein Stück unseres Glücks.

»Na, min Jong, magst du noch ne Wuasd?« Bertas heisere Stimme riss mich aus meinem Tagtraum. Der Regenbogen erlosch, das Goldtöpfchen verschwand und Biene verwandelte sich in die stämmige Besitzerin der Imbissbude, die mir mit gutmütiger Miene eine weitere Bratwurst offerierte. Ich nickte.

»So isses richtig. Iss mal tüchtig, damit es morgen nich wieder so ein Schietwetter gibt.« Ich glotzte hinaus in den Regen und dachte daran, wie schön es wäre, wenn sich alle Probleme so einfach lösen ließen.

Gesa lag in eine Wolldecke eingewickelt auf der Couch im Wohnzimmer und sah sich die Nachrichten im Fernsehen an, als ich die Tür zur Kate aufstieß. »Na, geht's besser?«, fragte sie, ohne aufzusehen.

Ich verkniff mir eine Antwort. Sie wäre sicher nicht in ihrem Sinne ausgefallen. Aus dem hinteren Schlafzimmer, in dem Bodo gegen die Viren kämpfte, war ein Rascheln und ein Stöhnen zu vernehmen. Kurz darauf öffnete sich die Tür und Bodo schlurfte heraus. Seine Haare klebten matt am Kopf, sein Gesicht ließ jede Färbung vermissen und sein Schlafanzug schlotterte um die Gliedmaßen. In leicht gebückter Haltung tippelte er kraftlos in Richtung Toilette.

»Hallo, Bodolein. Wieder unter den Lebenden? Soll ich dir eine Suppe machen?«, fragte Gesa in mütterlichem Ton.

Bodo unterbrach seine Wanderung im Schneckentempo, betrachtete Gesa, als hätte er sie noch nie gesehen, hob schlaff den Arm, ließ ihn fallen, was wohl als Ablehnung gewertet werden konnte, und trottete weiter.

»Hoffentlich geht es ihm bis übermorgen besser.« Gesa klang besorgt. »So können wir ihn doch nicht in den Zug setzen.«

»Was soll's? Dann bleibt er eben hier. In der Agentur fällt das bestimmt niemandem auf.«

»Du bist manchmal ein richtiger Kotzbrocken.« Sie konzentrierte sich wieder auf das Geschehen, das über den Bildschirm flimmerte. Gezeigt wurde die aktuelle Arbeitslosenstatistik, die nichts Gutes für die Zukunft verhieß.

»Nächsten Monat könnt ihr drei dazuzählen«, wandte ich mich an einen imaginären Gesprächspartner im Fernsehen. Gesa reagierte nicht, also fuhr ich fort. »Ohne Idee werden wir die WiWaSo verlieren. Und dann muss Köbele reagieren und Leute entlassen.«

Gesa räkelte sich unter ihrer Decke. »Das ist mir egal. Dann mache ich halt etwas anderes. Ich bin eh schon viel zu lange bei dem alten Sack.«

Das überraschte mich. Ich hatte meine Kollegin zwar als nicht besonders ehrgeizig eingestuft, aber dass sie so wenig an ihrem Beruf hing, war ein neuer Ton, den sie noch nicht angeschlagen hatte. Lag darin vielleicht auch die Begründung für das mangelnde Engagement bei der WiWaSo-Kampagne?

»Und was willst du dann machen?«, hakte ich nach.

Sie ließ sich Zeit mit ihrer Antwort.

»Weiß nicht. Fotografieren, malen. Irgendetwas im künstlerischen Bereich. Oder ich gründe mit anderen Leuten eine Kommune auf dem Land und lebe von den Lebensmitteln, die wir im Garten anbauen.«

Es fiel mir schwer, mir die aufgestylte Modefetischistin als Öko-Braut mit wallenden Gewändern und Blumen im Haar vorzustellen, die mit anderen im Schneidersitz auf dem Boden saß, Müsli in sich hineinschaufelte, grünen Tee schlürfte und dazu »Blowin' in the wind« sang. Das würde sie niemals durchhalten, dessen war ich mir sicher. Spätestens nach drei Wochen würde sie sich nach ihren Alkopops, Ü-30-Partys, Sushi-Bars, Cocktail-Lounges und Wellness-Weekends zurücksehnen. Oder sich beim Unkrautjäten die falschen Nägel ruinieren. Wobei Gesa wahrscheinlich nicht einmal wusste, welche Pflanze dem Unkraut zuzurechnen war und welche nicht.

Bodos Schlurfschritt unterbrach meinen Gedankengang. Taumelnd kam er zu uns herüber, stellte sich hinter der Couch auf und deutete stumm auf Carola Hahn, die es zu der senderinternen Auszeichnung »Wetterhenne« gebracht hatte. Sie turnte vor der Wetterkarte herum und moderierte die Vorhersage für die nächsten Tage. Für ganz Deutschland waren Sonnensymbole eingezeichnet. Für ganz Deutschland? Nein, für ein kleines Dorf namens Neuharlingersiel nicht.

»Strom«, krächzte Bodo und wurde im nächsten Moment von einem heftigen Hustenanfall geschüttelt.

Gesa sprang auf und legte ihm ihre Decke über die Schultern. »Komm, ich bringe dich ins Bett. Dann mache ich dir einen schönen heißen Tee, ja?«

Sie legte ihm die Hand auf die Stirn. »Himmel, du glühst ja.«

Bodo bibberte, ließ sich jedoch von Gesa nicht hinausführen.

»Strom! Wind ..., Wasser ..., Sonne. Stromstrom«, hauchte er tonlos und zeigte auf den Bildschirm. Hahn erklärte gerade anhand von Zahlen und Pfeilen Windstärken und Richtungen. Mein Blick flog zwischen Bodo, Gesa und der Wetterhenne hin und her. Natürlich. Das war sie. Unsere Kampagne.

»Bodo, das ist genial«, rief ich. Mit Mühe kämpfte ich den Drang, ihn zu umarmen, nieder. Stattdessen fiel ich Gesa um den Hals und drückte ihr einen Kuss auf die Wange. »Die Wetterkarte. Da sind alle Kriterien für regenerativen Strom abgebildet. Die Frage lautet also nicht: Wie wird das Wetter morgen? Sondern: Wie wird der Strom morgen? Das ist die Idee, die wir gesucht haben!«

Ich konnte in Gesas Gesicht sehen, wie sich die Information in ihr Hirn bohrte und dort entschlüsselt wurde. Sie lachte, als die Decodierung abgeschlossen war.

»Na klar«, rief sie. »Wie wird der Strom morgen? Das ist griffig und lässt sich leicht umsetzen. Und wenn wir Carola Hahn als prominente Werbefigur nehmen, haben wir in allen Medien eine hohe Wiedererkennung. Das funktioniert im Film, auf dem Plakat und in den Broschüren. Und durch ihre markante Stimme sogar im Radio.«

Hysterisch kichernd hüpften wir auf und ab, tanzten um Bodo herum, bis er uns mit einem krachenden Niesanfall aus unserem Freudentaumel riss.

»Wer? WiWaSoStrom?«, keuchte er erschöpft. Gemeinsam schafften wir ihn nach nebenan.

In der verbleibenden Zeit brachte ich die Tastatur meines Rechners zum Glühen, erstellte das Konzept und entwickelte die Maßnahmen. Derweilen zeichnete Gesa in Ermangelung von echtem Bildmaterial die Motive und versetzte mich damit zum ersten Mal seit langer Zeit in Erstaunen. Ihre Bilder wirkten fast wie fotografiert, so präzise waren die Details darauf zu erkennen. Bei Carola Hahn hatte sie ein paar Jahre weggemogelt, was ihr sicher geschmeichelt hätte, und die Wetterkarte sah dem Original zum Verwechseln ähnlich. Selbst die Schauerwolke über Neuharlingersiel hatte sie eingezeichnet.

»Den Rest schaffe ich in der Agentur, wenn uns das Internet wieder zur Verfügung steht«, sagte sie. »Ich lade ein paar Bilder herunter und baue sie dann ein.«

Ein noch nie in dieser Ausprägung verspürter Teamgeist erfasste uns. Wir ließen Ideen zu, anstatt sie sofort zu verwerfen, nur weil sie von dem jeweils anderen stammten. Wir hörten einander zu, vervollständigten ins Stocken geratene Gedanken und wir verzichteten sogar darauf, uns gegenseitig auf den Arm zu nehmen. Meistens. Warum konnte das nicht immer so sein? Mussten wir erst aus unserem normalen Umfeld herausgerissen werden, um zusammenwachsen zu können? Hatte Köbele mit dieser Entscheidung am Ende wieder einmal das richtige Händchen bewiesen? Offensichtlich schon.

In dieser Atmosphäre trauter Einigkeit und von liebevollem Spott durchwirkter Harmonie blühte auch Bodo wieder auf. Sein Fieber ging zurück, der Husten wich einem nicht enden wollenden Schleimfluss aus der Nase, der seinen Teil dazu beitrug, dass in der Papiertaschentücherindustrie Zusatzschichten erforderlich wurden. Aber er konnte ohne fremde Hilfe gehen, wenn man seine Art der Fortbewegung so bezeichnen wollte.

Als wir im Zug nach Stuttgart saßen, hatte ich das angenehme Gefühl, etwas Großes geleistet zu haben. Wir würden Schloz and Friends beweisen, wer die bessere Kreativabteilung hatte. Es konnte nur eine geben und die saß bei Köbele und Partner. Eine Welle des Glücks durchflutete mich.

»Das war doch mal ein richtig guter Trip, oder?«, strahlte ich meine Mitreisenden an.

Gesa, die in einen Taschenspiegel blickte und dabei war, sich die Augenbrauen zu zupfen, lächelte.

»Iff weiff nicht so recht«, schniefte Bodo und pflückte ein Taschentuch aus dem Päckchen, das auf seinem Oberschenkel lag. »Irgendwie habe ich ein ungutes Gefühl.«

Sein Trompetenstoß, der von dem Zellulosequadrat nur bedingt gedämpft wurde, konnte beides sein: Die Fanfare des Triumphes oder das Schicksalsgetröte von Jericho.

Mein Handy klingelte. Ich erschrak. Nach einer Woche Ruhe war dieses Gefühl der Erreichbarkeit ein ungewohntes. Der Aufenthalt an der Nordseeküste hatte gezeigt, dass ein Leben ohne Handy möglich war.

Bär war am Apparat. Er klang aufgeregt. »Herrgott, Martin, wo stecksch denn? Di erreicht mr ja gar nemme. I muas obedengt mit dir sprecha. 's isch wichtig«, teilte er mir mit.

Ich atmete tief aus. »Jetzt mal ganz ruhig. Was gibt es denn so Eiliges?«

»'s goht um Biene und mi«, sagte Bär. »Mir hen uns doch zsammedoe und jetzt ... krk ... Zukunft ... krk.«

Der ICE tauchte in einen Tunnel, die Verbindung brach ab. Und mit ihr starb auch mein Hochgefühl. Biene Wierokat und mein Freund Robert Tauber waren zusammen und planten eine gemeinsame Zukunft? Er war der neue Mann in ihrem Leben? Er hatte meine Abwesenheit und letztendlich meine Freundschaft schamlos ausgenutzt? Das war es, was ich verstanden hatte. Ich starrte mein Mobiltelefon ungläubig an, als hätte der Apparat die Hiobsbotschaft selbstständig übermittelt. Es entglitt meinen Händen und fiel zu Boden. Bodo und Gesa sahen mich mit fragenden Blicken an. Licht flutete durch die Fenster, als der ICE aus dem Inneren des Harzes heraussties. Stille, dann erneutes Klingeln. »Robert Tauber ruft an«, war auf dem Display zu lesen. Ich trat zu. Einmal, zweimal, dreimal. Gesa sah mir mit vor Schreck geweiteten Augen zu und Bodo drückte sich in die Ecke, als befürchtete er, das nächste Opfer meiner Wut zu werden. Stille breitete ihre Schwingen über das Abteil. Sie brachte Klarheit: Sabine Wierokat und Robert Tauber sollten mich nun richtig kennen lernen.

Kapitel 8

Gaaanz langsam hebt sich mein Fuß.

Maximilian

Ich setze meine Zehenspitzen auf den Boden.

ist

Ich rolle den Fuß langsam ab.

ein

Ich setze die Ferse auf den Boden und spüre die Verwurzelung meines Seins mit Mutter Erde.

Mistkerl!

Ich fühle mich unendlich geborgen und stampfe nicht mit dem Fuß auf.

Er ist ein verfluchter Mistkerl und Martin ist auch ein Mistkerl. Er hat mich nicht angerufen und …

Ich stampfe nicht mit dem Fuß auf!!!

… er hat Bär einfach abgewimmelt, er ist eine treulose Tomate, ich hasse Martin!

Ich stampfe sehr fest mit dem Fuß auf. Dann öffne ich die Augen und schleiche geschlagen in die Küche.

Ich schmierte mir ein Nutellabrot. Das Nutellaglas hatte ich in der hintersten Ecke des Küchenschrankes versteckt, damit Lilly es nicht finden konnte. Nutella gab's nur am Wochenende oder wenn Lilly besonderen Trost brauchte oder wenn ihre Mama schon wieder an der Gehmeditation gescheitert war und ihren Frust wegen Martin und Maximilian in Öl und Zucker begraben musste.

Während ich noch im Stehen meine Zähne in die klebrigbraune Masse schlug und mich dann mit Brot und Kaffee am Küchentisch niederließ, dachte ich verdrießlich an Bärs Telefonanruf vor einigen Tagen.

»I woiß au net, was dem für a Laus über d' Leber glaufa isch«, hatte er in den Hörer gebrummt, und fast konnte man sein Kopfschütteln hören. »Der hot oifach aufglegt ond nemme zrückgrufa. Aber woisch was? Mir froget oifach die Gesa. Die hot auf mi in derra Wirtschaft an guate Eidruck gmacht. Und die hot bestimmt subbr Idea.«

»Gesa ist aber keine Texterin«, sagte ich zweifelnd. »Die kann uns keine Broschüre im Alleingang basteln. Was wir brauchen …«

»… isch an lustiger Spruch, mit dem mir auffallet. Mir brauchet koi Broschüre, sondern a Markazeicha«, sagte er mit der Bestimmtheit dessen, der alles kann, nur kein Hochdeutsch. »So was wie mei ›schnelle Nummer‹.«

»Mensch, Bär, die schnelle Nummer war total daneben!«, sagte ich ungeduldig. »Unser Markenzeichen sollte schon etwas geschmackvoller ausfallen.«

Fast sofort tat mir mein verbaler Angriff leid. Konnte Bär denn was dafür, dass Martin nichts mehr von uns beiden wissen wollte? Und konnte er was dafür, dass ich ziemlich an seiner Idee mit dem Bio-Service zweifelte? Nein. Ich hätte schließlich nicht ja sagen müssen! Streng befahl ich mir: *Ich habe mich darauf eingelassen, also muss ich da jetzt auch durch. Und ich werde meine Unsicherheit nicht an Bär auslassen!!!*

Gottlob war Bär niemand, der schnell beleidigt war. »Mir froget Gesa«, schlug er versöhnlich vor. »Die isch Profi ond kennt sich aus.«

Seufzend hatte ich mich geschlagen gegeben, und er hatte sofort ein Dreiertreffen bei mir organisiert. Dass er so dynamisch sein konnte, hätte ich ihm niemals zugetraut. Seine Energie hatte sogar auf mich abgefärbt: Ich hatte hin und her überlegt, wie wir den Erfolg unseres Bio-Services so richtig ankurbeln konnten. Nach etlichen verworfenen Ideen war mir schließlich der große Wurf gelungen – hoffte ich zumindest. Na, ich würde ja sehen, was Bär und Gesa nachher dazu sagen würden.

Ich setzte frischen Kaffee auf. Eigentlich freute ich mich auf Gesa, wir hatten uns ja sowieso treffen wollen. Wenn sie mich nur nicht immer an Martin erinnern würde … aber das tat Bär auch. Martin war nun mal Gesas Kollege und Bärs Freund, daran war nichts zu ändern. Und er war mein … ja, was war Martin für mich?

Ein Mann, der mich fast geküsst hätte.

Ein Mann, von dem ich gedacht hatte, dass er sich ernsthaft für mich interessierte.

Hätte er mich sonst so angeschaut?

Diesen Blick, liebe Biene, flüsterte eine Stimme in meinem Kopf, *diesen magischen Blick hast du vielleicht einfach nur falsch interpretiert. Und das, was du für Sehnsucht gehalten hast, war nichts weiter als simple, tierische Lust.*

Ich versenkte meinen Zeigefinger im Nutella, leckte ihn grimmig ab und dachte, dass ich mir mit traumwandlerischer Sicherheit immer die Männer aussuchte, die mich unglücklich machten. So wie Maximilian.

Düster dachte ich an mein Treffen mit ihm in der letzten Woche: Wir waren in der gemütlichen Kneipe neben dem Obertürkheimer Kino, weil Maximilian »in lockerer Atmosphäre«, wie er sagte, etwas Dringendes mit mir besprechen wollte. Und obwohl ich ihn ja zur Genüge kannte, war die Kaltschnäuzigkeit, mit der er die lockere Atmosphäre vergiftete, an jenem Abend wie ein Schlag in mein Gesicht gewesen.

»Fang schon mal an zu suchen«, sagte er. »Du musst bald aus dem Haus raus. Marie-Chantalle und ich brauchen was Größeres. So ab November.«

Ich glotzte ihn an wie ein Mondkalb und weigerte mich, die Information aufzunehmen, die er mir da gerade um die Ohren haute.

»Warum ab November?«, fragte ich lahm.

»Weil Marie-Chantalle Depressionen bekommt, wenn sie in einer so kleinen Wohnung hausen muss, wie wir es gerade tun. Und du weißt sicher, dass die Gefahr einer Depression im November besonders groß ist.« Maximilian musterte mich kühl. »Lilly und du, ihr braucht doch nicht viel Platz. Sicher findet ihr in Uhlbach eine nette Ein- bis Zweizimmerwohnung.«

Ich war sprachlos.

Maximilian hingegen kam nun so richtig in Fahrt. »Weißt du, es ist immer gut für eine Frau, wenn sie sich ihren Lebensstandard selbst erarbeitet. Erst eine kleine Wohnung, dann was Größeres. Diese Chance bietet sich dir nun!« Er lächelte väterlich.

Und ich stand auf und ging, ohne mir seine fürsorglichen Pläne bis zu Ende anzuhören.

Ich schüttelte den Kopf und beschloss, das Ganze erst einmal zu verdrängen. Dann tunkte ich meinen Zeigefinger noch einmal ins Nutella. Wenn ich davon fett und hässlich wurde, na und? Mich wollte doch eh keiner. Schon wieder überkam mich das Selbstmitleid.

»Okay, das reicht jetzt, Biene«, sagte ich laut und straffte meine Schultern. »Maximilian schmeißt uns aus dem Haus raus, weil seine Neue Depressionen bekommt, wenn sie keine goldenen Wasserhähne hat. Ich muss für Lilly und mich eine neue Wohnung suchen. Alternativ könnte ich ein Vermögen beim Anwalt ausgeben und mich jahrelang mit Maximilian herumstreiten. No problem, Biene. Du bist schon mit ganz anderen Dingen fertig geworden!«

Ich nahm mir vor, mir noch heute alle schrecklichen Dinge in Erinnerung zu rufen, mit denen ich schon fertig geworden war. Während ich den Kaffee und drei Henkelbecher auf ein Tablett stellte, fing ich gleich damit an.

Also, da war zum Beispiel … hm. Komisch, so auf die Schnelle fiel mir gar nichts ein.

Ich trug das Tablett die Treppe hinunter und ins Wohnzimmer, und die ganze Zeit über arbeitete mein Gehirn auf Hochtouren. Verdammt, es musste doch was geben, womit ich fertig geworden war! Irgendwas Schlimmes! Vielleicht … das Verschwinden meiner Katze? Nachdenklich stellte ich das Tablett auf den Tisch. Das Verschwinden eines geliebten Haustieres ist natürlich immer dramatisch, aber ich war erst sieben Jahre alt gewesen, also war das Ganze ziemlich lang her, und eigentlich hatte ich das Vieh sowieso nicht gemocht. Es hatte mich immer gekratzt.

Also was anderes. Was hatte ich wider Erwarten überlebt: Den Stress vor meinem Abitur? Tausendundein Praktikum? Den Umzug nach Stuttgart?

Ich grübelte und grübelte und erschreckte mich fast zu Tode, als hinter mir plötzlich Gesas Stimme ertönte.

»Hi. Die Tür war auf, da sind wir einfach reingekommen«, sagte sie heiter.

Ich fuhr herum. »Oh, hallo. Die Tür war auf?«

Bär sagte: »Ja. Dei Au-pair-Mädle werkelt im Garda. Übrigens, du hosch was am Aug. Sieht aus wie Schoklad.«

Ich wischte mir das Nutella vom Auge, rannte alarmiert zum Fenster und sah meinen bösen Verdacht bestätigt: Evica hockte im Minirock auf dem Boden und riss mit brachialer Gewalt sämtliche Wicken aus der Erde. Neben ihr türmten sich die zarten Ranken mit den altrosa Blüten bereits meterhoch auf einem Haufen.

Ich stöhnte. »Ich hatte es ihr verboten!«

Gesa trat neben mich und schaute neugierig aus dem Fenster. »Was macht sie da? Muss sie sich abreagieren oder langweilt sie sich, während deine Tochter im Kindergarten ist?«

»Sie will einen dieser Gärten, wie sie in ihrer Heimat üblich sind. Die machen anscheinend ganz wenig Arbeit«, knirschte ich.

»Beton und grün anstreichen?«

»So ungefähr.« Ich wandte mich ab, um das Werk der Zerstörung nicht länger mit ansehen zu müssen. Zu retten war da eh nichts mehr. »Man muss es positiv sehen«, sagte ich und unterdrückte ein irres Kichern. »Maximilian und Marie-Chantalle haben meine schönen Wicken sowieso nicht verdient.«

»Maximilian? Wieso Maximilian?«, fragte Gesa verwirrt, doch ich schüttelte nur den Kopf.

Nein, ich würde nicht schon wieder jammern. Stattdessen würde ich Bär und Gesa, meinen Mitstreitern, von der Idee erzählen, die in den letzten Tagen in meinem Kopf gereift war. Ich würde ihnen beweisen, dass auch ich »subbr Idea« hatte. Denn ich würde ihnen das ultimative Markenzeichen für den Bio-Service vorstellen.

Dieses Vorhaben ließ neuen Mut in mir aufsteigen. Voller Tatendrang schob ich Gesa in Richtung Kaffeetisch, an dem Bär schon vor einer dampfenden Tasse saß, drückte sie auf einen Stuhl und rief: »Lassen wir das trübe Thema! Jetzt vergessen wir mal alle Übel dieser Welt, einschließlich Maximilian und Evica, und denken nur noch an die Zukunft. An unsere gemeinsame berufliche Zukunft!«

»So feierlich?«, brummte Bär.

Ich strahlte. »Ich weiß jetzt, wie wir die Firmen von uns überzeugen können. Deine Kreativität färbt wohl auf mich ab, Gesa, und dein Optimismus auch, Bär. Wartet. Nur einen Moment!« Ich lief schnell in die Küche und kam mit einer Jutetasche zurück. »Meine Damen und Herren, hier ist unser …« Mit einer dramatischen Geste riss ich meine Kreation aus der Tasche: »… Vollkornlogo!«

Gesa und Bär starrten auf das Gebäck in meiner triumphierend in die Luft gereckten Faust.

Schweigen.

»A Audo«, sagte Bär und kratzte sich am Hinterkopf.

»Aus Vollkorn?«, fragte Gesa.

Ich ließ meine Hand sinken. »Hey, wie begriffsstutzig seid ihr denn? Das ist klasse! Das ist unsere Erfolgsgarantie! Ein PR-Coup, wie ihn die Welt noch nicht gesehen hat – ein gebackenes Logo unseres Bio-Services! Und wir können jedem unserer Kunden, jedem Unternehmen, für das wir das Essen liefern, dasselbe anbieten: Ein maßgeschneidertes Logo ihrer Firma zum Aufessen!«

»Biene«, sagte Gesa leise.

»Ja?« Ich schaute sie an, und mit einem Mal war ich entsetzlich enttäuscht. »Es gefällt euch nicht, habe ich recht?«

»Es ist perfekt«, sagte Gesa und grinste. »Es ist so perfekt, dass ich total neidisch bin, nicht selbst darauf gekommen zu sein.«

»Du hosch ja richtig ebbes auf 'm Kaschte«, meldete sich nun auch Bär zu Wort. Seine Augen funkelten. »Morga, Mädels«, er ließ seine Faust auf den Tisch krachen, dass die Tassen klirrten, »morga kommat ihr zu mir in d' Zentrale. Und no backa mir!«

Noch beim abendlichen Vorlesen an Lillys Bett stahl sich immer wieder ein Lächeln auf mein Gesicht, so stolz war ich darauf, dass eine Marketingexpertin wie Gesa meine Idee für gut befunden hatte.

»Was hast du denn, Mami?«, fragte Lilly irritiert und hielt ihr Händchen auf die Buchstaben, so dass ich nicht weiterlesen konnte. »Warum guckst du so komisch?«

Ich ließ das Buch sinken. »Ich gucke nicht komisch, sondern glücklich, mein Schatz.«

»Weil Papi zurückkommt?«

Mein Lächeln erstarb. »Nein. Papi kommt nicht zurück.« Ich strich Lilly sanft übers Haar. »Das wünschst du dir wohl sehr, hm?«

Lilly überlegte. »Eigentlich nicht«, sagte sie dann fröhlich. »Wenn ich ihn jetzt besuche, spielt er nämlich immer mit mir. Das hat er früher nie gemacht.«

Erstaunt forschte ich in ihrem Gesicht, ob sie mich nur beruhigen wollte – oder sich selbst. Doch ihre Heiterkeit schien echt zu sein.

Ich wies auf das Stimmungsbarometer an Lillys Zimmertür, das sie vor einem halben Jahr im Kindergarten gebastelt hatte. Von glücklich bis traurig, von zornig bis himmelhoch jauchzend: Jeder Stimmungslage war ein Bildchen zugeordnet. Doch seit Maximilians Auszug hatte Lilly den roten Zeiger kaum mehr bewegt; beharrlich stand er auf dem Bild mit den vielen Regentropfen, und ab und zu auf dem zähnefletschenden Rottweiler. »Dann können wir den Zeiger also wieder auf die Sonne stellen?«

Lilly nickte. »Die Evica ist blöd, aber langsam wird's schon ein bisschen besser mit ihr. Die Marischantall ist auch blöd, aber sie schenkt mir immer was. Und wenn du jetzt so glücklich bist, weil Papi nicht zurückkommt«, sie schlang ihre kleinen Arme um meinen Hals, »dann bin ich auch glücklich.«

Na, ganz so hatte ich das aber nicht gesagt! Ich wollte das Missverständnis korrigieren, doch im letzten Moment biss ich mir auf die Zunge und beschränkte mich darauf, Lilly sehr fest in meinen Armen zu halten.

Langsam wagte sich auch mein Lächeln wieder hervor. Denn eigentlich hatte Lilly mit ihrer Sicht der Dinge gar nicht so unrecht.

Punkt neun am nächsten Morgen holte Gesa mich mit ihrem VW-Cabrio ab.

»Wann kriegst du eigentlich deinen Führerschein zurück?«, erkundigte sie sich, als wir im strahlenden Sommersonnenschein die B 10 entlangbrausten.

»Hoffentlich bevor ich ausziehen muss«, sagte ich. »Wäre schon praktisch, wenn ich für den Umzug mein Auto benutzen dürfte.«

Gesa verstand sofort. Sie warf mir einen kurzen Blick zu, dann konzentrierte sie sich wieder auf die Straße. »Maximilian und Marie-Claudette?«

»Marie-Chantalle«, verbesserte ich sie automatisch. »Sie bekommt Depressionen in kleinen Wohnungen. Die beiden wollen das Haus für sich. Ich soll für Lilly und mich ein nettes Wohnklo suchen.« Wie immer schaffte es dieser Gedanke, meine gute Stimmung in den Keller sausen zu lassen.

Gesa stieß einen empörten Schrei aus und drückte so heftig aufs Gas, dass wir fast an der Ausfahrt vorbeigeschossen wären. In letzter Sekunde riss sie das Lenkrad nach rechts.

»Darum will ich aber nicht gleich sterben!« Ich presste mich ängstlich in meinen Sitz.

»Wir sind gleich da«, sagte sie an Stelle einer Antwort. »Dann werkeln wir, und dabei erzählst du uns alles. Red es dir von der Seele! Für so was sind Freunde schließlich da.«

Freunde.

Ich spürte schon, wie ich mich besser fühlte.

Zugegeben: Von vorne sah unsere Zentrale eher wie ein aufgegebenes Gefängnis aus. Obwohl nur wenige hundert Meter das Haus von der B 10 trennten, schien es inmitten der schwäbischen Pampa zu liegen: Wir passierten ein Vereinsheim, fuhren an Schrebergärten und herrenlosen Wiesenstücken vorbei und dann standen wir endlich vor Bärs Grundstück, das von strengen Koniferenhecken begrenzt wurde. Groß und verwahrlost zeichnete sich das blassgelbe Haus gegen den blauen Himmel ab.

Ich konnte mir nicht helfen, ich war enttäuscht, denn eine Bio-Service-Zentrale hatte ich mir romantischer vorgestellt. Gleichzeitig ärgerte ich mich über mich selbst: Hatte ich einen anthroposophischen Mustergarten mit Zwerglein und tanzenden Feen erwartet, in dessen Mitte ein windschiefes Hexenhäuschen thronte?

Gesa gab noch einmal Gas, und wir fanden uns in einem Innenhof wieder, der Industrieromantikern sicher gefallen hätte. Sie parkte ihr Cabrio zwischen einem leeren Ölfass und einem dreibeinigen Stuhl. Als wir ausstiegen, entdeckten wir an der Haustür den Zettel: »Bin im Garten.«

»Wir wollten doch backen.« Gesa runzelte die Stirn. »Was macht der dann im Garten? Der will doch wohl nicht im Holzbackofen backen?«

»Quatsch«, sagte ich. »Kein Mensch hat heutzutage noch einen Holzbackofen!«

Wir wanderten ums Haus herum, holten uns Schrammen an wild wachsenden Brombeersträuchern, bogen schließlich um die Ecke und …

»Wow«, hauchte Gesa.

»Das Paradies«, flüsterte ich.

Vor uns erstreckte sich der wunderbarste Garten, den ich je gesehen hatte. Gewaltige Hortensien standen wie blaugrüne Inseln im wogenden Meer des ungemähten Grases, Schmetterlinge umspielten die ersten weißen Rispen des Sommerflieders, überall blühten gelbe und orangefarbene Ringelblumen. Ein riesiges Gemüsebeet bildete das Zentrum des Gartens, doch statt in ordentlichen Reihen wuchsen Salat, Tomaten und Paprika wild durcheinander. Gurken rankten sich an einem Spalier aus Zweigen entlang, Kohlköpfe teilten sich den Platz mit hohen Dahlien in allen Farben des Regenbogens, und auf einem abgeernteten Fleckchen Erde suchten zwei Indische Laufenten eifrig nach Schnecken. Eingerahmt wurde der Garten auf drei Seiten von üppigen Himbeersträuchern, die mit großen, hellroten Früchten lockten. Auf der vierten Seite stand das Haus, rechts daneben ein Schuppen und links ein riesiger Kastanienbaum. Die Luft duftete nach Blüten und sonnenwarmer Erde.

Wir standen schweigend da und staunten, und ein Gefühl tiefer Dankbarkeit erfüllte mich. Plötzlich wusste ich, dass ich tatsächlich mit allem fertig werden würde – auch ohne Zusammenstellung meiner früheren Siege.

Aus dem Erdbeerbeet, das sich hinter einer der Hortensieninseln versteckte, erhob sich eine wohlbekannte Gestalt mit rot verschmierten Fingern. »Da senn ihr ja endlich«, rief Bär und winkte uns, näher zu kommen. Er hob ein Spankörbchen hoch, das schon zur Hälfte mit Erdbeeren gefüllt war. »Jetzt isch die beste Zeit für Gsälz«, sagte er, »und in meim Garte isch alles reif. I han dengt, mir könntet doch onsere erste Gläser Bio-Gsälz gemeinsam kocha. Für onser Gschäfd.«

Gesa löste sich aus ihrer verzückten Erstarrung. »Eine Gsälz-Party!«, rief sie begeistert. »So was habe ich ja noch nie gemacht!« Sie klang richtig aufgeregt, offensichtlich war es für sie eine ziemlich exotische Angelegenheit, Marmelade zu kochen.

»Und dann backa mir onsere Logos«, sagte Bär zufrieden. »Im Holzbackofa, dahinta beim Schuppen.«

Gesa und ich schauten uns an und grinsten. *Das hier,* dachte ich, *ist um Klassen besser als ein anthroposophischer Feengarten mit Hexenhäuschen.*

»Ich glaub's nicht, dass einer so ein Schwein sein kann.« Gesa schraubte den Deckel auf ein Glas heißer Erdbeermarmelade und verbrannte sich dabei die Finger. »War der früher anders? Oder warum hast du den geheiratet?«

»Vor Lillys Geburt war er gar nicht so schlimm«, sagte ich. »Es hat erst angefangen, als er Vater wurde.«

»Menscha ändret sich halt«, warf Bär ein, während er ein weiteres Kilo Früchte abwog. »Vielleicht war der früher bloß an Seggl, und jetzt isch er an Jenseits-Granade-Schofseggl gworda. Des hot die Biene ja net wissa kenna.«

Trotz meiner nicht ganz rosigen Lage musste ich lachen. Hier und heute, in dieser Küche, die nach Kindheit und Sommerträumen roch, konnte ich mich einfach nicht schlecht fühlen. Gut, dass ich ein nostalgisches (wenn auch recht kurzes) Sommerkleid trug, denn ich fühlte mich wie eine emsige Hausfrau von anno dazumal: Auf jedem freien Zentimeter, jedem Stuhl, jedem Regal standen Gläser mit der Marmelade, die wir an diesem Vormittag gekocht hatten. Erdbeeren, Himbeeren und Johannisbeeren hatten wir, wie mir schien, tonnenweise verarbeitet, und mit ihnen die ganze traurige Geschichte mit dem Titel »Biene und die Männer«. Während wir Obst gewaschen, geschnippelt und püriert hatten, hatte ich mir alles von der Seele geredet, genau wie Gesa es mir im Auto geraten hatte. In ihr und Bär hatte ich zwei Zuhörer gefunden, die sich wunderbar ergänzten: Gesa hatte mir den Rücken gestärkt und mich bei meinen Schimpftiraden unterstützt, und Bär hatte als mäßigendes Element fungiert und abgewiegelt, wenn wir Frauen uns im Ton vergriffen. Was regelmäßig passierte, wenn die Rede auf Marie-Chantalle kam.

Während Bär, Gesa und ich also zu einer verschworenen Gemeinschaft zusammenwuchsen, beruflich und privat, hatte ich ihnen nur eines verschwiegen – meine Gefühle für Martin. Und das nicht nur, weil jeden von uns etwas Besonderes mit ihm verband. Sondern auch, weil ich trotz der Abfuhr, die er erst mir und dann unserem Bio-Service erteilt hatte, noch nicht mit Martin abgeschlossen hatte. Und mit der Sehnsucht in seinen Augen. Vielleicht hatte sie ja doch mir gegolten? Vielleicht würde er ja eines Tages angeritten kommen, auf einem weißen Pferd, würde mich zu sich in den Sattel ziehen und mir erklären, ich sei die Frau seines Lebens …

Ich seufzte tief, dann widmete ich mich wieder meinem Topf, in dem es brodelte und blubberte. »Wir brauchen noch Etiketten«, sagte ich über die Schulter zu Gesa. »So schöne, mit Himbeeren drauf.«

»Ich male noch welche. Aber ich geh raus und mach das am Gartentisch, okay? Ich brauch frische Luft.« Gesa verschwand.

Bär stellte die letzte Schüssel mit Himbeeren neben mich auf die Arbeitsplatte. »Das wär's dann«, brummte er. »Kommsch du hier klar? Dann kümmer i mi um dr Ofa. Backe müssa mir ja au no.«

»Klar, geh nur.«

Ich war selbst erstaunt, wie selbstverständlich Bär, Gesa und ich zusammenarbeiteten. Jeder hatte seine Aufgabe, jeder seinen Platz. *Vielleicht sollte ich hier einziehen*, dachte ich und goss die blubbernde Masse in die Gläser. *Hier weiß ich zumindest, woran ich bin. In einer WG mit Bär hätte ich sicher weniger Ärger als in einer Ehe mit Maximilian.* Ich grinste und schraubte die Gläser zu. Dann griff ich nach einem bereits abgekühlten Glas mit Probe-Marmelade und schob mir einen Löffel davon in den Mund. Es schmeckte herrlich.

»Hey, Bär«, rief ich übermütig. »Was hältst du davon, wenn ich zu dir ziehe?«

»So weit seid ihr also schon«, knurrte Martins Stimme hinter mir.

Ich zuckte zusammen, ließ das offene Glas fallen, und es zerbarst auf dem steinernen Küchenfußboden.

Dann ging alles sehr schnell. Ein Teil der Himbeermarmelade spritzte auf meine nackten Beine, ich fühlte klebrige Tropfen und Glassplitter auf der Haut und schrie vor Schreck auf. Martin, der in der offenen Tür gestanden hatte, stürzte auf mich zu, schnappte sich im Sprung ein Küchentuch und warf sich mir zu Füßen. Hastig rieb er meine Beine mit dem Tuch ab, um die Marmelade zu entfernen, die er wohl für kochendheiß hielt. Als er seinen Irrtum bemerkte, hätte er eigentlich mit der Reiberei aufhören können. Doch er machte weiter, langsamer jetzt, und verwischte sanft die letzten Tropfen auf meiner Haut, bis sie eine gleichmäßige, verwaschen-himbeerrote Farbe angenommen hatte. Ich schaute auf ihn hinab. Ein Brennen kroch rechts und links meine Beine hinauf und floss sehr warm in der Mitte zusammen.

Ohne nachzudenken, vergrub ich meine Finger in seinem Haar. Das Tuch in seinen Händen fiel zu Boden. Langsam erhob er sich, sein Körper keine Handbreit von meinem entfernt. Er stand vor mir, ganz nah, meine Augen versanken in den seinen, und ich konnte nur immer wieder denken, dass es jetzt geschehen musste, hier, inmitten der Marmelade und der Splitter und der vollen Gläser, und alles andere war mir egal.

Stattdessen flüsterte ich: »Du hast nicht angerufen.«

Und er sagte mit rauer Stimme: »Du warst mit einem anderen auf unserem Konzert.«

»Das war doch bloß Bär.«

»Ihr seid ein Paar?«

»Um Gottes willen, nein! Wir arbeiten zusammen, das ist alles.«

Martin schluckte. Er brauchte einen Moment, um sich zu fassen. Doch dann sagte er leise: »Ich habe x-mal angerufen, nachdem Gesa sich die Karten geschnappt hatte.« Er nahm mein Gesicht in seine Hände.

Wieso Gesa? Ach, egal. Da war er, mein Ritter auf dem weißen Pferd. Berauscht schloss ich die Augen. Sein Mund fand den meinen, ich schmeckte warme Lippen und …

»Hemmelarschondwolkabruch, hat hier a Bomb eigschlaga?«

Bärs Stimme riss uns unsanft aus unseren Liebesträumen und beendete den Kuss, noch bevor er richtig angefangen hatte. Wie zwei ertappte Minderjährige fuhren wir auseinander.

»Was machsch du denn hier?« Bärs Blick wanderte zwischen Martin und mir hin und her.

Martin strich sich die Haare aus der Stirn, setzte einen neutralen Gesichtsausdruck auf und sagte geschäftsmäßig: »Ich wollte mal sehen, wie ihr zurechtkommt. Mein Handy war kaputt, da konnte ich dich nicht zurückrufen, Bär. Und dann war so viel los in der Agentur, da habe ich es verpennt. Tut mir leid. Aber jetzt kann ich in euer Projekt einsteigen.«

»Ihr sen ja voll verschmiert. Voller Gsälz«, sagte Bär misstrauisch.

Ein hektischer Blick auf Martin bestätigte mir, dass die Reinigungsaktion nicht spurlos an ihm vorübergegangen war. Nicht nur an seinen Hosenbeinen, mit denen er in der Marmelade gekniet hatte, prangten dicke Flecken, sondern auch auf seinen nackten Unterarmen und den Händen. Folglich konnte auch mein Gesicht, das er so innig gehalten hatte, nicht strahlend sauber sein. Ganz zu schweigen von meinen Beinen.

»Voller Gsälz, ja. Gsälz auf unserer Haut … an was erinnert mich das nur?«, rief ich mit nervöser Fröhlichkeit, bevor Bär eins und eins zusammenzählen konnte. »Martin, erinnert dich das nicht auch an etwas?« Mit einem verkrampften Lächeln beschwor ich ihn, in mein kleines Ablenkungsmanöver einzusteigen.

»An das Buch«, sagte Martin und sah mir unverwandt in die Augen.

Das Buch? Welches Buch?

Siedend heiß fiel es mir ein. *Das* Buch! In dem die Intellektuelle aus Paris und ihr bretonischer Fischer immer und überall Sex hatten. Das Buch, in dem sie über den ganzen Erdball jetteten, nur um miteinander zu schlafen …

Ich wurde rosarot wie die Himbeeren, die ich gerade verkocht hatte, und senkte hastig den Blick. Angestrengt studierte ich den steinernen Fußboden. *Tolles Ablenkungsmanöver*, zischte eine vorwurfsvolle Stimme in meinem Kopf. *Was wird Bär jetzt denken? Es ist keine Stunde her, dass ich ihm mein Herz ausgeschüttet habe, und nun findet er mich und seinen Freund marmeladenverschmiert in seiner Küche. Und mir fällt nichts Besseres ein, als die Rede auf erotische Bücher zu bringen!*

»A Buch?«, sagte Bär ratlos. »Um Gsälz zu kocha, braucht mr doch koi Buch!« Kopfschüttelnd verließ er die Küche, um aus dem Schuppen Eimer und Wischmopp zu holen.

Ich stieß zitternd die Luft aus. Doch erst als wir allein waren, wagte ich es erneut, Martin anzusehen. Er verzog den Mund zu einem vielsagenden Lächeln, und augenblicklich fing ich wieder Feuer.

Doch da tauchte Bär auch schon mit den Putzutensilien auf. »Jetzt schrubbat ihr dr Boda, und dann kommat ihr raus zum Backa«, befahl er uns herrisch.

Wir wagten nicht zu widersprechen. Um ehrlich zu sein, stand mir auch gar nicht der Sinn nach Widerspruch: Küche putzen mit Martin – was konnte es Schöneres geben? Ach, inmitten des warmen Wischwassers mit ihm auf dem Boden zu knien … Wir bearbeiteten im rhythmischen Gleichklang den Schmutz … Die nassen Kleider klebten auf unseren erhitzten Körpern … Wir sanken nieder, wälzten uns im Wischwasser wie in der Meeresbrandung, rissen uns die Kleider vom Leib, seine Hände fanden meine Brüste, und ich griff beherzt nach …

»He, aufwacha«, hörte ich Bärs Stimme neben mir. Sie klang nun nicht mehr befehlend, sondern eher besorgt. »Martin, was isch denn mit derra los? Die isch ja völlig wegtretta. Hosch ihr des Gsälzglas an dr Kopf gschmissa oder was?«

Mit einem Ruck befand ich mich wieder in der Wirklichkeit. Ich schaute Martin an, der mich bekleidet und vollkommen trocken angrinste, und drängte meine Putzphantasien energisch zurück.

»Alles klar«, sagte ich munter zu Bär.

Doch der schaute immer noch zweifelnd. »I glaub, i helf euch besser«, sagte er und griff sich den Putzlumpen, ohne mich aus den Augen zu lassen.

Meine Phantasien verabschiedeten sich resigniert. *Na ja*, dachte ich leise seufzend, *wäre vielleicht auch ein bisschen eklig gewesen. Wer weiß, was für Krankheiten man von Wischwasser bekommen kann. Außerdem: Aufgeschoben ist nicht aufgehoben.*

Solcherart getröstet, machte ich mich mit den Männern ans Putzen.

Nachdem wir nicht nur den Boden, sondern auch uns selbst notdürftig gereinigt hatten, gingen wir hinaus in den Garten. Gesa fanden wir beim Schuppen, und Bär machte sich sofort daran, den Holzbackofen einzuheizen. Als Gesas Blick an Martins Hosenbeinen hängen blieb, murmelte der was von »Glas runtergefallen«, und zum Glück gab Gesa sich damit zufrieden.

Dann standen wir alle um den Ofen herum, und die Stunden flogen vorüber wie ein Traum, der viel zu schnell zu Ende ist. Wir kneteten Teig, formten ernsthafte und alberne Logos, backten sie und aßen sie gleich danach auf, und die ganze Zeit über schien es mir, als flösse ein machtvoller Energiestrom zwischen Martin und mir, der uns von den anderen absonderte und auf unsere eigene Wolke hob. Jeder Blick, den Martin mir zuwarf, schien ein Versprechen zu sein, jede verstohlene Berührung eine Erinnerung an die Minuten, die alles verändert hatten.

Als wir am späten Nachmittag endlich fertig waren, türmten sich Vollkornlogos aller Arten auf dem Gartentisch.

Müde und gleichzeitig aufgekratzt verabschiedeten wir uns von Bär, und er begleitete uns aus seinem kleinen Paradies hinaus.

Martin und ich blieben ein Stück hinter den anderen zurück. Leise fragte er: »Können wir uns morgen Abend sehen?«

Morgen Abend musste ich auf ein Existenzgründer-Seminar. Mist. Ich schüttelte den Kopf.

»Übermorgen?«, drängte er.

»Da ist Elternabend im Kindergarten«, sagte ich. »Und ich kann auch nicht jeden Abend weg sein, da flippt Lilly aus. Von Evica ganz zu schweigen. Die will unbedingt ins Kino.« Scherzend setzte ich hinzu: »Wahrscheinlich hat sie einen Typen aufgerissen und will ihn im Dunkeln verführen.«

Die Erwähnung meines Au-pairs löste einen Hustenanfall bei Martin aus. Als er wieder atmen konnte, sagte er: »Gut, dann treffen wir uns eben tagsüber. Hauptsache, ich komme endlich zu meinem überfälligen Date mit dir.«

»Samstag kriegt Lilly Besuch«, überlegte ich. »Aber am Sonntag … hm, da wollten wir ins Blühende Barock, in den Märchengarten. Hey, komm doch einfach mit!« Ich strahlte. Lilly, Martin und ich wie eine kleine Familie im Märchengarten. Das klang fast zu schön, um wahr zu sein. Und am Abend würde es sich ganz natürlich ergeben, dass Martin blieb.

Die ganze Nacht.

Das Objekt meiner Begierde warf mir einen unergründlichen Blick zu. »Märchengarten«, sagte er. »Och ja. Warum nicht. Da war ich schon seit Ewigkeiten nicht mehr.«

»Wo bleibt ihr denn? Ich muss lo-hos!«, schrie Gesa und streckte ihren Kopf um die Ecke. »Wolltest du nicht auch um fünf zu Hause sein, Biene? Wegen Lilly?«

»O Gott, du hast recht! Evica geht ja heute zum Sprachkurs!« Ich schlug mir die flache Hand auf die Stirn. »Ich muss mich beeilen. Tschüs, Martin.«

Unter Gesas wachsamen Augen verzichtete ich auf einen Abschiedskuss und lief schnell zum Auto.

Sonntag, dachte ich, als ich einstieg. *Sonntag ist es so weit. Endlich.*

Das Letzte, was ich sah, bevor Gesa Gas gab und das Cabrio hinaus auf die Straße jagte, war Martin, mein Martin, der uns gegen seinen Wagen gelehnt hinterherschaute.

Er sah sehr, sehr nachdenklich aus.

Kapitel 9

»When a man loves a woman ...« Ich legte alles, was ich an Gefühl aufbringen konnte, in meine Stimme. Oh ja, in puncto Soul stand ich Percy Sledge, dessen Ode an die Liebe aus den Boxen meines Autoradios floss, in nichts nach. Ich war der *Outlando d'amour* auf dem *Highway nach Ludwigsburg*, um mein *Sexy Girl* zu treffen. Wie sexy sie war, davon hatte ich mich in Bärs Küche überzeugen dürfen. Ihre nackten Beine, ihr schweres Atmen, das meine Zärtlichkeiten begleitete, wie sie sich an mich schmiegte, ihre fordernden Lippen. Mir wurde heiß bei dem Gedanken, was hätte passieren können, wären wir an einem anderen Ort zu einem anderen Zeitpunkt gewesen. Oft half nur die Flucht unter die kalte Dusche, um die aufsteigende Hitze herunterzukühlen.

Eigentlich war das nicht der Verlauf gewesen, den mein Überraschungsbesuch hätte nehmen sollen. Ich hatte mir fest vorgenommen, Bär und Biene zur Rede zu stellen, und wollte außerdem hinter das Geheimnis kommen, das Gesa um dieses ominöse Treffen strickte, von dem ich angeblich nichts erfahren sollte. Und dann kam alles ganz anders: Die Wut löste sich auf in Missverständnis und gekränkte Eitelkeit, an ihre Stelle trat Verlangen. Es war jedoch nicht nur dieses eindeutige Verlangen, ihren Körper zu spüren, sie überall berühren zu dürfen und von ihr berührt zu werden. Es war mehr. Ich wollte an ihrer Seite sein, mich an ihrem Anblick betrinken, mich von ihrem Optimismus und ihrer Unbedarftheit anstecken lassen. Dieser Wunsch war so groß, dass ich mich sogar zu einem Besuch in einem Märchenpark überreden ließ. Das hatte noch keine Frau vor Biene versucht, geschweige denn geschafft. Natürlich war auch dieser Ort denkbar ungünstig, um Leidenschaften auszuleben. Zumal eine vierjährige Sittenwächterin mit Argusaugen dafür sorgen würde, dass an traute Zweisamkeit nicht zu denken war. Aber auch sie musste die wachsamen Äuglein einmal schließen, meine Hoffnung galt der Nacht. Als hätte ich den Song bestellt, wünschte mir Bon Jovi »Have a nice day«.

Wie ein gefräßiges Ungeheuer verschlang mein Wagen den grauen Asphalt vor sich, spie ihn hinter sich aus und flog mit mir durch die grüne Peripherie. Links tauchten die Leinwand und der Parkplatz des Autokinos Kornwestheim auf und sandten mir Bilder aus einer anderen Zeit. Mein letzter Besuch lag Jahre zurück. Ich versuchte, mich an irgendeinen Film zu erinnern, den ich dort gesehen hatte, aber mir fiel beim besten Willen keiner ein. Was nichts mit einer nachlassenden Gedächtnisleistung zu tun hatte, denn an das Programm im Innenraum meines Autos erinnerte ich mich nur zu gut. Und an die Tatsache, dass dies eine der unbequemsten Arten war, sich einer Eroberung zu nähern. Mit jeder Bewegung betätigte man unfreiwillig einen Schalter, einen Knopf, wenn es ganz schlecht lief, sogar die Hupe, und gab damit allen anderen Besuchern ein Licht- oder Tonsignal, dass es noch etwas anderes zu sehen gab als einen mittelmäßigen Hollywood-Streifen. Stand man erst im Rampenlicht, lief meist nichts mehr: Harmlos dreinblickend ordnete man Frisur und Klamotten, saß stocksteif nebeneinander und versuchte Interesse am Film zu heucheln. Ob Biene jemals in einem Autokino gewesen war?

»Aaaaiaiaiaiaaa!« Tarzans Schrei riss mich aus meinen Gedanken. Mein neues Mobiltelefon, das auf dem Beifahrersitz lag, kündigte einen Anruf an. Ich zischte einen Fluch, weil ich den Annahmeknopf nicht gleich finden konnte. Diese neuartigen Geräte konnten zwar außer Toast rösten und Kaffee kochen wirklich alles, doch für die Bedienung war ein Hochschulabschluss in Elektrotechnik erforderlich.

»Ja«, brüllte ich, als es mir endlich gelungen war, die richtige Taste zu betätigen.

»Wo bleibst du denn?« Biene klang leicht überfordert. Im Hintergrund war das wütende Geschrei eines Kindes zu vernehmen. »Lilly wird ein bisschen unruhig. Wenn es dir nichts ausmacht, gehen wir schon rein.«

Rechts von mir deutete das Ortsschild von Ludwigsburg an, dass ich soeben die Stadtgrenze erreicht hatte. »Ich bin gleich da. Vorausgesetzt, ich finde einen Parkplatz.«

Das Geschrei im Hintergrund wurde lauter. Lilly gab ihrer Mutter deutlich zu verstehen, dass sie überhaupt keine Lust auf den Besuch im Märchengarten verspürte. »Wenn du lieb bist, dann kaufe ich dir gleich ein Eis, ja?«, hörte ich Biene flüstern, dann sprach sie wieder mit mir. »Wir treffen uns in einer Viertelstunde am Märchenbach, okay?«

Sie legte auf, bevor ich mich nach dem Weg dorthin erkundigen konnte. Meine gute Laune wurde ein wenig getrübt. Ungeduld war eine Eigenschaft, die ich an Menschen überhaupt nicht schätzte, auch wenn sie von einer Vierjährigen an den Tag gelegt wurde. Die Laune des kleinen Mädchens drohte meine romantische Stimmung zu vergiften. Noch mehr Bitterstoffe allerdings fügte das Polizeifahrzeug hinzu, das an der nächsten roten Ampel neben mir hielt. Der Beamte auf dem Beifahrersitz deutete mir an, dass ich das Fenster herunterlassen sollte. Ich kam seinem Wunsch nach.

»Telefonieren am Steuer. Das wird teuer«, sagte der Poet in Uniform.

»Ich telefoniert? Ich bin irritiert«, reimte ich zurück und versuchte unauffällig den Apparat, den ich immer noch in meiner rechten Hand hielt, fallen zu lassen. Es war ein kläglicher Versuch, mich meiner drohenden Strafe zu entziehen, und wie es klägliche Versuche so an sich haben, scheiterte auch dieser.

40 Euro, ein Punkt in der Flensburger Verkehrssünderkartei und geschätzte 240 Flüche später spurtete ich durch die grünen Gärten des Blühenden Barock, ließ Schlossgartensee und die Farbenpracht der Blumenbeete ungeachtet links liegen. Kurz vor dem Schloss ließ ich mich von der Beschilderung in den Märchengarten leiten und kam 20 Minuten zu spät am vereinbarten

Treffpunkt an. Dort erlebte ich die nächste Überraschung. Am Eingang zum Märchenbach warteten nicht nur Biene und Lilly, sondern auch Evica. Lehnte das Au-pair eben noch lässig am Geländer des Einlasses zu der Wasserbahn, warf sie sich sofort in Pose, als sie mich erblickte. Ein kurzer roter Rock gab mehr von ihren Beinen preis, als er verdeckte, und auch die weiße Bluse bestach vor allem durch Kürze und Transparenz. Dagegen sahen Biene und Lilly in Jeans und T-Shirt fast brav aus, wenn man von dem eisverschmierten Mund des Mädchens einmal absah. Beide trugen einen kleinen Rucksack auf dem Rücken und es war ihnen anzumerken, dass der Weg bis hierhin ein beschwerlicher gewesen war. Dennoch rang sich Biene ein Lächeln zur Begrüßung ab. »Wir dachten schon, du kommst nicht mehr«, sagte sie kraftlos.

»Ich wurde aufgehalten. Von Leuten, die dringend Geld brauchten«, knurrte ich.

Biene zog die Stirn kraus und wandte sich an ihre Tochter. »Na, dann kann es ja losgehen. Wollen wir jetzt mit dem Schiffchen fahren, ja?«

Lilly warf ihrer Mutter einen ängstlichen Blick zu. »Wo fährt das Schiff hin?«, fragte sie.

»Nur einmal im Kreis. Unterwegs sehen wir bestimmt ganz spannende Sachen. Das macht Spaß, du wirst sehen.«

Lilly schüttelte den Kopf. »Und wenn da böse Männer sind? Wie bei uns im Garten?«

Biene kniete sich neben ihre Tochter und strich ihr zärtlich über die Wange. »Was redest du denn da? Hier gibt es keine bösen Männer. Und bei uns im Garten auch nicht.«

Lilly zog eine trotzige Schnute. »Doch. Die Evica hat ihn auch gesehen.«

Biene warf der 19-Jährigen einen verzweifelten Blick zu. Das Au-pair-Mädchen lächelte hintergründig und nickte.

»Wir können ja Martin fragen, ob er mit uns in einem Boot fährt und uns beschützt.« Biene lächelte mich an.

»Na klar«, antwortete ich. »Mit bösen Männern kenn ich mich aus.«

Lilly war die Vorstellung, mit mir in einem Boot zu sitzen, nicht geheuer. Sie verzog das Gesicht, als hätte sie in eine Zitrone gebissen, und flüsterte ihrer Mutter etwas ins Ohr, was ich nicht verstehen konnte. Biene seufzte und stand auf.

»Also gut. Bevor wir hier Wurzeln schlagen. Ich fahre mit Lilly ...«

»... und ich mit Martin«, jubelte Evica. Offensichtlich war meine Meinung hier nicht gefragt.

Wir reihten uns in die Warteschlange ein und sahen zu, wie Kinder mit vor Aufregung geröteten Wangen die kleinen Plastikboote bestiegen und lautstark die Abfahrt forderten. Einige Meter bachabwärts kamen diejenigen an, die den Parcours schon durchschippert hatten. Fröhlich plappernd ließen sie beim Aussteigen das Gesehene Revue passieren. Beneidenswert, wie einfach es war, Kinder glücklich zu machen. Zwischen mir und meinem Glück stand einmal mehr Lilly, die ihrer Mutter nicht von der Seite wich. Und Evica, die wiederum nicht von meiner Seite wich.

»Ich fahre gerrn Bott. Das ist so Rromantik«, flüsterte sie mir zu. Ich lächelte gequält. Irgendetwas lief hier mächtig aus dem Ruder.

Mit jedem Schritt, den wir uns auf die Abfahrtsstelle zubewegten, wurde Lilly unruhiger, und als sie von ihrer Mutter in den schwankenden Plastikkahn gehoben wurde, machte sie ein Gesicht, als säße sie auf einem Nagelbrett. Biene setzte sich neben sie, drückte sie fest an sich und redete auf sie ein. Als das Signal zur Abfahrt kam, sah sie zu mir auf und winkte. Ich sandte ihr eine Kusshand zu.

Evica und ich bestiegen das nächste Boot. Dabei erwies sich ihre Schuhwahl nicht als förderlich, denn als sie mit ihren hohen Absätzen das Gefährt betrat, verlor sie das Gleichgewicht und fiel mir direkt in die Arme. Die Wartenden in der Schlange lachten oder feixten. Es war unschwer zu vermuten, was in ihren Köpfen vorging, Evicas Outfit ließ fast keinen anderen Rückschluss zu als den, dass es sich bei uns um einen Lüstling und seine blutjunge Gespielin handelte. Ich befreite mich von ihr, indem ich ihr half, auf der gegenüberliegenden Bank Platz zu nehmen und wünschte mir inniglich den Start herbei, um mich den Blicken der Schaulustigen entziehen zu können. Das Lämpchen neben uns sprang von Rot auf Grün, ein leeres Boot stieß uns von hinten an und wir rauschten in die Fahrrinne. Evica juchzte. Beneidenswert, wie einfach es war, auch sie glücklich zu machen.

Sie lehnte sich zurück, streckte ihre Beine aus und lächelte mich an. »Gleich es wirrd dunkel«, schnurrte sie. Ich drehte mich um und sah uns auf eine halb geschlossene Röhre zufahren, die uns im nächsten Moment verschluckte. Hinter einer beleuchteten Glaswand saß die Figur des »Tapferen Schneiderleins« und verkündete blechern, dass es »Sieben auf einen Streich« erlegt habe.

»So ein Angeber«, sagte ich und deutete auf den Schaukasten.

Evica schien sich nicht für das Märchen zu interessieren. Stattdessen löste sie den Riemen an ihrer Fessel, schlüpfte aus dem Schuh und strich mit ihren rot lackierten Zehennägeln an meinem Schienbein entlang. Ich konnte es im ersten Moment nicht glauben, was hier geschah, und erst die Menschen auf der Brücke, an denen wir vorüberfuhren, holten mich in die Gegenwart zurück.

»Schau mal, Papa, ein Liebespaar«, sagte ein kleines Mädchen zu ihrem Vater, der die Situation völlig falsch interpretierte. »So a Sauerei. Kennat ihr net warte, bis ihr drhoim sen«, grantelte er von oben auf uns herab und zog seine Tochter weg. Ich hielt Evicas Fuß fest und stellte ihn sanft auf den Boden.

»Lass das, okay?«, hörte ich mich sagen.

Das fehlte noch, dass ich nach dem Bußgeld für das Telefonieren am Steuer eine Anzeige wegen Erregung öffentlichen Ärgernisses kassierte. Evica lächelte auf eine Art und Weise, die den Pulsschlag eines jeden Mannes beschleunigt hätte.

Meinen nicht. Wenn ich wollte, konnte ich ein Eisberg sein. Allerdings zog die junge Verführerin alle Register, um meine Polkappen des Widerstands doch noch zu schmelzen. Sie zog ihren Schuh wieder an und beugte sich beim Anlegen des Riemchens sehr viel weiter nach vorn, als dies nötig gewesen wäre. »Du siehst da nicht hin«, befahl ich mir, ertappte mich jedoch dabei, wie ich sie beobachtete, als sie den obersten Knopf ihrer Bluse öffnete und sich mit einer Hand Luft zufächelte.

»Ist soo cheiß heute«, hauchte sie und legte den Kopf schief. Ihre Bemühungen prallten an mir ab, wobei ich zugeben musste, dass meine Handflächen feuchter waren als sonst. Unruhig rutschte ich auf meiner Bank hin und her. Evica deutete an mir vorbei und rief: »Oh, da kommt ein Fisch.«

Ich drehte mich so abrupt um, dass unser Boot ins Schlingern kam, dann verschluckte uns der Schlund eines Walfisches. Die Dunkelheit nutzte das Au-pair zum Frontalangriff. Mit einer schnellen Körperdrehung wechselte sie die Seite, setzte sich auf meinen Schoß, umklammerte meinen Hals und mimte die Ängstliche. »Diese Märrchen sind so gruselich«, jammerte sie und verstärkte ihren Griff. Ich zappelte in ihren Armen wie die Gestalt des Pinocchio an der Innenwand des Meeressäugers.

»Wir kippen noch um. Setz dich bitte wieder auf deine Seite.« Ich versuchte mich zu befreien, doch die vermeintliche Furcht verlieh Evica die Kraft einer Catcherin. Ich rang nach Luft und stach ihr in meiner Not mit dem Zeigefinger in die Seite. Diese Spezialbehandlung zeigte Wirkung. Mit einem spitzen Schrei schoss sie in die Höhe, löste ihre Umarmung und glitt von meinem Schoß. Gerade noch rechtzeitig, denn im nächsten Moment umfing uns das Tageslicht und wir steuerten auf die Anlegestelle zu. Evica saß mit vor der Brust verschränkten Armen neben mir und schmollte. »Tut mir leid«, sagte ich und wischte mir den Schweiß von der Stirn.

Biene und Lilly erwarteten uns bereits. Das Mädchen hing kraftlos in den Armen ihrer Mutter und schlotterte. Beide waren so blass, dass man fast durch sie hindurchsehen konnte. Ich stieg aus und wollte Evica helfen, indem ich ihr die Hand reichte, doch sie würdigte mich keines Blickes. Mit einer affektierten Kopfbewegung warf sie das Haar über die Schulter und stolzierte von dannen.

»Ich hoffe, ihr wart anständig«, sagte Biene. Hatte sie etwas von Evicas Annäherungsversuchen mitbekommen?

»Was denkst du denn?«, antwortete ich und legte ihr eine Hand auf den Rücken. Evica, die einige Meter von uns entfernt stand, gab einen grollenden Ton von sich und ballte die Fäuste.

»Ich habe Hunger«, meldete sich das Kind mit dem untrüglichen Instinkt für unpassende Momente zu Wort. Biene kramte in ihrem Rucksack, förderte eine Packung Kekse zu Tage und bot Lilly einen an. Das Mädchen schüttelte den Kopf.

»Ich will Pommes«, verkündete sie.

»Eine Banane kannst du haben.«

»POMMES!«

»Du nimmst jetzt den Keks oder es gibt gar nichts«, sagte Biene streng.

Widerwillig nahm das Mädchen die Süßigkeit in Empfang und knabberte lustlos daran herum. Sie tat mir fast ein bisschen leid. Allerdings nur kurz. Denn mit dem letzten Bissen erwachte Lillys Tatendrang und sie schoss so schnell davon, dass wir Mühe hatten, mit ihr Schritt zu halten. Vor der Hütte mit Schneewittchens Zauberspiegel trafen wir sie wieder. »Da ist gar kein Märchen drin. Da müssen wir nicht rein«, sagte sie.

Biene nahm sie bei der Hand, zog sie über die Schwelle und deutete auf die dunkle Oberfläche des Spiegels. »Du musst einen Spruch aufsagen: Spieglein, Spieglein an der Wand, wer ist die Schönste im ganzen Land. Und dann wird der Spiegel antworten«, klärte Biene auf.

»Spiegelei, Spiegelei an der Wand«, krähte Lilly. Das Bild von Schneewittchen und den sieben Zwergen erschien und eine männliche Stimme erklärte, dass die Fragestellerin im Vergleich zu dem schönen Mädchen hinter den sieben Bergen bei den sieben Zwergen eher schlecht abschnitt. Das gefiel Lilly, vor allem als sie merkte, dass ein form- und wortloser Schrei genügte, um die Mechanik auszulösen.

»Was ist das für ein Märrchen?«, fragte Evica, die sich offensichtlich wieder ein wenig beruhigt hatte.

»Schneewittchen. Ihre Stiefmutter wollte sie durch einen Jäger töten lassen, weil sie die Schönste in ihrem Reich sein wollte. Doch der Jäger hatte Mitleid, und Schneewittchen fand ein neues Zuhause bei den sieben Zwergen und ...«

»Was sind Zwärrge?«, unterbrach Evica.

»Kleine Männer. Mit Zipfelmützen.«

»Eine junge Frau lebt bei sieben kleine Männer mit Mützen? Das ist nicht norrmal«, schnaubte Evica und verließ die Hütte.

Ich schmunzelte und legte einen Arm um Bienes Hüfte. »Ganz unrecht hat sie damit nicht. Manche Märchen kann man durchaus falsch verstehen.«

Biene lehnte sich gegen mich. »An was du wieder denkst.« Sie lächelte und gab mir einen Kuss auf die Wange.

Lilly, ausgewiesene Feindin jedes Anflugs von Romantik, rannte aus der Hütte und brüllte: »Weiter geht's, weiter geht's!« Die Märchenphobie schien sich aufzulösen.

»Nicht so schnell, Lilly«, rief ihr Biene hinterher und folgte ihr.

Ich versuchte sie zurückzuhalten. »Bleib doch kurz. Evica kann sich auch mal um die Kleine kümmern. Das ist schließlich ihr Job.«

Biene sah mich resigniert an. »Ich weiß nicht, was schlimmer ist: wenn Lilly allein im Park unterwegs ist oder wenn sich Evica um sie kümmert.« Damit ging sie hinaus und ich blieb zurück. Allein mit dem Bild eines Zweifelnden, der in den Zauberspiegel blickte und sich fragte, ob es wirklich eine gute Idee gewesen war, in dieses Kinderparadies mitzukommen.

Ich holte das Trio an der Treppe zum Rapunzelturm wieder ein. Evica ging ein paar Stufen vor mir und ließ das, was sie Rock nannte, aufreizend hin- und herwippen. Dadurch führte sie die Funktion des Kleidungsstückes, etwas verdecken zu wollen, endgültig ad absurdum. Biene bemerkte meinen Blick, der womöglich einen Tick zu lange auf dem Po des Au-pairs ruhte und stieß mich mit dem Ellbogen in die Seite.

»Was denn?«, fragte ich im unschuldigen Tonfall. »Ich genieße nur die Aussicht.«

»Männer!«, lautete ihr Kommentar und es hörte sich gar nicht freundlich an.

Am Fuß des Rapunzelturms hatte sich schon eine kleine Gruppe von Kindern gesammelt, den Blick nach oben gewandt.

»Warum hängen Haare von Turrm?«, fragte Evica und deutete auf den Zopf, der in zehn Metern Höhe von den Zinnen herunterbaumelte.

Ich versuchte, ihr das Märchen zu erzählen. Den Schluss las ich von der Tafel am Wegesrand ab. Dass sich der Prinz aus Kummer über Rapunzels Verschleppung vom Turm stürzte, in einen Dornenbusch fiel und sein Augenlicht verlor, gefiel ihr gar nicht. »Das ist nicht norrmal«, sagte sie und ging kopfschüttelnd weiter.

Lilly, die den Märchen immer mehr Spaß abgewinnen konnte, kam atemlos angesaust. »Mama, da vorne steht ein Drache. Der will Papier«, sagte sie und zerrte an der Hand ihrer Mutter. Biene ließ sich von ihr wegziehen. Vor dem steinernen Fabeltier, das unablässig »Bitte Papier« forderte, räumte sie jeden Fetzen aus ihrem Rucksack, um Lilly bei ihrer Fütterungsaktion zu unterstützen und schritt erst ein, als ihre Tochter auch die Banane in das steinerne Maul stopfen wollte.

»Die iss mal schön selbst«, forderte sie das Mädchen auf. Und hatte damit Erfolg. Eine halbe Frucht wanderte in den Bauch der Hungrigen, das andere Stück bekam dann doch der Drache, als die Mutter nicht hinsah.

In der Hütte, in der ein Topf mit dem »süßen Brei« lustlos vor sich hinköchelte, hatte ich Biene dann endlich einen Moment für mich allein. Evica hatte eine amerikanische Reisegruppe entdeckt, in deren Reihen auch einige junge Herren durch den Märchengarten geleitet wurden. Dass die meisten von ihnen in Begleitung waren, schien sie dabei nicht zu stören. Aufreizend stöckelte sie an den Jungs vorbei, ließ bei jeder Drehung das Röckchen fliegen und bekam das, was sie wollte: Die uneingeschränkte Aufmerksamkeit des männlichen Teils der Gesellschaft und den eifersüchtigen Groll der Frauen.

Lilly war im angrenzenden Irrgarten unterwegs. »Fang mich doch, du Eierloch«, rief sie und lachte.

Biene wollte ihr hinterher, doch ich hielt sie fest. »Du bist nicht gemeint. Sie kommt für einen Moment allein zurecht.« Ich zog sie an mich und küsste sie. Ihre Lippen schmeckten nach Himbeere. Das markerschütternde Gebrüll ihrer Tochter, das zu einem abrupten Ende unserer Zweisamkeit führte, schmeckte eindeutig nach Galle.

»MAMA! WO BIST DU?«

Zugegeben, in diesem Schrei klang Verzweiflung mit, aber meine Verzweiflung war eindeutig größer.

Biene wurde stocksteif und ließ den Kopf sinken. Sie atmete tief ein, gewann ihre Haltung zurück, atmete tief aus und rief: »Ich bin hier!« Es klang ein bisschen genervt. Ich versuchte sie noch fester an mich zu drücken, doch sie wand sich aus meinen Armen. »Ich muss zu Lilly«, sagte sie mit erzwungener Ruhe.

»Lauf doch nicht immer weg«, antwortete ich frustriert. »Ich möchte doch nur ein paar Sekunden mit dir allein sein. Lilly wird schon nichts passieren ...«

Herzerweichendes Geheul strafte mich Lügen.

»Mama, wo bist du?«, schluchzte Lilly.

»Hier, Schatz. Ich komme schon.« Biene schob mich weg und ging zum Ausgang der kleinen Hütte.

»Wieso hast du mich denn eingeladen mitzukommen, wenn du überhaupt keine Zeit für mich hast?«

Sie blieb ruckartig stehen und drehte sich langsam um. In ihren Augen blitzte es: »Weil ich dachte, es wäre nett, wenn wir zu dritt, also Lilly, du und ich ... Ach, vergiss es.« Ohne ein weiteres Wort rauschte sie davon.

Den Rest des Märchengartens brachten Biene und ich schweigend hinter uns. Sie wich meinen Blicken aus und gab die gekränkte Seele. Dabei war ja wohl ich derjenige, der ein Recht darauf hatte, beleidigt zu sein. Offensichtlich war ihr gar nicht bewusst, dass ich mit dem Besuch im Märchengarten ein Opfer brachte. Ich sprang über meinen Schatten, nur um in ihrer

Nähe zu sein. Und was hatte mir das eingebracht? Nichts als schlechte Laune.

Mürrisch schlich ich Biene und Lilly hinterdrein, die Hand in Hand von einer Märchenstation zur anderen schlenderten und interessiert das Geschehen verfolgten, das sich mittels Knopfdruck in Betrieb setzen ließ. Die Geschichten blieben nicht ohne Folgen. Bei »Tischlein deck dich« deckte sich auch für Lilly das imaginäre Tischlein und es gab Kekse und Brote mit Frischkäse. Das Zechgelage der Räuber bei den »Bremer Stadtmusikanten« löste einen unglaublichen Durst bei der Vierjährigen aus, der nur mit Unmengen von Fencheltee bekämpft werden konnte. Der böse Wolf bei »Rotkäppchen« verunsicherte sie, sodass sie getragen werden musste. Erst beim Hexenhäuschen aus »Hänsel und Gretel« kehrten ihre Lebensgeister zurück. Sie rüttelte wie wild an der Türklinke und konnte den Spruch der Alten, in astreinem Schwäbisch vorgetragen, nicht oft genug hören. »Knuschper, Knuschper Knäusle, wer knabbert an meim Häusle?«

»Hexe spricht wie Frrau in Bäckerei«, meldete sich Evica und sah sich nach zwei amerikanischen Jungs um, die ihr seit dem Irrgarten nicht von den hübschen Fersen wichen. Die beiden standen in gehöriger Entfernung am Märchenbach und ließen sie nicht aus den Augen. Zufrieden lächelte Evica und zupfte an ihrem Röckchen. Als sie meinen missmutigen Blick bemerkte, hob sie stolz das Kinn in die Höhe und lächelte spöttisch.

»Was ist das für ein Märrchen?«, fragte sie, um von ihrem Flirt abzulenken.

»Hänsel und Gretel.« Ich gab ihr eine Kurzfassung der Geschichte.

»Kinder werfen eine alte Frau in Ofen? Das ist nicht norrmal!«, sagte sie, als ich geschlossen hatte und ging mit übertriebenem Hüftschwung weiter.

Ich hoffte inständig, dass sie von den Märchen keine Rückschlüsse auf das Land zog, in dem sie zu Gast war. Die Botschaften dieser Erzählungen hatten das Zeug dazu, unser internationales Ansehen nachhaltig zu schädigen.

»Ich muss mal«, unterbrach Lilly meine Sorge um die Reputation der Republik und zupfte ihre Mutter am Hosenbein. Biene sah sich panisch um, dann entdeckte sie den Wegweiser. »Hinter der Märchenbahn ist eine Toilette. Nichts wie hin.« Lilly raste davon. »Ich warte am Imbissstand auf euch«, rief ich den beiden hinterher, erhielt jedoch keine Reaktion.

An der Bude traf ich Evica und ihre zwei Verehrer wieder, die inzwischen Kontakt zueinander aufgenommen hatten. Sie saßen an einem runden, weißen Tisch, tranken Bier und unterhielten sich in einem Kauderwelsch aus Englisch, Deutsch und Esperanto. Schwärmerei findet ihre eigene Sprache, die auch ohne große Worte funktioniert. Die Signale, die Evica aussandte, waren unmissverständlich und die Reaktionen der Jungs waren es auch. So sollte es doch eigentlich sein.

Als sie mich entdeckten, prosteten sie mir zu und riefen etwas von »lovely daughter«. Evica legte den Zeigefinger auf den Mund, um die beiden zum Schweigen zu bringen. Mich konnten sie damit nicht mehr treffen. Sollten sie mich ruhig für den Vater des Au-pairs halten, von mir aus auch für Lillys Großvater, für Rumpelstilzchen oder für den Riesen von Ludwigsburg. Dieser Nachmittag hatte alles, um sich einen Spitzenplatz in meinen Top Ten der misslungenen Verabredungen zu sichern. Biene war mir entglitten. Evica gab sich als meine Tochter aus. Und Lilly war ich absolut gleichgültig. Schlechter war es in meinem Liebesleben eigentlich nur einmal gelaufen: Als ich in einer Diskothek eine absolut heiße Damenbekanntschaft machte, die sich später als Kerl entpuppte. Zum Glück hatte ich die Täuschung rechtzeitig genug erkannt und konnte noch die Reißleine ziehen. Rein bildlich gesprochen versteht sich. Hatte ich schon die Momente erwähnt, auf die ich nicht besonders stolz bin?

Ich bestellte eine Bratwurst, setzte mich an einen freien Tisch, der weit genug von »meiner Tochter« und ihren Freunden stand, und beobachtete mit trüber Miene das bunte Treiben im Park. Die Märchenbahn zog langsam ihre Kreise. Die kleinen

Passagiere winkten ihren Eltern am Wegesrand zu. Aufgeregte Schreie und überschwängliches Lachen schwirrten durch die Luft, Fotoapparate richteten sich auf die Motive der Glückseligkeit, um sie für die Ewigkeit zu bannen.

Früher wäre mir bei so viel Idylle das Essen hochgekommen, ich hätte schnurstracks eine Bar oder eine heiße Diskothek aufgesucht, um unter meinesgleichen zu sein. Oder hätte mich in Arbeit vergraben. Oder hätte ein anderes Ablenkungsmanöver gefunden. Nur um mir nicht eingestehen zu müssen, dass mir etwas fehlte? Fehlte mir denn etwas? Und wenn nicht, woher kam dann diese Unzufriedenheit?

»Reiß dich zusammen, Pfänder«, sprach meine innere Stimme, auf die ich mich eigentlich immer verlassen konnte. »So ein spießiges Leben ist doch nichts für dich.« Ich nickte, doch ich hielt inne, als ich Biene mit Lilly aus dem Toilettenhäuschen kommen sah. Die Kleine hüpfte fröhlich den Weg entlang, so unbeschwert, wie es eben nur ein Kind konnte. Ihre Mutter folgte ihr, ein leichtes Lächeln auf den Lippen. Sie wirkten wie ein eingespieltes Team, eine unzertrennliche Einheit, bei der jeder Part wusste, was er für den anderen bedeutete.

Am Imbissstand trieb der Geruch nach Gebratenem allerdings einen Keil in diese Einheit. Lilly hob schnüffelnd die Nase in die Luft und strich sich über den Bauch.

»Ich habe Hunger, Mami«, sagte sie.

»Das kann doch gar nicht sein. Du hast doch schon Kekse, eine Banane und Brote gehabt. Einen Joghurt habe ich noch für dich.« Bienes Griff nach hinten ging ins Leere.

Sie erbleichte und sah sich panisch um. »Mein Rucksack. Er ist weg. Ich muss ihn auf der Toilette vergessen haben. Da ist mein Geld drin. Und mein Ausweis. Ich muss zurück.«

Ihr Blick wanderte zwischen Toilettenhäuschen, Imbissstand, ihrer Tochter und mir hin und her. Ihre Mundwinkel zuckten nervös. »Pass bitte kurz auf Lilly auf«, sagte sie zu mir und zu Lilly gewandt: »Du bleibst bei Martin. Verstanden? Ich bin sofort wieder da.«

Lilly nickte.

»Ohne Geschrei, ja?«

Lilly nickte.

Sie sah ihrer Mutter nach, bis sie außer Rufweite war, dann zupfte sie mich am Hosenbein. »Kaufst du mir was?«, fragte sie.

Ich bin in der Kinderpsychologie nicht besonders bewandert, aber diesen Braten roch selbst ich. Lilly witterte ihre Chance, die Ernährungsrichtlinien ihrer Mutter zu umgehen.

»Was soll ich dir denn kaufen?«, fragte ich, obwohl ich die Antwort längst kannte.

»Pommes«, hauchte Lilly ehrfurchtsvoll und schenkte mir zum ersten Mal an diesem Tag ein Lächeln. »Und eine Limo.«

Ich zögerte. Noch mehr Ärger mit Biene konnte ich mir wirklich nicht erlauben. Aber so, wie mich Lilly anstrahlte und sich dabei in die Miniaturausgabe ihrer Mutter verwandelte, schmolzen meine Zweifel und meine Zurückhaltung. Kinder liebten nun mal frittierte Kartoffelstäbchen und das bisschen Orangenlimonade konnte einer Vierjährigen doch auch nicht schaden. Außerdem war dies vielleicht der Weg, Lilly doch noch zur Verbündeten zu machen.

Als ich ihr die Schale mit Pommes und den Becher mit dem Getränk auf den Tisch stellte, leuchteten ihre Augen. In Rekordzeit verputzte sie den Großteil der Speise und leerte den Becher, nicht schnell genug jedoch, um die Entgleisung vor ihrer Mutter zu verbergen.

»Ich habe doch gesagt, es gibt keine Pommes«, sagte Biene streng zu ihrer Tochter.

Lilly ließ sich nicht beirren und schob sich die restlichen Krümel in den Mund. »Martin hat es erlaubt«, sagte sie.

Bienes Augen wurden schmal. Mit eisigem Schweigen beförderte sie Becher und Pommesschale in den Mülleimer. Mein Gewissen meldete sich. Mit dieser Entscheidung hatte ich wohl danebengelegen.

»Komm, da hinten ist die Herzogschaukel«, sagte ich, um von meinem Fauxpas abzulenken. »Da gehen wir jetzt rein. Das ist toll.«

»Mir ist schlecht«, erwiderte Lilly.

Ich muss es zugeben: Ich war lange nicht mehr in der Herzogschaukel gewesen, sonst hätte ich sicher nicht den Vorschlag gemacht, uns dort hineinzusetzen. Bei diesem Gefährt wird ein Überschlag simuliert, der jedoch nicht von der Schaukel, sondern von dem Raum, in dem sie sich befindet, ausgeführt wird. Mit den Wänden dreht sich auch so mancher Magen und so blieb auch diese Fahrt nicht ohne Folgen: Zum Gekreisch der anderen Fahrgäste erbrach sich Lilly schon nach wenigen Sekunden. Dass sie mir dabei Jacke und Hose versaute und nicht etwa ihrer Mutter, musste ich wohl als besonderen Vertrauensbeweis ansehen.

»Da bist du jetzt wirklich selbst dran schuld«, sagte Biene, als wir wieder festen Boden unter den Füßen hatten. Sie versuchte mit einem feuchten Taschentuch die Garderobe ihrer Tochter zu reinigen, dabei hätte ich eine besondere Behandlung viel nötiger gehabt. »Pommes, Limonade und dann noch dieses Höllengefährt. War doch klar, worauf das hinauslaufen würde, oder?«

Auch wenn das der Wahrheit entsprach, war es doch des Guten zu viel.

»Meine Schuld, ja? Wer stopft denn dem Kind andauernd Kekse, Brote, Bananen in den Mund? Und gibt ihm literweise Tee zu trinken? Und reagiert auch sonst auf jeden Mucks? Das bist du und niemand sonst.« Ich biss mir auf die Zunge. Die letzten Sätze waren einfach so aus mir herausgesprudelt, aus Frust über einen versauten Anzug und einen verdorbenen Nachmittag, der sich mit hoher Wahrscheinlichkeit nicht mehr retten ließ.

Evica, die verdrossen neben uns stand, weil ihre amerikanischen Verehrer zu ihrer Reisegruppe zurückgekehrt waren, setzte nach. »Martin chat Recht. Kind ist verrwöhnt«, sagte sie schnippisch und blinzelte mir zu.

Biene errötete. »Schön, dass ihr euch so einig seid. Dann weiß ich ja, woran ich bin. Komm Lilly, wir gehen.« Sie warf das Taschentuch in einen Mülleimer, nahm Lilly bei der Hand und stürmte davon.

Ich hastete hinterher, überholte sie und baute mich mit ausgebreiteten Armen vor ihnen auf. »Biene, warte. Es tut mir leid. Ich habe das nicht so gemeint. Für mich ist das alles neu. Mit Kind und so. Ich muss mich daran erst gewöhnen.« Ich beugte mich zu Lilly herunter und tätschelte ihr die Wange. »Wir zwei werden uns schon noch zusammenraufen. Oder?«

»Mir ist schlecht«, antwortete Lilly.

Biene musterte mich. In ihrem Gesicht tobte ein Kampf. Wut, Enttäuschung, aber auch Unsicherheit lagen in ihrem Blick. »Unsere S-Bahn fährt gleich. Evica, kommst du?«, sagte sie und schob sich an mir vorbei. Das Au-pair trottete murrend hinter Biene her.

»Ich kann euch doch fahren.« Mein Versuch, sie aufzuhalten, zeigte keine Wirkung. »Wirklich. Ich mache das gerne.«

Biene drehte sich kurz um. »Ich nehme an, dass du keinen Kindersitz im Auto hast, oder?«

»Nein. Aber so eine kurze Strecke geht das vielleicht auch ohne. Neulich in Bärs Lieferwagen hatte Lilly doch auch keinen Kindersitz.«

»Das waren ja nur wenige Meter. So kurz ist die Strecke von hier nach Uhlbach nicht. Und dann noch Schnellstraße. Das ist viel zu gefährlich.« Sie schüttelte den Kopf und ging weiter. Ich ließ resigniert die Arme sinken und wurde das Gefühl nicht los, etwas Grundlegendes falsch gemacht zu haben.

Es gab da offensichtlich noch einige Dinge, die ich lernen musste.

Kapitel 10

Ich stehe mit Martin unter der Dusche. Langsam lässt er die Seife über meinen Körper gleiten, der cremige Schaum prickelt auf meiner Haut. Er küsst mich, das Wasser prasselt auf uns beide nieder. Ich lege ihm ein Bein um die Hüfte …

Lautes Gezeter vor der Badezimmertür holte mich aus meinem Tagtraum zurück in die Wirklichkeit. Auf dem Flur stritten Lilly und Evica.

Ich öffnete seufzend die Augen und drehte den Duschhahn zu. Missmutig begann ich, meinen Körper abzutrocknen, der wieder mal von niemand anderem eingeseift worden war als von mir selbst. Weil Martin und ich ja immer noch kein Paar waren.

Aber wollte ich denn überhaupt noch, dass es dazu kam?

Sofort dachte ich: *O ja!* Und das, obwohl ich seit dem verkorksten Besuch im Märchengarten gar nicht mehr so sicher war, dass Martin für mich der Richtige war. Er war die ganze Zeit genervt gewesen, von Lilly, aber ebenso von mir. Er hatte sich von Evica anmachen lassen und sich dann auch noch mit ihr gegen mich verbündet. Gut, Lilly war ein wenig aufgedreht gewesen, was unsere Annäherung nicht erleichtert hatte, aber so waren Kinder nun mal. Konnte man von einem Mann, der fast vierzig Jahre alt war, nicht ein wenig mehr Einfühlungsvermögen in die kindliche Seele erwarten? Immerhin könnte Martin theoretisch längst Vater sein! Sogar Evicas Vater, wenn man es genau nahm. Was ihre Anmache umso widerlicher machte.

Gut, er hat kein natürliches Gespür für Kinder. Aber möglicherweise ist er lernfähig, machte ich mir Hoffnung. *Und immerhin, wie er sich da mit ausgebreiteten Armen vor mir aufgebaut hat, das war ziemlich romantisch. Wie im Film.*

Nur dass im Film in solchen Szenen in der Regel ein Kuss folgte. Und keine nervige Heimfahrt in der S-Bahn mit einem erotisch aufgeheizten Au-pair und einem quengelnden, von Übelkeit geplagten Kind.

»… mit zu Susanna!«, kreischte Lilly auf dem Flur.

»Du bleibst hirr bei mirr!«, sagte Evica streng. »Musst lernen gehorchen! Bist verrwöhnt, das findet Marrtin auch.«

»Martin ist ein Blödian«, trotzte Lilly. »Der hat immer bloß auf deinen Popo geguckt und gar nicht auf die Märchenhäuschen.«

»Ja und? Habe schöne Popo«, sagte Evica selbstbewusst. »Und jetzt wir spielen. Ich kenne lustige Karrtenspiel.«

Wahrscheinlich Strip-Poker, dachte ich gehässig und sprühte Parfum (eines, das garantiert nicht krebserregend war) auf mein Dekolleté. Mein Blick fiel auf mein Spiegelbild, und ich ließ den Arm sinken. Einige Momente lang starrte ich mich einfach nur an. Gefiel mir eigentlich, was ich da sah? Dieser halb zornige, halb traurige Blick? Die nach unten gezogenen Mundwinkel? Dazu die gehässigen Gedanken?

Nein, das gefiel mir ganz und gar nicht. *Kampfgeist, Biene! Noch ist nichts verloren!*, feuerte ich mich an.

Ich würde jetzt zu Susanna gehen und Klarheit in meine Gefühle bringen, diese verwirrenden, widersprüchlichen Empfindungen, mit denen ich nicht mehr zurechtkam. Ich musste endlich wissen, warum ich Martin gleichzeitig auf den Mond schießen und unter der Dusche vernaschen wollte. »Das ist doch nicht normal!«, murmelte ich.

Als ich merkte, dass ich schon wie Evica redete, warf ich meinem Spiegelbild einen anklagenden Blick zu. Nächstens würde ich Martin noch vorschlagen, mit Evica und mir Strip-Poker zu spielen …

Kopfschüttelnd schlüpfte ich in mein Kleid. Dann öffnete ich die Badezimmertür.

Lilly und Evica waren verschwunden, doch aus Lillys Zimmer drang helles Kinderlachen, gemischt mit Evicas Gekicher.

Eigentlich hätte ich mich darüber freuen sollen, stattdessen fühlte ich mich von Lilly verraten. Was sogleich mein schlechtes Gewissen aktivierte, schließlich wärmte es das Herz einer jeden guten Mutter, wenn das Kind sich mit der Erzieherin gut verstand. Obwohl man Evica kaum als Erzieherin bezeichnen konnte.

Ach, rutscht mir doch alle den Buckel runter, dachte ich wütend und verließ ohne Abschied das Haus.

»Ich habe nicht mal tschüs gesagt! Nur weil ich so verdammt eifersüchtig auf dieses Mädchen bin«, schrie ich.

Wir saßen in der Julihitze in Susannas kleinem Garten, drinnen war es zu stickig. Seggl strich um unsere nackten Beine, dann setzte er sich auf meinen Fuß. Praktisch, so ein Ofen bei zweiunddreißig Grad im Schatten. Rechter Hand, etwa eineinhalb Meter von uns entfernt, machte ein Nachbar mit kreischender Säge einem Holzstapel den Garaus.

»Sei doch froh, wenn Lilly und Evica sich aneinander gewöhnen. Dann kannst du mehr arbeiten«, schrie Susanna zurück. »Das mit dem Bio-Service ist sooo eine tolle Idee, Goldkind!«

»Macht ja auch Spaß. Bär ist ein toller Partner, er backt unglaublich gutes Brot. Und gestern habe ich mich für ein interessantes Seminar im Herbst angemeldet: ›Mit innerer Gelassenheit durch den Steuerdschungel‹. Extra für Existenzgründer.« Ich schwieg kurz. »Aber ich glaube, ich könnte mich besser auf meine neue Selbstständigkeit konzentrieren, wenn ich endlich mit Martin zusammen wäre.« Das Schreien war echt anstrengend. »Er ruft ständig an, obwohl der Märchenpark so ein Reinfall war. Ich habe den Eindruck, dass er sich ernsthaft um uns bemüht, um Lilly und mich.«

»Und um Evica«, schrie Susanna hinterhältig. »Also um alle Mitglieder deines Haushaltes. Wie süß.«

»Nein! Doch … Also, er hat ihr ja nur den einen oder anderen Blick zugeworfen. Evica legt es aber auch wirklich drauf an. Die strahlt Sex aus, wo sie geht und steht.«

»Dann lern doch von ihr, Goldkind. Lass das Tier in dir raus!«, brüllte Susanna. »Geh aufs Ganze. Zeig ihm, wer die wahre Sexbombe von Uhlbach ist!«

Bei den letzten Sätzen war die Kreissäge verstummt, Susanna hatte ihre Stimme allerdings nicht rechtzeitig gesenkt. Hinter der Hecke tauchte das Gesicht eines uralten Mannes auf, der neugierig zu uns rüberschielte. Wahrscheinlich wollte er sich auf dem Sterbebett nicht vorwerfen müssen, niemals einen Blick auf die wahre Sexbombe von Uhlbach geworfen zu haben. Uns schien er dieses Titels allerdings nicht für würdig zu halten, denn sein Blick irrte suchend in Susannas Gärtchen umher. Susanna winkte ihm fröhlich zu, er zuckte ertappt zusammen und tauchte mit rotem Kopf wieder ab.

Ich runzelte die Stirn und sagte mit gedämpfter Stimme: »Sonst rätst du mir doch immer, den Männern zu entsagen. Und wenn es schon ein Mann sein müsse, dann käme es auf die inneren Werte an. Auf die seelische und intellektuelle Verschmelzung.«

Doch Susanna wedelte ungeduldig mit der Hand. »Das stimmt ja alles. Aber dieser Martin beschäftigt dich seit Wochen und bringt deinen Energiehaushalt komplett durcheinander. Da helfen nicht mal mehr Bachblüten. Deshalb musst du dich ihm stellen.« Sie ballte kämpferisch die Faust. »Angriff ist die beste Verteidigung, Goldkind! Also hol ihn in dein Bett, meinetwegen auch in die Dusche, und nimm ihn dir so richtig ran. Und wenn es sich gelohnt hat, dann schaust du, ob ihr auch seelisch verschmelzen könnt.«

Hinter der Hecke schnaufte es ob so exzessiver Verschmelzungsaussichten aufgeregt. Ich nahm mir vor, das nächste vertrauliche Gespräch mit Susanna doch wieder in ihrer Wohnung zu führen, Hitze hin oder her. Schließlich wollte ich nicht schuld daran sein, wenn der Opa nebenan einen Herzinfarkt erlitt.

Susanna nahm einen tiefen Schluck aus ihrem Glas, dann lehnte sie sich entspannt zurück, offensichtlich sehr zufrieden mit ihren Ratschlägen. Seggl verließ den Platz auf meinem Fuß und sprang auf Susannas Schoß. Sie streichelte ihn mit dem Zeigefinger und fragte: »Ist ›Operation Dusche‹ also klar?«

Ich zögerte. »Theoretisch schon. Aber praktisch … hm, ich habe nicht so viel Erfahrung damit, Männer unter die Dusche zu zerren, mit denen ich noch nicht mal offiziell zusammen bin.«

»Goldkind«, sagte Susanna streng, »du scheinst ein Problem mit deinem weiblichen Selbstbild zu haben. Das wird mir in diesem Moment klar.«

»Ja?«

»Aber natürlich! Überleg mal: Kein Mensch wirft es einem Mann vor, wenn er die Initiative ergreift und die Frau verführt. Du wartest doch selbst ständig darauf!«

»Ständig, na ja …«

»Aber wenn zur Abwechslung mal du aktiv werden und als Mittel zum Zweck eine harmlose Dusche benutzen sollst, dann ergreift dich das kalte Grausen. Nur weil du eine Frau bist. Weißt du was, Goldkind?«

»Hm?«

»Du hast einen Vaterkomplex.«

»Was?!«

»Va-ter-kom-plex«, wiederholte Susanna langsam. Sie sah mich an, als habe sie es mit einem äußerst begriffsstutzigen Kind zu tun. »Schließlich ist Martin sieben Jahre älter als du, stimmt's?«

»Er ist 38 und ich 31, ja, aber in unserem Alter sind sieben Jahre doch kein …«

Sie brachte mich mit einer herrischen Handbewegung zum Schweigen. »Der Fall ist klar, Goldkind: Du verhältst dich abwartend und devot, nur um Papi – also Martin – keinen Kummer zu machen. Papi könnte dich ja sonst verlassen.«

Ich devot? Martin mein Papi??? Entgeistert starrte ich Susanna an.

Sie fuhr ungerührt fort: »Das wurzelt wahrscheinlich in deiner Kindheit. Hattest du nicht mal erwähnt, dass dein Vater euch verlassen hat?«

»Nein, meine Mutter hat ihn verlassen«, sagte ich schwach. »Für zwei Brüder. Der eine war aber ziemlich kompliziert, deshalb waren sie nur ein halbes Jahr ein Paar. Äh, ein Trio, ich meine …«

»Egal«, unterbrach mich Susanna. »Jedenfalls musstest du deinen Vater ein halbes Jahr lang entbehren, bis deine Mutter ihn wieder bei euch aufgenommen hat. Und das sitzt offensichtlich tief.« Sie beugte sich über den wackeligen Gartentisch, erdrückte dabei um ein Haar ihren Kater, der fauchend ins Gras sprang, und griff nach meiner Hand. »Mir war ja gar nicht klar, wie dringend du Hilfe brauchst, meine Süße! Dein Vater übrigens auch. Zu so einer Frau zurückzukehren …«

Ich schwieg. Was sagte man, wenn einem jemand eröffnete, dass man ein psychisches Wrack war? Ebenso wie der eigene Vater. Und die Mutter sowieso.

Susanna drückte aufmunternd meine Hand. »Nicht verzagen! Das kriegen wir schon hin. Hast du nicht mal gesagt, mit Bär sei alles so einfach? Und warum es mit Martin nicht auch so einfach sein könne? Betrachte es mal im Licht unserer neuen Erkenntnis, Goldkind: Bär und Martin sind die Symbole des Brüderpaars, mit dem deine Mutter sich eingelassen hatte.« Fasziniert betrachtete sie mich. »Gott, wie spannend! Da tun sich ja Abgründe auf!«

»Ich dachte, Martin sei mein …«, ich musste mich überwinden, das Wort auszusprechen, »Papi? Wie kann er dann einer der Brüder sein?«

Susanna sah mich nachsichtig an. »Auf der Lichtseite ist er Papi, ja. Auf der Dunkelseite ist er einer der Brüder. Alles im Universum hat zwei Seiten, Yin und Yang, Tag und Nacht, Dusche und Bett.« Sie lachte und zwinkerte mir zu.

Ich lächelte halbherzig zurück und ertappte mich bei dem Gedanken, dass ich ihre Theorie, vorsichtig ausgedrückt, gewagt fand.

Aber gut, jeder liegt mal daneben, verteidigte ich sie gegen die kritische Stimme in meinem Kopf. *Auch richtige Psychologen. Oder Ärzte. Sogar Wissenschaftler!*

Susanna schien darauf zu warten, dass ich irgendetwas sagte. Wahrscheinlich dachte sie, im Lichte der neuen, alles erklärenden Erkenntnis meines Vaterkomplexes würde endlich der Damm brechen. Heulend und mir die Haare raufend würde ich die innersten Schichten meines Selbst erreichen, um dort drinnen unter heilsamen Schmerzen aufzuräumen. Damit ich mich dann, gereinigt und gestärkt, auf Papi-Bruder-Martin stürzen und ihn in die Dusche zerren konnte.

Jäh stieg aus eben jenen innersten Schichten in mir eine gewaltige Heiterkeit auf. Ich konnte sie beim besten Willen nicht unterdrücken. Das Lachen brach sich Bahn, erfasste meinen ganzen Körper, schüttelte mich und trieb mir die Tränen in die Augen. Was für eine schwachsinnige Theorie! Ich bog mich vor Lachen, und nur am Rande nahm ich wahr, dass Susanna aufstand, um den Tisch herumging und mir verständnisvoll den Arm um die Schultern legte.

»Lass es raus«, sagte sie in beruhigendem Singsang, »lass alles raus. So ist es gut, du wirst sehen, danach geht es dir besser.«

Ich wischte mir die Tränen von den Wangen und bekam mich langsam wieder unter Kontrolle. Nur das alberne Grinsen ließ sich einfach nicht von meinem Gesicht wischen.

Susanna sah mich ernsthaft an. »Jeder verarbeitet den Schock der Erkenntnis auf seine Weise«, sagte sie. »Es ist völlig in Ordnung, wenn sich das bei dir in einem verzweifelten Gelächter ausdrückt.« Sie umarmte mich fest (sicher hatte sie mal eine Bonding-Fortbildung gemacht), dann ließ sie mich los.

Ich grinste immer noch, als sie sich neben meinem Stuhl ins Gras fallen ließ. Nach aufwühlenden Begebenheiten pflegte sie sich zu erden, das wusste ich, also sagte ich nichts, sondern schaute nur auf sie hinunter. Ihr Haaransatz über dem Orange war grau, das bemerkte ich heute zum ersten Mal.

Und da schämte ich mich. Sie meinte es doch gut mit mir! Sie wollte mir helfen, ließ sich von meinen Problemen so sehr anrühren, dass sie sich erden musste – und ich lachte sie aus. Was war bloß in mich gefahren?

Aber alles kann ich mir doch auch nicht andichten lassen, dachte ich. *Nicht mal von Susanna!*

Unbehaglich betrachtete ich sie. Susanna saß im Schneidersitz im Gras und lächelte zu mir hoch.

Verdammt, was sollte ich jetzt tun?

»Ich denke, ich gehe einfach mal mit Martin Kaffee trinken«, schlug ich lahm vor. »Wie man das halt so macht, wenn man sich kennenlernen will.«

»Gaaanz schlechte Idee, Goldkind«, sagte Susanna mit mildem Tadel. »Wie ich dich kenne, stolperst du bloß wieder in eine Situation, die du nicht kontrollieren kannst. Nein, nein, du musst ihn auf Herz und Nieren prüfen, bevor du einen Kaffee mit ihm trinkst.« Bei ihr klang »Kaffee« wie »verzauberter Liebestrank«.

Ich kaute ratlos auf meiner Unterlippe herum.

Da rief Susanna plötzlich: »Mensch, Biene, ich habe eine tolle Idee! Ich biete doch nächste Woche ein Glücksseminar an.«

»Na und? Was hat das mit Martin zu tun?«

»Ihr beide kommt auf das Seminar! Bei so was lernt man sich doch irre gut kennen. Da öffnet man sich doch. Das ist eine suuuper Gelegenheit, Martin zu testen!«

Ich überlegte. »Du hast gar nicht so unrecht. Vielleicht ist das besser als ein gewöhnlicher Kaffee. Ist ja auch viel besonderer.« Langsam erwärmte ich mich für die Idee. »Und vor allem ist es besser, als so tief in meinem … Vaterkomplex zu graben. Ich glaube, da bin ich noch nicht reif für.«

Susanna klatschte in die Hände. »Goldkind, es wird mir eine Freude sein, deinen Martin in die Zange zu nehmen!«

»Ach nein, in die Zange nehmen musst du ihn nicht. Ich möchte einfach nur erfahren, worum es ihm im Leben geht, verstehst du?«

Susanna lächelte hintergründig. »Lass Mama Susanna nur machen«, sagte sie mit dämonisch glitzernden Augen.

Mich beschlich ein unwohles Gefühl, und eine leise Stimme in meinem Kopf fragte seufzend, worauf ich mich da schon wieder eingelassen hatte.

In nachdenklicher Stimmung kam ich zu Hause an. Kurz horchte ich, ob der zerbrechliche Friede zwischen Lilly und Evica noch anhielt. Aber kein Geräusch durchschnitt die brütende Hitze, die auf Haus und Garten lag.

Ich machte am Briefkasten Halt, um die Post herauszunehmen. Alles war gut, ermutigte ich mich. Lilly und Evica wurden langsam, aber sicher ein eingespieltes Team, und Martin und ich würden zum Glücksseminar gehen. Davor wollte ich mir noch ein scharfes Kleid zulegen, vielleicht nicht ganz so scharf wie Evicas Fummel, aber immerhin so verlockend, dass Martin auf mich schauen würde statt auf sie. Ha, das wäre doch gelacht, wenn ich gegen die nicht gewinnen würde!

Ich merkte, wie meine Gedanken schon wieder gehässig wurden, und lenkte sie schnell auf die Briefe in meinen Händen. Werbung von einem Billig-Buchversand, einem Naturmodehersteller und einem Kinderhilfswerk. Und ganz unten …

Stirnrunzelnd betrachtete ich den Umschlag aus feinem Papier, auf dem nur »An meine Göttin« stand. War ich damit gemeint?

Ich beschloss, dass ich es durchaus wert war, als Göttin tituliert zu werden (positiv denken!), und riss den Umschlag auf. Neugierig entfaltete ich den cremefarbenen Briefbogen:

»Meine Göttin,

ich träume Tag und Nacht von Dir. Seit unserer ersten Begegnung gehst Du mir nicht mehr aus dem Sinn. Du bist die Königin meines Herzens, das Feuer meiner Lenden und die Gebieterin meiner Gedanken. Wo Du bist, will auch ich sein, die Ewigkeit wird uns durch ein goldenes Band verbinden. Wir sind füreinander bestimmt.

Wenn auch Du von mir träumst: Give me a sign!
Mr. Right«

Oha. Ich wusste ja gar nicht, dass ich solch eine Wirkung auf einen Mann haben konnte! Oder war vielleicht doch eher meine Nachbarin gemeint? Vielleicht hatte »Mr. Right« sich eines Boten bedient, und der Bote hatte sich in der Hausnummer geirrt?

Rätselnd drehte und wendete ich Bogen und Umschlag in meinen Händen, doch ich konnte keinen Hinweis auf den Absender entdecken. Hm, dann musste mir der Inhalt wohl Hinweis genug sein.

Grübelnd betrat ich das Haus. Die Königin seines Herzens, das Feuer seiner Lenden … das war romantisch, ohne Frage, aber auch ziemlich forsch. *Sogar ein bisschen abgedroschen*, fuhr es mir durch den Kopf, doch diesen Gedanken verdrängte ich sofort wieder. Schließlich bekam man nicht jeden Tag so glühende Briefe, das musste man würdigen.

Ich ging auf Zehenspitzen an Lillys Zimmer vorbei, in dem ich sie und Evica rumoren hörte. Hallo sagen konnte ich später, jetzt war erst der Brief dran. Die paar Minuten Ruhe und Ungestörtheit wollte ich mir noch gönnen.

Leise schloss ich die Küchentür hinter mir und goss mir ein Glas Tomatensaft ein. Ich setzte mich an den Küchentisch und schaute nachdenklich in den Garten hinaus. Also dann: Wer konnte mein Verehrer sein?

Martin, dachte ich sofort. *Der wäre mir natürlich am liebsten.* Aber würde Martin mir einen solchen Brief schreiben? Er war schließlich Texter, ihm würden unverbrauchtere Bilder einfallen als »Feuer meiner Lenden«. Und zu »Give me a sign« würde der sich auch nicht erniedrigen.

Blieb noch Bär, doch diesen Gedanken verwarf ich sofort wieder. Lächerlich. Bär war mein Freund, weiter nichts.

Und Maximilian? Vielleicht bereute er es ja, mich verlassen zu haben, weil Marie-Chantalle in der kleinen Wohnung unausstehlich geworden war? Andererseits: Maximilian war eher der Typ, der anrufen und mir in geschäftsmäßigem Ton mitteilen würde, dass er unsere Ehe wieder aufnehmen wolle. Ich solle schon mal was Gutes kochen. Fragen, ob er überhaupt willkommen sei, würde der Blödmann gar nicht erst.

Bitterkeit und Verachtung stiegen in mir hoch. Nein, meinen Ex würde ich nicht mal mehr mit der Kneifzange anfassen, geschweige denn mich als Feuer seiner Lenden gebärden.

Das brachte mich darauf, dass er sich mit mir treffen wollte. Vor einigen Tagen hatte er mir eine E-Mail geschrieben, in der er mich gebeten hatte, mit ihm auszugehen. Er habe noch einige Dinge mit mir zu besprechen, vor allem wegen des Hauses. Vielleicht könne ich mich innerlich wappnen, damit ich nicht wieder wegliefe, sondern man sich unterhalten könne wie erwachsene Menschen. Etwas mehr Contenance erwarte er schon von mir.

Scheißkerl.

Nein, von dem stammte mein Liebesbrief ganz sicher nicht.

Verdrossen knallte ich das Blatt auf den Tisch, meine gute Laune war dahin. Gerade hatte ich so einen tollen Plan gehabt, war überzeugt gewesen, dass ich alles im Griff hatte, und jetzt kam so eine bescheuerte, vor Klischees triefende Botschaft und brachte alles durcheinander!

Ich stand auf, zerriss den Brief und warf ihn in den Restmüll. Auf der Spüle stand noch ein Teller mit undefinierbaren Essensresten. Ich warf die Reste hinterher und sah befriedigt zu, wie die Soße die kitschigen Liebesschwüre durchweichte.

Give me a sign?

Forget it!

Kapitel 11

»Erst Märchengarten und jetzt auch noch Glücksseminar. Warum können wir nicht, wie andere auch, ins Kino gehen? Oder zum Italiener. Warum müssen immer andere dabei sein, wenn wir uns näherkommen wollen? Kannst du mir das bitte mal erklären?«

Ich nahm einen Schluck aus meinem Glas mit Holunderblütensaft und beobachtete Bär, wie er mit langsam kreisenden Bewegungen die Oberfläche einer alten Kommode abschliff. Das massive Möbelstück sah in seinem abgebeizten Zustand seltsam aus, fast so, als sei es nackt. Lediglich die aufwändig gearbeiteten Intarsien verrieten, dass es sich dabei um eine besondere Pretiose handelte, die nun vom Fachmann neuen Glanz verliehen bekam.

»Ich meine, was kommt als Nächstes? Ein Wochenende auf dem Bauernhof?«

Bär hielt inne und wischte sich mit dem Ärmel seines T-Shirts den Schweiß von der Stirn. »Warum net? Ihr kennat ja meine Eltern bsucha. Die freuet sich.«

»Deine Eltern?«

»Ha ja, die hen doch auf der Schwäbische Alb an Baurahof kauft und versorgat dort Viacher, die koiner mehr han will. Irgendebbes müssat die halt emmer sammle.« Er krächzte sein kehliges Lachen.

Ich sprang von meinem Stuhl auf, ging im Hof auf und ab, während Bär mit seiner Arbeit fortfuhr und mich nicht weiter beachtete. Was hatte ich auch erwartet? Einen Rat? Nein, eigentlich war ich nur zu ihm gefahren, um mit jemandem zu reden, von dem ich wusste, dass er mir zuhörte. Von meinen Kumpanen, mit denen ich ab und zu um die Häuser zog, hätte ich sicher nur dämliche Kommentare oder den Vorschlag erhalten, mich ihrem Triebabbauprogramm anzuschließen. Das sah entweder vor, auf der »Theo«, also in einer der Lokalitäten entlang der Theodor-Heuss-Straße in Stuttgart, zu sitzen und »die Lage zu checken«. Was nichts anderes bedeutete, als dass man allen vorbeiflanierenden Frauen etwas hinterherrief, bis eine unvorsichtig genug war, stehen zu bleiben und sich in ein Gespräch verwickeln ließ. Oder wir besuchten einen der angesagten Clubs. In diesen Läden standen wir dann meist an der Bar und glotzten auf lasziv geschwungene Hüften. Selten, mit sinkender Tendenz, konnten die Tänzerinnen zu einem Drink überredet werden. Die Konkurrenz der nachrückenden Casanova-Generation war groß und noch konnten wir nicht auf die magische Anziehungskraft silbergrauer George-Clooney-Schläfen bauen. Tiefgründige Gespräche über das Leben, über Sorgen und Nöte hatten in unserer Zweckgemeinschaft keinen Platz. In diesen Dingen war jeder auf sich gestellt. Meine Kollegen in der Agentur über meine Seelenlage in Liebesdingen zu informieren, hätte nur Spott und Häme nach sich gezogen. Gesa hätte wahrscheinlich eine Bürorunde geschmissen, zwischen Biene und mir lief es ja ganz nach ihren Vorstellungen. Nämlich gar nicht. Außerdem hätte mir auch niemand richtig zugehört, weil alle in Arbeit versanken.

Die Geschäftsleitung der WiWaSo AG zögerte die Entscheidung für oder gegen unsere Kampagne hinaus und die Insider-Neuigkeiten, die Köbele aus seiner Quelle schöpfte, waren alles andere als erfreulich. Unsere Idee war nur auf ein gemäßigtes Interesse gestoßen, würde aber wohlwollend geprüft, hieß es. Das rief Köbeles Spezialbehandlung auf den Plan. Er, durch und durch Stratege, wollte auf den Fall der Fälle vorbereitet sein. Sollte die WiWaSo die Kampagne abschießen, dann wollte er eine andere aus dem Hut zaubern, und da er niemanden einstellte, der auch nur den leisesten Verdacht aufkommen ließ, mit einer Arbeitnehmervertretung in Kontakt zu stehen, konnte sich auch keiner gegen die verordnete 36-Stunden-Schicht wehren. Der Schlafentzug vergrößere die Gruppendynamik und die Disziplin, lautete seine offizielle Begründung. Ich hatte meine Zweifel, ob er diese Vorgehensweise wirklich in einem Managementseminar kennen gelernt hatte oder ob er früher Aufseher in Guantanamo gewesen war. Die Ergebnisse, die dieser Tortur entsprangen, spiegelten den Zustand der Verantwortlichen: Sie waren kraftlos und müde. Oder völlig überdreht und albern.

Nach einer solchen Strapaze legte ich mich normalerweise sofort ins Bett und schlief mindestens 15 Stunden. Oder sah mir Soaps im Fernsehen an. Oder las Comics. Alles hätte ich mir vorstellen können, an den Besuch eines Glücksseminars hätte ich sicher als Letztes gedacht. Dennoch hatte ich den Eindruck, dass ich nach dem suboptimalen Verlauf des Märchengartenbesuchs bei Biene etwas gutzumachen hatte.

Ich trat gegen eine Regenwassertonne. Ihr dumpfes »Dong« hallte laut über den Hof. »Mann, das läuft im Moment alles so richtig bescheiden. Ich will doch nur ...«

»... mit Biene ins Neschd!«, ergänzte Bär. »Des hab i scho begriffa.« Er pustete den Staub von der bearbeiteten Fläche der Kommode und fuhr prüfend mit dem Finger darüber. Er schüttelte den Kopf und setzte das Schleifpapier wieder an.

Ich ließ mich in meinen Stuhl fallen. Sicher, ins Bett wollte ich mit Biene schon, und je mehr sie mich zappeln ließ, desto größer wurde der Wunsch, sie zu berühren, sie zu spüren, mit ihr zusammen zu sein. Außerdem lag mein letztes sexuelles Abenteuer Monate zurück. Und der Sommer und die damit einhergehende Damenmode vereinfachten meine Situation keineswegs. Ein Bekannter von mir, ein ewiger Single mit gepachteter Chancenlosigkeit bei Frauen, hatte einmal seiner Misere Ausdruck verliehen, indem er einen Wollpulloverzwang für Frauen proklamiert hatte. Inzwischen konnte ich verstehen, was er meinte.

Aber für Biene empfand ich mehr. Wir hatten Gemeinsamkeiten, konnten über die gleichen Dinge lachen. Ich wollte mehr über sie erfahren, ihr Wesen erfassen. Sie schien mir so neugierig, so lebendig. Und hemmungslos optimistisch. Dass ausgerechnet sie ein Glücksseminar besuchen wollte, passte nicht in mein Bild von ihr. Und dass ich sie begleiten sollte, passte nicht in mein Bild von mir. Irgendwie gärte in mir das Gefühl, dass ich drauf und dran war, mich komplett zum Idioten zu machen.

Mit einem feuchten Tuch entstaubte Bär die Oberfläche des Möbels. Er ließ kein Fleckchen aus, zeichnete jede Wölbung, jeden Schwung nach, seine Bewegungen wirkten fast zärtlich.

»Wo hast du denn dieses Teil her?«, fragte ich missmutig.

»Von ’ner jonga Frau, die sich in Stuagart a Wohnung einrichtet«, erwiderte er. »War a Erbstück von ihrer Großmuddr. Biedermeier, also koin Gruschd. Ond des Mädle kann mr au angucka.« Er zwinkerte mir zu. »Bis nächschde Woch soll des fertig sei.«

Er hielt inne, betrachtete sein Werk mit zufriedener Miene. Dann wandte er sich ab, verschwand im Holzschuppen und kehrte nach kurzer Zeit mit einer Farbdose und einem Pinsel zurück. »So, jetzt lackiera mir des guate Stück, dann lassa mir’s trockna ond zom Schluss kriegt’s no a Färble.« Er tätschelte die Kommode behutsam und lächelte. Bär benötigte keine Nachhilfe, um zufrieden zu sein. So viel war sicher.

Ungefähr zwei Stunden später saß ich auf einer Isomatte in dem bemerkenswert schlicht eingerichteten Seminarraum in der Trollingerstraße. An der rechten Wand hingen Aquarelle, die mit viel gutem Willen als toskanische Landschaften interpretiert werden konnten. Offensichtlich hatte es der Künstler bei der Fertigstellung sehr eilig gehabt. Die gegenüberliegende Wand wurde von einer Kalligraphie beherrscht:

Zerstöre deine Festung,
pflastere mit ihren Steinen
die Straße ins Licht

Darüber dachte man besser nicht allzu lange nach. Hatte der Verfasser ja auch nicht gemacht. Auf einem kleinen Tisch flackerten Kerzen und aus einer Holzschale stiegen schmale

Rauchsäulen gegen die Zimmerdecke. Der Geruch, der von dem Brenngut ausging, war scharf und bestenfalls als eigenwillig zu bezeichnen. Ich blickte hinaus in einen verwunschenen kleinen Garten, der in der rotgoldenen Abendsonne dem Tagesende entgegendämmerte und wünschte, in ebendiesem zu sitzen und Biene mit einem Radler zuzuprosten.

In Wirklichkeit saß sie im Lotussitz neben mir und hatte wie die anderen drei Teilnehmer, Gundel, Hilde und Manfred, die Augen geschlossen. Kursleiterin Susanna thronte auf einem Stuhl in der Mitte der Gruppe und murmelte etwas von »entspannen«, »zentrieren« und »ins Sonnengeflecht atmen«.

»Sonnengeflecht. So ein Schwachsinn«, murmelte ich. Biene öffnete ein Auge und deutete mit dem Kopf auf ihre Arme. Widerwillig nahm ich eine Haltung ein, die in etwa der ihren entsprach und kam mir reichlich deplatziert vor. Eine halbe Ewigkeit saßen wir so da, atmeten vor uns hin, wobei ich hoffte, dass die Geräusche, die mein männlicher Mitstreiter von sich gab, tatsächlich nur mit Atmen zusammenhingen. Es klang eher so, als nähme er die Aufforderung der Entspannung zu wörtlich. War er am Ende für das befremdliche Aroma im Raum verantwortlich? Die Dame links von mir, Gundel, hatte wohl den gleichen Verdacht. Missbilligend blickte sie Manfred an, der mit andächtiger Miene in anderen Sphären wandelte.

»So, meine Lieben, kommt wieder zu euch«, durchbrach Susanna die Stille.

Die Teilnehmer öffneten die Augen, blinzelten, reckten sich, streckten ihre Beine und zogen sie wieder an. Susanna stand auf und zog ihr schwarzes T-Shirt nach unten, das ihr über den Bauchnabel gerutscht war. Sie wartete, bis das letzte Ächzen verstummt war, dann legte sie die Handflächen aneinander und verbeugte sich vor uns. »Ich begrüße euch herzlich in unserem Seminar ›Wege zum Glück‹ und freue mich ganz besonders, dass dieses Mal auch zwei Herren anwesend sind.«

Zu mir gewandt sagte sie: »Normalerweise nehmen an unseren Glücksseminaren nur Frauen teil. Männer reden ja bekanntlich nicht über ihre Gefühle. Nicht wahr?« Susanna nickte mir zu, als erwarte sie von mir eine Bestätigung.

Den Gefallen wollte ich ihr keineswegs tun. Nicht, wenn sie das Gespräch mit einem der ältesten Vorurteile der Menschheitsgeschichte eröffnete. »Vielleicht liegt es daran, dass Männer *glücklich sind*, während Frauen immer nur nach *dem Glück suchen*. Womöglich ist Unzufriedenheit ja weiblich. Also, vom Artikel her stimmt meine These«, erwiderte ich.

Susannas aufgesetzte Freundlichkeit fiel in sich zusammen. Sie warf mir einen eisigen Blick zu, straffte sich und setzte wieder ihr beseeltes Lächeln auf. Es schien jedoch so, als ob sie dies einige Mühe kosten würde. »Können Sie uns das bitte übersetzen?«, säuselte sie. »Damit wir das alle verstehen.«

»Es heißt ›die Unzufriedenheit‹. Rein grammatikalisch ist Unzufriedenheit eindeutig weiblich.«

Hilde und Gundel protestierten murrend, Manfred schien wieder eingenickt zu sein. Biene verdrehte die Augen. Offensichtlich war ich drauf und dran, meine restlichen Sympathien bei ihr zu verscherzen. Ich zog den Kopf ein und nahm mir vor, mich zu mäßigen. Zu spät, wie sich herausstellen sollte, der Fehdehandschuh war bereits geworfen. Susanna war aus der Mitte herausgetreten und schritt in Zeitlupe den Kreis ab. Bedächtig setzte sie einen Fuß vor den anderen, rollte über die gesamte Fußsohle ab. Hinter Biene blieb sie stehen und legte ihr die Hände auf die Schultern. »Sind Sie denn glücklich, Martin? Ich meine, jetzt, in diesem Augenblick? Oder fehlt etwas, um Ihr Glück perfekt zu machen?«

Was soll man auf so eine Frage antworten, ohne einen Seelenstriptease hinzulegen? Zu dem ich vor diesen wildfremden Menschen keinesfalls bereit war. Es gab nur eins, was mir im Moment zu meinem Glück fehlte und das war ...

»Schlaf.«

Susanna strich Biene über die Haare, die enttäuscht den Kopf senkte. Offensichtlich wäre ihr ein Lippenbekenntnis lieber gewesen. Die Kursleiterin setzte ihren Rundgang fort.

»Schlaf also«, begann sie. »Wahrscheinlich sind Sie der Meinung, dass Ruhe und Faulenzen der Seele gut tun. Aber da irren Sie sich. Der Mensch ist nicht für den Müßiggang geschaffen. Trägheit hätte früher den sicheren Tod bedeutet.«

Manfred fing an zu schnarchen. Dieser Typ hatte ja ein noch besseres Timing als Lilly. Mit dem Unterschied, dass er auf meiner Seite stand.

Susanna sah ihn konsterniert an, räusperte sich mehrmals, gab es jedoch auf, als sie erkannte, dass sie den selig Schlummernden dadurch nicht wecken konnte. Am Fenster blieb sie stehen, sah einen Moment hinaus und wandte sich wieder uns zu. »Es gibt viele Irrtümer, das Glück betreffend«, fing sie leise an. »Der französische Schriftsteller Houellebecq behauptet, dass der Mensch für das Glück nicht geschaffen sei. Was meinen Sie? Stimmt das?«

Hilde, eine untersetzte Mittfünfzigerin, die in einem grauen Trainingsanzug steckte, fing an zu weinen. Susanna beugte sich zu ihr hinunter und streichelte ihr die Wangen. »Lass es raus, Hilde, lass es raus.« Sie zog ein Kleenex aus der Box, die auf dem Fensterbrett stand und gab es der Unglücklichen. Hilde schnäuzte kräftig hinein, knüllte es zusammen und schob es sich in den Ärmel ihrer Jacke.

»Der Wellenbeck hat Recht. Ich glaube auch, dass ich nicht für das Glück gemacht bin. Immer ziehen andere das große Los und ich gehe leer aus«, schluchzte sie. »Das war schon früher so. Andere Mädchen hatten schöne Kleider und ich musste die Sachen von meiner Schwester auftragen ...« Der Rest ging in Schniefen und Schneuzen unter.

Susanna umarmte die weinende Frau und drückte sie an sich. »Das musst du umformulieren, Hilde. Wer glücklich sein will, darf sich nicht mit anderen vergleichen. Sieh es positiv: Du hattest eine Schwester, die andere nicht hatten.«

Nun sah Susanna aus, als wollte sie demnächst in Tränen ausbrechen.

Höchste Zeit für mich einzuschreiten: »So viel zu Vergleichen, die unglücklich machen.«

Biene stieß mich an. »Sei doch still«, zischte sie mir zu.

Susanna löste sich von Hilde, kehrte zu ihrem Platz in der Mitte zurück und taxierte mich. »Ich spüre negative Schwingungen bei Ihnen, Martin. Sie wirken nicht entspannt. Im Gegenteil. Sie wirken angespannt, gereizt. Das sind keine guten Voraussetzungen, um glücklich zu sein.«

Ich hätte gern erwidert, dass von einem Menschen, der mittlerweile 40 Stunden ohne Unterbrechung auf den Beinen war, nicht erwartet werden konnte, dass er vor Energie glüht, aber das hätte vermutlich keiner der Anwesenden verstanden. Susanna am allerwenigsten.

»Ich habe viel gearbeitet und wenig geschlafen in den letzten Tagen. Aber sonst ...«

»Ah, da haben wir es«, unterbrach mich Susanna und schlug sich mit der Faust in die flache Hand. »Die Suche nach Anerkennung in der Arbeit, gepaart mit Schlafstörungen. Typisch männliche Glückskiller.«

»Also i schlof guat.« Manfred war erwacht. Auf ihn war wirklich Verlass.

Susanna winkte ab, ohne sich nach ihm umzusehen. Sie war auf mich und nur auf mich fixiert. »Warum arbeiten Sie so viel, Martin? Sind Sie ein Workaholic?«

»Ist das hier ein Kreuzverhör? Dann möchte ich sofort meinen Anwalt sprechen.« Ich grinste in die Runde, aber offensichtlich hatte keiner meine funkelnde Ironie verstanden.

Stattdessen rief ich Gundel auf den Plan. »Weißt du, Martin, vielleicht bist du wirklich ein bisschen verkrampft. Du musst hier nicht den harten Kerl markieren. Wir wollen auch deine weibliche Seite sehen. Du darfst ganz du selbst sein.«

Ich schnaubte verächtlich. Weibliche Seite. Sollte ich hier zu einem Metrosexuellen umerzogen werden? Solche Typen waren doch längst wieder out. Ich war also ganz ich selbst und warf Biene einen Hilfe suchenden »Lass uns gehen«-Blick zu. Er zeigte Wirkung.

»Susanna«, fing Biene an. »Wenn Martin jetzt nicht mit dir reden will, dann solltest du ihn in Ruhe lassen. So etwas kann man ja nicht erzwingen.«

»Papperlapapp«, wiegelte die Glücksforscherin ab. »Er verbirgt sein wahres Ich, weil er Angst hat, dass sein fragiles Gebilde, das er Glück nennt, zerbrechen könnte. Denk an deinen Vater und die Brüder, Goldkind ...«

Was quatschte die denn da? Ich sah zu Biene, die Susanna ein deutliches Zeichen gab, die Sache nicht weiter auszuführen. Dennoch beschloss ich, beizeiten diese Geschichte noch einmal zu hinterfragen.

Susanna wandte sich wieder an mich. »Wovor laufen Sie weg, wenn Sie so viel arbeiten? Vor der Vergangenheit? Oder vor sich selbst?«

»Ich muss Geld verdienen. Wie vermutlich alle anderen auch. Oder haben Sie alle reiche Partner, die Ihnen ein Leben in Saus und Braus bieten?«, platzte es aus mir heraus.

»Nein, ich hab gar keinen Partner. Genau genommen habe ich gar nichts«, schluchzte Hilde und verbarg ihr Gesicht in den Händen.

Meine Güte, die hatte aber auch nah am Wasser gebaut. Gundel, deren Gesicht rot angelaufen war und zu platzen drohte, tröstete sie.

»Das war wirklich nicht nett«, sagte Biene in beleidigtem Tonfall. Mist, sie hatte ich damit natürlich auch getroffen.

»Entschuldigung«, sagte ich kleinlaut und konzentrierte mich auf den schlafenden Manfred, während Susanna mit großen Schritten den Raum durchmaß.

»Wir arbeiten auch, aber offenbar nicht so viel wie Sie. Was steckt dahinter? Gehören materielle Werte für Sie zum Glück dazu? Macht Geld Sie glücklich, Martin?«

»Nein, aber kein Geld zu haben, wenn Rechnungen ins Haus flattern, macht mich unglücklich. Außerdem gönne ich mir hin und wieder schöne Dinge.«

Susanna kreischte ihren Triumph in den Raum. »Wieder so ein typischer männlicher Glückskiller«, rief sie aus. »Und diese schönen Dinge finden Sie dann im Baumarkt oder in der Hifi-Abteilung des Einkaufszentrums. Ist es so, Martin?«

»Beim Hornbach sen grad Schwingschleifer em Angebot.« Manfred. Konnte er nicht einfach weiterschlafen? Musste er ausgerechnet bei dem alten Mann-Frau-Klischee-Spiel aus der Rolle fallen?

»Und Frauen kaufen sich Schuhe, können nicht einparken und haben keinen Orientierungssinn«, hielt ich dagegen.

»Also, des isch doch ...« Hilde.

»Völlig verkrampft, der Typ.« Gundel.

»Ach, Martin.« Biene.

»I han meiner Frau jetzt au a Nawi für ihr Audo kauft. Grad wega dem Orientierungssinn.« Manfred.

Ich hob beschwichtigend die Arme. »Das war ein Scherz. Vielleicht können wir diese billige Klatschblattnummer beenden und mit dem Seminar fortfahren?«

Susanna schoss auf mich zu und stemmte die Hände in die Hüften. »Selbstverständlich. Das machen wir doch schon die ganze Zeit. Sie bieten geradezu ein perfektes Beispiel dafür, wie man seinem Glück im Wege steht.«

Das reichte. Ich erhob mich und baute mich vor der Kursleiterin auf. »Ach ja? Im Moment stehen aber nur Sie meinem Glück im Weg. Weil Sie mir furchtbar auf die Nerven gehen. Ansonsten bin ich nämlich seeeehr glücklich.«

Wie zwei Kampfhähne standen wir uns gegenüber und musterten uns. Susannas Brustkorb hob und senkte sich schnell, sie ballte die Hände zu Fäusten. Wahrscheinlich hätte sie gern davon Gebrauch gemacht, aber das verbot natürlich ihr Berufsethos. Wenn sie so etwas überhaupt kannte. Ich spürte eine Hand auf der Schulter. Biene war hinter mich getreten.

»Martin, bitte setz dich wieder. Susanna meint es doch nicht böse«, versuchte sie zu vermitteln. »Das gehört alles zum Programm. Nicht wahr, Susanna?« Sie glitt in den Schneidersitz zurück und zog mich am Ärmel meiner Trainingsjacke nach unten.

Die Kursleiterin blieb stehen und ging weiter auf Konfrontationskurs. »Wie steht es denn mit Ihren Sozialkontakten, Martin? Haben Sie viele Freunde?«

Ich fühlte mich überrumpelt, diese Frage hatte ich mir ja unlängst selbst gestellt, ohne zu einem befriedigenden Ergebnis gekommen zu sein.

»Einige. Also mindestens einen.«

Susanna nickte wissend. »Dann unternehmen Sie bestimmt oft etwas im Kreise Ihrer Familie?«

Noch so ein Punkt. Wann hatte ich mich zuletzt bei meinen Eltern gemeldet? Vor vier Wochen? Zwei Monaten? Oder war es länger her? Mein schlechtes Gewissen blockierte mein Gehirn.

»Nicht so oft«, antwortete ich wahrheitsgemäß.

Susanna begab sich wieder auf ihren Rundgang in ihrer ureigenen Fortbewegungsweise. Sie umkreiste langsam die Gruppe, gab »Hms« und lang gezogene »Okehs« von sich. Als sie bei mir angekommen war, blieb sie stehen. »Betätigen Sie sich körperlich? Treiben Sie Sport?«

Es war unglaublich. Sie schien nun jede meiner Wunden zu treffen. Natürlich war ich Goldcard-Member in einem Fitnessclub, aber das bedeutete nicht, dass ich regelmäßig hinging. Im Sommer schon gar nicht. Da war es in der Muskelzüchtungsfarm fast nicht auszuhalten. Die Hitze, der Gestank nach altem Schweiß und unterbeschäftigte Trainer, die nichts anderes zu tun hatten, als ständig gute Ratschläge zu erteilen, machten einen Besuch zur Tortur, der ich mich nicht freiwillig aussetzen wollte.

»Wie gesagt, die Arbeit ...«

»Ernähren Sie sich gesund?« Noch ein Treffer.

»Schon. Also auch. Nicht nur.«

»Und was ist mit Sex?«

Okay, ich war angeknockt. Ich taumelte wie ein Boxer kurz vor dem K.o. Aber bevor mein Selbstbewusstsein gänzlich in den Staub geschickt wurde, wollte ich mich wenigstens auf diesem Gebiet teuer verkaufen. Meine Mitstreiter hatten mittlerweile ihre Lotussitzstellung aufgegeben, lagen seitlich auf den Matten und starrten mich an.

»Was soll damit sein? Sex ist toll!«

»Haben Sie welchen?«

Das reichte. Was ging diese aufgeblasene Selfmade-Psychologin mein Sexualleben an? Ich war entschlossen, mich nicht weiter zum Hanswurst machen zu lassen. Ich stand auf.

»Wissen Sie was? Das ist mir hier zu blöd. Ich gehe.«

»Also haben Sie keinen Sex.«

War es die Müdigkeit, die Gereiztheit, das Gefühl des Ausgeliefertseins, gekränkter Männerstolz? Ich kann es nicht mit Bestimmtheit sagen, warum ich so reagierte, wie ich reagierte. Ich tappte mit beiden Beinen in ihre Falle. Sie schnappte zu.

»Selbstverständlich habe ich Sex«, raunzte ich sie an.

»Was? Mit wem?« Biene war aufgesprungen und stand mit glühenden Wangen neben mir. In ihrem Blick lagen Schreck, Verletztheit und Wut. Ich rieb mir die Augen und wünschte, dass alles nur ein Traum war. Das passierte nicht wirklich. Ich kniff mich in den Handrücken, um aufzuwachen. Doch es änderte sich nichts. Biene stand mit vor der Brust verschränkten Armen vor mir, neben ihr Susanna, die es auskostete, mich nach Punkten besiegt zu haben. Ich machte einen Schritt auf Biene zu, griff nach ihren Händen, doch sie wich mir aus.

»Nein, nein. Nicht im Moment ... Also, ich hatte ... vor Monaten ... aber zur Zeit ... nicht«, stotterte ich. Biene atmete hörbar aus. Ihre Spannung wich aus ihrem Körper.

Susanna lachte schrill. »Dann fasse ich mal zusammen: Sie sind ein arbeitssüchtiger, geldbesessener, unsportlicher Mensch, der keine Sozialkontakte pflegt, sich ungesund ernährt und dessen Sexualleben praktisch nicht vorkommt. Sieht so das Leben eines glücklichen Mannes aus?«

Gundel und Hilde schüttelten den Kopf. Manfred saß mit hängenden Schultern auf seiner Matte und starrte mich mitleidig an.

»Sehen Sie, Martin? Unzufriedenheit ist also nicht weiblich. Aber vertrauen Sie mir. Ich zeige Ihnen, wie auch Sie in den Kreis der glücklichen Menschen aufschließen können. Der erste Schritt ist: Hören Sie auf, sich selbst zu belügen. Gehen Sie in Ihre Probleme und spüren Sie in sie hinein. Und schon ... blubbblubbblubb, sind die Sorgen weg.«

Weg. Das war ein gutes Stichwort. Ich wollte nicht länger dem Seminar als schlechtes Beispiel zur Verfügung stehen. Diese Seelenstümperin und ihre spaßfreien Patienten konnten mir gestohlen bleiben. Und Biene? Sie konnte wohl selbst nicht so richtig fassen, was hier vor sich ging. Aber darauf konnte ich keine Rücksicht mehr nehmen. Wieder war ein Versuch gescheitert, ihr näherzukommen. Einen Moment war ich unentschlossen, doch dann packte mich die Wut.

»Wissen Sie was?«, sagte ich zu Susanna. »Ich gehe jetzt nach Hause und schlafe mich aus. Und ich hoffe, dass Sie in meinen Träumen nicht vorkommen. Das würde mich nämlich richtig unzufrieden machen.«

Ich stürmte zum Ausgang und wollte eben schon hinaus, als Biene neben mir auftauchte und sich gegen das Türblatt warf. »Martin, warte.« Sie blickte zu Boden und sprach leise weiter. »Ich weiß, es war keine gute Idee, hierherzukommen. Aber ich wollte, dass Susanna dich kennen lernt. Und ich wollte dich doch auch kennen lernen. Und glücklich sein wollen wir doch auch ...«

»Okay, dann kennst du mich ja jetzt. Ich bin der Trottel, der sich von deiner Tochter im Märchengarten vollkotzen ließ. Ich bin auch der Idiot, der diesen Psychoquatsch hier mitmacht, weil es ja offensichtlich nicht anders möglich ist, dich zu sehen. Aber jetzt habe ich die Nase voll, verstehst du?«

Biene erstarrte. Einen Moment lang herrschte vollkommene Stille. Dann sagte sie leise: »Dann hau eben ab, wenn du nichts für mich tun willst. Wenn das hier schon zu viel verlangt ist.«

Um ein Haar wäre mein Widerstand geschmolzen, doch dann kehrte die Wut zurück. »Ich habe bislang alles nur für dich getan. Du kannst dir ja mal überlegen, was du nun für mich tun willst. Und wenn du das weißt, kannst du dich wieder bei mir melden.« Ich öffnete die Tür und verließ den Seminarraum, das Haus, die Trollingerstraße, Uhlbach. Als ich auf die B 10 einbog, lief »No woman, no cry« von Bob Marley im Radio. Der Mann wusste, wovon er sang.

Kapitel 12

Es schüttete wie aus Kübeln, und ich ging in den Hügeln um Uhlbach herum spazieren. Ich hatte das dringende Bedürfnis verspürt, zu mir selbst zu kommen, und zu Hause war mir das nicht gelungen. Ich brauchte die Natur, den tief hängenden Himmel und die menschenleeren Wege, um mich auf das Wesentliche konzentrieren zu können. Und das Wesentliche hieß: Ich bekomme mein Leben in den Griff.

Das konnte doch wohl nicht so schwer sein?

Fangen wir mal mit dem Bio-Service an, sinnierte ich. *Im Moment läuft er nicht, weil die Kunden Dinge von mir verlangen, die mit der Mutterschaft einfach nicht vereinbar sind. Ich meine, welche allein erziehende Mutter schafft es, Mitternachtspartys auszurichten? Oder Wochenendpartys, nach dem Motto: »Feiern bis zum Umfallen«? Aber nicht verzagen, für dieses Problem gibt es bestimmt eine Lösung. Bloß – welche???*

Okay, widmete ich mich erst einmal einem anderen Punkt meiner Karriere. Der Kundenakquise zum Beispiel. Hm, wenn ich ehrlich war, sah es in diesem Bereich ebenfalls recht trübe aus. Meine Maßnahmen (Zettel im Uhlbacher Lädle aufhängen, Werbung im Kindergarten machen) hatten so gut wie keine Ergebnisse gezeitigt, außer dass ich nun ständig gefragt wurde, ob ich für diverse Feste Kuchen und Häppchen spenden wolle.

Nächstes Problem: Die vielen Fortbildungen und Seminare, die ich eigentlich besuchen müsste, und die nicht nur teuer, sondern vor allem zeitintensiv waren. Und wohin dann mit Lilly? Mit Evica allein lassen? Gott bewahre!

Meine Gedanken fingen an zu rotieren. Ich sprang von einem Problem zum nächsten:

Zu Susanna, der ich vorgeworfen hatte, dass sie Martin vergrault hätte, worauf sie mit beleidigter Funkstille reagiert hatte.

Zu Martin selbst, der verlangt hatte, dass ich »etwas für ihn tun« solle – was immer das heißen mochte.

Zu Maximilian, der mir schon wieder eine Mail geschrieben hatte, in der er mich zu einem Treffen drängte. Marie-Chantalle machte ihm wohl mächtig Druck. Klar, es war schon August, da nahte der November mit Riesenschritten. Pah!

Der Regen hatte mein dünnes Kleid mittlerweile durchweicht, denn den Schirm hatte ich zu Hause vergessen. Widerstrebend gestand ich mir ein, dass ich ziemlich viele Probleme hatte, aber ziemlich wenige Lösungen. Fröstelnd trottete ich durch die grünen Hügel, und plötzlich fühlte ich mich sehr einsam.

Meine Gedanken wanderten zurück zu der Zeit, als ich Einsamkeit nur als Wort gekannt hatte, nicht als Gefühl – am Anfang meiner Beziehung zu Maximilian.

Ich war zwanzig gewesen, hatte seit einem Jahr mein Abitur in der Tasche und immer noch keine Ahnung, was ich beruflich machen sollte. Studieren? Aber was? Und wo? Um die Entscheidung hinauszuzögern, hangelte ich mich von Praktikum zu Praktikum, von Firma zu Firma, bis ich schließlich bei dem großen bayerischen Autobauer landete, bei dem Maximilian gerade die Karriereleiter hochstürmte.

Maximilian war älter als ich, aber jung genug, um für mich in Frage zu kommen; er sah gut aus, er war brennend ehrgeizig, und ihn umwehte die Aura des Erfolges, die mir bis dato völlig fehlte. Als er mich fragte, ob er mich zum Essen einladen durfte, zögerte ich keine Sekunde lang.

Er führte mich ins »buxs« aus, ein feines vegetarisches Restaurant, und ich erzählte Maximilian an diesem Abend viel über gesunde Ernährung und die Vorteile von Biogemüse. Er lachte, lehnte sich zurück und betrachtete mich. Dann sagte er: »Du solltest Ernährungsberaterin werden, Sabine.«

In diesem Moment war es um mich geschehen. Blitzartig wusste ich zwei Dinge: Erstens, dass er recht hatte und Ernährungsberatung meine Berufung war. Und zweitens, dass der Mann, der mich so schnell so gut einschätzen konnte, der Meine werden musste.

Zehn Wochenenden, eine lächerliche Prüfung und ein beeindruckendes Zertifikat später fing ich in einem Bioladen in Schwabing als Ernährungsberaterin an. Ich bekam einen kleinen Tisch zugewiesen, an dem ich unsichere Kundinnen aufklären und auf den Kauf geeigneter Produkte hinweisen sollte. Anfangs machte das sogar Spaß, vor allem weil ich froh war, endlich dem Praktikantenstatus entwachsen zu sein. Doch als Maximilian und ich nach einigen Jahren zusammenzogen, hatte meine angebliche Berufung schon viel von ihrem Glanz verloren, und ich fing an, meine Energie lieber in mein Liebesleben zu investieren.

Immerhin das führte zu befriedigenden Ergebnissen – vorerst: Wir heirateten, und als ich 27 Jahre alt war, kam Lilly auf die Welt. Erleichtert hängte ich meinen Job im Bioladen an den Nagel und widmete mich ganz meinem Wunschkind.

Ich war glücklich.

Mein Mann war vor allem: abwesend.

Irgendwann musste ich mir eingestehen, dass Lillys und mein Leben in der Hauptsache ohne Maximilian stattfand. Ich fand Anzeichen dafür, dass er mich betrog, war mir aber nie ganz sicher. Und dann bekam Maximilian dieses unwiderstehliche Angebot von der Konkurrenz aus Stuttgart, und ich hoffte auf einen neuen Anfang. Ich konnte ja nicht ahnen, dass Maximilian die bayerische Geliebte umgehend durch eine schwäbische ersetzen würde! Deshalb redete ich ihm zu, das Angebot anzunehmen, und brach bereitwillig meine Zelte in München ab, auch wenn es mir vor Stuttgart als Stadt graute. Aus dem lebenslustigen München zu den biederen Schwaben – das erschien mir nicht sehr verlockend.

Doch dann fand ich Uhlbach: Statt der Großstadt ein verträumtes Dorf inmitten von Weinbergen. Die geschwungene Linie der alten Häuser Rotenbergs oben auf dem Hügel. Und überall Gärten: Es war eine regelrechte Gartenlandschaft, die sich um Uhlbach herum ausbreitete und es einschloss wie eine duftende Hülle.

Auf meinen ersten Streifzügen hatte mich die Romantik fast erschlagen. An jeder Wegbiegung empfing mich ein weiterer efeuüberwachsener Kirschbaum, ein weiteres Bächlein, das ungehindert den Pfad querte, eine weitere Gruppe hellgrüner Weiden, die ihre Zweige wie hölzerne Locken in den Himmel streckten. Und ich staunte, dass es das gab, einen Ort wie diesen, den außerhalb Stuttgarts kaum jemand kannte und der doch imstande war, die Seele glücklich zu machen.

Der Regen hatte aufgehört. Besänftigt ließ ich meinen Blick über das Dorf gleiten, das sich unter mir erstreckte. Maximilian war gegangen, weil er das Leben als Familienvater nicht ertragen hatte – ich aber, ich würde bleiben. Hier fühlte ich mich zu Hause, hier war mein und Lillys Lebensmittelpunkt. Und verdammt, hier würde die unvergleichliche Erfolgsstory des Bio-Services Wierokat & Tauber ihren Anfang nehmen!

Kämpferisch reckte ich das Kinn. Maximilians und meine gemeinsame Geschichte war aus und vorbei, jetzt hieß es nach vorne schauen. Ich würde meine Festung einreißen und mit ihren Steinen den Weg ins Licht pflastern! Aber bevor ich mich um meine Karriere kümmerte, wollte ich endlich mein Liebesleben in Schwung bringen. Die Zukunft hieß Martin! Und ich würde etwas für ihn tun, wie er es sich gewünscht hatte, o ja! Ich würde ihn überraschen, und zwar mit … einem Ausflug. Genau.

Wie wäre es, wenn ich ihn irgendwohin entführte? Auf eine romantische Bootstour? Sofort fielen mir Martin und Evica in dem schaukelnden Boot im Märchengarten ein, und ich verwarf die Idee. Hm. Vielleicht ging er ja gerne ins Kino? Nein, das war öde. Zum Italiener? Zu gewöhnlich.

Widerwillig musste ich mir eingestehen, dass ich Martin noch nicht sehr gut kannte. Ich wusste nicht, was er mochte (abgesehen von Bryan Adams und Österreich) und was er hasste (abgesehen von Glücksseminaren und dem Märchengarten). Ich wusste nichts über sein Vorleben und was er mit Frauen gerne unternahm. Ich wusste ja noch nicht einmal genau, wo und wie er wohnte!

Und trotzdem konnte ich nicht von ihm lassen. War es dieser Blick, den ich einfach nicht vergessen konnte? Diese Sehnsucht in seinen Augen, die seinen Zynismus Lügen zu strafen schien? War es die Ahnung, dass ich für diesen Mann, der mich so unglaublich anzog, die einzig Wahre sein könnte? Wollte ich daran glauben, dass eine Liebe zwischen ihm und mir Chancen hatte, weil ich mich weigerte, nach den Erfahrungen mit Maximilian verbittert zu resignieren? Oder liebte ich Martins Art, wie er das Leben nahm? Er analysierte Probleme nicht, sondern machte sich einfach über sie lustig, und schon sah alles nicht mehr so schlimm aus.

Was es auch war – ich war nicht bereit, es einfach aufzugeben, nur weil Susanna mir die Rache des Kosmos androhte, wenn ich Martin nicht gehen ließ.

Ich grübelte noch eine Weile vor mich hin, dann beschloss ich, Gesa anzurufen. Gesa kannte ihn schon lange, sie würde mir den ultimativen Tipp geben, was ich für Martin tun könnte. Martin und ich würden uns versöhnen, und danach, das nahm ich mir in diesem Moment fest vor, würden wir uns erst einmal richtig kennen lernen.

Was nicht hieß, dass ich die »Operation Dusche« aufgab – aber konnten sich Dusche und lange Gespräche nicht auf befriedigende Weise ergänzen?

Die Vorstellung entlockte mir ein Lächeln der Vorfreude, und ich fühlte neuen Mut in mir aufsteigen. Wie auf Kommando brach die Sonne durch die Wolken. Der nasse Boden dampfte unter ihren wärmenden Strahlen.

Mit federnden Schritten verließ ich die Weinberge und ging an Lillys Kindergarten vorbei die Luise-Benger-Straße hinab. Mein Blick fiel auf den herrschaftlichen Zaun zu meiner Rechten. Hier wohnte Graf Kirchberg. Vielleicht konnte der mir ja eine Firma für meinen Bio-Service vermitteln, die nicht auf Mitternachtspartys stand. Die pikanten Lammköfte hatten den Grafen schließlich vollkommen von meinen Kochkünsten überzeugt. Da stand einer Empfehlung doch eigentlich nichts im Wege.

Unwillkürlich machte ich am Tor des Anwesens Halt und warf einen neugierigen Blick hindurch: Ich sah Julius, der mit dem Rücken zu mir stand und etwas auf einen Sockel hievte. Eine graue Katze schlich neugierig um ihn herum. »Weg von meinem Heiligtum«, knurrte Julius und verpasste dem Tier einen brutalen Fußtritt. Die Katze maunzte gequält und suchte schleunigst das Weite.

Julius schien meinen entsetzten Blick zu spüren, denn er drehte sich um. Gleichzeitig sah ich, dass es mein Geschenk war, das den Ehrenplatz am Ende der gekiesten Auffahrt bekommen hatte – Peitho. Nun wachte die lüsterne Göttin also von ihrem Sockel herab über den Grafensohn.

Das gefiel mir ganz und gar nicht.

Julius und ich starrten uns an, ohne etwas zu sagen. Sein Blick glitt langsam über meinen Körper, und mit einem Schlag wurde mir bewusst, dass es zwar aufgehört hatte zu regnen, ich aber immer noch klatschnass war. Mein Kleid klebte an meinen Brüsten, einen BH trug ich nicht, und auch die Konturen meiner Hüften und Beine wurden durch den nassen Stoff minutiös nachgezeichnet.

Ich stotterte: »So ein Zufall, Sie hier zu sehen, äh, ich muss dann aber auch gleich weiter.«

»Das ist kein Zufall«, rief Julius mit leuchtenden Augen. »Ich wohne doch hier! Sie müssen also extra vorbeigekommen sein. Wegen mir, hm?«

Ich zwang mich zu einem Lächeln. Eine höfliche Antwort wollte mir leider nicht einfallen.

Als ich schwieg, sagte Julius: »Ich würde übrigens vorschlagen, dass wir uns endlich duzen. Über dieses distanzierte ›Sie‹ sind wir beide doch schon lange hinaus.« Näselnd fügte er hinzu: »Wenn Menschen sich so gut verstehen wie wir, sollte man die Etikette frohgemut über Bord werfen.«

Ich verdrehte innerlich die Augen. Dann murmelte ich, ohne auf sein großzügiges Angebot einzugehen: »Ich muss los, mir ist kalt. Muss mir was anderes anziehen.«

»Schade«, grinste Julius und warf einen weiteren anzüglichen Blick auf meinen Körper. Sein Blick saugte sich an mir fest, genau in Höhe meiner Brustwarzen, die leider auf die kühle Nässe des Stoffes reagiert hatten. Ich fühlte mich wie eine unfreiwillige Bewerberin zur »Miss Wet T-Shirt«, vor allem als Julius mit heiserer Stimme sagte: »Hübsch, wenn dir kalt ist. Ich fress einen Besen, wenn da nicht unsere Peitho die Hand im Spiel hat ...«

Ich kreuzte reflexartig die Arme vor der Brust, und ohne ein weiteres Wort ergriff ich die Flucht.

Während ich heimwärts hastete, schoss mir die Frage durch den Kopf, weshalb dieser notgeile Teenager mich so verunsicherte. Er hatte etwas an sich, das mir Angst machte. Und ich hatte offensichtlich etwas an mir, das ihm Lust bereitete.

Fatale Kombination, Biene, dachte ich unbehaglich.

Gesa schlug vor, dass sie blaumachen und mich am nächsten Nachmittag auf den Spielplatz begleiten würde. »In der Agentur ist sowieso gerade die Hölle los«, stöhnte sie am Telefon. »Hörst du?« Sie schien den Hörer in den Raum zu halten, denn nun vernahm ich ganz deutlich die Stimmen von mehreren Menschen, die sich nicht wohlgesonnen waren. Genauer gesagt, sie brüllten sich an. Ich fühlte einen Stich im Herzen, als ich Martin erkannte.

»... vielleicht kümmerst du dich zur Abwechslung mal um deinen Job und nicht um meinen. Nur weil du beim Buchstabierwettbewerb in der Grundschule den vierten Platz gemacht hast, heißt das noch lange nicht, dass du texten kannst ...«, wetterte er, dann hielt Gesa den Hörer wieder an ihr Ohr.

»Okay, jetzt weißt du, wie die Stimmung hier ist«, sagte sie nüchtern. »Insofern bin ich gerne bereit, morgen krank zu sein. Ich werde mich mit dir auf dem Spielplatz von meiner schlimmen Erkältung erholen.« Sie lachte ohne jedes Anzeichen von schlechtem Gewissen.

»Sollten wir uns nicht lieber abends treffen? Wenn dich jemand sieht, kriegst du Ärger, oder?«

»Ach was. Die arbeiten doch alle rund um die Uhr, wer soll mich also sehen? Und abends kann ich gerade ganz schlecht. Ich mache einen Salsakurs und muss tierisch viel üben.«

»Oh. Na gut. Gehen wir also zusammen auf den Spielplatz.«

Ich fragte Gesa nicht, ob sie – kinderlos und trendy – jemals zuvor auf einem Spielplatz gewesen war, es sei denn in den 1970ern. Wusste sie eigentlich, was sie erwartete?

»Gesa, ich muss dir was sagen.«

»Schieß los«, sagte Gesa fröhlich. »Mensch, ich freu mich auf den Spielplatz! Ich habe praktisch meine gesamte Kindheit auf Spielplätzen verbracht. Ich werde mit Lilly Sandkuchen backen.«

»Gesa, ich habe mich verliebt. In … in Martin.« Uff. Es war heraus.

Verblüffte Stille folgte.

»Mami«, krähte Lilly, »geh schneller, da vorne sehe ich die Lotta. Die ist doof, ich will vor ihr am Spielplatz sein! Ich will vor ihr rutschen! Ich will …«

»Lilly«, sagte ich rasch, »lauf doch einfach schon vor. Es sind ja nur noch ein paar Meter.«

Das ließ sich Lilly nicht zweimal sagen. Sie spurtete los, erreichte wenige Sekunden später den Spielplatz und raste mit Triumphgeheul die Stufen zum Sandbereich hoch. Schon drehten die ersten Mütter missbilligend die Köpfe in ihre Richtung.

»Du bist verliebt in Martin«, sagte Gesa und löste sich langsam aus ihrer Erstarrung. »In *den* Martin? Ich meine, in den, der bei mir in der Agentur arbeitet?«

»Natürlich in den«, sagte ich ungeduldig. »Warum auch nicht? Er ist charmant, sieht gut aus …«

»Bis auf seinen Bauch«, sagte Gesa kritisch.

Ich verdrehte die Augen. »Martin hat vielleicht keinen Waschbrettbauch, aber müssen Männer den unbedingt haben?«

»Ja«, sagte Gesa sofort.

»Also ich finde das nicht. Ich finde Martin sehr attraktiv. Und charmant. Und süß. Und witzig. Und …«

»Liebe Biene«, sagte Gesa, »erspar mir das bitte. Ich arbeite seit Jahren mit dem Typen zusammen, ich kenne ihn zur Genüge. Allerdings scheint er dir vollkommen andere Seiten seines Ichs zu zeigen als mir. Charmant, süß und witzig wären jedenfalls nicht die Adjektive, die ich gebrauchen würde, um ihn zu beschreiben.«

»Nicht?«, fragte ich beleidigt. »Und welche dann?«

Wir hatten den Spielplatz erreicht. Lilly klaute ihrer Feindin Lotta gerade ein Förmchen und verbuddelte es heimlich im Sand, neben ihr schlug ein kleiner Junge mit Goldlocken seinem Kumpan die Schaufel auf den Kopf.

Gesa betrachtete die Szenerie sinnend.

»Zynisch«, sagte sie. »Rücksichtslos. Oberflächlich. Außerdem ist er ein Aufreißer, der nichts anbrennen lässt. Ich sage nur: Naomi.«

Naomi? Wer zum Teufel war Naomi? Martin hatte seit Monaten keinen Sex mehr, das hatte er doch auf dem Glücksseminar zugegeben! Ich brauchte also nicht eifersüchtig zu sein. Kein bisschen. Naomi konnte mir absolut, vollkommen gleichgültig sein. Sie interessierte mich überhaupt nicht.

»Wer«, sagte ich, »ist Naomi? Ist sie seine Freundin? Seine Verflossene? Wie sieht sie aus?«

Gesa zog mich zu einer Bank, von der aus wir Lilly gut im Blick hatten. Friedlich baute sie eine Sandburg. Die arme Lotta suchte ihr Förmchen und sah ziemlich verzweifelt aus. Doch darum konnte ich mich jetzt nicht kümmern.

Wir setzten uns, während ich unruhig auf Gesas Antwort wartete. Es dauerte ziemlich lange. Sie schien gründlich darüber nachzudenken, was sie mir enthüllen sollte und was nicht.

»Naomi war unsere Praktikantin«, sagte sie schließlich. »Eine der dümmsten, die wir je hatten. Aber sie hatte sehr lange Beine. Um ehrlich zu sein, war sie wahnsinnig schön.«

Ich schwieg gekränkt. Dumm und wahnsinnig schön? Mit so einer war Martin zusammen gewesen? Unwillkürlich warf ich einen Blick auf meine eigenen Beine. Nicht, dass er die zu kurz fand …

»Sie war kaum zwei Wochen bei uns, da war Martin auch schon mit ihr im Bett«, fuhr Gesa fort. »Das heißt, Bett ist nicht ganz richtig. Aber sie hatten ein Verhältnis.«

Mein Gesicht wurde rot und ziemlich heiß. »Was soll das heißen, Bett ist nicht ganz richtig? Hatten sie ein … ein platonisches Verhältnis?«

Genau. Ein platonisches Verhältnis, bis Martin merkte, wie dumm Naomi war. So musste es gewesen sein.

Gesa beobachtete zwei Mütter, die sich ankeiften, weil die Tochter der einen Sand auf die Rutsche geworfen hatte, und der Sohn der anderen nun weinte. Er mochte nur saubere Rutschen, wie die Mutter des Jungen erklärte, woraufhin die Mutter des Mädchens ihr einen Vogel zeigte.

»Bett ist nicht korrekt«, sagte Gesa, »weil sie nicht gewartet haben, bis sie bei ihm oder bei ihr zu Hause waren. Sie haben es in der Agentur getrieben, abends, als alle gegangen waren. Und da haben wir kein Bett.«

»Das glaube ich nicht!«, rief ich hitzig aus. »Woher willst du das denn wissen? Warst du dabei?«

»Ja«, sagte Gesa und konnte sich ein Grinsen nicht verkneifen. »Ich hatte mein Handy vergessen und kam noch mal zurück. Seitdem setze ich mich nur noch an meinen Schreibtisch, wenn ich ihn vorher mit desinfizierenden Tüchern abgerieben habe.«

Jetzt war ich wirklich geschockt. »Sie haben es auf deinem Schreibtisch getan?!«

Sie nickte. »Immerhin war es ihnen höllisch peinlich. Martin hasst mich dafür, dass ich ihn erwischt habe. Aber er ist mir auch dankbar, weil ich meinen Mund gehalten habe. Er hatte wohl gedacht, ich würde die pikante Story sofort in der Agentur verbreiten.«

»Nobel von dir«, sagte ich schwach. »Warum hast du das nicht getan?«

»Weil Köbele Martin gefeuert hätte«, sagte Gesa nach kurzem Zögern. Sie mied meinen Blick. »Der war nämlich ebenfalls scharf auf Naomi. Und obwohl Martin ein Idiot ist, ist er halt doch ein super Texter. Auch wenn ich ihm das natürlich niemals sagen würde.«

Wir schwiegen und sahen zu, wie die Mutter des Mädchens mit ihren Freundinnen über die Mutter des Jungen lästerte, die allein da war. Dabei tanzten fiebrige Bilder vor meinem inneren Auge herum. Ich sah Martin und Langbein Naomi beim Liebesspiel auf Gesas Schreibtisch. Doch diesmal war ich es, die ihn erwischte. Er drehte sich um und lächelte höhnisch. »Nur das ist es, was ich will!«, rief er mir zu. »Kein Glücksseminar, Glücksseminar, Glücksseminar …« Seine Stimme verhallte im Raum, und das Bild verblasste.

»Aber das ist noch gar nichts gegen das, was er mit Rachel gemacht hat«, sagte Gesa plötzlich düster. »Mit der war er mehrere Jahre zusammen, und er hat sie wirklich geliebt. Sie war Amerikanerin. Zielstrebig, erfolgreich, dynamisch. Trotzdem hat er sie gnadenlos abgesägt.«

Ich gab einen kleinen, jämmerlichen Laut von mir.

Doch Gesa fuhr unerbittlich fort: »Alles war in Butter, bis Rachel eine Familie gründen wollte. Da war er weg. Hat sich total eingeengt gefühlt. Außerdem kann er mit Kindern nichts anfangen.«

Mein Blick schoss zu Lilly. Ich dachte an den Märchengarten.

»Das hat er mir auf einer Agenturparty erzählt«, sagte Gesa. »Er war ziemlich blau. Ich glaube nicht, dass er sich daran erinnert.«

Das wurde ja immer besser! Auf der nächsten Agenturparty würde er in volltrunkenem Zustand der versammelten

Mannschaft erzählen, wie einengend und bieder er es fand, von Sabine Wierokat nach Ludwigsburg und zu Susannas Glücksseminar geschleppt zu werden. Und was für eine kleine Kröte ihre Tochter Lilly war. O Gott. Ich hatte das Gefühl, mich gleich übergeben zu müssen.

»Biene? Alles klar?«, erkundigte sich Gesa besorgt. »Mensch, ich bin schuld, ich hätte dir das alles nicht erzählen sollen! Aber wenn du Martin liebst, musst du doch wissen, worauf du dich einlässt. Ich muss dich doch warnen, oder?« Plötzlich runzelte sie die Stirn. »Seid ihr denn eigentlich ein Paar?«

»Nein«, piepste ich. Am liebsten hätte ich geheult, weil ich meine Chancen auf ein glückliches Leben mit Martin so rapide schwinden sah, aber das ging natürlich nicht. Nicht unter den neugierigen Augen der anderen Mütter. Die da drüben kannte ich vom Kindergarten, sie warfen mir immer vor, mich nicht angemessen an den diversen Bastelaktionen zu beteiligen. Jetzt starrten sie zu mir herüber und tuschelten miteinander. Bestimmt hatten sie bemerkt, wie bleich und krank ich aussah. Ach, wie ich den Spielplatz liebte!

»Maaaaami!« Lilly winkte mir vom Holzhäuschen aus zu, bevor sie sich kopfüber die Rutschbahn hinabstürzte. Unten bremste sie mit dem Gesicht, rappelte sich auf und lachte. Sie war echt hart im Nehmen.

Nicht so ihre Mutter. Ich fühlte mich, als hätte Gesa mir erzählt, Martin sei ein international gesuchter Serienkiller. Dass er in Bezug auf Frauen kein Kind von Traurigkeit war, hatte ich zwar vermutet. Aber dass er seine Gespielinnen nach der Länge ihrer Beine aussuchte statt danach, was sie ihm intellektuell zu bieten hatten, entsetzte mich. Und dass er die tolle Frau, mit der es ihm ernst gewesen war, wegen ihres verständlichen Wunsches nach einer Familie sitzengelassen hatte, schockierte mich fast noch mehr.

Zumal ich das miese Gefühl hatte, mit Martins Verflossenen nicht mithalten zu können, weder was Naomis Aussehen noch was Rachels Power betraf. Wenn er also selbst diese beiden so unbekümmert fallengelassen hatte – was würde er dann erst mit mir anstellen, wenn er meiner überdrüssig würde?

Ich bemerkte, dass Gesa mich besorgt musterte. »Zeigt er dir denn irgendwie, dass er dich auch – liebt?« Das letzte Wort sprach sie so ungläubig aus, als könne sie es einfach nicht mit Martin und mir in Verbindung bringen.

Ich sagte mit letzter Kraft: »Schon. Ich meine, wir sind fast ein Paar. Nicht ganz. Im Moment ist er wohl ein wenig … verschreckt.«

Gesa legte mir eine Hand aufs Knie. »Überleg dir das Ganze noch mal, Biene. Da draußen laufen doch massenweise Männer rum.« Sie machte eine weitgreifende Handbewegung, die den ganzen Spielplatz umfasste.

Also ungefähr zwanzig Mütter, dreißig Kinder und null Männer.

»Such dir einen aus, mit dem du auch reden kannst!«

Ich schwieg.

Gesa fragte unvermittelt: »Apropos reden, was wolltest du eigentlich von mir wissen? Du hast am Telefon gesagt, du bräuchtest einen Rat von mir.«

Der Grund für unser Treffen fiel mir wieder ein. Ich hatte wissen wollen, womit ich Martin eine Freude machen konnte.

Düster starrte ich ins Leere. »Ich glaube, das hat sich erledigt.«

Irgendwie schaffte ich es, den Rest des Nachmittags mit Gesa zu plaudern, ohne ständig an Martin zu denken. Ich lenkte mich ganz bewusst ab, was konkret hieß, dass ich Gesa über ihr Leben ausfragte. Sie erklärte mir zum Beispiel, warum an ihrem Auto ein Aufkleber prangte, der verkündete: »I Support My Local Tattoo Artist«. Stolz zeigte sie mir das Tattoo auf ihrem Oberarm: »Liebe ist Schmerz« stand da, allerdings in chinesischen Schriftzeichen. Ziemlich lässig.

Sie erzählte mir auch von ihrer WG im Stuttgarter Süden und von den Problemen mit ihren Mitbewohnern. Die waren alle in schöpferischen Berufen tätig, nämlich Hairstylistin (also Künstlerin), Puppenspieler (also Künstler) und BWL-Studentin (also Künstlerin, denn auch bei einer Bank kann man kreativ sein). Leider beinhaltete das Künstlerdasein, dass man putzen und die Küche machen als uncool empfand, was Gesa mit fünfundzwanzig nicht gestört hatte, mit zweiunddreißig aber auf die Palme brachte.

Auch das männliche Geschlecht brachte sie auf die Palme, vor allem weil sie sich regelmäßig in Typen zu verlieben schien, die »so gar nichts auf die Reihe kriegen oder irgendwelche Altlasten mit sich rumschleppen«, wie sie es nannte. Dass Gesa ihre Männer hauptsächlich übers Internet kennen lernte und die Realität dem virtuellen Schein kaum je entsprach, verschärfte das Problem zusätzlich.

»Ich will einfach jemand Besonderen«, sagte sie und zog eine Schnute. »So ein 08/15-Typ, Marke Sachbearbeiter, kommt mir nicht in die Tüte. Aber verlässlich sollte er doch sein. Und romantisch. Und cool!«

Ich wunderte mich nicht mehr darüber, dass sie noch Single war.

Ihre schlechten Erfahrungen hatten sie zu einer glühenden Verfechterin der Frauenbewegung gemacht. Sie kaufte regelmäßig »Emma«, verbrachte ihre Urlaube grundsätzlich nur in Städten, die ein Frauenmuseum vorzuweisen hatten, und las in ihrer Freizeit kämpferische Schriften aus dem 19. Jahrhundert, in denen das Frauenwahlrecht gefordert wurde. Nun, im 21. Jahrhundert, sollte Gesas Meinung nach ein anderes Recht folgen: Das einer jeden Frau auf den perfekten Mann. Wollte man ihr Glauben schenken, so träumte sie Nacht für Nacht von durchtrainierten Kerlen, die ihr frivol lächelnd ein Vier-Gänge-Menü kochten und hinterher noch putzten und aufräumten, bevor sie sie verführten.

Solange diese Prachtburschen allerdings nur in ihren Gedanken existierten, setzte Gesa auf die Freundschaft zu ihresgleichen.

»Wir Frauen müssen zusammenhalten!«, rief sie und hob ihre Hand. »Give me five, Biene! Gegen die Martins und Köbeles dieser Welt!«

Ich verkniff mir die Bemerkung, dass ich keineswegs mit allen Frauen zusammenhalten wollte – mit Naomi beispielsweise ganz sicher nicht – und schlug ein. Allerdings eher zaghaft. Meine Gefühle für Martin waren zu verwirrend, als dass ich mich aus vollem Herzen mit Gesa gegen ihn hätte verbünden können.

Doch Gesa war zufrieden und ich beschloss, ihr irgendwann einmal von Susanna zu erzählen. Zumindest was die Frauensolidarität betraf, waren die beiden sich ziemlich ähnlich.

Gesa berichtete mir auch von ihrem Wunsch, sich beruflich zu verändern. Sie wollte der Agentur den Rücken kehren und »mal was ganz anderes machen«. Was das sein könnte, wusste sie zwar noch nicht, doch sie war sich sicher, dass das Schicksal für sie entscheiden würde, wenn es so weit war.

Sie sinnierte, schimpfte und lachte, und ich wunderte mich über mich selbst, dass ich nach einiger Zeit sogar mitlachen konnte. Ihre Energie und Fröhlichkeit waren ansteckend, und sie legte es offensichtlich darauf an, mich nach ihren grausamen Enthüllungen über Martin wieder aufzuheitern.

Zwischendurch schimpfte ich mit Lilly, weil Lotta inzwischen weinte (»Das ist mein Lieblingsförmchen, und jetzt ist es weg, und ich werde im ganzen Leben kein so schönes Förmchen mehr haben!«). Ich legte mich mit einer anderen Mutter an (»Deine Lilly hat eine erschreckende kriminelle Energie, Sabine!«). Ich verabreichte Lilly Arnica-Globuli, weil sie die Kletterwand heruntergefallen war. Ich ließ mich von den Bastelmüttern breitschlagen, Wollreste zu spenden, nur um sie loszuwerden und wieder mit Gesa allein zu sein (unnötig zu sagen, dass ich keine Wolle besaß und somit auch keine Reste. Wo, zum Teufel, sollte ich Wollreste herbekommen?!). Und die ganze Zeit über war ich damit beschäftigt, *nicht* an Martin zu denken.

Was echt anstrengend war.

Als der Spielplatz sich langsam leerte, brachen Gesa, Lilly und ich auf. Lilly hüpfte zufrieden vor uns her, Gesa hatte mich untergehakt. Als wir am Kirchbergschen Anwesen vorbeigingen, lief ich unwillkürlich schneller.

Gesa fragte erstaunt: »Was ist los? Musst du plötzlich aufs Klo oder was?«

»Unter anderem«, sagte ich. »Vor allem will ich es vermeiden, Julius Kirchberg zu sehen. Der verschlingt mich mit seinen Glubschaugen, das brauche ich heute nicht auch noch.«

Lilly drehte sich zu uns um. »Hier wohnt übrigens der nette Mann«, sagte sie und zeigte auf das Tor. »Der mir immer Bonbons schenkt.«

Abrupt blieben wir stehen. Gesa warf mir einen alarmierten Blick zu. Nette Männer mit Bonbons weckten nicht nur bei mir ungute Assoziationen.

»Das hast du mir gar nicht erzählt«, sagte ich vorwurfsvoll zu Lilly.

»Mach ich doch jetzt«, konterte sie unbekümmert. »Wenn ich mittags vom Kindi komme, steht der Mann manchmal am Tor. Der sieht komisch aus, aber er ist ganz, ganz nett. Er schenkt mir Süßis und redet mit mir. So ganz viel, so über alles.«

Mir schwante Böses. »Worüber unterhaltet ihr euch denn, Schätzchen?«

»Ach, über den Kindi, und manchmal über dich. Und über Papa, und ob du einen Freund hast. Ich sag dann immer, du hast ganz viele Freunde, so wie ich.« Sie lächelte stolz.

Mir wurde schwindelig. Gut, dass Gesa mich eingehakt hatte, so sank ich wenigstens nicht direkt vor Julius' Domizil zu Boden. Er hätte es fertiggebracht, genau in diesem Augenblick aufzutauchen und mich aufzufangen. Schon der bloße Gedanke daran, in seinen Armen aus einer Ohnmacht zu erwachen, ließ mich schaudern.

Ich beugte mich zu Lilly hinunter und nahm ihre kleinen Hände in meine. »Du darfst nie«, sagte ich eindringlich, »nie mit fremden Männern sprechen. Das weißt du doch.«

»Er ist aber nicht fremd«, sagte Lilly trotzig. »Er kennt dich. Weil du für ihn gekocht hast. Und du hast ihm das da geschenkt.« Ihr Blick wanderte zu Peitho, die obszön auf ihrem Sockel hockte.

»Na, du bist mir ja eine«, sagte Gesa erstaunt. »Dem Julius erst so was zu schenken und dich dann zu wundern, dass er dich mit den Augen verschlingt!«

»Es war Bärs Idee«, verteidigte ich mich und hörte selbst, wie schwach das klang.

»Aha.« Gesas Blick blieb skeptisch. Sie wandte sich an Lilly: »Hör mal, der Julius mag vielleicht nett sein. Aber trotzdem nimmt man keine Bonbons von – äh, fast fremden Männern an. Und man erzählt ihnen schon gar nichts über die Mama. Klar?«

Lilly schob die Unterlippe vor. »Mhm«, machte sie wenig überzeugend. Dann drehte sie sich um, rannte los und rief uns über die Schulter zu: »Jetzt will ich aber endlich heim. Ich hab Hunger, Mama! Wir haben Hunger Hunger Hunger, haben Hunger Hunger Hunger, haben Hunger Hunger Hunger, haben Durst, wo bleibt das …«

Ihr schriller Gesang begleitete uns bis nach Hause.

Genau wie meine Sorgen.

Kapitel 13

Den Sommer in Stuttgarts Innenstadt zu verbringen gleicht in etwa der Erfahrung, über die garendes Gemüse in einem Schnellkochtopf berichten könnte. Die Luft flirrt aufgrund der Hitze, schwül und kohlendioxidgeschwängert legt sie sich auf die Bronchien, erschwert das Atmen, die Feuchtigkeit vermischt sich mit Schweiß und durchweicht die Kleidungsstücke, die wie ein Plastikduschvorhang am Körper kleben. Wer dazu das Pech hat, inmitten dieses Kessels im obersten Stockwerk eines Bürogebäudes zu arbeiten, dessen Mieter die Anschaffung einer Klimaanlage für »völlig überbewertet« hält, der schafft es auch, in der Sahara zu bestehen. Zu allem Überfluss hatte auch unser Kühlschrank seinen Dienst quittiert, so dass in der gesamten Agentur kein kaltes Getränk aufzutreiben war.

»Wie soll man unter diesen Umständen einen vernünftigen Gedanken fassen«, murmelte ich und fächerte mir mit einem Stapel Papier Luft zu. Ich sah zum Fenster hinaus auf die Königstraße, über die sich ein Strom von Passanten im Schatten der Platanen träge vorwärtsquälte und sich in die klimatisierten Hallen der Kaufhäuser oder unter die Sonnenschirme der Straßencafés treiben ließ. Die Glücklichen. Nur wenige Meter trennten sie von einem kühlen Luftzug oder einem erfrischenden Schluck, während mir die Zunge am Gaumen festklebte und dort zu vertrocknen drohte.

Ich riss mich los und kehrte zu meinem Platz zurück. Der Tisch gegenüber war seit Tagen verlassen, Gesa hatte sich krank gemeldet. Wenigstens hatte ich meine Ruhe und konnte mich im grenzenlosen Selbstmitleid suhlen. Ja, wenn es jemanden gab, den es dieser Tage zu bedauern galt, dann war ich das. Ich war in einer mittelmäßigen Agentur beschäftigt, die mittelmäßige Unternehmen mit mittelmäßigen Ideen versorgte und ihre Mitarbeiter mittelmäßig bezahlte. Ich wohnte in einer mittelmäßigen Wohnung in einem mittelmäßigen Stadtteil, fuhr ein mittelmäßiges Auto und führte ein mittelmäßiges Leben. Ich war in einem System der Ereignislosigkeit gefangen, in dem es nur noch Wiederholungen von ein und demselben Tag gab. Aufstehen, ins Büro gehen, arbeiten, nach Hause gehen, essen, schlafen. Und täglich grüßt das Murmeltier.

Was war aus dem lebenslustigen Typen geworden, der jede Nacht zum Tag gemacht hatte? Wann war er mir abhanden gekommen, dieser tollkühne Kerl, der an jedem Finger zehn Frauen haben konnte? Wieso hatte er sich so unbemerkt davonschleichen können? Und wieso ließ er mich ausgerechnet jetzt allein? In einer Zeit, in der ich sein Selbstbewusstsein und seine Unbeschwertheit hätte brauchen können, um zu vergessen, dass ich mich für eine Frau total zum Affen machte, die an mir offensichtlich eine Passt-er-wirklich-zu-mir-Testreihe durchführen wollte.

Das Schlimmste war, dass ich noch nicht einmal richtig wütend auf Biene sein konnte. Ich hatte keine Ahnung, warum sie sich so zurückhaltend gab, aber dafür musste es Gründe geben, die womöglich in ihrer Vergangenheit lagen. Schlechte Erfahrungen prägen, wer wusste das besser als ich. Ich hätte ihr zu gern geholfen, wenn sie mir nur eine Gelegenheit dazu gegeben hätte. Wie sollte ich Bienes Herz erobern, wenn es mir nicht gelang, mit ihr allein zu sein?

Draußen auf dem Flur ertönte lautes Gelächter. Ich erkannte Bodos Stimme, er schien ziemlich aufgeregt zu sein. Er redete nicht, er schnatterte. Als sein Erzählfluss verstummte, setzte wieder ein tosender Lachsturm ein. Ich ging zur Tür, öffnete sie und schob meinen Kopf durch den Spalt. Bodo stand mit zwei Juniorkontaktern und einer Produktionerin im Gang und gestikulierte. Als er mich entdeckte, hielt er inne und verstummte.

»Äh ... gut, dass du da bist, Martin. Köbele will dich unbedingt sehen.« Er prustete los und die anderen hatten Mühe, es ihm nicht gleichzutun.

»Was ist denn daran so witzig? Gab es heute Lachgas zum Frühstück?« Die gute Laune des Quartetts ging mir auf die Nerven. Wenn ich schlecht drauf war, hatte sich gefälligst auch niemand sonst zu amüsieren.

»Nein, kein Lachgas. Viel besser«, japste Bodo. Er wischte sich Tränen aus den Augenwinkeln und keuchte. »Am besten wäre es, du gehst gleich zum Chef. Du weißt ja, wie ungeduldig er ist. Und heute ist er besonders ... bissig.«

Mit dem letzten Wort brach es aus den vieren heraus. Von heftigen Krämpfen geschüttelt, krümmten sie sich und hielten sich die Bäuche. Ich schüttelte den Kopf und begab mich zu Köbeles Büro. Ich klopfte an seine Tür, erhielt jedoch keine Antwort.

»Eintritt auf eigene Gefahr«, wieherte Bodo und löste damit ein erneutes Johlen seiner Gefährten aus. Es musste an der Hitze liegen, wahrscheinlich war das Quartett schon völlig dehydriert. Da blieben Hirnschäden nicht aus. Ich klopfte erneut, und als wieder keine Reaktion folgte, trat ich ein.

Was ich sah, ließ mich einen Moment an meinem Verstand zweifeln. In der Mitte des Raumes stand eine schwarz gekleidete Gestalt mit nach hinten gegelten Haaren und weiß geschminktem Gesicht. Sie ließ sich von Marie eine rote Linie von den schwarz umrandeten Lippen bis hinunter zum Kinn ziehen. Wolfähnliche Zähne wölbten sich aus dem Kiefer und verliehen dem unsicher Dreinblickenden eine seltsam komische Gesamtnote.

»Ah Mapin, da bich ja englich«, kauderwelschte die Gestalt, die vor ihrer Metamorphose noch unser Agenturleiter gewesen sein musste. Ich starrte Köbele sprachlos an. Marie sah kurz von ihrer Arbeit auf und nickte mir zu. Köbele nahm das Plastikgebiss aus dem Mund. »I muss mit dir schwätza«, sagte er und wies auf einen Stuhl. Ich ließ ihn nicht aus den Augen, während ich langsam den Raum durchschritt, um zu der Sitzgelegenheit zu gelangen. Nun hatte es ihn also auch erwischt. Der Stress, die Anspannung, die Sorge um das Fortbestehen der Agentur. Eine andere Erklärung konnte es für sein Outfit nicht geben. Ich ließ mich auf den Stuhl sinken. »Was ist passiert?«, fragte ich vorsichtig.

Köbele blitzte mich an. Die dunklen Schatten unter seinen Augen schienen bedrohlich echt zu sein. »Nix isch passiert. Des isch doch des Problem«, schnarrte er und zog die Mundwinkel nach unten. Marie rutschte mit dem Stift ab und zog eine gezackte Linie.

»Herrgott, Chef. Sie müssen schon stillhalten«, grummelte sie. Sie nahm ein Kleenex aus einer bereitstehenden Box, spuckte kurz hinein und rieb ihre Fehlleistung ab.

Köbele wischte ihre Hand beiseite. »Jetzt läsch mi mol gschwend in Ruah«, grantelte er sie an. »Mir machet weiter, wenn i mit Martin fertig bin.«

Marie warf das Tuch auf den Tisch zu den anderen Schminkutensilien und stürmte grußlos davon. Köbele wartete, bis sie die Tür zum Sekretariat geschlossen hatte, zog seinen schwarzen Umhang um sich und schritt würdevoll vor mir auf und ab.

»Was wird das, wenn es fertig ist? Bewerben wir uns um den Etat einer Blutbank?«, fragte ich. Er schüttelte unwirsch den Kopf.

»Lettagschwätz, bleds. Du ond i, mir ganget zu derra Party in die Wagehalla.«

Ich muss ein ziemlich dämliches Gesicht gemacht haben, Köbeles Teint verfärbte sich blassrosa. Er konnte es nicht ausstehen, wenn jemand auf der Leitung stand.

»Zu derra Werberparty. Da, wo alle nagehn. Vielleicht kriega mir ebbes raus. Was der Schloz vorhat ond warom des mit der Entscheidung bei der WiWaSo so lang dauert. Da stemmt ebbes net.«

Ich verstand es immer noch nicht. Natürlich hatte ich am Rande mitbekommen, dass in den Wagenhallen ein Fest stattfinden sollte, zu dem die Akademie für Marketing und Werbung geladen hatte. Die Absolventen des Studiums hielten so, nicht ganz ohne Eigennutz, Kontakt zur Branche. Der ein oder andere Job soll schon bei solchen Feiern vergeben worden sein. In Anlehnung an einen amerikanischen Buch-Bestseller hatten sie der Veranstaltung den Namen »Dämmerlicht – Bis(s) einer heult« gegeben und es sollte der größte »Tanz der Vampire« werden, den Stuttgart je gesehen hatte. Verwunderlich war Köbeles Interesse daran, denn bislang blieb er diesen Partys fern und verschenkte die Karten an unsere Junioren, die sich mit großer Begeisterung unter ihresgleichen mischten. Ich war nur einmal dabei gewesen, bei der »Langen Berber-Nacht«. Alle Anwesenden waren als Obdachlose verkleidet, standen um Blechtonnen, aus denen lodernde Flammen schlugen, und besoffen sich mit einem hochprozentigen Fusel, der in Marmeladengläsern gereicht wurde. Dem eigenartigen und nicht identifizierbaren Getränk war es auch zuzuschreiben, dass im Laufe des Abends sämtliche Hemmungen fielen. Die Tänze um die Tonnen wurden immer wilder, einige entledigten sich ihrer Garderobe, warfen sie ins Feuer, andere ließen Teile des Mobiliars folgen. Als ich ging, war eine Gruppe von jungen Männern dabei, Fahrzeuge auf dem Parkplatz mit ihren rußigen Händen umzudekorieren. Damals hatte ich beschlossen, dass ich auf diese Art der Vergnügungen verzichten konnte.

Köbeles Aufzug ließ, das diesjährige Motto betreffend, Furchtbares erahnen. Er erinnerte ein wenig an den Großvater aus der TV-Serie »The Munsters«, diesen greisen Vampir, aber er hatte auch viel von Graf Zahl aus der Sesamstraße. Er bemerkte meinen musternden Blick, drehte sich einmal um die eigene Achse und ließ dabei den Umhang fliegen. »Was isch? Stemmt was net mit meim Kostüm?«

Ich zuckte die Schultern. »Ich weiß nicht. Es ist … ungewöhnlich.«

Er sah an sich herunter. »Ha wieso? In der Einladung hot's ghoißa, dass mr sich verkleida soll. Als Vampir oder so.«

»Und für was haben Sie sich entschieden?« Ich konnte mir ein Grinsen nicht verkneifen. Es erstarb noch im gleichen Moment. Er warf mir eine Plastiktüte zu, aus der eine schwarze Perücke rutschte, in die sich ein weißes Vampirgebiss verbissen hatte.

»Deine blede Sprüch werdat dir scho no verganga. Du verkleidesch dich nämlich au«, sagte er. Er griff zum Telefonhörer, wählte eine kurze Nummer und befahl Marie in den Raum, um sein Make-up zu vollenden und meines zu beginnen.

»Und was ist, wenn ich mich weigere?« Ich verschränkte die Arme vor der Brust, um meiner ablehnenden Haltung Nachdruck zu verleihen. »Ein Auftritt bei einer lächerlichen Veranstaltung in einem albernen Kostüm gehört nicht zu den Aufgaben, die in meinem Arbeitsvertrag stehen.« Mir war klar, dass ich mich damit weit aus dem Fenster lehnte und wahrscheinlich wäre ich auch durch selbiges geflogen, wenn mich Köbele zu fassen bekommen hätte. Als ich ihn auf mich zuschießen sah, war ich jedoch geistesgegenwärtig genug, um hinter seinen Schreibtisch zu fliehen.

»Als Kreativdirektor hosch du so ebbes wie Verantwortung. Wenn mir die WiWaSo verlierat, dann muss i die Hälfte der Agentur entlassa«, knurrte er mich an und schlug mit der Faust auf die Tischplatte.

Zum Glück erschien Marie in der Türöffnung. »Das sieht schon sehr gut aus, Chef«, sagte sie zu dem blutrünstigen DracuKöbele. »Sie sollten noch ein bisschen fauchen und mit den Augäpfeln rollen. Dann wäre alles perfekt.« Zu mir gewandt ergänzte sie: »Und du solltest dich langsam auch fertig machen. In einer Stunde geht die Sonne unter. Und dann ist Vampirzeit.« Ihr Lachen dröhnte gespenstisch in meinen Ohren.

»Vampir oder Pfähler?« Der glatzköpfige Mutant in schwarzer Lederrüstung, der den Eingang zum Parkplatz bewachte, beugte sich vor, um in Köbeles Autofenster hineinzublicken.

»Was isch denn des für a Frog?«, pflaumte Köberatu den Riesen an. »Vampir natürlich. Des sieht mr doch.« Der Ordner blinzelte in meine Richtung. »Und der da?«

Ich rückte meine Perücke zurecht und schob mein Plastikgebiss in den Mund. »Auch Fambia«, brachte ich heraus.

»Okay. Dann nehmt ihr den rechten Eingang, klar?« Die Glatze richtete sich auf und gab uns ein Handzeichen, das uns zum Weiterfahren ermunterte.

»Was ist denn ein Pfähler?« Ich versuchte, nicht besorgt zu klingen, aber diesem Begriff haftete etwas Martialisches an und er weckte ungute Assoziationen.

»Was woiß denn i?«, antwortete Köbele. Er lenkte den Wagen in eine Parklücke, stellte den Motor ab und stieg aus. »Des werdat mir no früh genug erfahra.«

Missmutig trottete ich hinter ihm her. Am Vampireingang hatte sich schon eine gewaltige Schlange an Schwarzgekleideten gebildet, die sich lediglich durch die kunstvoll gestalteten Frisuren von normalen Werbern unterschieden. In der glitzernden Welt der kunterbunten Ideen blieb in der Regel für die Bekleidung der Fachleute keine Farbe übrig. Ihre Anzüge hatten die Männer gegen lange Ledermäntel, wallende Gewänder und hohe Schaftstiefel eingetauscht. Die Totenkopfringe an den Fingern funkelten mit den Nietenhalsbändern gefährlich um die Wette. Die Frauen hatten sich noch mehr Mühe gegeben und offensichtlich auch den Gang zum Fachgeschäft für Fetischzubehör nicht gescheut. Ihre Körper steckten in tief dekolletierten Schnürkorsagen, in hautengen Lackoberteilen oder in Bodysuits mit Netzeinsätzen. Unter kurzen Röcken und zwischen den hohen Schlitzen der langen Kleider blitzten Strümpfe hervor, die an Strapsen befestigt waren.

»Wenn ich es nicht besser wüsste, würde ich sagen, dass wir auf dem Weg zu einer S/M-Party sind«, flüsterte ich Köbele zu.

Doch der kümmerte sich nicht um das Outfit seiner Mitvampire. Er beobachtete den anderen Eingang, an dem Gäste in »normaler« Abendgarderobe darauf warteten, die Türsteher passieren zu können.

»Do drüba stoht der Schloz, der Großkotz mit seiner Spinatwachtel«, sagte er. »Die hen sich gar net verkleidet. Wahrscheinlich isch ihm nix eigfalla. So wie emmer.« Er lachte gehässig.

Und hinter ihm steht Naomi, ergänzte ich still. Sie zu sehen berührte mich unangenehm, auch wenn ihr Anblick mehr als atemberaubend war. Sie trug ein rubinrotes Abendkleid, das ihre perfekten Rundungen noch deutlicher zur Geltung brachte. Ihr langes schwarzes Haar floss über ihren nackten Rücken und endete knapp über dem Ansatz ihres reizenden Hinterteils. So wie sie da stand, kerzengerade, anmutig und bildschön, zog sie die Blicke aller Männer auf sich. Leider trug sie das hübsche Näschen so weit oben, dass es so schien, als würde sie davon nichts mitbekommen.

»Mei lieber Herr Gesangsverei«, keuchte Köbele, der sie offensichtlich auch entdeckt hatte, »'s isch wirklich schad, dass die nemme bei ons schafft.«

Mein schlechtes Gewissen riet mir zu schweigen.

Der Eingang zu den Wagenhallen war komplett mit schwarzen Tüchern verkleidet. Überdimensionale Spinnweben, aus Kordeln und Stricken kunstvoll miteinander verbunden, hingen von der Decke herunter. Ein Spalier aus künstlichen Fackeln wies den Weg in die Haupthalle, aus der satte Rockriffs klangen. An einer Wand war eine Bar aufgebaut, hinter der einige finstere Gesellen mit bleich geschminkten Gesichtern Cocktailshaker schwangen und bunte Flüssigkeiten in kelchartige Gefäße einfüllten. Immer wieder durchbrach ein amüsiertes Juchzen das Geschnatter der Vampirmenschen, einige fielen sich in die Arme und brüllten sich an, wie lange man sich nicht mehr gesehen habe. Visitenkarten wurden getauscht, Schultern geklopft und in den Nischen hatte das große Flirten bereits begonnen. Eine kleine Gruppe von weiblichen Jungvampiren flatterte mit ausgebreiteten Flügeln und gebleckten Zähnen durch den Raum und fauchte jeden Jüngling an, der den Damen begegnete. Die männliche Jungwerberriege stand lässig an die Wand gelehnt und fixierte die Frauen, die nur darauf zu warten schienen, angesprochen zu werden.

Die große Werbefamilie durfte endlich wieder zusammen sein, um gemeinsam ein Fest zu feiern. Die härtesten Konkurrenten demonstrierten Verbrüderung und alle hatten sich einen Tag lang furchtbar lieb. Das war nicht auszuhalten, ich musste unbedingt etwas trinken.

Köbele hatte die gleiche Idee, zog mich in Richtung Tresen und weihte mich in seine Strategie ein. »Am besta wär's, wenn mir ons trennat. I bleib hier draußa ond du hörsch di drenna om, okay?« Ich nickte und mein Obervampir klopfte mir freundschaftlich auf die Schulter. »I dät's an deiner Stell bei der Kloina im rota Kloid versucha. I glaub, die war mächtig scharf auf di.«

Ich zuckte mit den Schultern, um Gleichgültigkeit vorzutäuschen. Innerlich fiel mir ein mittleres Felsmassiv vom Herzen. Er wusste nichts von meinen Eskapaden mit Naomi, Gesa hatte dichtgehalten. Dabei wäre es für meine Kollegin so leicht gewesen, mich in der ganzen Agentur zum Gespött zu machen. Der Texter und die Praktikantin auf dem Schreibtisch, das wäre eine tolle Geschichte für den Flurfunk gewesen. Und Gesa hätte ihre Rache gehabt. Für eine Nacht in ihrem Schlafzimmer, in der so gar nichts gelaufen war. Der Alkohol hatte uns vereint und entzweit zugleich. Als ich am frühen Morgen neben ihr erwachte, war ich vollständig bekleidet gewesen. Ich hatte mich aus dem Haus geschlichen, ohne sie zu wecken, und hatte gehofft, dass ihr die Erinnerung an den Abend ebenso fehlte wie mir. Doch ihre schnippische und kühle Art, auf mich zu reagieren, hatte mir gezeigt, dass sie verletzt war. Mit der Zeit normalisierte sich unser Verhältnis zwar ein wenig, aber Freunde konnten wir nicht mehr werden. Irgendwann, das war mir klar, würde ich ihr auch einen Gefallen tun müssen. Nichts war umsonst im Leben, aber diesen Preis musste ich wohl bezahlen.

Ich orderte bei einem Typen, der aussah wie Riff Raff aus der Rocky Horror Picture Show, einen Cocktail namens »Null Rhesus negativ«, ein auf Wodka basierendes Getränk. Ich beobachtete ihn, wie er die Zutaten zusammenmixte. Köbele orderte einen »Red Candle«, eine Weißweinschorle, in die ein Schnapsglas mit Rotem Genever versenkt wurde.

Ich nahm mein Glas und schlenderte in Richtung Halleneingang. Drinnen umfing mich das Schwermetallinferno von Rammsteins »Du riechst so gut«. Nebel umwaberte die Tanzfläche, schemenhafte Körper bogen sich im flackernden

Stroboskoplicht, und grelle Blitze beleuchteten die Dekoration. Dutzende von offenen Särgen säumten den Raum, von Gummifledermäusen und Plastikskeletten bewacht. Auf einer Leinwand über dem DJ-Pult wurden verwackelte Bilder sich verrenkender Vampirtänzer übertragen. Wie aus dem Nichts tauchte rechts von mir eine Kamera auf, schwenkte kurz über mein verdutztes Gesicht, sandte diesen Eindruck auf die Projektionsfläche und verschwand dann wieder in der Masse.

Die Musik brach abrupt ab, der Saal wurde beleuchtet, was von wütendem Protestgeschrei begleitet wurde. Hartmut Staudinger, Leiter der Akademie für Werbung und Marketing, stand neben dem Diskjockey und hob beschwichtigend die Arme. Er hatte, wie eigentlich immer, einen grauen Anzug an und widersetzte sich einmal mehr den Kleidungsrichtlinien, die seine Studenten vorgaben. Aber daran konnte man eigentlich keinen Anstoß nehmen, niemand hätte etwas anderes erwartet. Staudinger war ein Blender, ein absoluter Biedermann, der sich aber für unglaublich cool und modern hielt, obwohl er seine besten Zeiten längst hinter sich hatte. Der Posten des Institutsleiters war wie gemacht für ihn. Er konnte sich wichtig fühlen, sich vor jungen Menschen aufplustern und bis zum Erreichen des Rentenalters eine ruhige Kugel schieben.

Pfiffe und Buhrufe wurden laut, während Staudinger seine Jacketkronen blitzen ließ, mit einer Hand die halblangen Haare hinter das Ohr streifte und zum Mikrofon griff. »Hallo Leute«, hob er an, wurde jedoch von einer Rückkopplung unterbrochen. Irritiert starrte er das Mikro an, während der DJ hektisch an einigen Reglern herumdrehte. Staudinger gewann sein Lächeln zurück. »Gestattet mir ein paar Worte, bevor wir hier so richtig die Kuh fliegen lassen.«

Gute Güte, von wem hatte er sich denn zu dieser Moderation inspirieren lassen? Von Dieter Thomas Heck?

Kommentare des Unmuts wurden laut, eine Kette aus Knoblauchzehen verfehlte ihn nur knapp. Einige Zwischenrufer forderten die Musik zurück. Staudinger ließ sich nicht beirren. Überschwänglich bedankte er sich bei den Sponsoren: einem Bankhaus, das wirklich bei jeder Veranstaltung mitmischte, einer ortsansässigen Brauerei, die auf diesem Weg ihre Deputate los wurde und dem Caterer, der sich bei der gesamten Branche einschleimte und sich Folgeaufträge erhoffte. Und bei der WiWaSo, die offensichtlich für alles Geld hatte. Dann folgten die Lobhudeleien für die Abschlussklasse, deren Idee für den Abend bei ihm »superklasse« ankam und mal wieder bescheinigte, dass an seiner Einrichtung nur »spitzenmäßige« Leute studierten. Hierfür erntete er verhaltenen Applaus, wahrscheinlich von denen, die ebenfalls an der Akademie ihren Abschluss erworben hatten. Ich wollte schon gehen, als er völlig unvermutet das Ende seiner Rede einleitete.

»Und gleich, meine lieben Vampire, steppt hier der Bär. Denn wir haben uns für diesen Abend etwas ganz Besonderes ausgedacht.«

Er machte eine kunstvolle Pause und deutete auf die Särge. »Wie ihr seht, haben wir hier eure Schlafstätten schon aufgereiht. Das hat seinen Grund. Denn immer, wenn dieses Signal ertönt ...«, eine Sirene kreischte, begleitet von einem rauen, kehligen Lachen, »dann ist Pfähleralarm. Das heißt: Die Vampire, die es nicht schaffen, einen der Särge zu erreichen oder sich zu verstecken, werden von den Pfählern mit einem Leuchtstift markiert und müssen nach Hause.« Staudinger lachte heiser. »Ist das nicht voll der Hammer? Das geht doch ab wie Luzie«, frohlockte er. »Und eins ist klar, Leute. Nach jeder Runde werden einige Särge entfernt. Ich lach mich scheckig.«

Er salbaderte noch etwas von Preis und Gewinn, von Fairness, Spielregeln und »voll irrer Aktion«, dann hatte der DJ ein Einsehen, drehte ihm den Saft ab und holte mit »Join Me« von HIM die Tänzer zurück auf die Fläche.

»Kindergeburtstag«, murmelte ich, nahm noch einen tiefen Schluck von meinem inzwischen lauwarm gewordenen Drink und wollte schon zur Bar zurück, um mir einen frischen zu holen, als ich eine Pranke auf meiner Schulter spürte. »Wenn das mal nicht der Pfänder ist«, brüllte mir jemand ins Ohr.

Ich drehte mich langsam um und blickte direkt Heribert Schloz ins Gesicht, der dicht hinter mir stand. Er hatte den Arm um Naomi gelegt, die sich an ihn schmiegte und mir einen gelangweilten Blick zuwarf. »Verschwenden Sie Ihr Talent immer noch für diesen hirnamputierten Köbele oder arbeiten Sie endlich bei einer richtigen Agentur?« Er lachte laut und drückte Naomi fest an sich. Sie lächelte gequält. »Machen Sie es doch wie dieses Prachtstück hier und kommen Sie zu uns. Naomi hat sich zu unserer Geheimwaffe entwickelt«. Er sah auf sie herunter wie ein Vater auf seine Tochter und drückte ihr einen Kuss auf die Stirn. Dann löste er seinen Griff, winkte einer Person, die hinter mir stand und verschwand mit den Worten »Ich lass euch mal kurz allein.«

Minutenlang standen wir uns schweigend gegenüber, bis Naomi den Farbstift in die Höhe hielt, mit dem sie Vampire eliminieren konnte. »Ich bin eine Pfählerin«, sagte sie leise.

»Aha.« Dieses Gespräch konnte schon jetzt nicht mehr in die Annalen der intellektuell hochwertigen Dialoge eingehen, aber mehr fiel mir in diesem Moment nicht ein. Zudem war mein Gegenüber auch nicht für Kommunikationsfähigkeit bekannt.

Natürlich hätte ich sie fragen können, wie es ihr ging, was sie so machte und meiner Mission gemäß, an welchen Projekten sie gerade arbeitete. Aber ich war befangen, gehemmt. Sie erinnerte mich an eine Situation, in der ich eine andere Person gewesen zu sein schien, für die ich mich schämte. Ein triebgesteuerter Affe, der auf ihre Reize angesprungen war und der seine Position schamlos ausgenützt hatte. Natürlich hatte auch sie ihre Beweggründe gehabt: die Lust auf ein Abenteuer vielleicht, womöglich hatte sie sich von einer Beziehung einen Vorteil erhofft. Wir hatten keine Gelegenheit gehabt, dies zu klären beziehungsweise ließen keine Gelegenheit aus, die Klärung auf unbestimmte Zeit zu verschieben.

Am Ende stand der Bruch, der ebenso wortkarg verlief wie der Beginn unserer leidenschaftlichen Zeit. Ich konnte ihr nichts anderes sagen als »Ich liebe dich nicht«. Und wieder machte sie es mir leicht, indem sie nicht hinterfragte, sondern aus der Agentur und somit aus meinem Leben verschwand. Was also hätte ich in diesem Moment sagen können, in dem sie so unvermittelt vor mir stand, mit diesem feuchten Glanz auf den Lippen und diesen mandelförmigen Augen, die mal verrucht, mal unschuldig oder auch teilnahmslos blicken konnten.

»Du siehst toll aus.« Kein schlechter Versuch, das Gespräch in Gang zu bringen, wie ich fand. Komplimente gingen immer.

Sie bedankte sich mit einem Augenaufschlag, der das Blut eines jeden Mannes in Wallung bringen konnte. Sie fuhr sich mit beiden Händen über die Hüften, als gelte es etwas zu glätten.

»Das Kleid ist neu. Habe ich von Heribert bekommen.«

Schloz, dieser alte Schwerenöter. Ob seine Frau das wusste, dass er seiner Angestellten einen Fummel gekauft hatte, der jedem Mann die Augen aus dem Kopf trieb? Lief da was zwischen ihm und Naomi? In diesem Fall wäre es ganz schön dreist, mit ihr und der Gattin gemeinsam auf der Party aufzutauchen.

»Was trinkst du?«, fragte Naomi und nahm mir mein Glas ab. Sie kostete und verzog angewidert das Gesicht.

»Null Rhesus negativ«, sagte ich. »Leider lauwarm.«

»Rhesus? Kommt das von den Äffchen? Affenpipi?« Sie kicherte.

Vergessen waren der feuchte Glanz ihrer Lippen und die Mandelaugen.

»Null Rhesus negativ ist eine Blutgruppe«, grummelte ich.

Sie kräuselte die Stirn, schien nachzudenken, und als sich das Ergebnis einstellte, leuchtete ihr Antlitz heller als jeder Scheinwerfer. »Ach so. Du bist ja ein Vampir und der trinkt Blut. Das ist ja lustig«, rief sie aus.

Oh Mann, wenn Naomi Schloz' Geheimwaffe war, dann wollte ich nicht wissen, mit welchen geistigen Frontladern er sonst auf Kundenjagd ging. Um mir und ihr weitere Peinlichkeiten zu ersparen, zog ich mich auf krisensicheres Gebiet zurück. »Ich hole mir noch etwas zu trinken. Willst du auch etwas?« Sie zuckte mit den Schultern und machte ein unentschlossenes Gesicht. Ich nahm ihr die Entscheidung ab. Etwas Alkohol konnte nicht schaden. Womöglich löste er ihre Zunge und ich konnte etwas über die Kampagne erfahren.

»Ich bin gleich zurück«, sagte ich und schob mich hinaus in den Eingangsbereich. Ich orderte zwei »Blue Moon Massacre«, ein Cocktail, der vor allem durch seine blaue Farbgebung und seinen Alkoholgehalt bestach. Zu einem ordentlichen Schuss Blue Curaçao waren Gin und Zitronenlimonade beigemischt. Genau das richtige Getränk, um Naomi aus der Reserve zu locken.

Als ich die große Halle betrat, war sie von zwei Typen umringt, die heftig um sie herumflatterten. Naomi bewegte sich im Rhythmus der Musik, warf den Kopf in den Nacken, ließ die Haare fliegen. Immer wenn sich einer ihrer Verehrer zu weit vorwagte, sie berühren wollte, drehte sie sich elegant weg und stellte eine gewisse Distanz her. Diesen Wechsel von Verführung zu Unnahbarkeit beherrschte sie perfekt.

Okay, Pfänder, nun beweise es, dass du es noch draufhast und diese zwei Jungspunde aus dem Rennen werfen kannst, spornte ich mich an. Ich verfiel ebenfalls in einen rhythmischen Tanzschritt und näherte mich dem Trio. Dort angekommen, umkreiste ich Naomi und hielt ihr den Drink hin. Sie griff zu, nahm einen tiefen Schluck und lächelte mich an. In der Zwischenzeit schob ich mich zwischen sie und meine Konkurrenten, die sich lautstark beschwerten. Ganz in meiner Rolle fauchte ich sie an und wer genau hinhörte, konnte diesem Geräusch die Worte »Verpisst euch!« entnehmen. In Zeitlupe trollten sie sich.

»Die beiden Jungs waren süß«, schrie Naomi gegen die Musik an. »Die wollten mich pfählen. Dabei sind das doch Vampire.« Sie kicherte schrill.

Da war ich ja wohl gerade noch rechtzeitig gekommen, bevor die beiden Burschen dem Naivchen ihre Auslegung der Spielregeln nahebringen konnten.

Ich prostete ihr zu. Naomi führte das Glas zum Mund und leerte es in einem Zug. Dann warf sie wieder die Haare hin und her und bewegte sich im Takt. Ich seufzte. Köbeles Idee, hier Informationen sammeln zu wollen, war zum Scheitern verurteilt. Selbst wenn es uns gelingen sollte herauszufinden, was Schloz präsentiert hatte, konnte uns das auch nicht weiterhelfen. Und dafür sollte ich eine alte Geschichte aufwärmen? Ich kam nicht dazu, den Gedanken zu vervollständigen, denn das Sirenengeheul legte sich über die Musik, das grausame Lachen ertönte.

»Pfähleralarm«, brüllte der DJ.

Die Vampire auf der Tanzfläche stoben in alle Richtungen auseinander und versuchten, in die Särge zu kommen. Pfähler stellten sich ihnen mit gezückten Stiften in den Weg. Bevor ich begriff, was vor sich ging, hatte auch Naomi ihren Pfahl gezückt und ganz eindeutig auf mich gerichtet. Sie grinste diabolisch und schob sich auf mich zu. Bevor sie mich kennzeichnen konnte, löste ich mich aus der Erstarrung und floh. Im Zickzackkurs bewegte ich mich durch den Saal, wich Kämpfenden aus, die sich gegen ihre Verbannung wehrten. Die ersten Särge waren bereits geschlossen – ein untrügliches Zeichen dafür, dass es einigen Blutsaugern gelungen war, sich in Sicherheit zu bringen. Gläser fielen zu Boden, wildes Getrappel war zu hören, alle schrien durcheinander. Links von mir entdeckte ich einen offenen Sarg, auf den raste ich zu. Ein Mitvampir versuchte mich daran zu hindern und umschlang mich mit beiden Armen. Ich trat ihm gegen das Schienbein und er entließ mich mit Schmerzensgeheul. Mit einem letzten Satz hechtete ich in das Erdmöbel und versuchte den Deckel zu schließen. Noch bevor mir das gelang, sah ich eine rote Gestalt auf mich zusausen, die im nächsten Moment auf mir lag.

»Naomi, das darfst du nicht. Das ist gegen die Spielregeln«, brüllte ich und versuchte sie von mir zu schieben. Sie zog den Deckel zu und nahezu vollständige Dunkelheit umfing uns. »Seit wann kümmerst du dich um Spielregeln?«, kicherte sie. »Wir machen jetzt unsere eigenen. Wie damals in der Agentur.

Weißt du noch?« Sie drückte ihren Unterleib gegen den meinen und bewegte ihn auf und ab. »Ich finde dich nämlich immer noch ziemlich geil«, gurrte sie, als sie meine Reaktion auf ihr Tun spürte.

Ein Glück war ich nüchtern genug, um abzuwägen, was es wohl für einen Eindruck gemacht hätte, wenn plötzlich der Deckel geöffnet worden wäre. Ich musste Naomi loswerden. Ich stemmte mich gegen den Sargdeckel, sie drückte sich mit voller Kraft gegen mich und verhinderte damit meinen Befreiungsversuch.

»Naomi, bitte. Das ist weder der richtige Zeitpunkt noch der richtige Ort für das, was du vorhast. Es geht nicht«, ächzte ich.

»Fühlt sich so an, als ginge es doch«, flüsterte sie. Vor meinem inneren Auge sah ich die entsetzten Gesichter von zehn Kolleginnen und Kollegen, die ihre Kündigung in der Hand hielten und »Was wäre denn dabei gewesen, Pfänder?« murmelten. Biene stand in diesem Bild abseits, mit vor der Brust verschränkten Armen. Sie bewegte ihre Lippen. »Du fieser Mistkerl«, hieß es wohl.

Draußen setzte die Musik wieder ein. Die Party ging weiter. Es konnte nicht mehr lange dauern, bis alle Särge geöffnet wurden. Ich unternahm einen letzten Versuch, die Liebestolle zu überzeugen, von mir abzulassen.

»Naomi. Wenn wir hier drin zusammen gesehen werden, ist das gar nicht gut für uns. Wir müssen vorsichtig sein.«

Sie küsste mich auf den Hals. »Warum?«, hauchte sie.

»Wir arbeiten für Agenturen, die im Clinch um WiWaSo liegen. Da entstehen schnell Gerüchte.«

Naomi hielt inne und versteifte sich. »Gerüchte? Welche Gerüchte?«

»Zum Beispiel, dass ich dir etwas über unsere Kampagne erzähle. Oder du mir über eure.«

Sie schüttelte den Kopf und lachte. »Das ist gar nicht nötig. Ihr habt keine Chance.« Sie kniff die Lippen zusammen.

»Ach ja? Wieso denn nicht?«

Sie schwieg.

»Wieso haben wir keine Chance? Woher weißt du das?«

Sie rollte, so weit es ging, von mir hinunter und blieb neben mir liegen. »Ich sage nichts«, murmelte sie.

Ich streichelte ihre Wange. »Wir arbeiten schon wochenlang rund um die Uhr an dem Projekt und warten auf eine Entscheidung. Wenn du sie kennst, darfst du es mir sagen. Dann können wir uns anderen Projekten zuwenden.«

Zugegeben, das war eine ziemlich einfältige Art, sie zum Reden zu bringen. Es gelang auch nicht. Eine gefühlte Ewigkeit lagen wir nebeneinander und lauschten unserem Atem.

»Ich darf nicht darüber sprechen«, sagte sie schließlich. »Wenn ich es doch tue, dann hat das Konsequenzen in der Agentur. Sagt Heribert.«

Ich strich sanft über den Stoff ihres Kleides, arbeitete mich langsam vom Bauch zu ihren Brüsten hinauf, bis sie meine Hand festhielt. »Ich gehe jetzt besser.«

Sie lüftete den Deckel einen kleinen Spalt und spähte hinaus. Offenbar kümmerte es keinen der Tänzer, dass unsere Behausung noch verschlossen war. Sie machte sich daran, aus unserem Behältnis zu klettern. Ich umschlang ihre Hüfte. »Okay, okay, du kannst nicht darüber reden«, gab ich den Verständnisvollen. »Dann geh wenigstens mit mir aus. Vielleicht können wir da weitermachen, wo wir gerade stehen geblieben sind.«

Sie sah mich lange an, zeigte keinerlei Reaktion, die ich hätte deuten können. »Ich ruf dich an«, zwitscherte sie schließlich und schlüpfte aus dem Sarg.

Vor meinem inneren Auge brachen die zehn Kolleginnen und Kollegen in kollektiven Jubel aus. Fetzen der Kündigungsschreiben wirbelten wie Konfetti durch die Luft. Nur Biene stand in unveränderter Haltung da. »Du mieser, mieser Mistkerl«, war von ihren Lippen zu lesen. Besser hätte sie meine Gefühlslage nicht beschreiben können.

Kapitel 14

Es war Samstagabend, und ich saß auf dem Sofa und aß Schokolade. Lilly verbrachte das Wochenende bei Maximilian und Marie-Chantalle, Evica war im Kino. Gesa zog mit ihrer künstlerischen WG um die Häuser – »um das Gemeinschaftsgefühl zu stärken«, wie sie sagte. Und auch sonst hatte keiner Zeit für mich. Ganz Uhlbach hatte die Bordsteine hochgeklappt, schließlich war es nach acht, und so war nichts zu hören außer dem wehmütigen Gesang eines einsamen Vogels.

Martin hatte sich seit dem missglückten Seminar natürlich nicht mehr gemeldet. Da ich ja mittlerweile von Gesa wusste, wie er mit Frauen umging, war mir klar, dass er mich bereits abgeschrieben hatte. Eine romantische Versöhnung? Rote Rosen und ein zerknirschtes »Ich liebe dich doch so sehr«? Nicht mit ihm. Wahrscheinlich hatte er mich einfach aus seinem Leben gestrichen und machte sich gerade an die nächste kleine Praktikantin ran. Nein, Martin Pfänder musste ich mir definitiv aus dem Kopf schlagen.

Ich schob mir noch ein Stück Schokolade in den Mund. Gar nicht so leicht, nicht an Martin zu denken, wenn ich nichts zu tun hatte. Vielleicht sollte ich mich einfach um den Bio-Service kümmern. Ich konnte Belege sortieren. Oder Kochrezepte für den nächsten Auftrag raussuchen. Aber wollte ich das? Hey, es war Samstagabend! Wer, außer den ganz Verzweifelten, hatte da Lust zu arbeiten?

Missmutig nahm ich den neuesten anonymen Liebesbrief zur Hand. Satzfetzen wie »endgültige Vereinigung naht«, »Feuerwerk der Gefühle« und »meine angebetete Venus« sprangen mir ins Gesicht. Sehr schmeichelhaft, das schon – aber auch ein bisschen beklemmend. Was meinte mein Verehrer damit, dass unsere endgültige Vereinigung nahte? Mann, jetzt musste ich mir auch noch über so was den Kopf zerbrechen! Wütend zerriss ich den Brief und ließ die Fetzen auf den Boden segeln.

Außerdem hatte der Briefeschreiber unrecht. Von wegen angebetete Venus. Niemand betete mich an! Niemand wollte sich endgültig mit mir vereinigen! Niemand außer diesem bekloppten Herrn Unbekannt, der mir seine Briefe wahrscheinlich direkt aus der Heilanstalt in Stetten schickte.

Ich versuchte, mich mit einer Frauenzeitschrift abzulenken. Hm, eine Geschichte über Schokolade und Sex … die könnte ich mir zu Gemüte führen. Schokolade hatte ich im Mund, und wenn es auch mit dem Sex haperte, so wollte ich doch wenigstens was darüber lesen.

Also denn:

»Sie können auf dem Sofa sitzen und Schokolade essen. Oder Sie können ausgehen und Sex haben.«

Ach ja? Neugierig las ich weiter.

Es ging um die Aufforderung an alle weiblichen Singles, es mal wieder richtig krachen zu lassen, anstatt sich mit leeren Kalorien vollzustopfen. Und das tat frau laut Zeitschrift so: Das kürzeste Röckchen anziehen, das der Kleiderschrank hergibt. Eventuelle moralische Bedenken in ebendiesen Kleiderschrank sperren. Knallroten Lippenstift auflegen und ab auf die Piste. Dann flirten, was das Zeug hält, gerne auch mit mehreren Männern gleichzeitig, denn das regt deren Jagdtrieb an. Hat man sich sodann für einen (oder zwei?) der Kerle entschieden, beginnt man ein lustiges Ratespiel zum Thema: »Trage ich unter diesem kurzen Rock wohl ein Höschen oder nicht?« Ist man an diesem Punkt angelangt, kann eigentlich nichts mehr schiefgehen: Frau wird unweigerlich eine Nacht erleben, an die sie noch jahrelang denken wird – und niemals ohne rote Ohren.

So weit, so gut.

Nur: Wollte ich das überhaupt?

Ja, schoss es mir durch den Kopf. *Ja, und wie ich das will! Wie lange ist es eigentlich her, dass ich mit einem Mann im Bett war?*

Ich biss von meiner Schokolade ab und begann zu rechnen. Als die Tafel nur noch aus einem winzigen Stückchen bestand, war ich noch immer zu keinem Ergebnis gekommen. Frustriert schob ich mir das letzte Stück in den Mund. Das konnte ja wohl nicht wahr sein! Nicht nur, dass ich keinen Sex mehr hatte – ich konnte mich nicht mal mehr daran erinnern!

Nachdenklich nahm ich die Zeitschrift wieder zur Hand. Das zu dem Artikel gehörende Foto zeigte eine junge Frau, die lachend auf einem Barhocker saß, links und rechts von ihr warben gut angezogene Beaus um ihre Aufmerksamkeit.

Okay. Das wollte ich auch. Das konnte ich auch! Das würde ich haben, heute Abend, und zwar ohne jegliche Gewissensbisse. Verdammt, ich war 31, viel zu jung, um den fleischlichen Genüssen milde lächelnd zu entsagen! Zugegeben, die Bewerber standen im Moment nicht gerade Schlange: Mein Ex wollte mich nicht, Martin wollte mich auch nicht und meinen anonymen Liebesbriefschreiber kannte ich nicht. Aber das hieß ja nicht, dass mich niemand wollte! *Irgendwo da draußen*, dachte ich, *muss es doch einen Mann geben, der mich will!*

Julius fiel mir ein. Er wollte mich. O Gott, wie weit war ich gesunken? Jetzt dachte ich schon an den gruseligen Typ, der meiner Tochter Bonbons schenkte und sie über mich ausfragte …

Unwillkürlich stand mir Julius' lüstern-verschlagene Visage vor Augen.

Ich schüttelte mich angeekelt. Entschieden verbannte ich den Grafensohn aus meinen Gedanken und schaute lieber wieder auf die Schönlinge in der Zeitschrift. *Nur Mut, Biene*, feuerte ich mich an. *Geh da raus und zeige der Welt, wer du bist!*

Kurz dachte ich, dass ich mich in den letzten Wochen ziemlich oft selbst angefeuert hatte, und meistens hatte es in einem Desaster geendet. Aber heute Abend würde alles anders sein. Heute Abend, das schwor ich mir, würde ich mich aus dem Korsett meiner eigenen Moralvorstellungen befreien. Heute Abend würde ich endlich einmal das tun, wonach es mich gelüstete. Einfach so. Ha! Schluss mit der braven Mutti, die sich von ihrem Mann betrügen ließ! Schluss mit der verliebten Närrin, deren Auserwählter bei der ersten Gelegenheit die Flucht ergriff!

»Zieh dich warm an, Stuttgart«, murmelte ich grimmig, »jetzt kommt Biene! Und ich muss mich nicht zwischen Schokolade und Sex entscheiden. Ich, Sabine Wierokat«, ich warf einen verächtlichen Blick auf die Zeitschrift, »bin eine Frau, die beides haben kann.«

Meine Entschlossenheit geriet ein wenig ins Wanken, als ich eine Stunde später in der S-Bahn Richtung Innenstadt saß. Ich war nicht die Einzige mit einem sehr kurzen Rock, wie mir auffiel, aber das konnte man auch auf die Sommerhitze schieben. Es war nach neun Uhr abends und immer noch achtundzwanzig Grad warm. Leider hatten die meisten anderen Kurzberockten den Vorteil, dass sie höchstens zwanzig waren oder zumindest so aussahen. Ihre männlichen Begleiter würdigten mich keines Blickes. Warum auch? Sie hatten ja jüngere Frauen um sich herum. Dafür setzte sich ein dickbäuchiger Alter mit Säufernase neben mich und beugte sich vertraulich zu mir herüber.

»Na, sen die Jonge scho em Neschd?«, lallte er. Offensichtlich kam die Säufernase nicht von ungefähr. »Und Mami macht sich jetzt an schena Obend?«

Mami. Super, genau so wollte ich rüberkommen. Säuerlich stand ich auf und setzte mich demonstrativ auf einen anderen Platz. Mein Rock rutschte hoch, ich zog ihn hastig herunter und fing den Blick eines gutaussehenden Twens auf, der meine Aktion beobachtet hatte. Er grinste und ich wurde rot, grinste aber zurück. Der Typ hatte schulterlange, blonde Haare und sah ziemlich lässig aus. Und so, wie er mich anschaute, gefiel ich ihm. Kein schlechter Anfang.

»Hey, lass Mrs. Robinson in Ruhe!« Sein Freund stieß ihm den Ellenbogen in die Seite, und der Blonde lachte.

Ich kramte stirnrunzelnd in meinem Gedächtnis, bis ich »Mrs. Robinson« einordnen konnte. Schlagartig sackte meine gute Laune in den Keller, als mir der berühmte Film einfiel, in dem eine reife, sich dem Alter entgegenstemmende Frau den Freund ihrer Tochter verführte.

Das sollte ich sein?!? Hey, ich war jung! Sahen die das nicht?

Der Blonde sagte etwas zu seinem Freund, ziemlich leise, aber die Worte »gut gehalten« und »mal was anderes« konnte ich trotzdem verstehen. Idiot.

Mit Wangen, die mindestens so rot sein mussten wie mein Lippenstift, wandte ich mich ab und starrte aus dem S-Bahn-Fenster in die Dämmerung. Nur mit Mühe widerstand ich dem Impuls, bei der nächsten Station auszusteigen und umgehend wieder nach Hause zu fahren. *Nein, Biene*, dachte ich mit zusammengebissenen Zähnen. *Koste es, was es wolle: Heute amüsierst du dich!*

Ich hatte beschlossen, mich beim Hans-im-Glück-Brunnen in der Altstadt zu vergnügen. Dort gab es nicht nur hübsche kleine Läden, sondern vor allem auch angesagte Bars, und eine solche wollte ich aufsuchen. Schon von weitem hörte ich das Gewirr von Stimmen und Gelächter, über allem wummerte laute Musik. Mit klopfendem Herzen näherte ich mich dem Platz, nahm mit einem raschen Blick die Szenerie in mich auf: Eckige, weiße Sonnenschirme und Palmen in großen Kübeln bildeten einen reizvollen Kontrast zu den altmodischen Arkaden und dem märchenhaften Brunnen. Partystimmung und eine fast südländische Leichtigkeit lagen in der Luft. Ja, hier war ich richtig. Hier würde ich meine Fesseln abwerfen.

Vor jeder Kneipe waren Tische und Stühle aufgestellt, natürlich zog es alle unter den freien Sommernachtshimmel, und es war gar nicht so leicht, draußen einen Platz zu finden. Schließlich quetschte ich mich zwischen ein junges Paar, das zusammen ungefähr vierzig verschiedene Tattoos vorzuweisen hatte, und eine Dame älteren Jahrgangs, deren starre Gesichtszüge von beharrlichem Lifting sprachen. Ich bestellte mir ein Glas Weißwein und lehnte mich entspannt zurück. Jedenfalls hoffte ich, dass es entspannt aussah.

Einige Tische weiter saß eine Gruppe von Geschäftsleuten. Lauter Männer zwischen schätzungsweise fünfundzwanzig und vierzig. Gutes Alter. Sie trugen ausnahmslos teure Anzüge und unterhielten sich angeregt, lachten und tranken. Irgendwie erinnerten sie mich an die Gillette-Werbung, die ich als pubertierendes Mädchen so aufregend gefunden hatte: Smarte, erfolgreiche, gutaussehende Kerle ohne Zahl, die sich um »das Beste im Mann« kümmerten.

»Ja, um das Beste im Mann werde ich mich heute Abend auch kümmern«, murmelte ich vor mich hin. »Auch wenn ich damit nicht den Bart meine.« Ich kicherte nervös.

Die Geliftete warf mir einen befremdeten Blick zu.

In Gedanken versunken betrachtete ich die Gillette-Gruppe und nippte an meinem Wein. Da fiel mir plötzlich auf, dass einer der Männer – dunkle Locken, athletische Figur, markante Gesichtszüge – genau in meine Richtung schaute. Ich schluckte und zwang mich, seinen Blick zu erwidern. Er hob sein Glas, lächelte leicht und trank, ohne mich aus den Augen zu lassen. Wie hypnotisiert tat ich dasselbe. Sein Tischnachbar richtete das Wort an ihn und er wandte sich ihm zu, doch immer wieder flog sein Blick zu mir. Zum ersten Mal an diesem Abend fühlte ich mich so, wie ich mir das vorgestellt hatte: Schön. Begehrenswert. Und jung.

Kühn beschloss ich, es diesem Prachtexemplar nicht allzu leicht zu machen. Männer wollten jagen, das wusste ich nicht erst seit ich den Sex-und-Schokolade-Artikel gelesen hatte. Und wenn der Typ mich auch liebend gerne erbeuten durfte, so brauchte er das ja nicht sofort zu wissen.

Also begann ich eine Unterhaltung mit der gelifteten Dame neben mir, die zwar recht einseitig verlief, mir aber die Gelegenheit verschaffte, Desinteresse an meinem Flirtpartner vorzutäuschen. Nach einer ganzen Weile schaute ich endlich wieder in seine Richtung, und – bingo – er hatte offensichtlich nur auf meinen Blick gewartet. Mein Herz fing an zu klopfen, und ich nahm meinen ganzen Mut zusammen und schenkte ihm ein kleines, kokettes Lächeln.

Er lächelte zurück.

Er stand auf.

Er kam auf mich zu.

Er …

»Biene, was treibst du denn hier? So ganz allein.« Eine Männerhand fiel schwer auf meine Schulter. Ich zuckte zusammen und drehte mich um. Hinter mir stand Maximilian und lächelte auf mich herunter.

»Ich …«, stotterte ich. »Ich gehe aus und … Lilly? Wo ist Lilly?«

Beruhigend sagte Maximilian: »Keine Sorge, die liegt im Bett und schläft. Marie-Chantalle passt auf sie auf. Sie geht zur Zeit nicht so gerne aus, keine Ahnung, was mit ihr los ist.«

Am Nachbartisch stand ein junges Mädchen auf und wankte zur Bar, um sich noch etwas zu trinken zu holen. Maximilian zog sich ungerührt ihren Stuhl heran und drängte sich zwischen mich und die Geliftete. Er hob seine Hand und strich mir eine Haarsträhne aus dem Gesicht. Seine Finger legten sich an meine Wange. »Immer noch so schön wie damals«, sagte er.

Mann, was sollte das denn jetzt? Seine Komplimente konnte er sich wirklich sparen.

Ich drehte meinen Kopf weg, um seiner Berührung auszuweichen, und erhaschte gerade noch einen Blick auf meinen potentiellen Bettpartner für heute Nacht. Er hatte sich umgedreht und bezahlte. Ich starrte auf seinen Rücken und er ging, ohne mich noch eines Blickes zu würdigen. Dann war er weg.

Und Maximilian mit seinem Getatsche war an allem schuld.

Heiße Wut stieg in mir auf. Mein Kopf ruckte in die Richtung meines Noch-Ehemannes, der seine Geliebte und unser

Kind allein zu Hause gelassen hatte, um zu feiern und mir die Tour zu vermasseln. Ich zischte: »Was willst du von mir? Sag es, und dann lass mich in Ruhe.«

Seine Hand fiel herunter, sein Lächeln erstarb. Betrübt sagte er: »Also gut. Dann kommen wir halt gleich zur Sache.«

Ja, dachte ich grimmig, *zur Sache kommen wollte ich heute auch. Aber du Idiot musstest mir natürlich alles verderben!*

»Es geht um das Haus und den Unterhalt«, sagte Maximilian. Er klang jetzt sehr geschäftsmäßig. »Ich habe dir diesbezüglich mehrere E-Mails geschrieben, aber du antwortest ja nicht darauf. Deshalb ist es gut, dass wir uns zufällig hier getroffen haben. Sehr praktisch. Hast du dir schon eine neue Wohnung gesucht?«

Der Rest meiner guten Gefühle verabschiedete sich in die Nacht. Ich fühlte mich nicht mehr schön, begehrenswert und jung, sondern nur noch zornig und enttäuscht. Das also war mein toller Abend. Der Abend meiner Befreiung. Ich lachte bitter auf.

»Lach nicht«, sagte Maximilian streng. »Das ist eine sehr ernste Sache. Schließlich geht es hier um mein Lebensglück.« Er verstummte abrupt. »Ich meine natürlich, um unser Lebensglück. Meins und deins, nur halt nicht zusammen.« Er nahm mein Glas und trank einen Schluck Wein, dabei mied er meinen Blick. Dann fuhr er im Plauderton fort: »Ach ja, nächsten Monat werde ich dir weniger überweisen. Wir müssen ein bisschen sparen, weil Marie-Chantalle plant, das Haus umzubauen, bevor wir einziehen. Aber Lilly und du, ihr braucht ja nicht viel, und du bist ja jetzt auch eine Geschäftsfrau.«

»Du willst mich über den Tisch ziehen«, sagte ich wütend. »Ich habe Anspruch auf mein Geld, schon vergessen? Trennungsunterhalt nennt sich das!«

Maximilian runzelte die Stirn. »Das ist nun wirklich kindisch, Biene. Du wirst weiterhin monatlich eine kleine Summe bekommen, von der du und Lilly mit ein bisschen Eigeninitiative gut leben …«

Ich stand auf und brachte ihn damit zum Schweigen. »Mit dir werde ich nur noch über meinen Anwalt sprechen. Und, Maximilian«, ich beugte mich zu ihm und schaute ihm direkt in die Augen, »du hast wirklich ein Talent, Frauen den Abend zu verderben.«

Unbeeindruckt nutzte er die Gelegenheit, mein Gesicht in beide Hände zu nehmen. »Biene, du verstehst das alles falsch«, sagte er sanft. »Ich möchte doch nur, dass es uns allen gut geht – dir, Lilly, mir und meiner neuen Lebensgefährtin. Denk dran, Lilly wird uns beide immer miteinander verbinden, wir sind ihre Eltern, da kann man doch nicht im Streit auseinandergehen! Meinst du, es tut unserer Tochter gut, wenn wir nicht mehr miteinander reden? Die arme Kleine!«

Fassungslos registrierte ich, wie mühelos er den Spieß umdrehte. Ich nahm seine Hände von meinem Gesicht, als wären es giftige Tentakeln, und richtete mich auf. Wenn ich heute Abend etwas gelernt hatte, dann das: Mit Maximilian zu verhandeln würde absolut sinnlos sein. Er würde mich reinlegen und mir dabei auch noch das Gefühl vermitteln, die Böse zu sein und auf seine Kosten einen guten Deal gemacht zu haben.

»Mach's gut«, sagte ich kühl und drehte mich um. Er sprang auf und griff nach meiner Hand. »Mensch, Biene, jetzt bleib doch, ich …«

Der Rest seiner Rede rauschte an mir vorüber, denn in diesem Moment sah ich sie. Ich war zu geschockt, um zu reagieren, zu geschockt sogar, um Maximilian meine Hand zu entziehen. Ich stand einfach da und schaute die beiden an.

Sie schlenderten quer über den Platz auf die Bar zu, die ich gerade verlassen wollte. Martin hatte seinen Arm um die schwarzhaarige Schönheit gelegt, und ich sah seine Finger, die ihre Schulter streichelten. Er flüsterte ihr gerade etwas ins Ohr, und sie lachte perlend. Dann drückte sie ihm einen schnellen Kuss auf den Mund. Er sah erstaunt aus, doch er ließ es zu, dass sie stehen blieb und ihn umarmte. Sie küsste ihn noch einmal, heftiger jetzt, und da reagierte er, zog sie an sich und wühlte seine Hände in ihr langes, glänzendes Haar. Die zwei knutschten, als seien sie allein auf der Welt, und ich stand da und konnte nicht aufhören, sie zu beobachten, auch wenn es sich anfühlte, als drehe jemand sehr langsam ein äußerst scharfes Messer in meinem Herzen herum. Denn theoretisch zu wissen, dass zwischen Martin und mir alles aus war, noch bevor es richtig angefangen hatte, war eine Sache. Ihn aber mit eigenen Augen mit einer anderen Frau knutschen zu sehen, war etwas ganz anderes. Und es war ungleich schmerzhafter.

Martin schien meinen Blick zu spüren, denn er löste seinen Mund von dem seiner Geliebten und drehte den Kopf in meine Richtung. Seine Miene gefror. Abrupt ließ er die Schwarzhaarige los, doch sie schmiegte sich sofort wieder an ihn.

»… doch toll, wenn du dein eigenes Geld verdienst und nicht mehr auf mich angewiesen …«, sagte Maximilian gerade, und mir wurde bewusst, dass er meine Finger streichelte.

Da endlich löste ich mich aus meiner Erstarrung, entriss Maximilian meine Hand und stürmte an Martin und seiner Geliebten vorbei. Nur weg von hier, weg von diesem verfluchten Platz und diesen verfluchten Männern! Ich hetzte durch die warme Nacht in Richtung S-Bahn, stolperte und knickte mit dem Fuß um, ignorierte den Schmerz und rannte weiter. Wirre Gedanken schossen mir durch den Kopf. Nach Hause, schnell, in meine sichere Höhle. Martins Hände in ihrem schwarzen Haar. Perlendes Lachen. Verlorener Gillette-Mann. Maximilian mit Dollarzeichen in den Augen. Und warum heißt der Brunnen eigentlich Hans-im-Glück-Brunnen? Er müsste Biene-im-Pech-Brunnen heißen. Abservierte Biene im Pech. Lächerliche, abservierte Biene im Pech.

Den Sonntag mit Goethe zu beginnen, war immer gut. »Wer nie sein Brot mit Tränen aß, wer nie die kummervollen Nächte auf seinem Bette weinend saß …«, murmelte ich vor mich hin, während ich Stift und Papier neben meine Teetasse legte. Nach dem

Aufstehen war ich ziemlich erschrocken gewesen, wie rot und verquollen meine Augen aussahen, aber dann hatte ich mir einen Grüntee mit Ingwer aufgebrüht und beschlossen, dass mit der Heulerei und dem Selbstmitleid ein für alle Mal Schluss war.

Ich setzte mich an den Küchentisch, nahm den Stift zur Hand und schrieb auf:

1. *Susanna anrufen und ~~fragen, ob sie mir ver~~ sagen, dass ich ihr verziehen habe. Gleichzeitig um Globuli für den umgeknickten Fuß bitten.*
2. *Gesa anrufen und sie fragen, mit wem Martin zusammen ist.*
3. *Gesa versichern, dass ich mit Martin unwiderruflich abgeschlossen habe und ihn überhaupt nicht mehr liebe.*

Nach kurzer Überlegung strich ich das »überhaupt« durch und ersetzte es durch »fast«. (Ehrlichkeit war eine Zier – mir das zu vermitteln, hatte sogar meine verrückte Mutter geschafft.)

4. *Meinem Anwalt in den Hintern treten und Maximilian ausnehmen wie eine Weihnachtsgans.*
5. *Bio-Service in allen Anzeigenblättern inserieren.*
6. *Mit Bär über weitere Marketing-Maßnahmen sprechen.*

Zufrieden trank ich einen Schluck Tee und betrachtete meine Liste. Na also, ging doch. Und ganz ohne Tränen! Sogar als ich »Martin« und »nicht mehr liebe« geschrieben hatte, waren meine verquollenen Augen trocken geblieben. Okay, mein Herz fühlte sich immer noch wund an. Ziemlich wund sogar.

Ich seufzte tief.

Dann beschloss ich, auch das Seufzen von heute an sein zu lassen. Stattdessen würde ich auf der Stelle anfangen, meine Pläne in die Tat umzusetzen. Ein kurzer Blick auf die Küchenuhr bestätigte mir, dass ich mit dem Anruf bei Susanna beginnen konnte: Es war halb zehn, da hatte meine Freundin sicher schon eine Stunde Yoga hinter sich und war bereit, sich mit mir zu versöhnen. Das Thema »Martin« würden wir zukünftig einfach vermeiden. Es war ja sowieso abgeschlossen.

Ich humpelte in den Flur zum Telefon. Mist, der Knöchel tat verdammt weh. Ob wohl was gebrochen war? Oder gerissen?

Ich wollte seufzen, unterdrückte es aber in letzter Minute und sagte laut: »Quatsch! Mal nicht immer gleich den Teufel an die Wand, Biene. Und selbst wenn was gebrochen ist: Das hältst du auch noch aus.«

Ich lächelte und war ziemlich stolz auf mich. Und als ich Susannas Nummer wählte, fühlte ich mich zum ersten Mal in meinem Leben vollkommen und unwiderruflich erwachsen.

Kapitel 15

Mein Anrufbeantworter blinkte, als ich vom Joggen zurückkam. Ich sah auf meine Armbanduhr. Es war gerade erst 8 Uhr 30. Wer wollte mich denn so früh sprechen? Ich drückte die Abruftaste. »Sie haben vier neue Nachrichten.«

Die mechanische Frauenstimme klang gequält, vielleicht wegen der Überlastung in den frühen Morgenstunden. Dann sprang auch schon die erste Aufzeichnung an.

»Hallo Schlappschwanz«, knurrte Naomi, »ich wollte dir nur noch mal sagen, was für ein mieser Sack du bist und dass ich nie..., nie..., niemals wieder etwas mit dir zu tun haben möchte. Und eines kann ich dir jetzt schon sagen ...«, ihr Ton wurde bedrohlich, »das wirst du noch bereuen.«

Ich schluckte. Unwillkürlich musste ich an einen Spruch meiner Mutter denken: »Glück und Glas, wie leicht bricht das«, lautete er. Damit versuchte sie mich in meiner Teenagerzeit zu trösten, wenn eine Angebetete nicht auf meine Buhlerei ansprang. Nur, bei Naomi und mir lag der Fall eindeutig anders. Von Glück oder gar Liebe war nie die Rede gewesen, zumindest ich hatte nie davon gesprochen. Zwei Mal war ich mit ihr aus gewesen, ich hatte mit ihr geturtelt, geflirtet, geknutscht und ihr nicht enden wollendes Repertoire an Kosenamen ertragen: Blubsibärchen, Muckelmäuschen, Tigerpfötchen, um nur die schlimmsten zu nennen. Es war mir gelungen, das kleine Flämmchen der Liebe, das in ihrem Herzen immer noch für mich brannte, zur Stichflamme zu entfachen, und es wäre leicht gewesen, sie bereits am ersten Abend ins Bett zu bekommen. Aber in meiner Aufgabe, etwas über ihre Tätigkeit an der WiWaSo-Kampagne zu erfahren, war ich keinen Schritt weitergekommen. Wenn ich wie zufällig die Sprache auf ihre Arbeit bei Schloz gebracht hatte, war sie mir immer geschickt ausgewichen.

»Aber Sabberschnütchen. Beruf und Privates vertragen sich nicht. Das weißt du und das weiß ich. Deshalb sollten wir nicht darüber reden«, schnurrte sie, als ich sie zu forsch und direkt befragte.

Sie wusste etwas, so viel stand fest, doch sie rückte damit nicht heraus. Und spätestens seit dem Zwischenfall am Hans-im-Glück-Brunnen hatte ich meine Chance ein für alle Mal verspielt, von ihr Informationen zu bekommen.

Die Kosenamen, die der zweite Anrufer benutzte, klangen ebenfalls nicht nett. »Pfänder, du hendrfotziger Heggabronzer, du rufsch mi sofort an, wenn du dein Arsch aus deim Lotterbett gehievt hosch. I hedd net dengt, dass du so ein Siach bisch.«

Die Ansage wurde durch ein Krachen unterbrochen. Offensichtlich war meinem Chef Köbele eine Laus in der Größe eines Bernhardiners über die Leber getrampelt, die in einem Fässchen um den Hals pures Adrenalin mit sich führte. »Heggabronzer« hatte er mich noch nie genannt, es passte aber vom Beleidigungsgrad gut zu Naomis »Schlappschwanz«. Bevor ich mit Bestürzung reagieren konnte, sprang schon die nächste Aufzeichnung an.

Gesa.

Ihre Botschaft ließ an Deutlichkeit ebenso wenig vermissen wie die Worte ihrer Vorredner, und auch dem Inhalt war wenig Erhellendes zu entnehmen.

»Ich hätte es mir denken können, dass du dich immer noch mit dieser Stadtmatratze Naomi triffst. Aber dass du uns alle damit in den Untergang treibst, ist das Allerletzte. Ich hoffe, es hat sich gelohnt, du hormongesteuertes Hasenhirn.«

Anruf Nummer vier kam von Bodo. Seine schlichte Nachricht lautete: »Pfui.«

Mein Puls raste, ich schwitzte mehr als bei meinem morgendlichen Ausdauerprogramm und ich war völlig verwirrt. Ich hatte keine Ahnung, was meinen Chef und meine Kollegen so in Rage gebracht hatte. Zudem war es mir ein Rätsel, woher Gesa ihre Informationen hatte, von den Treffen mit Naomi wusste nur Köbele.

Und Biene. Mir wurde heiß und kalt zugleich. Wenn Gesa diese Information von Biene hatte und sie Biene ihrerseits alles erzählte, was sie über mich und Naomi wusste, dann war nichts mehr zu retten. Gesa hatte ihre Rache für eine verkorkste Nacht und Biene würde mich hassen. Dabei war die Situation am Hans-im-Glück-Brunnen schon peinlich genug gewesen:

Ich eröffnete Naomi, dass ich, entgegen meinen Gewohnheiten, bereit war, sie in ein Musical zu begleiten, das im SI-Zentrum aufgeführt wurde, und sie bedankte sich mit einem Kuss. Er geriet leidenschaftlicher, als er hätte ausfallen dürfen, aber wahrscheinlich war sie über mein Einlenken in diesem heiklen Punkt – eigentlich kann ich Musicals nicht ausstehen – so freudig überrascht, dass sie den Gefühlsausbruch ungefiltert weitergeben musste. Und ich muss es zugeben: Ich habe mich in diesem Moment treiben lassen. Naomis Haut fühlte sich an wie Seide, ihre Lippen waren weich, ihre vorwitzige Zunge, die meine spielerisch umrundete, fordernd. Der Cocktail, den wir kurz zuvor getrunken hatten, die mediterrane Atmosphäre und die gelöste Stimmung der angeregt plaudernden Menschen, die vor den Bars und Restaurants saßen, um den Abend in Stuttgarts Innenstadt zu genießen, heizten uns auf. Naomi war die erotische Komponente eines Sommernachtstraums, und wenn sie den Mund hielt, hatte sie das Zeug zur Traumfrau. Was hätte ich also Besseres tun können, als ihr den Mund mit den Lippen zu verschließen?

Ein »hormongesteuertes Hasenhirn«, wie mich Gesa genannt hatte, war ich jedoch nicht. Bis zum Äußersten war und wäre es nicht gekommen. Ich wollte mich als Retter der Agentur erweisen und war bereit, vieles, aber nicht alles, zu geben.

Als sich Biene so überraschend in mein Blickfeld schob, mit vor Entsetzen starrer Miene und diesem gekränkten Blick, war der Abend in Sachen Romantik eh gelaufen. Verwirrt löste ich mich aus Naomis Umarmung, wollte auf Biene zugehen, doch dann sah ich diesen Typen neben ihr, der unablässig auf sie einredete und ihre Hand streichelte. Sekundenlang verharrten wir regungslos, dann rauschte Biene ohne ein Wort davon. Ihr Begleiter folgte ihr. Wer war das? Was wollte er von ihr? Warum war sie mit ihm hierhergekommen? Warum ausgerechnet an diesem Abend? Ich starrte den beiden hinterher, unfähig, mich von der Stelle zu bewegen. Die Süße des Abends vergor in Sekundenschnelle und stieß mir bitter auf.

»Das war's dann wohl«, murmelte ich. Sie hat einen anderen und hat mich zudem in einer Situation ertappt, die zwangsläufig falsch verstanden werden musste. Ich wusste nicht, ob ich enttäuscht oder wütend sein sollte.

»Was meinst du mit ›Das war's dann wohl‹?« Naomi sah mich ernst an.

Obwohl ich diese Bemerkung nicht auf sie und mich bezogen hatte, wurde mir bewusst, dass sie auch für uns galt. Ich kramte nach Worten, nach einer plausiblen Erklärung, die sie hätte verstehen können. Aber es ging nicht. Die Wahrheit war: Ich hatte sie benutzt, mit ihren Gefühlen gespielt. Außerdem stieß ich die Frau, für die ich wirklich etwas empfand, mit meinem Laientheater vor den Kopf. Ich fühlte mich unglaublich schäbig. Ich hauchte Naomi einen Kuss auf die Wange, flüsterte: »Es tut mir leid. Ich kann das nicht mehr.« Dann drehte ich mich um und ging.

Unschlüssig betrachtete ich das Handteil der Telefonanlage, das in seiner Ladestation stand. Unzählige Male hatte ich nach diesem Vorfall Bienes Nummer gewählt, um ihr die Sache mit Naomi zu erklären. Und genauso oft hatte mich der Mut verlassen. Ich hatte die Verbindung unterbrochen, bevor sie hergestellt werden konnte. Was hätte ich ihr sagen können, ohne mich wie ein Vollidiot anzuhören?

»Ich habe diese Frau nur geküsst, damit sie Vertrauen zu mir fasst. In Wirklichkeit will ich gar nichts mehr von ihr, das heißt, ich mache sie nur noch so lange heiß, bis sie mir endlich verrät, was mit dieser vermaledeiten Kampagne los ist, an der so viel hängt. Danach ist sofort Schluss, das schwöre ich.«

Mal ehrlich. Mein Sympathiegrad wäre bei einer Erklärung wie dieser eher gesunken als gestiegen. Es genügte, dass Naomi mich hasste. Außerdem gab es da noch diesen Kerl, mit dem sich Biene getroffen hatte. Auch wenn sie ihn an diesem Abend wie einen begossenen Pudel hatte stehen lassen, hieß das noch lange nicht, dass mit ihm nichts gelaufen war. Womöglich hatten die beiden sich schon wieder versöhnt. Wenn ich daran dachte, wie Versöhnungen bei mir in der Vergangenheit verlaufen waren, wurde es mir ganz flau in der Magengegend. Aber es bestand ja ein Funken Resthoffnung, dass sich Biene für immer von diesem Westentaschen-Casanova getrennt hatte.

Vermutungen, Hoffnungen, Wünsche. So konnte das nicht weitergehen. Es war an der Zeit, für klare Verhältnisse zu sorgen. Ich musste mit Biene reden, auch wenn es schlecht für mich ausging.

Als müsse sie sich in Erinnerung rufen, schien die Vier auf dem Display des Anrufbeantworters noch heller zu blinken. Okay, eines nach dem anderen. Zunächst galt es ein anderes Problem zu lösen.

Eine Stunde später stand ich, frisch geduscht und adrett bekleidet, am Eingang der Agentur und fummelte den Schlüssel ins Schloss. Kaum hatte ich die Tür geöffnet, schoss Alice, unsere stämmige Empfangsdame, hinter ihrem Pult hervor und stellte sich mir in den Weg. »Du hast Hausverbot, Pfänder«, knurrte sie.

Ich wollte mich an ihr vorbeidrängen, doch sie packte meinen Arm und drehte ihn mir auf den Rücken. Ein dumpfer Schmerz schoss in meine Schulter und ließ mich aufschreien.

»Ich warne dich. Eine falsche Bewegung und du kannst im Stehen Blumen pflücken. Weil dein Arm nicht mehr im Schultergelenk hängt.«

Ich versuchte mich zu befreien, doch sie verstärkte den Griff.

»Alice, was ist denn los?«, brachte ich keuchend hervor. »Spinnen heute alle in dieser Firma?«

Ohne auf meine Frage einzugehen, führte sie mich hinaus. Sie durchsuchte mit ihrer freien Hand meine Jacke, fand den Büroschlüssel und nahm ihn an sich. Dann stieß sie die Tür auf und gab mir einen Tritt, der mich in den Gang hinaustaumeln ließ. So leicht wollte ich mich jedoch nicht geschlagen geben. Ich baute mich vor meiner Peinigerin auf, die wie eine Türsteherin einer Diskothek vor dem Einlass stand. Auch wenn sie einen halben Kopf kleiner war als ich, strahlte sie in ihrer muskulösen Drahtigkeit Entschlossenheit aus. Mit purer Körperkraft kam ich an ihr nicht vorbei. Also versuchte ich es mit Diplomatie.

»Alice, wir haben uns doch immer gut verstanden. Vielleicht sagst du mir einfach, was passiert ist? Was habe ich falsch gemacht?«

Sie rümpfte die Nase und spuckte vor mir aus. Über ihre rechte Schulter hinweg sah ich, dass Köbele an die Rezeption getreten war und die Eingangspost durchsah.

»He, hallo. Hier bin ich!« Ich hüpfte auf und ab, damit er mich hinter Alice entdecken konnte. Er drehte den Kopf, erkannte mich und raste wie ein wild gewordener Büffel auf mich zu. Reflexartig ging ich in die Hocke und zog den Kopf ein. Er schob die Rezeptionistin ein Stück zu Seite, trat neben sie, ballte die Fäuste und hielt sich nur mit Mühe zurück. Seine Gesichtsfarbe war in Rottönen nicht mehr zu messen, sondern changierte eindeutig ins Violette, an seiner Schläfe pochte eine dicke blaue Ader, er schnaubte und grunzte.

»Hot der sein Schlüssel abgeba?«, fragte er.

Alice nickte selbstgefällig, griff sich in den Ausschnitt, beförderte den Schlüsselbund zu Tage und ließ ihn zwischen Zeigefinger und Daumen baumeln.

»Dann verschwend, du elendiger Verräter«, schrie Köbele und wandte sich ab.

Ich rührte mich nicht vom Fleck, auch als Alice Drohgebärden aussandte, Unflätiges zischte und die Zähne fletschte.

»Köbele! Chef! Jürgen! Erklären Sie mir doch, um was es geht. Ich bin mir keiner Schuld bewusst.«

Er hielt kurz inne, dann drehte er auf den Hacken um.

»Um was es goht? Um die Kampagne goht's! Die du verrota hosch! Die jetzt dr Schloz macht!«

Schritt für Schritt bewegte er sich auf mich zu, die Erde bebte unter seinen Füßen.

»Om die zehn Leut gohts, die bald koin Job mehr hen. Weil du dei Gosch net ghalta hosch. Weil die Kloi mit em Arsch gwackelt ond dich um der Finger gwickelt hot.«

Er riss eine Zeitschrift vom Tresen, blätterte sie auf und als er nah genug gekommen war, schleuderte er sie mir ins Gesicht.

»Da steht's. Des isch alles dei Schuld. Du Judas!«

Ich hob das Magazin auf. Es war die neueste Ausgabe der Werbezeitschrift »Benefit«, die auf dem Titel die Sensation ankündigte, dass es bei der WiWaSo einen Agenturwechsel gegeben habe. Ich schlug die entsprechende Seite auf und hatte Mühe, meinen Unterkiefer, der bleischwer in Richtung Fußboden sinken wollte, im Gelenk zu halten. Carola Hahn strahlte mich von den abgebildeten Plakatmotiven an und zeigte auf die Wetterkarte. Über ihrem Kopf prangten die Headlines in schwarzen Lettern.

»Wenn bei uns die Sonne lacht, wird daraus der Strom gemacht«, »Saust der Wind um jedes Haus, kommt am Ende Strom heraus« und »Die Kraft des Wassers musst du nutzen: Zum Kochen, Bügeln, Zähneputzen« lauteten sie.

Ich war fast ein wenig erleichtert. Gut, bei Schloz hatte jemand die gleiche Idee gehabt, die TV-Moderatorin als Werbebotschafterin einzusetzen, aber die Umsetzung zeigte doch, dass sie sich von unserer gehörig unterschied. Bitter war nur, dass sich der Kunde offenbar für eine sehr unmoderne Realisation entschieden hatte. Texte, die sich reimten, waren ein Relikt aus den Sechzigern, kein modernes Unternehmen konnte es sich leisten, so am Markt aufzutreten, ohne den Hohn und Spott der gesamten Branche einzufahren.

Ich las weiter. In einem Interviewausschnitt am Ende des Artikels erklärte Vorstandschef Norbert Wertmaier, dass die Entscheidung auf Schloz gefallen war, weil er die stringentere Markenführung habe erkennen lassen. Die Agentur habe durch ein hohes Maß an Fingerspitzengefühl und durch die Konzentration auf das Wesentliche überzeugt.

Ich ließ das Heft sinken und wandte mich an Köbele und Alice, die wie eine Wand vor mir standen. »Okay, der Ansatz ist ähnlich. Das kommt vor ...«, versuchte ich zu beschwichtigen. Weiter kam ich nicht.

Köbele ging mir an den Kragen und schüttelte mich.

»Ja, dann lies doch mol den Text.« Er riss mir das Magazin aus der Hand, fuhr mit dem Zeigefinger die Zeilen entlang, bis er an der passenden Stelle war. »Hier stoht's: ›Wie wird der Strom morgen? Fragen wir Carola Hahn, die Wetterhenne.‹ Kommt dir des bekannt vor, du Heidablitz? Des hot der doch von dir.« Er zitterte nun am ganzen Körper und rollte mit den Augen. Mir war klar, dass ich mit ihm in dieser Stimmung nicht vernünftig reden konnte.

»Ich habe nichts gesagt. Ich habe nur das getan, was Sie von mir verlangt haben«, verteidigte ich mich.

Alice blickte Köbele unsicher an, blieb jedoch standhaft genug, um ihn davon abzuhalten, mir den frisch gewaschenen Hals umzudrehen. »I hab gesagt, du sollsch rauskriega, was die vorhen und net ausquatscha, was mir machet. Du bisch gefeuert. Fristlos. Lass di nemme blicka.«

Die Empfangsdame hielt den wütenden Agenturleiter in Schach und gab mir ein Zeichen, dass ich verschwinden sollte. Sie schloss die Tür vor meiner Nase. Mit den Fäusten hämmerte ich gegen die Glasscheibe. »Das können Sie nicht machen. Ich war das nicht. Und das werde ich auch beweisen«, schrie ich verzweifelt. Doch die beiden waren bereits außer Hörweite.

Ratlos saß ich in meinem Wagen und lauschte den Klängen des Senders, der offensichtlich immer den passenden Soundtrack zu meiner Stimmungslage liefern konnte. In diesem Moment war es »Don't give up« von Peter Gabriel und Kate

Bush. Die beiden hatten gut reden. Ich hatte soeben meinen Job verloren und wusste nicht einmal warum. Natürlich wollte ich nicht aufgeben. Doch was sollte ich tun? Naomi zur Rede stellen? Ausgerechnet sie, die sich ihrem Arbeitgeber gegenüber so loyal verhalten hatte, dass ein Mönch in einem Schweigeorden im Vergleich zu ihr wie eine Plaudertasche wirkte? Außerdem lief ich bei einem erneuten Zusammentreffen Gefahr, dass sie mir mit ihren Stöckelschuhen ein Stigma verpasste. Vielleicht sollte ich mich gleich an Schloz wenden? Womöglich knickte er ein, wenn ich ihm damit drohte, mich an die Presse zu wenden und dort einen Skandal zu inszenieren. Eine Agentur, die bei einer anderen Ideen stiehlt, war eine wunderbare Geschichte, um das Sommerloch zu füllen. Vielleicht konnte ich auf diese Weise einige Details aus ihm herauspressen. Ich ließ meinen Wagen an und lenkte ihn in Richtung Neue Weinsteige, um der Agentur in Degerloch einen Besuch abzustatten.

Als ich vor dem Bürogebäude in der Jahnstraße stand und die Klingel betätigte, meldete sich eine weibliche Stimme. »Sehr geehrte Besucherin, sehr geehrter Besucher. Das Büro der Agentur Schloz ist heute aus betriebsinternen Gründen nicht besetzt. Bitte versuchen Sie es zu einem späteren Zeitpunkt noch einmal. Auf Wiedersehen.«

Das war klar. Wahrscheinlich saß die Geschäftsleitung mit der Belegschaft in einem Restaurant und ließ kräftig die Korken knallen, um den Sieg im Kampf um den Werbeetat der WiWaSo zu feiern. Wütend trat ich mit dem Fuß gegen die Tür und verstauchte mir dabei meinen kleinen Zeh. Mit schmerzverzerrtem Gesicht humpelte ich zum Auto zurück und ließ mich auf den Sitz sinken. Was nun? Sollte ich zur Hauptverwaltung der WiWaSo fahren und dort ein Gespräch mit Vorstandschef Wertmaier erzwingen? Keine Chance. Der Sicherheitsdienst würde mich nicht einmal ins Gebäude lassen. Außerdem hatte ich keine Beweise für den Betrug, demnach schied auch ein Anruf bei der »Benefit« aus. Ich konnte also nichts tun.

Trübsinnig starrte ich zur Windschutzscheibe hinaus, verfolgte, wie die Zahnradbahn ihre Haltestelle ansteuerte. Ein alter Mann stieg bedächtig aus und schlurfte den Bahnsteig entlang. Er wirkte müde und kraftlos. Genauso fühlte ich mich auch. Dieser Tag konnte nicht mehr zu meinem Freund werden. Das war es jedoch, was ich jetzt brauchte. Einen Freund. Zuspruch. Trost. Ein offenes Ohr. Bär.

Meine Pechsträhne wollte nicht abreißen. Das schmiedeeiserne Tor zu seinem Anwesen stand auf, sein Lieferwagen war jedoch nicht zu entdecken. Ich ging die Einfahrt entlang bis zu seinem Haus, erkundete den Garten und inspizierte auch den Schuppen. Bär war nicht da.

In der Garage entdeckte ich die Kommode, die er vor wenigen Tagen noch bearbeitet hatte. Umgeben von dem alten Gerümpel, den herumliegenden Werkzeugen, die in allen Nuancen der Farbe Grau jegliches Licht absorbierten, strahlte das Möbelstück geradezu. Bär hatte es in einem hellen Braunton gestrichen und mit Klarlack überzogen. An den Schubladen hatte er dunkle Beschläge angebracht, die sich elegant über das Holz wanden. Er hatte der Antiquität wieder die Würde verliehen, die sie einst besessen hatte. Bär war für sein Talent zu beneiden. Er hatte einen Blick für das Schöne, ganz egal, wie viel Rost, Patina oder Schmutz er abkratzen musste. Er unterstrich die Besonderheit der Dinge, so dass sie für jeden sichtbar wurde. Er hatte eine Aufgabe gefunden, die seinem Naturell entsprach.

Das konnten wenige von sich behaupten und ich schon gleich gar nicht. Wie konnte es einem Naturell entsprechen, künstliche Welten entstehen zu lassen, Vorteile für Produkte und Dienstleistungen zu erfinden, die nicht vorhanden waren? Es ging nicht darum, vorhandene Schönheit zu entdecken, sondern einen schönen Schein zu erzeugen, auch wenn dafür die Wahrheit gebeugt werden musste. Es genügte nicht, nur gut zu sein. Es ging darum, immer der Beste und den Konkurrenten die entscheidende Nasenlänge voraus zu sein. Schneller, höher, weiter. Stillstand ist Rückschritt.

Mein Freund Bär hatte es da in jeglicher Hinsicht besser erwischt. Er konnte sich Zeit lassen, Präzision vertrug keine Eile. Er führte das entspanntere Leben, weil er sich nicht von den Konventionen anderer einspannen ließ, wie der Zustand seines Gartens eindeutig zeigte. Während die Kleingärtner in der Nachbarschaft ihre Parzellen in perfekt angelegte Beete und kurz geschorene Rasenflächen aufteilten, herrschte auf seinem Grundstück eine Art strukturiertes Chaos. Er nahm sich die Freiheit, alles so zu belassen, wie er es als richtig empfand. Freiheit, die ich meine.

Ich saß noch eine Weile im Schatten der alten Kastanie und wartete. Es fiel mir nicht leicht, nichts zu tun. Zeit zu haben war für mich ein ungewohnter Zustand, den ich oft herbeigesehnt hatte. Und nun, da er so plötzlich und gnadenlos über mich hereingebrochen war, konnte ich nichts mit mir anfangen. Ich streifte ziellos durch den Garten, spazierte durch die Kleingärtneranlage, trank im Biergarten der Vereinsgaststätte ein Radler, kehrte zu Bärs Hof zurück. Von seinem Besitzer immer noch keine Spur. Ratlos bestieg ich meinen Wagen. So sah es also aus, wenn ich versuchte, meine Angelegenheiten zu regeln: Ich unternahm nichts, wartete auf einen Impuls von außen.

Heiße Wut stieg in mir hoch und ich trommelte mit den Fäusten auf das Lenkrad. So nicht, Pfänder. Komm endlich in die Strümpfe. Die Liste der unerledigten Aufgaben ist zu lang, um Zeit zu verschwenden.

Der Himmel war wolkenverhangen, als ich vor Bienes Haus hielt, ein dumpfes Grollen in der Ferne kündigte an, dass schon bald mit einem Gewitter zu rechnen war. Beste meteorologische Voraussetzungen für ein klärendes Gespräch.

Langsam bewegte ich mich auf das Gebäude zu und fühlte mich dabei wie ein Patient auf dem Weg zum Zahnarzt, der weiß, dass ihm die Weisheitszähne gezogen werden.

Im obersten Stockwerk brannte Licht, das Fenster war gekippt, ich hörte die Stimmen von Evica und Lilly. Sie sangen ein Lied. Das Au-pair führte mit einer erstaunlich kräftigen Stimme die Melodie, die von dem dünnen Singsang des kleinen Mädchens fast liebevoll ergänzt wurde. Schön war das. Am Ende kommt eben doch zusammen, was zusammengehört, schoss mir durch den Kopf. Meine Hoffnung war, dass dieses Bonmot auch für Biene und mich galt.

Neben mir im Gebüsch raschelte es. Ich drehte mich um und sah eine schemenhafte Gestalt, die sich in gebückter Haltung in Richtung Gartenzaun zum Nachbargrundstück schleichen wollte. Was hatte das zu bedeuten? Wer war das? Ohne weitere Überlegungen anzustellen, nahm ich die Verfolgung auf. Mit meinem geprellten Zeh kam ich jedoch nicht schnell genug voran.

»Halt! Stehen bleiben«, befahl ich, doch meine Worte riefen die gegenteilige Reaktion hervor. Er oder sie forcierte das Tempo und bewegte sich mit ungeheurer Gewandtheit durch das Gebüsch. Ich biss die Zähne zusammen und eilte hinterher. Zweige schlugen mir ins Gesicht, ich stolperte über eine Wurzel, berappelte mich. Ich holte auf, ließ mich durch die Haken schlagende Figur nicht beirren und setzte zu einem kühnen Sprung an. Ich erwischte einen Zipfel des Kapuzenpullovers und krallte mich darin fest. Die Gestalt wimmerte und keuchte. Sie schlug um sich und trat nach mir. Ich versuchte mich hochzuziehen, um zu einer Umklammerung anzusetzen, doch ich glitt aus. Dann traf mich ein harter Schlag an der Schläfe und es wurde dunkel.

Als ich wieder zu mir kam, beugte sich Evica über mich und betupfte meine Stirn mit einem feuchten Tuch. Sie lächelte sanft.

»Er läbt«, sagte sie.

Neben ihr erschien der breite Schädel meines Freundes Bär. »Was machsch denn, Kerle?«, fragte er besorgt.

Ich richtete mich auf, versuchte mich zu orientieren, doch der dröhnende Schmerz in meinem Kopf ließ mich zurück in die Kissen sinken. »Wo bin ich?«, röchelte ich.

»In meinem Wohnzimmer«, sagte eine Stimme von rechts. Ich drehte den Kopf zu ihr hin. Biene stand dort, totenbleich und mit ernster Miene. Sie hatte die Hände auf die Schultern ihrer Tochter gelegt, die mich mit einer Mischung aus Neugier und Entsetzen betrachtete.

»Bist du der schwarze Mann?«, fragte das Mädchen.

Ich schüttelte den Kopf und zuckte zusammen. Bunte Sterne tanzten vor meinen Augen. Ich wartete, bis sie verschwunden waren, dann erst konnte ich antworten.

»Da war jemand im Gebüsch. Ich hätte ihn fast erwischt.«

»Sieht so aus, als hätte der dich erwischt«, sagte Bär. »Du warsch ganz sche lang weg.«

»Arrmer Martin«, fügte Evica hinzu und wischte mir noch einmal über die Stirn. Biene schob Lilly zur Seite und beugte sich über mich. »Wie du dagelegen hast. Wir dachten schon, du bist …«

Sie verstummte und drehte sich ab.

»… tott wie Maus«, ergänzte Evica und legte sich erschrocken eine Hand auf den Mund.

»Awa, der Martin isch zäh. Des hab i glei gsagt. Aber a bissle gwondert hem mir ons scho, dich im Garta zu fenda. Wie bisch denn da nakomma?«

Mein Kopf dröhnte, vor meinen Augen zog ein nebliger Schleier auf. Ich versuchte meine Gedanken zu ordnen.

»Ich wollte mit Biene sprechen. Und dann war dieses Geräusch im Gebüsch. Eine Gestalt. Sie lief weg. Ich bin ihr gefolgt, habe sie auch festgehalten und dann weiß ich nichts mehr.«

Biene sah besorgt aus. Ich griff nach ihrer Hand, sie ließ es auch kurz geschehen, dass sich unsere Finger berührten, doch dann verfinsterte sich ihre Miene und sie zog sie zurück. Stattdessen hielt sie mir einen schmutzigen Umschlag unter die Nase. »Und was ist damit?«, fragte sie leise und schwenkte das Kuvert vor meinen Augen hin und her.

»Keine Ahnung. Was ist das?«

»An Brief. Den hem mir neba dir gfonda. Biene hat gsagt, des wär net der erste, den sie kriegt hot.«

Bär nahm Biene den Umschlag aus der Hand, öffnete ihn, entfaltete das Blatt Papier und begann laut vorzulesen:

»Meine Geduld hat ein Ende, du kannsch dich nicht länger gegen die Macht des Schicksals stemma. Wir sind füreinander bestimmt, der Augenblick der Vereinigung isch da. Mit der Kraft unserer Verschmelzung katapultieren wir uns ins Universum, werden eins mit der Sonne. – Mei Liaber, do hot sich aber oiner ins Zeug glegt.«

Biene beobachtete mich, als wartete sie auf eine Reaktion von mir. Ich wollte mich aufrichten, ihr meine Unschuld beteuern, doch das Pochen an meinen Schläfen riet mir, dass es besser sei, liegen zu bleiben.

»Hast du diesen Brief geschrieben, Martin?«, fragte Biene schließlich.

Ich schloss die Augen. Wie viel Misstrauen und wie viele Missverständnisse konnte ein Mensch an einem Tag ertragen? Erst versuchte ich die Jobs meiner Kollegen zu retten. Doch statt eines Lobes erntete ich nur Anfeindungen und wurde gefeuert. Dann wollte ich meine Beziehung zu Biene klären, geriet in eine mysteriöse Hetzjagd, bekam einen Schlag auf den Schädel und wurde am Ende noch verdächtigt, seltsame Briefe zu verfassen.

Ich versuchte aufzustehen, um zu einer Verteidigungsrede anzusetzen. Die Sterne vor meinen Pupillen bildeten geometrische Formen, die sich in großer Geschwindigkeit auflösten und neu zusammenfügten. Manche Leute gaben viel Geld aus, um in diesen Zustand zu gelangen, mich störte das Gefunkel beim Denken.

Evica und Bär stützten mich und einen Moment konnte ich mich auch auf den Beinen halten, dann jedoch übermannte mich das Schwindelgefühl und ich ließ mich auf die Liege zurücksinken.

»'s isch wohl besser, wenn i di zom Arzt fahr«, schlug Bär vor. Ich überging seinen Rat und sah in die Runde.

»Ich weiß nichts von Briefen und ich habe auch diesen nicht geschrieben. Das ist nicht mein Stil«, beteuerte ich.

Biene schnaubte und zog Lilly an sich. »Richtig. Du bist ja mehr ein Mann der Taten. Das war neulich am Hans-im-Glück-Brunnen leicht zu erkennen.« Sie verließ das Zimmer und zog ihre Tochter hinter sich her.

»Ist Martin der schwarze Mann, Mama?«, hörte ich Lilly fragen.

»Nein, Schatz. Martin ist nur ein Mann, der nicht weiß, was er will«, lautete die Antwort ihrer Mutter.

Evica und Bär sahen mich fragend an. Doch ich war zu schwach für weitere Erklärungen. Ich ließ mich in das Kissen fallen und wünschte mir das Ende dieses Albtraums herbei.

Kapitel 16

Die Butter zerfloss goldgelb im Topf.

»Jetzt!«, befahl Bär, und ich warf gehorsam das fein geschnittene Brot hinein. »Net älles auf oimal, zefix«, fluchte er. »Des soll doch gröstet werda, dafür braucht des Platz!«

Schuldbewusst betrachtete ich das, was da im Topf zu einer erstklassigen Pampe zu werden versprach. Nicht zum ersten Mal dachte ich, dass ein schwäbisches Buffet so ziemlich die blödeste Idee war, die man für die Geburtstagsparty einer 28-jährigen Kundin haben konnte. Sie war nach eigener Aussage »Bänkere mit lauter Bänker-Fraind« und wollte »a richtig, richtig guats Essa, wo die Leut no ganz, ganz lang dran denkat!« Ich hatte ihr selbstsicheres Strahlen förmlich durch den Telefonhörer gespürt.

Die Bankangestellte hatte sich auf das Inserat gemeldet, das wir im Anzeigenblatt »Treffpunkt« geschaltet hatten. Leider war sie die Einzige, die es mit uns versuchen wollte, uns blieb also nur die Hoffnung, dass sie uns allen ihren Banker-Freunden empfehlen würde.

Ich lehnte mich gegen die Arbeitsplatte. »Was hattest du eigentlich gegen meine Sushi-Idee?«, fragte ich Bär. Ich beobachtete ihn, wie er Zwiebeln zu der Brotpampe gab, alles mit Mehl bestäubte und es dann vom Herd zog, damit es abkühlte. »Sushi hätte doch super gepasst. Brotsuppe finde ich ziemlich eklig, ehrlich gesagt. Auch wenn es ein traditionelles schwäbisches Gericht ist.«

»Wart ab, bis du's probiert hasch«, sagte er, der nach meinem Röst-Fauxpas bereits wieder zu seiner üblichen Seelenruhe zurückgefunden hatte.

Es war Samstag früh, Lilly war bei Maximilian, und wir hatten noch den ganzen Tag Zeit, um unser schwäbisches Buffet für die abendliche Party zu kreieren. Wir hatten uns darauf geeinigt, jeweils beim anderen in die Lehre zu gehen: Bei dem letzten Auftrag hatte ich Bär gezeigt, wie man italienische Köstlichkeiten zaubert, heute war er mit den schwäbischen Kochgeheimnissen dran. Ich hatte also vorerst nichts zu tun als zuzuschauen und zu lernen, und deshalb goss ich mir erst einmal eine schöne Tasse Kaffee ein.

»Sushi ist lecker«, fing ich wieder an. »Das gibt es nicht nur mit Fisch, wusstest du das? Sondern auch mit Gemüse. Oder mit Ei, oder mit Tofu. Und als Tütchen. Die bestehen aus Algenblättern. Das darf man aber nicht zu oft essen, wegen des Jodgehalts.«

Bär warf mir einen leicht genervten Blick zu. »Woisch was? 's nächschde Mol kannsch du a Büffet mit Gesa ausrichta. Die mog bestimmt Sushi. I koch schwäbisch. Ond au wenn du aus München kommsch, kannsch du mir gern helfa. Zum Beispiel bei meim Kräuterstrudel.«

Mit diesen Worten warf er mir mehrere Kräuterbüschel zu, die ich leider nicht auffangen konnte, weil ich ja die Kaffeetasse in den Händen hielt. Das Grünzeug landete auf dem mit Mehl bestäubten Küchenboden. Ich hob es auf und sah Bär milde vorwurfsvoll an.

Grimmig sagte er: »Petersilie, Kerbel und Schnittlauch. Des wird jetzt ghackt, Mädle.«

Warum nannte er mich eigentlich immer »Mädle«? So viel älter war er doch selbst nicht!

Ein leiser Unmut stieg in mir hoch. Provozierend wedelte ich mit den Kräuterbüscheln. »Kann man da auch ›bitte‹ sagen?«

»Noi, weil des Job-Schäring isch. Da muss jeder was schaffa. Au Madame Biene. Verstohsch?«, sagte Bär grob.

Ich knallte die Kräuter auf die Arbeitsplatte und baute mich mit in die Hüften gestemmten Händen vor dem Maître auf. »Schon gut, Chef. Ich halte meinen Mund, hacke Kräuter und bemühe mich, meine verbildeten Münchner Geschmacksknospen auf Köstlichkeiten wie Suppe aus altem Brot einzustimmen. Und dann …«

»Altes Brot? Ha, bisch du no ganz backa? Des isch koi altes Brot, des isch ganz frisch von heut Morga. Aus em Holzofa«, fuhr Bär mich an.

»Im Rezept steht aber, man soll altes Brot nehmen!« Auch ich wurde nun laut. »Wenn du es nicht mal machst wie im Rezept, was ist dann noch traditionell schwäbisch daran?«

Wir standen voreinander, wütend und zitternd, und mir schoss durch den Kopf: *Das ist doch jetzt nicht wahr. Nicht auch noch Bär.*

Meine Wut fiel schneller in sich zusammen, als sie gekommen war. Ich starrte auf den Küchenfußboden und sagte leise: »Tut mir leid. Ich habe gar nichts gegen ein schwäbisches Buffet, weißt du. Ich habe nur so schreckliche Angst, dass es nicht zu dieser Bankerin passt und dass der ganze Auftrag in die Hose geht. Und unser ganzes Projekt. Der ganze schöne Bio-Service.« In Gedanken setzte ich hinzu: *Dann werde ich mir in Uhlbach nicht mal mehr ein Wohnklo leisten können.*

Zum Glück war Bär kein nachtragender Mensch. Er klopfte mir auf die Schulter, dass ich fast zu Boden ging, und sagte: »Mir zwoi, mir machet onsern Weg. Des gäb i dir schriftlich.«

Ich fühlte mich durch seine Zuversicht ein wenig getröstet und rückte ihm zum Dank seinen Pepitahut gerade. Der Hut war für ihn zu einer Art Arbeitskleidung geworden, seit er mir das erste Mal geholfen hatte. Ich mochte es, wenn er ihn trug. Ach was, ich mochte den ganzen Menschen!

Fest sagte ich: »Ja. Wir beide machen unseren Weg. Und irgendwann, Bär«, ich bemühte mich um ein Lächeln, »wird uns eine große Firma entdecken und zu ihrem Haus- und Hof-Caterer ernennen. Dann sind wir all unsere Sorgen los.«

Bär sah mich liebevoll an. »Wenn's so weit isch, mach i sogar mol a Sushi-Buffet mit dir.«

Ein paar Minuten lang werkelten wir einträchtig nebeneinander her. Ich hackte die Kräuter und vermengte die Zutaten für den Strudelteig. Dann machte ich mich an die Füllung.

Währenddessen goss Bär die Brotpampe mit selbst gemachter Fleischbrühe auf.

Doch schließlich brach er das Schweigen mit einem Satz, der meinen inneren Frieden sofort wieder zum Einstürzen brachte: »Dem Martin goht's grad gar net guat. Koin Job, oifach rausgschmissa hen die den.«

Ich atmete tief ein und aus, ein und aus, ein und aus. Dann widmete ich mich wieder meiner Strudelfüllung und rührte konzentriert mehrere Eidotter in die schaumige Butter.

Bär beobachtete mich aus den Augenwinkeln.

»Und was«, sagte ich und zog den Sauerrahm unter, »geht mich das an?«

»I moin bloß«, sagte Bär und schmeckte seine Suppe ab. »Hmmm, isch die guat. Ich moin bloß, weil ihr euch doch mögat. Und des mit dera Schwarzhaarige von neilich, der Naomi, des kannsch übrigens vergessa. Die sen net zsamma.«

Ich fühlte mich, als hätte er mich ins Gesicht geschlagen. Sie war es also tatsächlich gewesen: Naomi. Gesa hatte schon so eine Vermutung geäußert, als ich ihr von dem Zusammentreffen am Hans-im-Glück-Brunnen erzählt hatte; nun bestätigte Bär diesen Verdacht. Tja, die Erinnerungen an die gemeinsamen Schreibtischstündchen waren wohl doch zu schön gewesen, um der Versuchung zu widerstehen, sie durch Taten aufzufrischen.

Ich schlug heftig mit dem Schneebesen in meiner Strudelfüllung herum. Leider spritzte dabei ein Gutteil der Masse auf mein T-Shirt. Ich kratzte einen großen Klumpen Füllung ab, warf ihn zurück in die Schüssel und sagte leichthin: »Martin ist mir völlig egal. Außerdem: Woher willst du denn wissen, dass mit Naomi nichts läuft? Hat Martin dir das weisgemacht? Sollst du mir das etwa ausrichten? Also wenn er mir das nicht selbst sagen kann, dann finde ich das ziemlich schwach und …«

»Jetzt reg di net glei so auf, Mädle«, unterbrach Bär mich ruhig. »Er hot sich bei mir ausgheult ond i han halt denkt, dass du des wissa solltesch, wie er sich fühlt.«

Ich hörte auf zu rühren und starrte Bär an. »Ausgeheult? Martin? Bei dir? Wegen mir?«

Bär lachte. »Jaja, der isch dir völlig egal, gell? Man merkt's.«

Hastig fing ich wieder an zu rühren. »Ist er auch.«

Na ja, nicht völlig. Als er da in meinem Garten gelegen und ich gedacht hatte, er sei tot, da hatte ich leider gemerkt, wie unglaublich wichtig er mir war. Die Liebe und die Sorge um ihn hatten mich überflutet wie eine Naturgewalt, gegen die ich nichts, aber auch gar nichts ausrichten konnte. Am liebsten hätte ich ihn hier bei mir gesund gepflegt, aber das ging natürlich nicht. Nicht nach der Knutscherei mit Naomi. Trotzdem – als er sich so verletzt zu Bärs Auto geschleppt hatte, damit der ihn zum Arzt fahren konnte, war mir hundeelend zumute gewesen.

Denn schließlich war Martin zu mir gekommen, um mit mir zu reden. Was hätte er mir gesagt, wenn ihm nicht der mysteriöse Unbekannte in die Quere gekommen wäre? Und was hatte er Bär erzählt?

Beiläufig sagte ich: »Du brauchst mir nicht zu verraten, was Martin dir anvertraut hat. Nur wenn es dich erleichtert. In dem Fall höre ich allerdings gerne zu. Dir zuliebe.«

»Ach so isch des.« Bär überlegte. »Also, was würd mi jetzt am meisten erleichtern? Vielleicht, dass Martin dazu verdonnert worda isch, sich an Naomi ranzumacha, um Arbeitsplätz in seiner Firma zu retta.«

»Hä?« Das verstand, wer wollte.

»Er war als Spion seiner Agentur unterwegs«, sagte Bär.

Schon klar. 007 im Ländle. Was Unglaubwürdigeres hätte Martin sich als Ausrede auch nicht einfallen lassen können.

Sarkastisch fragte ich: »Also hat er sich ganz selbstlos von ihr abknutschen lassen? Geschäftlich sozusagen?«

Bär nickte zufrieden. »Jetzt hosch's begriffa.«

Ich rollte mit den Augen. »Das glaubt doch kein Mensch!«

»I scho«, sagte Bär im Brustton der Überzeugung. »Vor allem, weil Martin mir erzählt hat, dass er die Naomi sofort, also noch am Hans-im-Glück-Bronna, abgsägt hot. Ond das mit seine Gfühle … also, dass er in seinem Leba no nie so wie bei dir … Ha, des erzählt er dir besser selbst.«

Ich beschloss, dass dies nicht der Moment für gepflegte Zurückhaltung war. »Rück schon raus, Bär. Was hat er gesagt?«

Bär lächelte fein. Aber er schwieg.

In meinem Magen fing ein kleiner, tot geglaubter Schmetterling an, wie wild herumzuflattern. »Was soll Martin mir selbst sagen?«, bohrte ich. »Komm schon, Bär, lass dich nicht so bitten!«

Aber wenn Bär nicht wollte, dann wollte er nicht. »Ihr sen doch erwachsa ond kennat mitnander schwätza«, sagte er bestimmt. »Jetzt holsch du den Toig vom Fenstersims ond no backsch dein Strudel.«

Und mehr war nicht aus ihm herauszukriegen.

Unser schwäbisches Buffet wurde ein voller Erfolg. Kräuterstrudel, Brotsuppe, Bauernküchle und Spanferkelsülze wurden überschwänglich gelobt, und auch Apfelküchle, Ofenschlupfer und Hefezopf heimsten Dutzende von Komplimenten der Banker-Truppe ein. Ich nahm sie bescheiden lächelnd entgegen und dankte Bär im Stillen dafür, dass er mir keinen rechthaberischen Blick zuwarf. Das Fest ging bis tief in die Nacht, danach schleppten wir noch unsere Schüsseln und Platten zu mir nach Hause, und so hätte ich eigentlich in einen zufriedenen Schlaf der Erschöpfung fallen müssen, als ich gegen drei Uhr nachts endlich in mein Bett sank.

Stattdessen drehte und wendete ich meinen Körper in den Laken und Bärs Worte über Martin in meinem müden Kopf, bis der kleine Schmetterling so wild flatterte, dass an Schlaf nicht mehr zu denken war.

Als der Sonntag augustwarm und wolkenlos heraufdämmerte, gab ich mein fruchtloses Bemühen auf. Ich schlurfte in die Küche und brühte mir einen sehr starken Kaffee auf.

Dann öffnete ich das Fenster zum Garten und ließ die duftende Morgenluft herein. *Martin,* dachte ich träumerisch und lehnte mich an den Fensterrahmen. *Martin, Martin, Martin, ach Martin …*

Das Klingeln des Telefons riss mich aus meiner rosaroten Stimmung. »Biene?«, hörte ich einen sehr kleinlauten Maximilian am anderen Ende der Leitung. »Tut mir leid, dass ich so früh anrufe. Aber ich muss dir was sagen.«

Einige Stunden später stand ich ziemlich übermüdet mit Gesa vor Susannas Haustür. Wir waren an diesem Sonntagvormittag bei ihr eingeladen, weil meine Freundinnen sich endlich kennen lernen wollten. Mir war ein wenig mulmig zumute, aber schließlich hatte ich mich in mein Schicksal gefügt und mir gesagt, dass diese Begegnung wohl unvermeidlich war, egal wie sie enden würde. Hatte wahrscheinlich was mit Karma zu tun.

Ich brachte Gesa noch schnell auf den neuesten Stand, was Martin und mich betraf. Das ging leider nur hier vor der Tür, denn in Susannas Gegenwart war es absolut tabu, über ihn zu sprechen. Wir hatten uns zwar wieder vertragen, und sie hatte mir auch Globuli für meinen umgeknickten Fuß empfohlen, aber Martin Pfänder war ein Reizthema, das wir seit unserem Streit nach dem Glücksseminar sorgfältig vermieden.

Gesas heftige Reaktion auf mein Geständnis überraschte mich ein wenig. »Ich dachte, du hast dir den Kerl aus dem Kopf geschlagen, diesen … diesen Verräter! Unglücksraben! Mistkäfer!«, rief sie empört. »Und jetzt erzählst du mir, dass du ihn von ganzem Herzen liebst, ihn heiraten und die Mutter seiner Kinder werden willst. Du hast doch einen an der Waffel, Biene!«

»Pssst, nicht so laut«, sagte ich und warf einen beunruhigten Blick zum ersten Stock hoch. Vielleicht beobachtete Susanna uns ja vom Fenster aus. Ich flüsterte: »Ich hatte ihn mir aus dem Kopf geschlagen, ja. Aber da wusste ich noch nicht, dass er gar nicht mit der Schwarzhaarigen, also mit Naomi, zusammen ist. Und … und das mit den Gefühlen wusste ich auch noch nicht.«

»Was denn für Gefühle?«, knurrte Gesa. »Männer wie Martin haben keine Gefühle, lass dir das gesagt sein. Und auch kein Gewissen.« Offensichtlich war sie wirklich schlecht auf Martin zu sprechen. Was war nur in dieser Agentur vorgefallen?

»Doch, Martin hat schon Gefühle. Sagt zumindest Bär«, wisperte ich. »Er hat da so eine Andeutung gemacht. Es klingt vielversprechend, finde ich.«

»Eine vielversprechende Andeutung.« Gesa sah mich mit zusammengekniffenen Augen an. »Dir ist wirklich nicht zu helfen.«

In diesem Moment riss Susanna die Haustür auf und schloss Gesa sogleich in die Arme. »Aaaaaah, endlich lerne ich die Freundin meines Goldkindes kennen! Das finde ich wirklich superschön, dass ihr beiden mich heute besucht! Ich habe auch schon was vorbereitet, das uns ganz, ganz fest miteinander verbinden wird, meine Süßen. Aber jetzt kommt erst mal rein.«

Sie umarmte auch mich – »Fuß wieder gut, Goldkind?« – und zog uns dann beide durchs Haus, geradewegs wieder hinaus, in ihr Gärtchen. Ich warf Gesa einen ängstlichen Seitenblick zu. Ob die Stimmung jetzt auf den Nullpunkt sinken würde, wenn Gesa meine Freundin ebenso seltsam fand, wie Martin das getan hatte?

»Das ist ja toll hier. Ist das holländische Minze?«, fragte Gesa und bückte sich zu einem undefinierbaren Kraut hinunter.

Begeistert rief Susanna: »Ein Kräuterweib, wie ich! Das nenne ich Fügung. Jetzt wird mir auch klar, weshalb der Wunsch in mir, dich mal zu treffen, so stark war. Die weibliche Intuition trügt einen doch niemals, hm?«

Gesa lachte. »Fast nie«, sagte sie und zwinkerte mir zu. »Außer man heißt Sabine Wierokat und es geht um Männer.«

Ich wurde rot, wandte mich schnell ab und deutete ablenkend auf die Installation, die fast den gesamten Garten einnahm: »Was hast du denn hier vorbereitet, Susanna?«

»Das«, sagte Susanna stolz, »ist meine ureigene Version des indianischen Sonnenfestes.«

Drei Plastikliegestühle mit grün und weiß gestreiften Auflagen waren um einen kräftigen, zwei Meter hohen Holzstab herum gruppiert, den Susanna genau in der Mitte des Gartens in den Boden gerammt hatte. Um die Spitze des Stabes waren drei Paketschnüre gewickelt, die zu je einem der Liegestühle führten. Es sah aus wie ein verunglückter schwedischer Maibaum.

»Spannend«, sagte Gesa. »Und was ist der Anlass für unser Sonnenfest?« Sie schien sich tatsächlich dafür zu interessieren.

Susanna faltete die Hände und blickte zum Himmel. »Wir wollen Tawa danken, dem Träger der Sonne, dass er uns einen solch herrlichen August beschert hat. Und dass er uns an diesem Sonntagvormittag zusammenführt, damit wir unsere ewige Freundschaft zu dritt besiegeln können.«

Au weia. Gleich würde sie mit uns Blutsbrüderschaft schließen wollen.

»Das ist ja toll«, rief Gesa, und ihre Augen leuchteten. »Tanzen wir um den Stecken herum?«

»Da mach ich nicht mit«, sagte ich schnell.

»Wir tanzen doch gar nicht«, beruhigte mich Susanna. »Diese Tänzchen sind sowieso bloß Folklore. Nein, wir werden uns an das halten, was die Indianer beim Sonnenfest wirklich getan haben!«

Das klang nicht gut.

»Wie aufregend!«, rief Gesa enthusiastisch.

Susanna lächelte ihr zu. »Die Indianer haben sich Brust und Rücken eingeschnitten und dünne Seile hindurchgeführt.« Liebevoll hob sie eine der Paketschnüre hoch. »Daran haben sie sich dann aufgehängt.« Zur Veranschaulichung klopfte sie auf den Stecken. »Wenn die Schmerzen nach einigen Stunden unerträglich wurden, hatten sie Visionen und tiefe Erkenntnisse über das Sein und den Kosmos. Ist das nicht beeindruckend?«

Ich schwieg entsetzt.

»Großartig«, hauchte Gesa. Sie schob den rechten Ärmel ihres T-Shirts hoch und entblößte ihr Tattoo. »Guck mal, das ist ein chinesisches Schriftzeichen, es bedeutet: ›Liebe ist Schmerz.‹ Passt doch, oder?«

Susanna stieß einen begeisterten Schrei aus.

Ich tippte mir an die Stirn.

»Spinnt ihr? So was Bescheuertes habe ich ja selten gehört. Und wenn ihr vorhabt, den Vormittag zum Freiland-Sado-Maso-Event zu machen, dann ohne mich. Dann geh ich nach Hause.«

»Haaaach, Goldkind, sei doch mal ein bisschen offener!« Susanna schüttelte den Kopf. »Und hör doch bis zum Ende zu! Natürlich will ich mich nicht quälen, ich bin ja nicht blöd. Ich quäle mich nur symbolisch, verstehst du? Und deshalb habe ich mir«, mit einem Ruck zog sie sich ihr Top über den Kopf und stand im BH da, »die Schnitte aufgemalt. Genial, oder?«

Unter der Brust verlief ein langer brauner Strich, der offensichtlich mit Kajalstift gezogen worden war. »Auf dem Rücken ist kein Strich, da bin ich nicht hingekommen«, fügte Susanna entschuldigend hinzu. »Aber vorne ist immerhin schon mal ein Anfang.« Sie schälte sich nun auch aus ihren Shorts.

Ich atmete auf, obwohl ich dem Feiern eines schwäbisch-indianischen Sonnenfestes immer noch wenig abgewinnen konnte.

Doch Gesa war hin und weg. »Wenn ich DAS meinen Mitbewohnern erzähle! Die künstlerische Inspiration, die man aus solchen Ritualen zieht, die ist ja nicht mit Gold aufzuwiegen!«

Ich verdrehte die Augen. Aber es half nichts: Als Gesa anfing, sich ebenfalls ihrer Kleidung zu entledigen, und die beiden Frauen es sich dann in Unterwäsche auf den Liegestühlen bequem machten, wollte ich doch nicht abseits stehen.

Ich ließ mich auf die letzte freie Liege sinken und schaute mich misstrauisch um, bevor ich aus Solidarität – und weil es wirklich schon sehr heiß war – mein Kleid auszog. Leider trug ich mal wieder keinen BH, so dass ich mich oben ohne hinlegen musste. Und mein Slip war eigentlich auch nicht für die Öffentlichkeit bestimmt, so verwaschen, wie der war. »Ich hoffe, der Opa von nebenan sitzt noch drinnen beim Frühstück«, murmelte ich.

»Aber nein«, sagte Susanna, »da ist er doch.« Sie winkte in Richtung Hecke, und ich hörte ein Rascheln, als der betagte Spanner abtauchte.

Ich seufzte innerlich. (Das äußerliche Seufzen hatte ich mir ja abgewöhnt.) »Und worin besteht nun unser Fest?«

»Darin, dass wir bewusst Verbindung mit Tawa halten und seine Kraft zur Besiegelung unserer Freundschaft nutzen«, sagte Susanna feierlich. Sie schloss die Augen und hielt ihr Gesicht der Sonne entgegen. »Nehmt die Schnur in die Hand, Kinder. Das reicht als Ersatz fürs Aufhängen.«

Pflichtschuldigst nahmen Gesa und ich die Schnüre auf, bevor auch wir uns dem Sonnenbad hingaben.

Eine Weile herrschte Stille. Nichts war zu hören bis auf das unterdrückte Keuchen des Opas nebenan.

Unwillkürlich dachte ich an meinen anonymen Brieffreund. Ob auch er mich beobachtete und dabei – ähm, keuchte? Ob der Verfasser der Briefe gar identisch war mit dem nächtlichen Schatten in meinem Garten? Das würde bedeuten, dass kein verhinderter Einbrecher, sondern der Briefeschreiber den armen Martin niedergeschlagen hatte. Mein Verehrer war also gewaltbereit.

Ein gewaltbereiter, liebeskranker Irrer, der nach eigenem Bekunden langsam die Geduld verlor.

Kalte Angst kroch meinen Rücken hinauf.

»Ich spüre, wie wir alle durch ein goldenes Band der kosmischen Energie miteinander verbunden werden«, murmelte Susanna mit geschlossenen Augen. »Das ist ein großartiges Gefühl, Kinder. Besser als jeder Orgasmus.«

Meine Angst verflog, und ich sah neugierig zu Susanna hinüber. Ob man ihr ansah, wie orgastisch sie sich fühlte?

»Liebe ist Schmerz, aber Liebe ist auch ein sonnenhelles Wunder«, hauchte Gesa ergriffen. »Jedenfalls dann, wenn es sich um freundschaftliche Liebe handelt.«

»So wie bei uns, Tawa sei Dank«, bestätigte Susanna und öffnete die Augen. »Spürt ihr es auch? Das Licht der Freundschaft und der Erkenntnis strahlt heller als jedes Feuer geschlechtlicher Liebe, das ja ...«

»... sowieso nur ein Strohfeuer ist«, ergänzte Gesa.

»Ein jämmerlicher Funke«, sagte Susanna.

»Der am besten gleich ausgetreten wird«, sagte Gesa.

Ich runzelte die Stirn. Hatten die sich abgesprochen, um mich zu einem Leben in Keuschheit zu bekehren? Aber nein, sie sahen sich ja heute zum ersten Mal. Sie waren wohl ganz einfach seelenverwandt.

Susannas Stimme troff vor Verachtung, als sie fragte: »Brauchen wir etwa Männer, um innerlich zu brennen? Hm, Gesa?«

»Nein! Nein! Nein!«, rief Gesa ekstatisch aus. Die Luft um sie herum vibrierte vor weiblicher Energie.

»Biene?«

Susanna und Gesa sahen mich erwartungsvoll an, und ich wand mich unter ihren Blicken. Ich wusste natürlich, was meine Freundinnen von mir erwarteten. Doch ich hatte seit gestern etwa tausend Mal schmachtend an Martin gedacht und fühlte mich definitiv nicht in der Lage, gegen Männer – und damit auch gegen Martin – zu hetzen. Andererseits wollte ich den beiden auch nicht ihre gute Stimmung verderben, indem ich mich auf die falsche Seite schlug. Was also sollte ich sagen?

Schließlich entschied ich mich für ein neutrales »Bei Maximilian und Marie-Chantalle gibt es große Neuigkeiten.«

Meine Freundinnen schwiegen peinlich berührt. Doch während ich noch nach einem Zusatz suchte, der meine Mitteilung auf ein spirituelles oder männerfeindliches Niveau heben würde, siegte bei Gesa die Neugierde: »›Große Neuigkeiten‹ bedeutet immer nur eines. Mensch, Biene, die ist doch wohl nicht schwanger?«

»Doch«, sagte ich. »Und deshalb hat Maximilian sich entschlossen, sie zu verlassen.«

»Was?«, rief Gesa empört aus. »Der Typ ist ja noch viel schlimmer, als ich dachte!«

»Wie man's nimmt.« Ich konnte ein gehässiges Kichern nicht unterdrücken. »Er hatte sich nach Lillys Geburt sterilisieren lassen.«

Gesa und Susanna starrten mich an. Als der Groschen fiel, brachen sie gleichzeitig in schallendes Gelächter aus.

Ich grinste. »Maximilian hat heute Morgen angerufen. Er ist am Boden zerstört und möchte für eine Weile ins Ausland gehen. In seinem Job ist das ja kein Problem. Deshalb hat er mir großzügig angeboten, das Haus weiterhin zu nutzen. So müsse er sich wenigstens nicht von fernen Ländern aus mit anspruchsvollen Mietern rumschlagen, sagt er.«

Gesa setzte sich mit einem Ruck auf und klatschte in die Hände. »Aber Biene, das ist ja wunderbar! Und das alles erzählst du erst jetzt?«

»Ihr wart ja mit dem hellen Licht der Freundschaft beschäftigt«, sagte ich spitz, fügte aber versöhnlich hinzu: »Maximilian hat sich bereit erklärt, die Scheidung durchzuziehen, bevor er Deutschland verlässt. Dann ist endlich alles geregelt. Zwar läuft der Bio-Service noch nicht sehr gut, aber immerhin kann ich jetzt weiterhin versuchen, das zu ändern – mit regelmäßiger, verlässlicher Unterstützung. Und wenn Bär und ich doch noch scheitern sollten … tja, dann sage ich mir einfach: ›Und jedem Anfang wohnt ein Zauber inne‹.«

»Ich könnte eine zusätzliche Seminarleiterin brauchen«, überlegte Susanna. »Wenn ihr scheitert, könntest du bei mir in die Lehre gehen.«

»Ich auch?«, fragte Gesa sofort.

»Du sowieso, Seelenschwester«, sagte Susanna lächelnd und richtete sich auf. »So, ich für meinen Teil habe Tawa genug angebetet. Ich will mir keinen Sonnenbrand holen. Stattdessen hätte ich Lust auf ein Glas Sekt. Was meint ihr: Stoßen wir auf Bienes gute Nachricht an? Und auf Marie-Chantalles Baby?«

»Es könnte ein Junge werden«, gab ich zu bedenken. »Und wieso hast du überhaupt Sekt da?«

Susanna wackelte vergnügt mit dem Kopf. »Irgendwie habe ich geahnt, dass es heute was zu feiern geben würde. Außer dem Sonnenfest natürlich.«

»Susanna, du trinkst nie Alkohol!«, beharrte ich. »Aus spirituellen Gründen.«

»Das stimmt. Doch auch ich entwickele meinen Glauben, meine Persönlichkeit und damit meine Angewohnheiten weiter«, sagte Susanna würdevoll. »Denn auch ich bin noch nicht vollkommen.«

»Diese Einsicht ist tatsächlich ein Glas Sekt wert«, murmelte ich und machte mich auf den Weg ins Haus, um die Flasche zu holen.

Kapitel 17

In Mathematik war ich nie eine große Leuchte gewesen und konnte eigentlich froh sein, dass im deutschen Schulsystem die Sechs als schlechteste Note eingesetzt wurde. Auf einer nach oben offenen Skala hätte ich wohl bei Zwölf gelegen. Eine besondere Aversion hatte ich im Laufe der Jahre gegen Gleichungen mit mehreren Unbekannten entwickelt. Ich konnte den Ausführungen der Lehrer weder folgen noch schenkte ich ihnen Glauben, wenn mir sie weismachen wollten, dass die Variablen X, Y, und Z jederzeit wieder in meinem Leben auftauchen konnten. Doch nun stand ich vor einem Rätsel, das von Unbekannten nur so wimmelte, und es gab keinerlei Anhaltspunkte, ob und wie ich zu einem Ergebnis kommen sollte. Da gab es also X gleich das Mysterium, wie Schloz an die Unterlagen unserer Kampagne gekommen war. Meine Spurensuche war ergebnislos verlaufen. Noch einmal hatte ich versucht, mir Zutritt zur Agentur in Degerloch zu verschaffen, doch ich wurde an der Gegensprechanlage darauf hingewiesen, dass niemand bereit sei, mich zu empfangen. Im nächsten Schritt hatte ich den Redakteur von der »Benefit« kontaktiert, der den Artikel über die WiWaSo-Misere verfasst hatte. Ihm wollte ich meine Version der Geschichte erzählen, die zunächst auch auf großes Interesse stieß. Allerdings sank es rapide, nachdem er sich bei Köbele Informationen über mich eingeholt hatte. Mein Ex-Chef hatte ihm mitgeteilt, dass mein Aufklärungsversuch ein »Akt von Kleingeistigkeit und Durchtriebenheit eines Minderbemittelten sei, mit dem Ziel, den Ruf von angesehenen Unternehmen in den Schmutz zu ziehen.« So stand es in der E-Mail, die der Redakteur auf mein Drängen an mich weitergeleitet hatte. Auch wenn diese Einschätzung meines Ex-Arbeitgebers frustrierend war, eines musste man Köbele lassen: Bei der Formulierung hatte er sich Mühe gegeben.

Ein letztes Aufbäumen gegen das drohende Schicksal, fortan als Nestbeschmutzer und Plaudertasche in der Branche zu gelten, war der Versuch, meine Noch-Kollegen von meiner Unschuld zu überzeugen. Ich suchte die Bars auf, in denen sie gewöhnlich ihre Feierabenddrinks zu sich nahmen, doch sobald ich auftauchte, zogen sie sich zu konspirativen Grüppchen zusammen und hüllten sich in einen Panzer aus Feindseligkeit und eiskaltem Schweigen. Bodo war der Einzige, der ein paar Worte mit mir wechselte, als ich ihn zufällig in einem Straßencafé auf dem Rathausplatz sitzen sah und ihn ansprach.

»Köbele wird zehn Leute entlassen«, sagte er in vorwurfsvollem Ton. »Die Entscheidung, wer das sein wird, fällt noch in diesem Monat. Und jetzt geh mir aus dem Licht, Pfänder.«

Aus den verspiegelten Gläsern seiner Sonnenbrille glotzte mich ein bleicher Kerl mit hängenden Schultern an, dem gerade mitgeteilt worden war, dass er die Wahl zum »Unmenschen des Jahrzehnts« gewonnen hatte. Wortlos drehte ich mich um und hoffte, dass sich ein Spalt im Raum-Zeit-Kontinuum öffnete, durch den ich mich unauffällig verkriechen konnte.

Damit nicht genug. In der Gleichung meines Lebens gab es auch noch die Unbekannte Y. Wer war diese Person, die mich in Bienes Garten angefallen hatte? Warum war sie dort gewesen? Was bedeuteten die Briefe? Wusste Biene, in welcher Gefahr sie sich befand? Eines war klar: Die Gestalt hatte nicht auf mich gewartet. Sie war schon vor mir im Garten gewesen und offensichtlich nicht das erste Mal. An Bienes Stelle hätte ich längst die Polizei eingeschaltet. Denn so lyrisch der Inhalt des letzten Schreibens auch gewesen war, spätestens bei »Meine Geduld hat ein Ende« hätten bei ihr die Alarmglocken klingeln müssen. Worauf wartete sie? Bis die Gestalt tatsächlich die Initiative ergriff? Stattdessen verdächtigte sie mich, ausgerechnet mich, als ob von mir jemals eine Bedrohung ausgegangen wäre. Ich hätte ihr meine wahren Gefühle wirklich gern deutlicher übermittelt, wenn ich je eine Gelegenheit dazu gehabt hätte. Aber dazu war es ja nie gekommen. Für mich stand fest: Biene war in Gefahr und das wollte ich ändern.

Ich hatte da auch schon eine Idee: Eine Nachtwache.

Das hatte ich Bär vorgeschlagen, als er mich am Tag des Überfalls zum Arzt gefahren hatte. Mein Freund hatte mich nur mitleidig angeblickt, so, als wollte er andeuten, dass ich mich anhörte wie einer, der nicht ganz zurechnungsfähig war. Was nach dem Schlag auf den Schädel durchaus der Realität entsprach.

Dabei war dies, meiner Ansicht nach, die einzige Möglichkeit, Biene von ihrer Bedrohung zu befreien. Ich hatte auch bereits eine Einteilung der Schichten vorgenommen. In Ermangelung von Personal zog ich sogar Erzfeindin Susanna in Betracht, die ich jedoch keinesfalls persönlich einladen wollte. Biene sollte ihr klar machen, dass sie von 20 Uhr bis Mitternacht mit Evica Wache schieben musste. Das mannstolle Kindermädchen und die durchgeknallte Esoterikerin – da lag mächtig Spannung in der Luft. Ich bedauerte es fast ein wenig, nicht dabei sein zu können, wenn Susanna Evica erklärte, dass ihre eigene Mitte nicht unterhalb der Gürtellinie lag. Vielleicht brachte das Meditationswunder dem Au-pair die Kunst der tantrischen Massage oder schamanische Liebeszauber bei. Wahrscheinlicher war jedoch, dass sie sich über Männer unterhielten, auch wenn sie in diesem Punkt sehr unterschiedliche Auffassungen vertraten. Gesprächsstoff hatten die beiden also genug. Blieb zu hoffen, dass sie darüber hinaus die Augen offen halten konnten, um im Bedarfsfall einzuschreiten.

Von Mitternacht bis vier Uhr wollte ich an der Seite von Biene das Unheil von ihr abwenden. Eine gute Zeit und zwar in mehrfacher Hinsicht. Zum einen vermutete ich, dass sich der Missetäter nur dann in den Garten traute, wenn er sich absolut sicher wähnte. Nach 24 Uhr schliefen alle für gewöhnlich, im Schutze der Dunkelheit konnte er sich heranpirschen und sein kriminelles Schurkenstück umsetzen. Ich hoffte inständig, dass meine Theorie aufging, denn ich brannte darauf, mich für das schmerzhafte Zusammentreffen zu revanchieren. Ein zweites Mal würde er mir nicht entkommen, das schwor ich mir.

Sollte er sich nicht zeigen, hatte ich Biene vier Stunden lang ganz allein für mich. Wir konnten über alles reden, ohne Gefahr zu laufen, von Evica oder Lilly gestört zu werden. Vier Stunden, um alle Ungereimtheiten und Missverständnisse aus dem Weg zu schaffen. Vier Stunden, um uns näherzukommen. Vier Stunden, in denen alles geschehen konnte. Vier Stunden? Die Schicht war eindeutig zu kurz. Oder zu lang, wenn sich die Unbekannte Z gleich der Typ am Hans-im-Glück-Brunnen als ihr Lover herausstellte.

Bär, der über mein unglückliches Zusammentreffen mit Biene im Bilde war, wusste auf meine Frage, wer dieser ominöse Begleiter gewesen war, keine Antwort. »Des war bestimmt bloß an Kumpel«, lautete seine Einschätzung, aber meine Zweifel konnte er mir damit nicht nehmen. Ein platonischer Freund hätte wohl kaum ihre Hand gestreichelt. Das hatte nach mehr ausgesehen, und sollte sich dieser Eindruck bestätigen, konnte ich die Nachtwachenidee ad acta legen. Dann sollte sich gefälligst ihr Neuer um ihre Angelegenheiten kümmern.

Gedankenspiele im Konjunktiv. Das war es also, was übrig blieb, wenn man seiner täglichen Aufgabe beraubt wurde. Der ewig währende Kreislauf »aufstehen, arbeiten, schlafen« ließ sich unterbrechen, das unermüdliche Rattern im Gehirn jedoch nicht. Immer wieder erhoben sich die Eindrücke der letzten Tage wie die Wände eines Irrgartens, in dessen Mitte ich stand und nicht wusste, welche Richtung ich einschlagen sollte. Jede Bewegung schien in eine Sackgasse zu führen, während sich das Dickicht der Ausweglosigkeit immer mehr zusammenschob.

Ich war froh, als Bär anrief und mich bat, ihn bei einigen seiner Transportfahrten zu begleiten. Normalerweise unternahm er die Touren mit seinem Nachbarn Herbert Klempowski, einem Frührentner, dem es gelungen war, der Kranken- und Rentenkasse glaubhaft vorzugaukeln, aufgrund seiner Rückenprobleme nie mehr arbeiten zu können, der jedoch laut Bärs Einschätzung richtig zulangen konnte, ohne mit der Wimper zu zucken.

»Wenn der's mit dem Kreuz hot, fress i mein Huat«, diagnostizierte mein Freund und setzte Klempowski ein, wann immer er seine Hilfe benötigte. Dieser war jedoch zu seiner Tochter nach Konstanz gereist, um ihr beim Umzug zu helfen. Es hörte sich ganz danach an, als ob Kranken- und Rentenkasse auch davon nichts erfahren sollten.

Das Pensum unseres gemeinsamen Arbeitstages schien äußerst anstrengend zu werden, zumal ich schon lange nicht mehr körperlich gearbeitet hatte. Der Dachboden eines Rentnerehepaars musste geräumt werden, danach wollten wir einen antiken Schrank bei einem Kunden abholen, der von Bär auf Hochglanz gebracht werden sollte, und zum Schluss sah unsere Tour die Auslieferung der restaurierten Kommode vor.

Ich konnte mich nicht daran erinnern, mich jemals so auf eine Aufgabe gefreut zu haben. Weniger erfreulich war, dass ich um sechs Uhr aufstehen musste, um pünktlich um sieben vor dem Tor zu Robert Taubers Anwesen zu stehen.

»Des isch a guate Zeit zom Ofange. No isch's onterm Dach net so hoiß«, erklärte mir Bär auf dem Weg in Esslingens Innenstadt, in der unser erster Einsatzort lag. Im Gegensatz zu mir war er hellwach. Er pfiff fröhlich vor sich hin und schlug dazu den Takt auf das Lenkrad, während ich versuchte, mich zu sammeln.

»I kann dir sage: Die hen net so viel Zuigs angsammelt, die zwoi. Da hem mir bestimmt bloß drei Stond zom doe«, stimmte mich Bär auf die erste Aufgabe ein.

Mit dieser Einschätzung lag er völlig falsch. Denn der Dachboden der »zwoi«, gemeint waren Herr und Frau Zapf, hatte offensichtlich mehreren Generationen als Abladestation für Überflüssiges und Unbrauchbares gedient. Wir bahnten uns den Weg durch Kisten, Holzteile, Möbel, Textilien, Unmengen von Papier und fingen zunächst damit an, einige verwertbare Gegenstände zu Bärs Gehöft zu transportieren. Viel war es nicht, lediglich ein alter Bilderrahmen, eine antike Nähmaschine mit gusseisernem

Fußbedienteil, ein Grammophon mit mehreren Schellackplatten sowie eine Truhe, die sich nicht öffnen ließ, fanden ein neues Zuhause. Den Rest führten wir dem Recyclinghof zu.

Bereits nach der zweiten Fuhre spürte ich jeden Knochen im Leib. Meine Muskeln schmerzten, meine Füße, die in festen Turnschuhen steckten, glühten vom permanenten Treppauf und Treppab. Ich schwitzte aus allen Poren, mein Kopf fühlte sich an, als hätte ihn jemand aufgeblasen.

Meinem Kollegen ging es nicht viel besser, zumal er durch seine Körperfülle zusätzliches Gewicht herumschleppte. Sein Hemd war bereits nach Minuten klitschnass, selbst sein Pepitahut hing schlapp und schweißgetränkt auf seinem Hinterkopf. Aber Bär war keiner, der sich beklagte. Er funktionierte wie ein Aufziehmännchen, schob, räumte und schleppte ohne Unterlass und verlor kein Wort über die menschenunwürdigen Arbeitsbedingungen. Die bei dieser Hitze durch ein Kaltgetränk oder wenigstens ein Glas Leitungswasser erheblich verbessert worden wären, doch das Rentnerehepaar dachte gar nicht daran, etwas beizutragen, was uns die Plackerei erleichtern konnte. Stattdessen stand Frau Zapf im Treppenhaus und jammerte jedem Gegenstand, den wir nach unten trugen, hinterher. Ihr Gatte wiederum saß auf einer Bank vor der Haustür und riss schale Witzchen. »Eigentlich sollt i von Ihne Geld kriega. Des isch doch besser als jedes Fitnesstraining«, rief er, als wir Bücherkisten an ihm vorbeiwuchteten.

»Langsam schaffa, aber schnell miad werda. Des hemmer gern«, kommentierte er meine kurze Verschnaufpause und bei »Nemmat Se's net so schwer, no wird's leichter« hätte ich ihm gern den morschen Sessel auf den Fuß fallen lassen.

Fünf Stunden benötigten wir, bis der Dachboden geräumt war. »Han i Ihne gsagt, dass mir au no an Keller hen? Des isch doch bestimmt bei Ihrem Preis au no mit dren«, frotzelte Zapf und konnte von Glück sagen, dass ich die Art, wie Bär seine Hemdsärmel nach oben krempelte, von früher kannte. Ich stellte mich zwischen den Alten und meinen Freund und konnte so verhindern, dass Herr Zapf früher als vorgesehen seine letzte Reise antrat.

Durch die planerische Fehlleistung meines Freundes und durch einen Zwischenstopp an einem Kiosk, an dem wir unseren körpereigenen Wasserhaushalt auffüllten, gerieten wir bei unseren Anschlussaufträgen in Verzug. Knapp drei Stunden später als ausgemacht kamen wir bei einer Villa in Esslingens Halbhöhenlage an, in der wir den antiken Schrank abholen sollten. Ein Herr mittleren Alters erwartete uns. Er war sehr verärgert und rümpfte bei unserem derangierten Anblick die Nase. »Ihre Geschäfte scheinen ja gut zu laufen, wenn Sie sich so ein Verhalten erlauben können«, meckerte er und deutete auf seine Armbanduhr. »In unseren Kreisen schätzt man Pünktlichkeit.«

Bär versuchte sich an einer Erklärung, wurde jedoch jäh unterbrochen.

»Eine Unverschämtheit ist das. Als hätte ich nichts anderes zu tun, als auf Sie zu warten. Das werde ich Ihnen von Ihrem Honorar abziehen, das können Sie mir glauben.«

Mein Freund zuckte die Schultern. »Gucka mir ons jetzt den Schrank an oder diskutiera mir no a Weile?«, fragte er.

Sein Gegenüber schwieg, machte eine unwillige Handbewegung, die uns aufforderte einzutreten und ging dann den Flur entlang. Während wir ihm folgten, sprach er unablässig vor sich hin. »Ungeheuerlich, was sich manche Menschen erlauben. Kein Wunder, dass Deutschland in einer Krise steckt. Den Gewerbeschein sollte man solchen Leuten entziehen.« Bär drehte sich zu mir um und tippte mit dem Zeigefinger gegen die Stirn.

Der Hausherr führte uns zu einem Raum am Ende des Ganges, der ihm wohl als Bibliothek und Arbeitszimmer diente. Mächtige Regale bogen sich unter der Last von dicken, gebundenen Büchern, ein Sekretär aus dunklem Mahagoniholz streckte sich raumgreifend aus seiner Ecke und ein massiver Bauernschrank schluckte das hereinfallende Licht. »Das ist er. Ein Erbstück meiner Großmutter«, sagte unser Auftraggeber stolz und wies auf das Möbel. »Gründerzeit. Ich schätze spätes 19. Jahrhundert. Er hat einem Baron gehört.«

Bär schob sich nach vorn, um die ramponierte Antiquität näher zu betrachten. Die Türen hingen schräg in den Scharnieren, das Holz wies an manchen Stellen erhebliche Verfärbungen auf und im Inneren hatten einige Regalbretter fingerbreite Risse. Mein Freund umkreiste das Stück wie ein Tier seine Beute, blieb immer wieder stehen, klopfte an eine Seitenwand, öffnete und schloss die Türen oder fuhr mit der flachen Hand über die Flächen. Mehrere Minuten dauerte die Prozedur, dann sagte er: »Hoffentlich isch des net älles, was Ihr Großmutter hinterlassa hot. Des isch an billiger Nachbau, völlig wertlos.«

Der Hausherr errötete und rang nach Fassung. »Was wollen Sie damit sagen?«, stammelte er.

»Gruschd, Glomb, Schrott. Schlaget Se des Teil zsamma ond fahret Se's zur Deponie. Wenn Se wellat, mache mir des. I moin, wenn mir scho mol da sen.« Bär nickte mir zu, als erwartete er von mir Zustimmung. Ich zuckte die Schultern.

Unser Kunde war mit seinem Vorschlag überhaupt nicht einverstanden: »Wagen Sie es nicht, das Teil anzurühren. Es ist eine wertvolle Antiquität. Wer das nicht erkennt, ist ein Banause.«

Bär schüttelte den Kopf. Er wies auf die Fassung des Schlüsselloches. »Do, guckat Se. Die Verzierung über dem Schloss, des isch a ganz billigs Messing. Ond au des Innaleba isch aus Pressspan. Der Schrank isch in de sechzger Johr baut worda und arg teuer war der net.«

Unser Auftraggeber riss die Augen so weit auf, dass ich einen Moment Sorge hatte, sie könnten ihm aus den Höhlen fallen. Er schluckte trocken, sein Adamsapfel hüpfte wild auf und ab, er öffnete und schloss den Mund. »Sie haben nicht die geringste Ahnung«, krächzte er. »Sie beleidigen ein Familienerbstück, Sie ziehen unseren Ruf durch den Schmutz. Gehen Sie. Verlassen Sie sofort mein Haus.« Mit einer theatralischen Geste wies er uns den Weg zur Tür.

»Wenn Se moinat.« Bär drehte sich um und ging. Ich lächelte den Hausherrn unsicher an, murmelte einen Abschiedsgruß und folgte meinem Chef.

»Dät mi interessiera, was der jetzt macht«, sagte Bär, als wir wieder im Auto saßen.

»Wie meinst du das?«, fragte ich. Er lachte.

»Ha, ob der jetzt den Schrank zsammahaut oder ob er nomol jemand frogt, der ihn repariert. Des war eigentlich a ganz schönes Stück.«

Ungläubig sah ich meinen Freund an, der von einer Backe zur anderen grinste. »Du hast diesen Typen angelogen?«

»Net gloga. A bissle gschwindelt vielleicht. Glaubsch du, dass i für so an Grasdackel schaff? Gwies net. Ond du kannsch au froh sei …«

»Wieso ich?«

»Ha, was moinsch, wie schwer des Teil isch. Da hättet mir ons an Bruch glupft.« Er lachte wieder und dieses Mal stimmte ich mit ein.

Gegen 17 Uhr befanden wir uns auf der B 10 Richtung Stuttgart, um die Kommode auszuliefern. Obwohl ich erschöpft war, empfand ich die bleierne Schwere, die von meinen Körper Besitz ergriffen hatte, als angenehm. Ich fühlte mich, als sei ich leicht betrunken. Die Sonne spiegelte sich in den Heckscheiben der Autos vor uns, unscharf sah ich die Industriebauten links und rechts an uns vorbeiflitzen. Alles war so unwirklich, und in Anbetracht des nahenden Feierabends fühlte ich eine tiefe Zufriedenheit in mir aufsteigen. Außerdem freute ich mich auf eine Dusche und ein kühles Bier, das ich nach getaner Arbeit auf dem Balkon meiner Wohnung zu mir nehmen wollte. Bär hatte wohl ähnliche Gedanken. Er summte eine nicht identifizierbare Melodie vor sich hin und lächelte selig.

»Wie läuft es eigentlich mit dir und Biene? Ich meine, mit dem Catering-Service«, unterbrach ich die Stille.

Er hob eine Hand vom Steuer und drehte sie hin und her: »Könnt besser sei. ’s kennt ons ja no koiner. Aber mir werdat immer professioneller.« Seine Miene verdunkelte sich. »Ond wie geht's bei dir weiter?«

Die eben noch vorherrschende Leichtigkeit wich, das Sonnenlicht blendete mich und meine gezerrte Muskulatur meldete sich zurück.

»Was meinst du? Wie es mit mir und Biene weitergeht oder was ich beruflich vorhabe?«

»Boides.« Bär setzte den Blinker, schaltete in einen niederen Gang und bog auf die Querspange Richtung Stuttgart-Ost.

Ich kramte in meinem Hirn nach einer Antwort. »Keine Ahnung«, sagte ich schließlich. »Köbele wird mit Sicherheit dafür sorgen, dass mich keine renommierte Agentur im Umkreis von 50 Kilometern mehr nimmt. Er hat sehr gute Kontakte.« Ich starrte zur Windschutzscheibe hinaus. »Und bei Biene weiß ich nicht, woran ich bin.«

»I würd halt mol mit ihr schwätza, dann woisch es«, sagte mein Freund und lächelte geheimnisvoll.

»Wieso? Hat sie dir irgendwas erzählt? Weißt du etwas? Los, nun sag doch schon.« Ich zupfte ihn am Hemdsärmel. Bär ließ sich nicht aus der Ruhe bringen und konzentrierte sich weiter auf den Verkehr.

»I hab gsagt, du sollsch mit ihr schwätza ond net mit mir. Ond jetzt läsch gfälligst mei Hemd los, sonsch machsch's no he.« Mehr war ihm nicht zu entlocken.

Etliche Verwünschungen über rote Ampeln, Stuttgarts Verkehrsführung, Autofahrer im Allgemeinen und im Besonderen später bogen wir in die Bopserwaldstraße ein und verglichen die Hausnummern mit der Adresse, an der wir die Kommode abliefern sollten.

»Da ist es«, rief ich. Zugegeben, ein bisschen spät, denn als ich das Schild über dem Eingang entdeckt hatte, waren wir schon daran vorbeigerollt.

»Vielleicht kannsch des au früher sage. I kann jetzt net halta. Hinter mir kommt oiner«, schnauzte Bär mich an, der mit zunehmender Fahrtdauer immer aggressiver wurde.

»Meine Güte. Dann kauf dir doch ein Navigationsgerät«, blaffte ich zurück.

»So a Klugscheißerschachtel kommt mir net ens Audo«, erwiderte er, sah in den Rückspiegel und legte ein Wendemanöver hin, das jeden ADAC-Testfahrer in Schockstarre versetzt hätte. »Woisch was, i halt jetzt oifach gegenüber vom Haus und schalt ’s Warnblinklicht an. So lang wird des ja net daure.« Er lenkte den Transporter auf den Bürgersteig, zog die Handbremse und stieg aus. Sofort bildete sich hinter ihm eine wild hupende Fahrzeugkolonne, die nicht passieren konnte, weil sie dem Gegenverkehr die Vorfahrt gewähren musste. Bär ließ sich nicht beirren, öffnete die Schiebetür an der Fahrerseite, zog die Kommode an die Ladekante, hob sie an und zerrte sie mit sich, bis ich den hinteren Part übernehmen konnte. So filigran das Stück auf dem Hof gewirkt hatte, entwickelte es nun ein doch eher plumpes Gewicht. Von den Schimpftiraden der wartenden Autofahrer begleitet, schleppten wir die Kostbarkeit auf die andere Straßenseite. Bär überflog die Klingelschilder.

»Da isch se: N. Haug.« Er betätigte den obersten Knopf der Leiste, der Türsummer ertönte und wir schoben uns in den Hausgang. Draußen schwoll das Hupkonzert zu einem donnernden Crescendo an. »Vierter Stock. Leider koin Fahrstuhl«, ächzte Bär. Meine Gummiarme drohten den Dienst zu versagen.

»Kein Problem«, stöhnte ich. »Oder um es mit den Worten des großen Philosophen Zapf zu sagen: Ich nehm’s leicht, dann wird es nicht so schwer.«

Oben erwartete uns ein grauhaariger Herr im Bademantel. Hatte Bär nicht gesagt, dass er das Schmuckstück bei einer jungen Kundin geholt hatte? Die Aufklärung folgte umgehend. Als wir um die letzte Kurve der Treppe gebogen waren, rief er: »Schatz, komm schnell und sieh dir das an. Das sieht gut aus.«

Ich vermutete, dass er die Antiquität meinte, war mir jedoch nicht ganz sicher, da meine Sinne jeden Moment zu schwinden drohten. Hinter ihm erschien die Silhouette einer schlanken weiblichen Gestalt, die sich langsam an ihm vorbeischlängelte.

Auch sie trug nur einen Bademantel, den ein Gürtel notdürftig zusammenhielt. Um ein Haar hätte ich die Kommode losgelassen. N. Haug war Naomi Haug.

Ihre eben noch strahlenden Gesichtszüge entgleisten, als sie mich erblickte. »Martin«, kreischte sie und raffte den Bademantel zusammen. »Was macht der denn hier?«

Panisch riss sie an der Hand des Mannes und versuchte, ihn in die Wohnung zu zerren. Er starrte sie fassungslos an und auch Bär sandte mir einen fragenden Blick. »Aha. Mr kennt sich«, brummte er und zog mich und die Kommode eine Stufe höher. »Aber die Wiedersehensfreude isch net grad groß.«

Naomi drängte sich an ihrem Galan vorbei und verschwand in der Türöffnung. »Sag ihm, er soll weggehen. Ich will ihn nicht sehen«, keifte sie im Hintergrund.

Der Typ war mit dieser Situation völlig überfordert. Abwechselnd blickte er in die Wohnung, dann zu uns ins Treppenhaus, machte einen Schritt auf uns zu, trat dann jedoch zur Seite, um uns und die schwere Fracht in die Wohnung einziehen zu lassen.

Naomi stand nur wenige Meter von uns entfernt, wies mit dem Zeigefinger auf mich und brüllte: »Er soll abhauen.« Sie brach in Tränen aus, stürzte in eines der Zimmer und schlug die Tür hinter sich zu. Ihr Schluchzen war herzerweichend.

Der Grauhaarige wollte ihr folgen, doch Bär hielt ihn fest.

»Bevor Sie Ihre therapeutische Behandlung aufnemmat, darf ich bitte um mein Honorar bitten«, sagte er in fast astreinem Hochdeutsch.

»Ja, natürlich«, antwortete Naomis Gefährte und sah sich um. Er fischte seine Brieftasche aus seinem Sakko, das an einem Garderobenhaken hing, schlug sie auf und zählte ein paar Scheine ab. Er reichte Bär das Geld, dann wandte er sich an mich: »Mit Ihnen scheint Naomi ja furchtbare Erfahrungen gemacht zu haben. So habe ich sie noch nie erlebt.«

Dieser kurze Moment, die herablassende Art, wie er mich ansah, und der zynische Ausdruck um seinen Mund genügten, um klarzusehen. »Ich ... ich ... w-w-w-weiß, w-w-wer Sie sind«, stotterte ich. »Sie sind W-w-wertmaier von der W-wi-W-wa-So.«

Wertmaier erbleichte, fasste sich jedoch schnell. »Nein, Sie müssen mich verwechseln. Wenn ich Sie nun bitten dürfte zu gehen.«

»Ja, mache mir. Sonschd werda mr no abgschleppt.« Bär war schon im Treppenhaus, doch ich rührte mich nicht von der Stelle. Wie Puzzleteile flogen die Antworten auf die ungeklärten Fragen der letzten Wochen heran und fügten sich zu einem Gesamtbild zusammen. Der Vorstandschef der WiWaSo hatte ein Verhältnis mit der Grafikerin von Schloz und Friends. Naomi war die Geheimwaffe, gegen die Köbele nichts ausrichten konnte. Hier ging es gar nicht um neue Ideen für eine Werbekampagne, hier ging es um Sex. Naomi hatte unter dem Einsatz aller ihrer körperlichen Möglichkeiten, und da gab es so einige, Wertmaier davon überzeugt, dass der Werbeetat nur von Schloz betreut werden konnte. Er war das »hormongesteuerte Hasenhirn«, der unsere Ideen an sie verraten hatte, und sie war doof genug gewesen, sie ungefiltert zu übernehmen. Womöglich hatte sie nie ein eigenes Konzept gehabt. Von wegen mehr Fingerspitzengefühl und Konzentration auf das Wesentliche. Die beiden steckten nicht nur buchstäblich unter einer Decke.

Wertmaier versuchte mich mit sanfter Gewalt aus der Wohnung zu drängen, doch ich stieß ihn mit beiden Armen vor die Brust. Er taumelte nach hinten und konnte sich gerade noch an dem Garderobenständer festhalten. »Was erlauben Sie sich? Gehen Sie jetzt oder ich rufe die Polizei.«

Ich stürzte auf ihn zu und packte ihn am Revers seines Mantels. »Gute Idee. Und dann rufen Sie auch gleich Ihre Frau an und erklären Sie ihr, was Sie hier tun, Herr Wertmaier. Oder soll ich das für Sie übernehmen?«

Er atmete stoßweise und starrte mich an, als habe er es mit einem Serienkiller zu tun.

»Ich könnte natürlich auch Ihre Vorstandskollegen informieren, was Sie so in Ihrer Dienstzeit treiben. Oder wir besuchen die Redaktion der ›Benefit‹ und erklären, wie eine Idee von Köbele zu einer Kampagne von Schloz wurde. Das gäbe ein paar deftige Schlagzeilen, nicht nur in der Fachpresse. Was glauben Sie?«

Er versuchte sich zu befreien, aber ich hatte ihn fest im Griff.

»Hören Sie. Ich weiß nicht, wer Sie sind und was Sie wollen. Aber wir können doch über alles reden«, brachte er hervor. »Wollen Sie Geld?«

Ich drückte ihn gegen die Wand und hätte ihm sicher einen Schlag auf die Nase gegeben, wenn Bär nicht hinter mich getreten wäre und mich von meinem Widersacher weggezogen hätte.

»Martin! Spinnsch du? Lass den Mann in Ruah und komm jetzt, bitte. Da onde isch die Hölle los ond wenn mir net glei wegfahre, dann kriega mir richtig Ärger.«

»Fahr du allein«, sagte ich zu ihm. »Ich habe hier ein paar Sachen zu klären. Das wird mit Sicherheit ziemlich lange dauern.«

Kapitel 18

Beschwingt tänzelte ich die Luise-Benger-Straße entlang in Richtung Kindergarten. Ich hatte Mühe, nicht laut zu singen oder der Welt meine Freude in jubelnden Schreien kundzutun. Denn endlich interessierte sich ein großes Unternehmen für uns – die WiWaSo!

Nächste Woche sollten wir uns in der Zentrale am Rotebühlplatz vorstellen. Bär und ich planten, meine Logo-Idee zu präsentieren, und zwar in Form gebackener Wolken, Tropfen und Sonnen. Außerdem wollten wir den Damen und Herren ausgesuchte Häppchen der internationalen Küche reichen, um sie von unserer Kompetenz zu überzeugen. Und wenn wir uns bewährten, dann – ja: Dann winkte ein grandioser, unglaublicher Zweijahresvertrag! Alle Feste, alle Empfänge sollten in dieser Zeit von uns allein ausgerichtet werden. Was da so plötzlich zum Greifen nahe war, fühlte sich an, als hätten wir in einer Lotterie das große Los gezogen, und ich konnte nur glücklich und ein wenig ungläubig zu Tawa hochblicken und hauchen: »Danke!«

Weshalb die Firma WiWaSo gerade uns diese Chance gab, hatte der Herr aus dem Vorstand mir am Telefon nicht verraten. Wenn ich es genau bedachte, hatte er sogar ziemlich muffelig geklungen und lediglich etwas von »Empfehlung« genuschelt.

Doch das konnte meine Freude nicht trüben, und ich hütete mich, allzu sehr nachzubohren. Chance war Chance – warum wir sie bekommen hatten, konnte mir ja eigentlich egal sein. Ach, es war wundervoll, es war hinreißend, und während ich mich dem Kindergarten näherte, um Lilly abzuholen, träumte ich selig von meiner goldenen beruflichen Zukunft. Vor lauter Freude hatte ich Evica vorhin spontan freigegeben. Denn warum sollte nur ich glücklich sein?

»Da bist du ja endlich! Ich habe auf dich gewartet«, sagte eine heisere Stimme zu meiner Linken.

Ich zuckte zusammen. Keinen Meter von mir entfernt stand im offenen Eingangstor zum Kirchbergschen Anwesen der Albtraum meiner einsamen Nächte: Julius.

»Jeden Tag warte ich, nie kommst du. Wo bist du nur gewesen?«, fragte er und griff nach meiner Hand.

Mist. Da hatte ich vor lauter Glück über das Angebot der WiWaSo ganz vergessen, dass ich eigentlich nie, nie mehr am Anwesen von Julius' Familie vorbeigehen wollte. Seit ich erfahren hatte, dass er Lilly über mich ausfragte, hatte ich auch ihr streng verboten, diesen Weg zu benutzen. Wenn Evica oder ich sie vom Kindergarten abholten oder mit ihr zum Spielplatz gingen, benutzten wir stets einen Umweg. Irgendwann, so hatte ich mir überlegt, musste Julius ja mit der Schule fertig sein, und sicher würde ein Grafensohn nach England oder Amerika gehen, um dort an einer berühmten Universität zu studieren. Dann wären wir hier in Uhlbach wieder in Sicherheit.

»Komm rein, liebste Biene«, sagte Julius und zog mich durch das Tor zu sich. »Ich wusste, dass du mich letztendlich erhören würdest. Nur für dich bin ich zum Poeten geworden, meine Venus! Deine Augen leuchten … sie leuchten wie zwei Juwelen in der Nacht.«

»Juwelen leuchten nicht in der Nacht«, sagte ich streng und versuchte, ihm meine Hand zu entreißen. Doch Julius entwickelte erstaunliche Kräfte. Eisern hielt er mich fest und zerrte mich die Auffahrt hinauf.

»Es ist alles vorbereitet, seit Tagen schon«, keuchte er. »Kerzen um das Bett herum, rote Satinbettwäsche, ein neckisches Kostüm für dich, meine Göttin …«

Langsam bekam ich es mit der Angst zu tun. Was faselte der Spinner da von neckischen Kostümen? Was hatte er vor? Konnte er im Ernst glauben, dass ich mit ihm ins Haus gehen würde? War er – mein Gott, war er der mysteriöse Briefeschreiber?!?

»Julius«, sagte ich mit der ganzen Autorität meiner 31 Jahre, »du hörst jetzt sofort mit dem Quatsch auf und lässt mich los.

Sonst sehe ich mich gezwungen, deinen Vater über dein absonderliches Verhalten zu informieren.«

»Mein Vater ist im Urlaub«, sagte Julius abfällig. »Er kann uns also nicht in die Quere kommen. Und ich«, seine Stimme wurde gefährlich leise, »werde mir jetzt endlich nehmen, was Peitho mir schon vor so vielen Wochen verheißen hat.«

Mit einem Ruck riss er mich an sich und drückte mir seine wulstigen Lippen auf den Mund. Ich schrie erstickt und zappelte wild, um mich loszumachen, doch er umklammerte mich wie ein Schraubstock.

Panik wallte in mir auf, als mir blitzartig klar wurde, dass ich gegen diesen widerlichen und leider recht kräftigen Achtzehnjährigen keine Chance hatte.

»Lass – mich – los«, zischte ich, doch sein Mund auf dem meinen verschluckte meine Worte, während er mich energisch in Richtung Haustür zerrte.

Da ertönte hinter uns ein markerschütternder Schrei. Julius ließ erschrocken von mir ab, ich fuhr herum und sah Evica, die die Auffahrt hochrannte, dass der Kies unter ihren Sportschuhen nur so spritzte. Sie schwang einen Tennisschläger über dem Kopf, ihr Gesicht war zu einer Fratze heiligen Zorns verzogen. Bevor ich einen klaren Gedanken fassen konnte, hatte sie uns bereits erreicht und ließ den Tennisschläger krachend auf Julius' Kopf niedersausen. Julius schrie auf, Blut quoll durch sein Haar hindurch und rann als dünnes Rinnsal über sein linkes Ohr. Evica holte noch einmal aus, und mit einem »Nimm das, Värbrächerr!« stieß sie ihm den Schläger in den Bauch.

Es gab ein Geräusch, wie wenn Luft aus einem Reifen entweicht, dann ging Julius zu Boden. Evica stand schnaubend über ihm, ich selbst starrte sie mit offenem Mund an.

Ganz, ganz langsam sickerte es in mein Bewusstsein: Ich war in ernster Gefahr gewesen, und Evica hatte mich soeben gerettet. Und das absolut filmreif, auch wenn sie keine Kampfmontur trug, sondern nur ein kurzes weißes Tennisröckchen und ein hautenges Polyestershirt. Was hatte ich für ein Glück, dass der Weg zur Sportanlage an der Kirchbergschen Villa vorbeiführte!

»Rache«, krächzte Julius und krümmte sich auf dem Kies zusammen. »Das gibt Rache!«

»Nix Rache! Du lässt Sabinä in Ruhe«, schnauzte Evica den Grafensohn an, der wimmernd zu ihren Füßen lag. »Sonst hole ich meine Frreunde. Und die benutzen anderre Werkzeug für Leute wie dich.«

Bei der Erwähnung des »Werkzeugs« zuckte ich zusammen, und Julius riss entsetzt die Augen auf. Er verbarg den Kopf zwischen seinen Armen, als wollte er sich unsichtbar machen.

»Komm, Sabinä. Wir sind färrtig hier. Und ich muss endlich weiter zu Tännis«, sagte Evica und hakte mich unter. Hocherhobenen Hauptes stolzierte sie mit mir die Auffahrt hinab, den Tennisschläger ließ sie locker an ihrer Seite hin und her schwingen.

Ich ließ mich widerstandslos abführen, immer noch sprachlos vor Erstaunen über mein rabiates Au-pair – und sprachlos auch vor Dankbarkeit. Dem Grafensohn gönnte ich keinen Blick mehr.

Evica zog mich zum Tor hinaus und bog links Richtung Kindergarten ab. »Jetzt holst du Lilly«, verkündete sie, »und dann nähmt ihr wieder den Weg über Kufsteiner Straße. Ist sicherer. Auch wenn ich nicht glaube, dass Härr Schlappschwanz heute noch mal aufstäht.«

Ich schaute sie ernst an. »Du hast mich gerettet, Evica. Ohne dich wäre ich ganz schön aufgeschmissen gewesen.« Verlegen setzte ich hinzu: »Ich danke dir.«

Sie erwiderte meinen Blick stolz. »Frrauen müsse halte zusamme«, sagte sie. »Und jetzt ich muss mich beeilen. Ich habe eine sääääähr süße Tennislehrer! Er spielt mit mir, wann immär ich will. Ich muss nur anrufe.« Sie lachte anzüglich und zwinkerte mir zu.

Dann ließ sie mich los und fing an zu joggen. Offensichtlich hatte die Rettungsaktion am Wegesrand ihren Zeitplan durcheinandergebracht, und es zog sie mit Macht zu den Spielen mit ihrem süßen Tennislehrer. Den blutigen Schläger warf sie sich locker über die Schulter.

»Bis später«, rief sie fröhlich.

Ich schaute ihr fassungslos hinterher.

In großer Eile holte ich Lilly vom Kindergarten ab, wobei ich mich bemühte, mir meinen Schock über Julius' Angriff nicht anmerken zu lassen. Doch kaum waren wir wieder zu Hause, griff ich zum Telefon. Bär hatte mir erzählt, dass Martin eine Nachtwache für mich organisieren wollte, um den geheimnisvollen Unbekannten zu fassen. Bär fand die Idee zwar albern, gab das Angebot aber dennoch an mich weiter. Ich hatte tapfer gesagt, dass ich sehr gut selbst auf mich aufpassen könne. Nicht gesagt hatte ich, dass ich Martin erst auf neutralem Terrain wiedersehen wollte, um all das zu klären, was noch zwischen uns stand. Ein nächtliches Tête-à-tête bei mir zu Hause erschien mir nicht ideal, um sich auszusprechen. Wer konnte schon wissen, was da alles passieren würde …

»Das hättest du wohl gerne, Biene«, murmelte ich verdrossen, während ich Martins Nummer wählte. Meine romantischen Bedenken kamen mir angesichts der Gefahr, in der ich mich nun wähnte, lächerlich vor, und meine Tapferkeit war mir gründlich vergangen. So etwas wie vorhin mit Julius wollte ich nie mehr erleben. Wenn Julius nicht nur der Briefeschreiber, sondern auch der nächtliche Schatten war, dann würde er heute Nacht auftauchen und sich trotz Evicas Drohung rächen, da war ich mir ziemlich sicher. Und wie diese Rache bei Julius' perverser Fantasie aussah, wollte ich mir lieber nicht vorstellen. Geschweige denn sie zu spüren bekommen.

Sollte ich zur Polizei gehen? Das hatte ich mich in der letzten Stunde unablässig gefragt. Doch die Angst, dass man Julius nichts nachweisen konnte und er völlig ungeschoren davonkäme, hielt mich davon ab. Wahrscheinlich würde die gräfliche Familie sogar zum Gegenschlag ausholen und ihrerseits Evica anzeigen. Schließlich hatte sie Julius angegriffen – mit blutigen Folgen. Für diese Tat würde meinem Au-pair mit etwas Pech ein Ausweisungsverfahren drohen. Toller Dank für ihre Loyalität!

Nein, es musste anders gehen. Wir mussten Julius auf frischer Tat ertappen, bei einer Aktion, die eindeutig strafbar war.

»Hier ist der automatische Anrufbeantworter von Martin Pfänder«, hörte ich Martins Stimme vom Band.

»Biene hier«, sagte ich. Meine Stimme klang piepsig. »Hör zu, Martin, ich brauche deine Hilfe. Bär hat mir erzählt, dass du bereit wärst, bei mir eine Nachtwache abzuhalten, und dieses Angebot würde ich gerne annehmen. Gleich heute.« Ich räusperte mich nervös, dann setzte ich hinzu: »Vielleicht können wir dann auch gleich über alles reden.« Oje, vielleicht verschreckte ich ihn damit? »Über alles reden« stand in der Hitliste der liebsten Männerbeschäftigungen bekanntlich nicht gerade an Platz eins. Aber egal, gesagt war gesagt. »Melde dich doch kurz, ob es klappt, okay?« Ich legte auf.

Dann rief ich Bär an, um ihm zu sagen, dass wir unser Treffen am nächsten Tag verschieben mussten. Denn morgen würde ich bestimmt zu müde sein, um mit Bär über Kundenakquise zu diskutieren.

Wenn ich denn noch lebte.

Kapitel 19

Es war ein seltsames Gefühl, nach meiner ungewollten Auszeit die Treppe zur Agentur hochzugehen. Vor wenigen Tagen gehörte dieses Gebäude zu meinem Alltag, nun schien es mir fremd, ich fühlte mich wie ein Eindringling. Mit jeder Stufe gaben meine Knie mehr nach, steigerte sich das nervöse Grummeln in meinem Magen. »Bleib cool«, sprach ich mir Mut zu. »Du hast nichts zu befürchten.«

Köbele selbst hatte mich eingeladen und dabei so gut gelaunt geklungen, als habe er im Lotto gewonnen. Er wollte mich unbedingt sehen, hatte er betont, da es in Sachen WiWaSo Neuigkeiten gäbe, die sich auch auf eine weitere Zusammenarbeit auswirkten.

»Aber des woisch du ja wahrscheinlich scho, du Schlitzohr. Gell?«

Der Agenturchef hatte vor Freude gegluckst und hatte auch allen Grund dazu, da Wertmaier offensichtlich auf meinen Vorschlag, den Gesamtwerbeetat zu teilen, eingegangen war. Demzufolge behielt Schloz die Imagekampagne, während Köbele sich über den Auftrag freuen durfte, die Flyer und Broschüren neu zu gestalten und alle Kunden- und Vertriebsveranstaltungen zu organisieren. Zudem hatte ich Wertmaier sehr deutlich zu verstehen gegeben, dass er dringend darüber nachzudenken habe, wer fortan das Catering bei seinen Events übernehmen sollte. Um ihm ein wenig unter die Arme zu greifen, hatte ich ihm Bienes Namen und Nummer notiert und ihm den Zettel mit dem Zusatz »Dringende Empfehlung!!!« in die Bademanteltasche gestopft. Wertmaier hatte sich gewunden wie ein Aal, als ich ihm meine Forderungen diktiert hatte, aber er musste sich eingestehen, dass mein Wissen über die Beziehung zwischen ihm und Naomi seiner Karriere, seiner Ehe und dem Ansehen des Unternehmens erheblich schaden konnte. Im Beisein seiner völlig aufgelösten Geliebten hatte ich ihm sein Versprechen abgenommen, die Angelegenheiten, die durch ihn in Schieflage gekommen waren, wieder geradezurücken. Ich hatte den Job durch ihn verloren und nun war er dafür verantwortlich, mich wieder in Lohn und Brot zu bringen und darüber hinaus meinen angekratzten Ruf zu kitten. Kein einfaches Unterfangen, das war mir klar. Er musste eine schlüssige Erklärung für seine Vorstandskollegen finden, warum er plötzlich seine Meinung änderte, schließlich war er die treibende Kraft gewesen, die zu einem Agenturwechsel geführt hatte. Danach galt es, eine Richtlinie zu entwickeln, an der sich alle beteiligten Instanzen im Unternehmen orientieren konnten. Im Normalfall nahm die Durchsetzung solcher Beschlüsse Monate in Anspruch. Ich jedoch bestand auf einer schnellen Lösung.

Er versuchte mich durch einen stattlichen Betrag von meinen Bedingungen abzubringen, stellte mir einen Führungsposten in der Marketingabteilung in Aussicht und als das alles nicht half, versuchte er mich durch Flehen und Wimmern zu erweichen. Doch ich war hart geblieben, auch als Naomi, sehr zum Entsetzen ihres Liebhabers, ganz spezielle Dienste anbot, die mir die Schamesröte ins Gesicht trieben. Sie war offensichtlich zu allem bereit.

Aber hier ging es nicht nur um mich. Es ging um zehn Kollegen, die Gefahr liefen, ihre Arbeit zu verlieren. Es ging um die Reputation einer ganzen Agentur und es galt zudem, den aufstrebenden Jungunternehmern Biene und Bär den steinigen Weg zum Erfolg zu ebnen. Zum ersten Mal seit langem war das Schicksal auf meiner Seite, teilte mir beste Karten aus und nun wollte ich auch den Jackpot knacken. Ich muss zugeben: Es fühlte sich gut an, am längeren Hebel zu sitzen.

Warum also war ich nun so aufgeregt? Lag es an meinem unehrenhaften Abgang, der mir noch in den Knochen steckte? Tatsächlich wurden meine Handflächen feucht, als ich Empfangsdame Alice hinter ihrem Pult sitzen sah. Sie telefonierte, stellte dann das Gespräch weiter und legte auf. Ich klingelte und winkte ihr durch die Glastür. Mit einem Sprung setzte sie über ihren Schreibtisch, hechtete zur Tür, öffnete sie, ergriff meine Hand und zerrte mich über die Schwelle. Schützend hob ich den anderen Arm vor mein Gesicht. »Ich bin in friedlicher Mission unterwegs. Köbele hat mich eingeladen«, rief ich.

Alice grinste breit und klopfte mir kameradschaftlich auf die Schulter. »Mensch, Martin. Das weiß ich doch. Wir warten schon auf dich.«

Sie hakte sich bei mir unter und geleitete mich mit sanfter Gewalt den Gang entlang. Ich kam mir vor wie ein Straftäter, der zu einer polizeilichen Vernehmung vorgeführt wird. An Köbeles Büro blieb sie stehen, klopfte kurz an und stieß die Tür auf. Dreißig Gesichter strahlten mir entgegen und ebenso viele Kehlen begrüßten mich mit »He's a jolly good fellow«.

Köbele löste sich aus der Menge, nahm zwei Gläser Sekt von einem Tablett und trat auf mich zu. »Willkommen drhoim, Martin.« Er reichte mir einen Kelch, stieß mit seinem Glas gegen das meine und legte mir eine Hand auf die Schulter. »Sche, dass de wieder da bisch. Jetzt wird alles guat.« Dann drehte er sich zu seinen Angestellten um und rief: »Jetzt heba mir mol onser Gläsle ond trinkat auf dr Martin, der's irgendwie gschafft hot, dass mir an Teil vom WiWaSo-Gschäft bhalde dürfat. Vielleicht erzählt er ons ja nachher, wie er des gmacht hot. Proschd, Gemeinde.« Er führte das Glas an die Lippen und leerte es mit drei großen Schlucken. Viele taten es ihm gleich, andere prosteten mir zu und murmelten Phrasen wie »Auf dich, Martin«, »Super, Martin« und »Der hat doch mehr Glück als Verstand«.

Der letzte Spruch kam von Gesa, die auf der Kante von Köbeles Schreibtisch saß und mich provozierend anblickte. Sie sah verändert aus, für ihre Verhältnisse fast ein wenig bieder. Statt Designerfummel trug sie Jeans und T-Shirt und auf ihrer Nase thronte eine John-Lennon-Gedächtnis-Brille. Und: Sie war gänzlich ungeschminkt, was ihr ganz gut stand. Ich ging auf sie zu, lächelte sie selbstsicher an und nippte an meinem Sekt.

»Dich habe ich am meisten vermisst, Prinzessin. Dich und deinen unübertrefflichen Charme.«

»Na, dann gewöhn dich dran«, konterte sie. »Ich habe nämlich gekündigt.« Sie grinste breit, die Überraschung stand mir wohl deutlich ins Gesicht geschrieben. »Nun mach den Mund schon wieder zu. Sonst denken die anderen noch, du hättest nicht mehr alle Latten am Zaun.«

»Aber wieso?«, fragte ich fassungslos. »Es kommt doch alles wieder ins Lot. Wir sind doch das kreative Dream-Team der Branche. Die Kraft meiner Worte und die Sinnlichkeit deiner Bilder ...«

Gesa unterbrach mich schroff. »Hör schon auf. Das glaubst du doch selbst nicht. Als hättest du je etwas von der Sinnlichkeit meiner Bilder gespürt.« Sie senkte die Stimme und flüsterte rau: »Und wie du mit meiner persönlichen Sinnlichkeit umgegangen bist, darüber schweigen wir beide besser, nicht wahr?«

Verlegen senkte ich den Blick.

Nach einer gefühlten Ewigkeit fragte ich: »Und was willst du jetzt machen?«

Gesa zog ihre Brille von der Nase und rieb die Gläser an ihrem T-Shirt sauber. Sie betrachtete das Ergebnis und setzte sie wieder auf.

»Ich eröffne mit einer Freundin von Biene ein Meditationszentrum.«

»Mit Susanna?«

Sie sah mich erstaunt an. »Ach, du kennst Susanna? Na, dann hast du bestimmt auch ihre intensive Aura gespürt, die dich im Innersten berührt.« Gesa schloss die Augen und faltete die Hände vor der Brust. »Wir bewegen uns auf ein und derselben Bewusstseinsebene und senden auf der absolut gleichen Frequenz.«

»Alles, was ich bei Susanna gespürt habe, ist, dass sie einen gewaltigen Dachschaden hat. Aber ich wünsche dir natürlich viel Erfolg. Hoffentlich verlauft ihr euch nicht auf eurer Bewusstseinsebene.«

Gesa öffnete die Augen wieder. »Was soll's? Es ist besser, einen höheren Sinn des Lebens zu suchen, als ein Leben ohne Sinn zu führen. Wir werden Menschen von ihren falschen Idealen befreien. Und wenn es nicht läuft, dann helfen wir eben Biene und Bär. Wie ich gehört habe, profitieren die beiden ja auch von dem wundersamen Sinneswandel der WiWaSo.« Sie lächelte schief.

Bevor ich etwas erwidern konnte, meldete sich Köbele zu Wort. Er klopfte mit einem Bleistift an sein Glas, die Gespräche verstummten. Mit feierlicher Miene wandte er sich mir zu und hob zu einer großen Rede an. Er sprach von Einsatzbereitschaft, Leidenschaft und Durchsetzungskraft und lobte meinen vorbildlichen Einsatz in einem aussichtslos wirkenden Kampf. Der Glaube an ein Ziel habe mich vorangetrieben und mir die Kraft verliehen, Barrieren zu überwinden. Mutig war ich vorangeschritten, hatte allen Stürmen getrotzt und allen Widersachern die kalte Schulter gezeigt. Köbele sprang von einer Metapher zur anderen, baute sich mit ihnen eine Treppe, um den Gipfel höchster Redekunst zu besteigen.

Das Ganze geriet zur peinlichen Farce: Vor wenigen Tagen war ich noch der Loser gewesen und nun sollte ich plötzlich der Held sein? Ich betete inständig darum, dass er aufhören möge. Mit diesem Wunsch stand ich nicht allein da, die gelangweilten Gesichter meiner Kollegen sprachen Bände. Doch unser Chef war dabei, sich in Rage zu reden und jeder wusste, dass dies zuweilen in einen vierzigminütigen Vortrag münden konnte. Als er Luft holte, fasste ich mir ein Herz und unterbrach ihn: »Heißt das, dass ich wieder hier arbeiten kann?«

Er zuckte zusammen und betrachtete mich, als hätte ich ihm einen unsittlichen Antrag gemacht. »Ha freilich. Des isch doch klar.«

»Und was ist mit meiner fristlosen Kündigung?«

»Jetzt sei no so guat, Martin. Des war doch im Affekt. Koi Minut hab i an deiner Loyalität zweifelt. I hab emmer gsagt: Dr Martin, also dr Martin, hab i gsagt ...«

»Also nehmen Sie die Kündigung zurück?«

»Selbstverständlich.«

»Und den Heggabronzer?«

Köbele lief rot an. »Des soll i zu dir gsagt han?« Hilfesuchend sah er zu Marie, die neben ihm stand und nickte.

»Du bisch natürlich koi Heggabronzer«, zischte er mit zusammengepressten Lippen.

Das konnte ich als Entschuldigung durchgehen lassen, mehr war bei einem eingefleischten Schwaben wie Köbele nicht drin. Einer der Praktikanten begann zu applaudieren, steckte damit die anderen an und wenige Sekunden später füllte tosender Beifall den Raum. Ich schloss den Agenturchef in die Arme, als Zeichen dafür, dass ich ihm sein Verhalten nicht nachtrug.

»'s dät mi trotzdem interessiera, wie du des nabracht hasch«, flüsterte er mir ins Ohr.

»Das ist und bleibt mein Geheimnis«, flüsterte ich zurück. »Aber eines ist sicher: Solange Wertmaier bei der WiWaSo ist und ich hier bin, bleibt Ihnen der Etat erhalten. Also behandeln Sie mich gut.«

Er rückte ein wenig von mir ab, legte die Stirn in Falten, dann drückte er mich wieder an sich. »Koi Problem. Du hosch bei mir ab jetzt alle Freiheita. Du kannsch tun und lassa, was de willsch.«

Ich machte mich los. »Gut. Dann beginne ich gleich jetzt damit und nehme mir den Rest des Tages frei. Es gibt da nämlich noch ein anderes Problem, das dringend gelöst werden muss.«

Kapitel 20

Schon fünfzehn Minuten nach meinem Anruf erhielt ich eine SMS von Martin, in der er mir knapp mitteilte: »Komme um neun. Martin.« Mir fiel eine Zentnerlast vom Herzen, weil ich die Nacht nun nicht alleine verbringen musste, gleichzeitig erwachte der Schmetterling in meinem Bauch wieder zum Leben. Martin würde kommen, und wir würden allein sein! Das heißt, wenn man von meiner Tochter absah – die aber, so hoffte ich, die Nacht zum Schlafen nutzen würde.

Den ganzen Nachmittag über lief ich durchs Haus wie ein aufgescheuchtes Huhn. Nicht einmal auf so einfache Dinge wie das Kartenspiel »Uno«, das in Lillys Gunst ganz oben stand, konnte ich mich konzentrieren. Zu ihrer Freude verlor ich ein Spiel nach dem anderen.

Lilly spürte meine Unruhe natürlich und wurde selbst immer aufgedrehter. Als ich sie abends ins Bett bringen wollte, machte sie noch mehr Theater als gewöhnlich (und das wollte was heißen). Evica hatte mir telefonisch mitgeteilt, dass sie die Nacht bei ihrem Tennislehrer verbringen würde, also konnte sie mir leider nicht helfen, das störrische Kind zu bändigen. Mein Au-pair hatte einige Methoden entwickelt, die, das musste ich zugeben, ziemlich gut funktionierten, wenn sie auch pädagogisch fragwürdig waren. Doch nach zehn Extraminuten Fernsehen, einem Brot mit Nutella statt Zwergen-Möhren-Creme und sieben Gute-Nacht-Liedern fiel Lilly dann auch ohne Evicas Hilfe in den Schlaf der Gerechten.

Ich schlich aus ihrem Zimmer und fing an, mich gründlich über mich selbst zu wundern: Denn normalerweise wechselte ich nicht meine Unterwäsche, wenn ich abends Besuch bekam. Schon gar nicht, wenn ich eigentlich mit den Nerven am Ende war. Doch an diesem Abend trugen mich meine Beine gänzlich gegen meinen Willen zum Wäscheschrank. Wie hypnotisiert zog ich meinen anständigen Slip aus und schlüpfte in ein zartes Nichts aus Spitze, das erotischste Wäschestück, das ich besaß. Warum tat ich das nur??? Ich würde mich heute Nacht fürchten, ich würde zitternd auf ein verdächtiges Geräusch warten, und Martin würde mir mit grimmiger Entschlossenheit zur Seite stehen. Wir hatten eine Mission, und weder Zeit noch Ort waren für eine solche Versöhnung geeignet, wie sie meinem Unterbewusstsein offensichtlich vorschwebte!

Warum also tupfte ich Parfum hinter meine Ohren und trug Lippenstift auf? Nein, manchmal verstand ich mich selbst nicht. Doch ehe ich diesem Gedanken länger nachhängen konnte, klingelte es bereits an der Tür.

Elf Uhr nachts.

Zum ersten Mal, seit ich diese blöde Küchenuhr besaß, bemerkte ich, wie laut sie tickte.

Martin und ich saßen am Küchentisch, stumm und verkrampft, und er gab vor, die alte Zeitung zu lesen, während ich an meinem Tee nippte. Ich starrte aus dem dunklen Fenster in die Sommernacht hinaus.

Tick, tack, tick, tack, tick, tack.

Draußen passierte seit zwei Stunden: nichts.

Tick, tack, tick, tack, tick, tack.

Wir hörten an verdächtigen Geräuschen: nichts.

Tick, tack, tick, tack, tick, tack.

Es war zum Verrücktwerden.

Abrupt sprang ich auf, lief zur Küchenuhr, nahm sie von der Wand, riss die Batterien heraus und warf sie zu Boden. Martin hob den Kopf. Ich fühlte seinen forschenden Blick auf mir.

»Das Ticken nervt«, sagte ich heftig. »Und wir dürfen ja keine Musik anmachen, weil wir sonst vielleicht ein verdächtiges Geräusch überhören. Aber nur dieses Ticken in der Stille, das … das …«

»… nervt«, ergänzte Martin ruhig. »Verstehe.«

Ich schaute ihn an und dachte wütend: *Nein, Martin, gar nichts verstehst du. Denn wenn du mich verstehen würdest, dann würdest du mit mir reden! Du würdest mir alles erklären, restlos alles, und nicht stundenlang Zeitung lesen und so tun, als würden wir uns kaum kennen. Du hast nicht einmal bemerkt, wie rot meine Lippen sind!*

All die Verletzungen und Unsicherheiten der letzten Wochen kamen in mir hoch. Ich lehnte mich gegen die Wand, schloss die Augen und holte tief Luft, um den aufwallenden Zorn in mir unter Kontrolle zu bekommen.

Er ist es nicht wert, Biene. Beruhige dich. Gesa hat wohl doch recht: Er ist bloß ein Mann, und ein zynischer dazu. Und er hat keinerlei Gefühle, jedenfalls nicht für dich.

Die Erkenntnis schmerzte. Ein paar Mal im Laufe der letzten zwei Stunden war es mir so vorgekommen, als wollte Martin mir etwas sagen – etwas Wichtiges, seinem angespannten Gesichtsausdruck nach zu urteilen –, doch dann hatte er sich immer wieder abgewandt. Es war frustrierend. Und es war so vollkommen anders, als ich es mir ausgemalt hatte, dass ich mich für die lächerliche Reizwäsche-Idee in Grund und Boden schämte. Gottlob würde er niemals erfahren, was ich unter meinem Rock trug!

Immerhin dämpfte die Traurigkeit jetzt meinen Zorn und machte mich ein bisschen ruhiger. Als ich aber die Augen wieder öffnete, sah ich Martin langsam auf mich zukommen, und das trieb meinen Adrenalinspiegel sofort wieder in die Höhe. Martins Anblick erinnerte mich an einen Tiger kurz vor dem Angriff, und mein Herz begann zu rasen.

Hastig, nur um irgendetwas zu tun, wandte ich mich um und hängte die verstummte Uhr mit zitternden Fingern an ihren Platz an der Wand. Doch noch bevor ich mich wieder zu ihm umdrehen konnte, stand er hinter mir, und ehe ich wusste, wie mir geschah, spürte ich ihn überall, seinen Mund an meinem Ohr, seinen Bauch an meinem Rücken, seine Hände auf meinen Hüften.

»Jetzt reicht es«, flüsterte er heiser und presste sich an mich. »Seit Wochen bemühe ich mich um dich, und immer wieder entgleitest du mir. Mir kommt es vor, als habe sich alles gegen uns verschworen. Höchste Zeit, dass wir unser Schicksal in die eigenen Hände nehmen, findest du nicht auch?«

Sanft, wie unbewusst, begann er sich zu bewegen, und ich spürte eine unmissverständliche Härte. Mann, das war ja wohl der Gipfel! In so einer Situation, mit all den ungelösten Fragen, die wie eine Wand zwischen uns … oh, das fühlte sich gar nicht schlecht an …

Reiß dich zusammen!, zischte mein Verstand. *Noch ist nichts geklärt, Biene! Du bist dir ja nicht einmal sicher, ob er nicht doch mit Naomi zusammen ist. Vielleicht hat er genau das hier letzte Nacht auch mit ihr gemacht.*

Der Gedanke brachte mich wieder auf den Boden. Ruckartig drehte ich mich um und funkelte Martin an. Ich wollte ihm gerade sagen, dass er da aber einige Schritte auf dem Weg zur Versöhnung übersprang, als mein Körper mich erneut schmählich verriet. Denn nun spürte ich Martins Härte vorne, knapp oberhalb einer Stelle, die wie auf Kommando sehr feucht wurde.

»Ich …«, stotterte ich, »du bist doch wirklich … oooh!«

Martin hatte sich wieder bewegt und nutzte meine Erregung gnadenlos aus. *Er hat Naomi geküsst!*, rief mein Verstand. *Und er hat Bindungsangst! Vergiss nicht, was du über ihn weißt!*

»Gesa hat mir alles über dich erzählt«, schleuderte ich Martin entgegen, konnte jedoch nicht verhindern, dass mein Körper sich an den seinen drängte. »Ich weiß genau, dass ich nur ein Spielzeug für dich bin!«

»Ach Gesa, die ist doch nur neidisch. Die wäre froh, wenn mal wieder jemand mit ihr spielen würde«, murmelte er, ohne seine Hüften von meinen zu lösen. Er verschloss meinen Mund mit seinen Lippen. Ich fühlte seine Zunge, und ein warmer Schauer rieselte meinen Rücken hinab. In diesem Moment hätte ich alles dafür gegeben, mich einfach in seinen Kuss fallenlassen zu dürfen.

Doch es war mir zu ernst. Ich liebte Martin, das wusste ich jetzt, und genau deshalb würde ich mich ihm nicht hingeben. Nicht, wenn er danach geradewegs wieder zu Naomi lief.

Mit einer gewaltigen inneren Anstrengung riss ich mich von ihm los und schaute ihm fest in die Augen. »So geht das nicht«, sagte ich. »Sag mir erst, was du mit Naomi hast, oder …«, ich schluckte, »oder lass mich einfach los.«

Martin ließ seine Hände sinken, die gerade noch auf meinen Hüften gelegen hatten. Er erwiderte meinen Blick, und einen schrecklichen Augenblick lang war ich mir sicher, dass nun alles vorbei war.

Doch dann schüttelte er kaum merklich den Kopf und sagte sanft: »Naomi ist es doch gar nicht wert, dass du auf sie eifersüchtig bist. Du bist vollkommen außer Konkurrenz, weißt du das denn nicht?«

»Aber du hast sie …«

»… benutzt, um an Informationen für die Agentur zu kommen, ja. Und darauf bin ich weiß Gott nicht stolz, Biene. Wie auf so manches in meinem Leben.«

Ich saugte meinen Blick an seinem fest, in meinem Kopf hämmerte die Frage, ob ich es wirklich noch einmal wagen sollte, mich noch einmal so verletzlich zu machen. Doch plötzlich war sie wieder da, die Sehnsucht in seinen Augen, und sie war so tief und verzweifelt und galt so vollkommen mir, dass ich gar nicht anders konnte, als Martin zu vertrauen – einfach so, und endgültig.

Spontan hob ich die Hand und strich ihm durchs Haar. Er fasste mein Handgelenk und führte es an seine Lippen. Und da wusste ich, dass ich keine Sekunde länger warten konnte.

Diesmal war ich es, die ihn küsste, erleichtert und gierig und mit einer so wilden Freude, dass mich die Heftigkeit meiner Gefühle fast erschreckte. Währenddessen strichen seine Hände meinen Rücken hinab, und es fühlte sich an, als würde er etwas unendlich Kostbares berühren. Etwas, nach dem er sich sein Leben lang gesehnt hatte. Ich umarmte ihn fester und berauschte mich an seiner Zunge, seinem schnellen Atem. Dann war sein Mund an meinem Ohr und ich hörte ihn flüstern: »Und der Händestreichler?«

Verwirrt hielt ich inne. »Wer bitte?«

»Der Typ am Hans-im-Glück-Brunnen.«

Platsch – die berühmte kalte Dusche. Maximilian war der Allerletzte, an den ich jetzt denken wollte! Aber, sagte ich mir resigniert, was hatte ich denn erwartet? Martin hatte mir die geforderte Erklärung gegeben, jetzt musste ich ihm dieses Recht ebenfalls zugestehen.

Ich kämpfte meine Lust zumindest für diesen einen Augenblick nieder. »Das war Maximilian, mein Mann«, sagte ich mit erzwungener Ruhe. Meine Hände wühlten sich durch Martins Haar. »Mein Exmann, um genau zu sein. Er versuchte mir an diesem Abend zu erläutern, dass ich aus dem Haus ausziehen soll. Was ich nun aber doch nicht muss. Weil seine Freundin schwanger ist und er deshalb ins Ausland geht, denn von ihm kann das Kind nicht sein.« Die Geschichte klang reichlich wirr, das hörte ich selbst, aber ich hoffte, dass ich so um ein Geständnis meines versuchten One-Night-Stands herumkam. Dieses kleine Geheimnis wollte ich lieber für mich behalten.

»Und warum streichelt dein Ex dir dabei die Hand?«

»Du bist doch nicht etwa eifersüchtig?«

»Doch, bin ich«, sagte Martin. Er zog mich wieder fester an sich, und sein Körper zeigte mir deutlich, dass er mir bereits verziehen hatte. »Ab jetzt darf nur noch ich deine Hand streicheln. Deine Hand und …«

Seine Rechte glitt unter meinen Rock, hielt sich nur kurz an meinen Oberschenkeln auf, und als ich aufstöhnte, verschwanden Maximilian und Naomi endlich im Dunst der Vergangenheit.

Martins Finger fuhren unter das zarte Nichts von Spitze. Mit sanftem Spott in der Stimme flüsterte er: »Trägst du immer Reizwäsche, wenn du zur Nachtwache antrittst? Oder hattest du das hier geplant?«

»Warum Reizwäsche? Das ist Passionata, eine sehr … ähm, ehrbare Marke.« Trotz seiner Hand zwischen meinen Beinen bemühte ich mich um Lässigkeit in der Stimme. »Jede Frau, die etwas auf sich hält, sollte zu jeder Zeit …«

Doch da hatte er das Zentrum meiner Lust erreicht, und ich vergaß die Reizwäsche, die Nachtwache und alles um mich herum, alles außer Martin, der nun endlich mir gehörte. Ich knöpfte seine Hose auf und …

… ab diesem Moment schwiegen alle Zweifel, alle Widerstände brachen. Aus Passionata wurde Leidenschaft, ein Hamiltonscher Weichzeichnungs-Schleier legte sich über die Szenerie. Einen Moment lang fühlte ich mich wie die männliche Hauptfigur in einem Groschenroman. Nicht dass ich viele davon gelesen hätte, aber in den zwei, drei Exemplaren, die mir die Zeit vertreiben durften, waren die Protagonisten auch ohne Vorankündigung übereinander hergefallen. Eigentlich fehlte nur noch die Stöhnsymphonie von »Je t'aime«, um die Liebes-Schmonzette perfekt zu machen, doch dies war ja die Realität und sie gab ihre eigene Melodie vor. Langsam, mit fließenden Bewegungen schälten wir uns gegenseitig aus den Kleidern, wir ließen die Hände auf Wanderschaft gehen. Unsere Haut glühte unter den Liebkosungen, wie zufällig streiften vorsichtig tastende Fingerkuppen erhitztes Fleisch. In Zeitlupe sanken wir auf den Küchenboden, ineinander verschlungen. Ich hielt inne, zog eine Batterie, die Biene aus der Uhr entfernt hatte, unter meiner rechten Pobacke hervor und warf sie unter die Eckbank. Dort krachte sie in einen Spielzeugbauernhof und riss eine ganze Herde Schafe von den Beinen.

»Wollen wir uns nicht einen bequemeren Ort suchen? Ich meine, jeden Moment könnten Evica oder Lilly hier auftauchen«, flüsterte ich.

Sie schüttelte den Kopf und biss sich leicht auf die Unterlippe. »Ich dachte, du stehst auf ausgefallene Orte. Ich sage nur: Schreibtisch.«

Schreibtisch? Was meinte sie damit? Schemenhafte Bilder gewannen an Kontur, formierten sich zu einem weiteren peinlichen Moment meines Lebens und brennende Scham drohte den Augenblick zu zerstören.

Biene kicherte leise und knabberte an meinem Ohrläppchen. »Wir können natürlich auch unter der Dusche ... Wenn dir das lieber ist.« Sie lächelte vielsagend, zog mich mit sanfter Gewalt an sich und bedeckte mein Gesicht mit Küssen. »Keine Sorge«, hauchte sie und unterbrach kurz ihr Tun. »Evica ist nicht da, und wenn Lilly schläft, wacht sie nicht mal auf, wenn man neben ihr ein Feuerwerk zündet. Und genau das sollten wir jetzt tun.«

Als wollte sie meine Bedenken wegstreichen, zeichnete sie mit einer Hand den Schwung meiner Hüfte nach, umkreiste meinen Po, fuhr an der Außenseite meines Schenkels entlang, und kehrte auf der Innenseite zurück. Ich tat es ihr gleich, unsere Hände begegneten sich, unendlich langsam schmolzen wir ineinander wie zwei Eiswürfel in der Sonne, durchdrangen uns, wurden eins. Ich bedeckte ihren Hals mit Küssen, nahm den Rhythmus ihres Beckens auf und nicht nur einmal dachte ich an Dinge, die ernüchternd genug waren, um das Unvermeidliche hinauszuzögern. Lillys Kotzanfall in der Herzogschaukel, Köbele im Vampirkostüm und Meditationswunder Susanna mussten herhalten, um zu verhindern, dass ich meine Leidenschaft zu früh verströmte. Einen Tribut, den ich an mein wochenlanges, selbst auferlegtes Zölibat zahlen musste. Doch für diese Frau war mir kein Opfer zu groß. Erst als Bienes Stöhnen verriet, dass sie kurz davor war, den kleinen Tod zu sterben, ließ ich mich fallen, um mit ihr in dem Sog zu versinken, der alles mit sich riss. Dieses Erlebnis überstieg alles, was man in einem Groschenroman finden konnte.

Angenehme Schwere der Berauschtheit, tief empfundene Ruhe, nie mehr loslassen.

Bienes Kopf auf meiner Brust hob und senkte sich mit jedem meiner Atemzüge, ihre Wimpern kitzelten mich und ich genoss die Wärme ihres Körpers. Ich spielte mit ihren Haaren, während sie kleine Kreise um meinen Bauchnabel zeichnete. »Und nun?«, fragte sie in den Raum. »Was wird jetzt aus uns? Wie geht es weiter?«

Die Frage stand im harten Kontrast zu dem, was wir eben erlebt hatten. Nachdenklich klang sie, es schwangen Unsicherheit und die Angst mit, verletzt zu werden. Ich küsste sie auf die Stirn, um ihr diese Furcht zu nehmen. Sie sollte spüren, dass sie keine Bedenken haben musste. Denn es stand für mich fest, dass dies ein Anfang für uns war. Oder zumindest der Beginn eines Anfangs, die Ouvertüre zu etwas, das wir gemeinsam erschaffen konnten.

»Aus uns wird, was wir wollen«, sagte ich. »Wir sind erwachsen, wir sehen zusammen verdammt gut aus, wir sind frei. Sind wir doch, oder?«

Sie hob den Kopf, drehte mir ihr Gesicht zu und sah mir in die Augen. Es hatte fast den Anschein, als versuchte sie, mir hinter die Stirn zu blicken, um meine Gedanken zu lesen. »Das sind wir«, sagte sie leise. »Frei füreinander.«

Mit einer geschmeidigen Bewegung wand sie sich aus meiner Umarmung und setzte sich auf mich. Das wohlige Ziehen in meiner Leistengegend kehrte zurück, zwischen meinen Beinen regte sich neues Leben. Biene beugte sich nach vorn, bis ihre Nasenspitze nur wenige Zentimeter von meiner entfernt war. Sie bewegte sich sanft, schaukelte vor und zurück.

»Da scheint ja jemand richtig ausgehungert zu sein«, sagte sie.

»Ja, was fleischliche Versuchungen angeht, war ich praktisch auf Diät«, antwortete ich.

»Und das trotz des Appetithappens Naomi an deiner Seite, die ja förmlich danach schrie, vernascht zu werden?« Ihr Catering-Job schien sich irgendwie auf unseren Sprachgebrauch zu legen.

»Mein Fleisch wäre willig gewesen, aber mein Geist war stark. Bei dir jedoch«, ich küsste sie sanft auf den Mund, »werde ich durch und durch schwach.«

Sie erwiderte meinen Kuss, doch bevor wir den zweiten Teil unseres Feuerwerks starten konnten, hörten wir ein Geräusch im Hausflur.

»Was ist das?«, fragte Biene. Es waren eindeutig Schritte zu hören.

»Lilly«, schrie Biene und schwang sich von mir herunter. Hektisch griff sie nach ihrem Slip und ihrer Bluse, zog die Kleidungsstücke an. In Sekundenschnelle hatte auch ich meine Hose übergestreift und hastete zur Tür. Ich riss sie auf, stand einem völlig verdutzt dreinblickenden Julius gegenüber, der jedoch die Situation schneller durchschaute als ich, einen Gegenstand in die Höhe hob und ihn mit einem gurgelnden Schrei auf mich niedersausen ließ. Einem Reflex folgend wich ich dem Schlag aus, dennoch traf er mich an der Schulter. Dunkle Punkte tanzten vor meinen Pupillen, mein linker Arm war vor Schmerz gelähmt.

»Peithos Wille geschehe«, brüllte der Grafensohn und holte zum nächsten Hieb aus. Ich drehte mich zur Seite, spürte den Luftzug, als seine Waffe an mir vorüberglitt und trat zu. Ich erwischte ihn am Schienbein, knapp unterhalb des Kniegelenks. Julius jaulte auf, ließ sein Werkzeug fallen, rieb sich die Stelle, an der ich ihn getroffen hatte. Mit aller Kraft warf ich mich gegen ihn und brachte ihn zu Fall. Ich nahm ihn in den Würgegriff, wich seinen Schlägen und Tritten aus, während Biene unserer Rangelei mit offenem Mund zusah. Er war ziemlich kräftig, zudem war er von einer Behändigkeit, dass ich Mühe hatte, ihn unter Kontrolle zu halten. Wir rollten hin und her, krachten gegen eine Wand. Ich griff ihm in die Haare, zog seinen Kopf nach hinten und stieß ihn nach vorn. Mit einem dumpfen »Plog« schlug seine Stirn gegen den Türrahmen, augenblicklich ließ der Widerstand nach, mein Kontrahent rollte sich zusammen und ließ nur noch weinerliches Gewimmer hören. »Nicht schon wieder der Kopf«, heulte Julius. Ich hatte keine Ahnung, was es damit auf sich hatte und sah Biene an, die immer noch wie versteinert neben uns stand. Ich setzte mich auf meinen Widersacher, nahm seinen Schädel in die Oberschenkelklammer. »Was hast du hier zu suchen?«, brüllte ich ihn an.

Er versuchte mich zu beißen und sich zu befreien. Doch noch einmal sollte ihm das nicht gelingen. Ich zog ihn am Ohr und drehte es herum, bis es knirschte. Er schrie auf.

»Ich habe dich etwas gefragt. Was willst du hier?«

»Nichts«, stammelte er. Seine Pupillen vollführten einen panischen Tanz, flogen zwischen Biene und mir hin und her. Ich konnte seine Angst riechen. Und später auch sehen. Zwischen seinen Beinen breitete sich ein feuchter Fleck immer weiter aus und färbte die Jeans dunkel. Der Typ zog wirklich alle Ekelregister.

»Er will sich rächen«, flüsterte Biene. Sie war näher herangekommen und hielt die notdürftig zugeknöpfte Bluse mit beiden Händen zusammen, um ihre Blöße zu kaschieren. »Heute Nachmittag hat er sich an mich herangemacht. Zum Glück kam Evica vorbei und hat mich befreit.«

Ich gab Julius eine Kopfnuss. »Dir werde ich es zeigen. Sich an alleinstehende Frauen heranmachen. Wie bist du überhaupt hier reingekommen?«

»Durchs Kellerfenster. Es war nur schräggstellt«, brummte eine Stimme im Hintergrund. Bär. So erleichtert ich war, ihn zu sehen, so überrascht war ich auch. »Bär! Was machst du denn hier?«

»Ha, des mit der Nachtwache hot mir koi Ruah glassa. Ond dann han i dengt, i guck mol noch euch, net dass ebbes passiert. Ond dann han i gseah, wie des Bürschle durchs Kellerfenster kriecht. I henterher, aber i war net so schnell ...«

Er lief rot an und betrachtete seinen Bauch. »I glaub, i sollt a bissle abnemma.«

Biene fiel ihm erleichtert um den Hals und küsste ihn auf die Wange. Etwas unbeholfen erwiderte Bär die Umarmung.

Julius' Widerstand regte sich erneut. Er trat und schlug um sich. »Lassen Sie mich los. Biene gehört mir. Es ist Peithos Wille«, keuchte er. Es war an der Zeit, ihn noch einmal am Ohr zu ziehen. Der Junge jaulte und fing an zu heulen.

»Ich fürchte, du wirst dein Leben als Elefantenmensch im Zirkus verbringen müssen, wenn du hier rauskommst. Was wolltest du von Biene?«

»Peitho hat uns füreinander bestimmt. Sie können es nicht verhindern, dass Biene und ich ein Paar werden. Peitho hat es mir selbst gesagt«, antwortete er und fletschte die Zähne. Er schielte nach der Figur, die hinter uns lag. Als verleihe sie ihm Kraft, bäumte er sich noch einmal auf, doch wie er sich auch wand, ich hatte ihn fest im Griff.

»Die Polizei kommt glei«, durchbrach Bär unsere Kampfgeräusche. »Gleich hast du's geschafft und kommst in Haft«, sagte ich zu Julius und wunderte mich ein bisschen, dass ich immer dann in Reimen sprach, wenn sich die Staatsgewalt in meine Gegenwart schob. Womöglich hatte nicht nur Julius einen Psychologen nötig.

»Was macht ihr denn da?«, piepste ein Stimmchen neben uns. Lilly stand vor der Tür zu ihrem Zimmer, ein weißes Stoffschaf an sich gepresst und rieb sich verschlafen die Augen.

Biene löste sich aus Bärs Umarmung, eilte zu ihrer Tochter und nahm sie auf den Arm. »Komm, Schatz, geh wieder schlafen. Der Julius hat uns besucht, aber er wird gleich wieder gehen.« Sie trug das Mädchen zurück ins Bett, ihre Stimmen wurden leiser.

»Warum zieht der Martin den Julius am Ohr?«, fragte Lilly.

»Damit er besser hören kann, was ihm Martin erzählt.«

»Erzählt er ihm eine Geschichte?«

»So etwas Ähnliches.«

»Erzählt Martin mir auch mal eine Geschichte?«

»Möchtest du das denn?«

»Ja. Aber am Ohr ziehen darf er mich nicht.«

Biene, Bär und ich saßen am Küchentisch und hielten uns an den Schnapsgläschen fest, die mit Kirschwasser gefüllt waren. Der feurige Geist der Flüssigkeit sollte den schalen Geschmack vertreiben, der dem zweiten Teil dieser Nacht anhaftete. Keiner von uns hatte ein Wort gesprochen, seitdem die Beamten Julius mitgenommen hatten. Sexuelle Belästigung, Einbruch und Körperverletzung – der Schlag mit Peitho hatte einen hässlichen Bluterguss an meiner Schulter hinterlassen – lauteten die Anklagepunkte, zu denen sich Julius vor dem Richter würde verantworten müssen. Er hatte sich ohne Widerstand abführen lassen, trottete mit hängenden Schultern zwischen den Beamten zum Einsatzwagen, und als ich ihn im Fond des Wagens sitzen sah, diesen bleichen Jungen, dessen rote Ohren mit seinen Aknepusteln um die Wette leuchteten, wurde ich von Mitleid erfasst. Der Typ hatte es in seinem Leben sicher nicht leicht gehabt. Unerfüllte Sehnsucht und die Macht der Hormone hatten ihn in den Wahn getrieben und nun stand auch sein restliches Leben auf der Kippe. Ich betrachtete die Figur Peithos, die neben der Flasche mit Kirschwasser lag und sich selbstgefällig und der Situation überhaupt nicht angemessen räkelte.

»Wenn i des gwusst hätt, dass die so an Schlamassel auslöst, dann hätt i die glei verfeuert«, sagte Bär und zeigte auf die Göttin. Er leerte sein Glas und füllte sich noch einmal nach. »I fühl mi fast a bissle schuldig.«

Biene legte ihm eine Hand auf den Unterarm. »Jetzt hör aber auf. Du hast es doch mit dem Geschenk nur gut gemeint und es konnte wirklich keiner ahnen, dass Julius so durchdreht.«

»Des isch egal. Die nemm i wieder mit. Des Oinzige, was die noch anheizt, isch mein Ofa, wenn i 's nächste Mal Brot back.«

Biene lehnte sich zurück, starrte auf die Tischplatte und schüttelte den Kopf, als wollte sie die letzten Bilder dieser Nacht loswerden. Ich schob mich an sie heran, legte den Arm um sie und sie ließ den Kopf matt an meine Schulter sinken. Sie schniefte und ich konnte es nicht verhindern, dass auch mir eine Träne die Wange hinunterlief. Die Anspannung der letzten Wochen, die sich überschlagenden Ereignisse, die ungeklärten Fragen, ein unbestimmtes Glücksgefühl und der Alkohol versetzten meine Nerven in Schwingung.

Biene löste ihren Kopf von meiner Schulter und sah mich an. »Du weinst ja. Hast du am Ende doch ein Herz, Martin Pfänder?«

Ich schüttelte den Kopf. »Nein, nicht mehr. Ich habe es verschenkt.«

»So? An wen denn?«

»An die verführerischste und liebenswerteste Alleinerziehende der Welt. Und ihre süße Tochter.«

Biene strahlte unter Tränen und küsste mich.

»Om Himmels willa, jetzt lasset mi no ganga. Sonsch kleb i hier no feschd, bei dem ganze süßliche Gschwätz.« Bär leerte sein Glas, sog auch den letzten Tropfen geräuschvoll ein, stand auf, hob kurz seinen Pepitahut zum Gruß und verschwand. Eng umschlungen blieben Biene und ich zurück. Und es fühlte sich so an, als würde es in dieser Geschichte kein schnelles Ende geben.

Von: Sabine Wierokat
An: Susanna Haarig
Betreff: Alles ist gut!

Hallo Susanna,

sorry, dass gestern nur der AB angesprungen ist, aber ich war mit Martin unterwegs. Ach, es ist herrlich, wieder glücklich zu sein – mit einem Mann an meiner Seite, der mich nie, nie, nie so schlecht behandeln wird wie Maximilian!

Hm, zumindest hoffe ich das. Ob wir wirklich zusammenpassen, wird die Zeit zeigen; aber ich werde mir nie vorwerfen müssen, dass ich es nicht gewagt habe. Und das ist ein verdammt gutes Gefühl.

Übrigens nehme ich gerade die Bachblüte »Walnut«, sie soll mir helfen, den Neuanfang in meinem Leben beherzt anzugehen. Ich glaube, ich fühle schon, wie sie wirkt. (Tut mir leid, dass ich Dich nicht vorher gefragt habe, aber inzwischen kenne ich mich selbst schon recht gut aus.)

Stell dir vor: Evicas Eltern haben uns eingeladen, alle zusammen eine Woche in ihrer Heimat zu verbringen. Ich bin versucht, die Einladung anzunehmen – vor allem die pflegeleichten Gärten würde ich schon gerne mal sehen.

Das hieße allerdings, eine Woche weg zu sein von Martin und Evicas Tennislehrer, und diese Aussicht gefällt weder mir noch ihr. Außerdem will ich es Bär nicht zumuten, die ganzen Sonnen, Wolken und Tropfen allein zu backen. Die Damen und Herren von der WiWaSo lieben unsere Logos nämlich, sie werfen sie unters Volk wie Faschingsbonbons. Schöner Nebeneffekt: Es haben sich bereits zwei weitere Firmen bei uns gemeldet, die was Ähnliches wollen. Ist das nicht toll? Und bei der WiWaSo stehen schon wieder zwei Feste im Kalender! Wir planen ein Sushi-Buffet, und für die zweite Feier vielleicht was Indisches. Da wollte ich Dich noch um ein paar Tipps bitten.

Wir wollten uns doch sowieso mal wieder treffen. Vielleicht zusammen mit Gesa? Die faselt übrigens ständig was von Eurer »Stätte der kosmischen Heilung«. Sag mal, was habt Ihr zwei denn da vor???

Ich muss aufhören, es klingelt. Sicher Martin.

Beschwingte Grüße
Biene

Danksagung

Mit viel Spaß ein Buch zu schreiben, ist die eine Sache. Doch dann beginnt die eigentliche Arbeit – aus dem Schreibspaß ein Lesevergnügen zu machen. Dabei haben uns einige sehr liebe und kompetente Menschen geholfen, denen wir an dieser Stelle danken wollen:

Susanne, Nina und Dodo für ihre konstruktive Kritik, die dem Manuskript den letzten Schliff verliehen hat.

Bettina Kimpel für ihr einfühlsames Lektorat. Des Weiteren Yves Noir, Lisa Edelmann und Roberto Bulgrin. Und natürlich dem Silberburg-Verlag für die herzliche und unkomplizierte Zusammenarbeit.

Julie Leuze dankt Mapa, die gottlob keinerlei Ähnlichkeit mit Evica hat; ihren Kindern für viel Geduld mit der schreibenden Mama; und ihrem Mann für seine Liebe und Unterstützung.

Olaf Nägele dankt Alva für einen aufschlussreichen Nachmittag im Märchengarten und Regina fürs Dasein, für mentale Stärkung und für geduldige Gelassenheit.

Julie Leuze
Olaf Nägele

M. C. Fritz
Weltmeister im Handtuchwerfen
OKAY
Roman
Silberburg-Verlag
M. C. Fritz / Weltmeister im Handtuchwerfen